축제

이청준 전집 27 장편소설

축제

초판 1쇄 발행 2016년 1월 4일

지은이 이청준
펴낸이 주일우
펴낸곳 ㈜**문학과지성사**
등록번호 제1993-000098호
주소 121-894 서울 마포구 잔다리로7길 18(서교동 377-20)
전화 02)338-7224
팩스 02)323-4180(편집) 02)338-7221(영업)
전자우편 moonji@moonji.com
홈페이지 www.moonji.com

ⓒ 이청준, 2016. Printed in Seoul, Korea

ISBN 978-89-320-2107-2 04810
ISBN 978-89-320-2080-8(세트)

이 도서의 국립중앙도서관 출판예정도서목록(CIP)은 서지정보유통지원시스템 홈페이지
(http://seoji.nl.go.kr)와 국가자료공동목록시스템(http://www.nl.go.kr/kolisnet)에서
이용하실 수 있습니다. (CIP제어번호: CIP2015034912)

이청준 전집 27

축제

문학과지성사
2016

일러두기

1. 문학과지성사판 『이청준 전집』에는 장편소설, 중단편소설, 그리고 작가가 연재를 마쳤으나 단행본으로 발간되지 않은 작품과 미완성작 등을 모두 수록했다.

2. 전집의 권별 번호는 개별 작품이 발표된 순서를 따르되, 장편소설의 경우 연재 종료 시점을, 중단편소설의 경우 게재지에 처음 발표된 시점을 기준으로 삼았다. 단, 연재 미완결작의 경우 최초 단행본 출간 시점을 그 기준으로 삼았다. 중단편집에 묶인 작품들 역시 발표된 순서대로 수록하였으며, 각 작품 말미에 발표 연도를 밝혀놓았다.

3. 전집의 본문은 『이청준 문학전집』(열림원) 발간 이후 작가가 새롭게 교정, 보완한 내용을 충실히 반영하여 확정하였다. 특히 미발표작의 경우 작가가 남긴 관련 자료에 근거하여 수록하였음을 밝힌다.

4. 전집의 각 권에는 작품들을 수록하고 새롭게 씌어진 해설을 붙였으며 여기에 각 작품 텍스트의 변모 과정과 이청준 작품들의 상호 관계를 밝히는 글을 실었다. 이 글은 현재의 문학과지성사판 전집의 확정 텍스트에 이르기까지 주요한 특징적 변모를 잘 보여준다.

5. 이 책의 맞춤법은 국립국어연구원의 '한글 맞춤법'에 따르는 것을 원칙으로 하되, 띄어쓰기의 경우 본사의 내부 규정을 따랐다. 단, 작품의 분위기에 영향을 준다고 판단되는 방언이나 구어체 표현·의성어·의태어 등은 작가의 집필 의도를 살려 그대로 두었다(괄호 안: 현행 맞춤법 표기).
   예) ① 방언 및 의성어·의태어: 뺀뺀하다(반반하다) 희멀끄럼하다(희멀겋다) 달겨들다(달려들다) 드키(듯이) 똘레똘레(둘레둘레) 뎅강(뎅궁) 까장까장(꼬장꼬장)
   ② 작가의 고유한 표현:
   -그닥(그다지) 범상찮다(범상치 않다) 들춰업다(둘러업다)
   -입물개 개었고 아심찮게도 목짓 편뜻 사양기
   ③ 기타: 앞엣사람 옆엣녀석 먼젓사람 천릿길 뱃손님 뒷번
   그리고 나서(그러고 나서) 그리고는(그러고는)

6. 이 책의 외래어 표기는 국립국어연구원의 '외래어 표기법'에 따라 바꾸었다. 단, 작품의 제목이나 중요한 어휘로 등장하는 경우에는 원본을 그대로 살렸다.
   예) ① 맘모스(매머드) 세느(센) 뎃쌍(데생) ② 레지('종업원'으로 순화)

7. 이 책에 쓰인 문장부호의 경우 단편, 논문, 예술 작품(영화, 그림, 음악)은 「 」으로, 단행본 및 잡지, 시리즈 명 등은 『 』으로 표시하였다. 대화나 직접 인용은 큰따옴표(" ")와 줄표(——)로, 강조나 간접 인용의 경우 작은따옴표(' ')로 묶었다.

차례

제1장
큰일 채비를 갖춰 시골로 내려가다

    소식을 접하던 날 아침 녘, 준섭은 어이없게도 어머니의 노년 시절에 대한 짤막한 수상문 한 편을 기초하고 있었다.

    —내 어머니의 연세는 올해로 미수(米壽)를 한 해 앞두신 87세. 그 어머니는 지금 당신이 살아오신 지난날의 생애를 현재에서 과거 쪽으로 다시 한 번 거꾸로 살고 계신 격이다. 머릿속 기억이 자꾸만 가까운 시절의 일에서 옛날 일 쪽으로 거슬러 올라가며 걷혀나가는 때문이다. 당신이 돌아가신 아버지를 찾으실 때는 두 분이 젊으셨을 적 한창 새살림을 일구고 계실 무렵으로, 시어머니 저녁 진지 마련 걱정으로 마음이 바쁘실 때는 당신이 갓 시집을 오신 시어머니(나의 할머니) 생존 시의 새색시 시절로, 그리고 옷보퉁이를 싸 들고 옛 외가 쪽으로 해변 길을 나서실 때는 시집도 오시기 전의 아득한 꽃처녀 시절로, 머릿속 기억이 그런 식으로 자꾸만 먼 옛날 쪽으로 돌아가고 계신 것이다……

갯멧꽃 만발한 남녘 늦가을 해변 방둑 길. 흰 구름 몇 점이 한 가롭게 떠도는 옛 외갓동네 쪽 봉암산 너머 푸른 하늘……, 원고 를 써 내려가던 준섭의 눈앞에 문득 그 청명한 하늘과 긴 해변 둑 길이 펼쳐지며, 무작정 그 외갓동네 쪽 하늘을 우러러 발길을 서 둘러 가고 있는 노인의 모습이 떠올랐다. 그 하염없는 어머니의 모습에 준섭은 한동안 가지런하던 머릿속이 갑자기 어지럽게 흔 들려 잠시 쓰기를 멈추고 눈을 감고 기다렸다. 노인의 하얀 머리 칼, 목적지가 없는 황망스런 발걸음, 때 없이 바쁜 마음속에 물 고운 색동옷과 아련한 꽃처녀 시절의 꿈들이 고스란히 함께 간직 되어 있을 애틋한 옷보퉁이……

하지만 그 잔잔한 상념 속의 영상(映像)은 다시 한 번 예기치 않은 변화 속에 평화가 깨어지고 말았다. 자전거를 타고 급히 노 인을 찾으러 나선 형수 외동댁의 난감하고 짜증스런 모습이 그 상념 속의 영상 한쪽으로 불쑥 뛰어들어온 것이다—

기억이 자꾸 옛날로 거슬러 올라가고 있는 노인에겐 현재라는 것이 없었다. 오직 기억 속의 과거사뿐이었다. 노인은 늘상 그 기 억 속의 과거만을 살고 있었다. 노인이 찾는 사람이나 찾아가는 곳들도 물론 옛 기억 속의 일들일 뿐 실재하는 것들이 아니었다.

그러나 며느리 외동댁은 늘상 그 과거 속을 헤매는 노인을 현 재 쪽으로 데려와야 하였다. 외동댁은 그 일에 이력이 나 있었다. 노인이 먼 곳까지 종적을 감출 때면 들일을 나가 있던 마을 사람 들까지 함께 나서서 품을 대신해주기도 했지만, 그 노인을 찾아 다니는 일로 해서 외동댁은 이미 50대 중반의 시골 아녀자 처지에 헌 자전거까지 사들여 들밭길을 두루 다 익혀온 형편이었다.

하지만 그렇게 노인을 찾아 데리고 와서, 이곳이 우리 집이요. 내가 엄니 며느리요, 아무리 설명하고 안심을 시켜도 노인의 망념은 깨어날 줄을 몰랐다. 누가? 댁네가? 난 댁네가 첨 보는 사람 겉은디? 잠시 긴가 민가 생각을 망설이는 기색뿐, 이내 고집스럽게 머리를 내저으며 텅 빈 눈길을 멀리 외면해버리곤 하였다. ─ 아녀, 여기는 우리 집이 아녀!

그리고 다시 틈만 나면 옛날 살던 집들과 그 시절 사람들을 찾아 소리 소문 없이 모습이 사라지고 마는 것이었다.

그야 현재라는 시간대가 없는 노인에겐 그 현재의 집도 사람도 있을 수가 없는 것이 당연한 이치였다. 하지만 외동댁에겐 참으로 난감스럽고 짜증나는 일이 아닐 수 없었다. 노인의 그 아득한 기억 여행을 그만 나이 든 노인들의 누추한 노망기쯤으로 치부하고 있는 외동댁으로선 그 꽁꽁 묶어 안은 노인의 옷보퉁이 속에 무엇이 들어 있는지를 알 수가 없으니 더욱 그럴 수밖에 없었다.

─ 엄니, 어째 또 이러시요. 엄니가 사시는 집은 그쪽이 아니라 이쪽 아니요. 저기가 엄니하고 나하고 사는 우리 집⋯⋯! 그런디 그 집을 놔두고 자꾸만 어디를 가시냔 말이요.

상념의 영상 속에 노인을 따라잡은 외동댁이 급히 자전거를 내려서며 노인을 다그쳐대는 소리가 묵음으로 귀청을 울려왔다.

하지만 며느리를 알아볼 리 없는 노인의 태연스럽고 완강한 몸짓. 한동안 실랑이 끝에 결국은 며느리 쪽이 제풀에 성깔을 누그러뜨리며 애원하듯 노인을 달래기 시작한다.

— 알았소, 엄니. 내가 엄니의 처녀 적 동문디, 날 못 알아보시겠소? 엄니네 아부지 엄니가 아까부터 저그 저 집서 기다리고 계심서 나더러 엄니를 좀 데려오라고 하십디다. 저그 저 집이 엄니네 집 아니요? 그러니 어서 나하고 집으로 가십시다.

……내가 노인을 너무 감상적으로 미화시키고 있었나?

외동댁의 난감하고 딱한 처지에 준섭은 문득 도망치듯 상념 속을 빠져나오며 속으로 뇌까렸다. 그리고 글의 흐름을 고쳐 잡을 겸 씌어진 원고를 처음부터 다시 훑어보았다.

하지만 원고를 대충 훑고 나서 준섭은 그냥 그대로 이야기를 계속해나가기로 생각을 다시 고쳐먹었다. 글이 마음에 들거나 말거나 이제는 이야기를 고쳐 쓸 여유가 없었다.

마감 날짜를 며칠째나 넘기고 있는 일이었다. 처음부터 그리 마음에 끌리지가 않은 일이었던 때문일까. 노인의 안타까운 기억 여행을 소재로 한 그의 근래의 동화 이야기를 『문학시대』의 장혜림에게 섣불리 말한 것이 사단이었다. 장혜림은 대뜸 그 동화 속의 할머니의 실제 이야기, 동화가 아닌 그의 실제 어머니의 노년살이 모습을 써달라고 보채기 시작했다. 그러나 준섭은 왠지 그 일이 마음에 썩 탐탁스럽지가 않았다. 이미 동화로 한번 써버린 이야긴 데다, 현실에서는 그다지 아름다워 보일 수가 없는 실제 노인의 이야기를 새삼 세상에 드러내놓는 노릇이 어쩐지 민망하고 죄스러웠기 때문이었다. 더욱이 그것으로 노인에게 어떤 예기치 않은 운명의 굴곡을 부를 것 같은 조심스러움(이 무렵 노인의 일에 대한 그의 느낌이 늘 그렇게 편안치가 못했다), 아들의 처지에선 함부로 할 수 없는 어떤 위험한 금기를 범하려 드는 것 같은 알 수 없는 불안감까지 앞을 선 때문이었다.

하지만 일 욕심이 많은 장혜림은 그런 준섭의 기분을 무시했다. 준섭은 그 장혜림을 납득시킬 수가 없었다. 그래서 어물어물 틈을 한번 내어보자. 개운찮은 승낙을 남기고 만 일이었다.

예상대로 좀처럼 글이 씌어지지 않았다. 길지도 않은 분량에 원고지만 앞에 하고 앉으면 그 알 수 없는 불안감과 초조감만 더해갔다. 그렇다고 장혜림에게 다시 뒤늦은 양해를 구할 수도 없었다.

그는 대책 없이 시간만 기다렸다. 까닭 없이 두렵고 초조로운 심사가 걷혀 사라지기만을 기다렸다.

약속 날짜를 넘기면서부터는 장혜림의 독촉 전화가 온전히 하루를 참아 넘기지 못했다. 그리고 전날 저녁 그 혜림의 엄살 섞인 전화질에 준섭은 불가피 내일은 한번 믿어보라는 다짐을 주고 말았었다.

이야기가 되든 말든 이날 안으로 원고지 장수라도 채워놓아야 하였다. 장혜림의 전화질이 언제 또 시작될지, 지금 당장이라도 성화를 부리고 덤빌지 알 수 없는 일이었다.

그는 아직도 눈앞에 어른거리는 외동댁의 딱한 모습, 자전거와 함께 앞뒤로 노인을 이끌고 해변 길을 돌아가는 형수의 한숨기 어린 영상을 매몰차게 지워버리고 다시 글을 이어나가기 시작했다.

— 어머니가 옛 시어머님 걱정을 일삼던 새색시 시절을 더 거슬러 올라가 산 너머 외갓동네의 꽃처녀 시절을 살기 시작하신 것은 재작년 가을의 추석 녘께부터였다. 도회살이를 나갔다 명절을 쇠러 돌아온 마을 젊은이들이 무시로 사립을 들고 나던 그 추석날 해거름 녘. 어수선한 안팎 분위기에 당신도 전에 없이 마음이 들떠 있었던지, 어느 참엔지 조그만 보퉁이 하나를 싸 들고 얼핏 사립을 빠져나가고 계셨다. 낌새가 심상찮아 내가 급히 뒤쫓아가 '어디를 가시는 길이냐'고 여쭈니, 당신은 무언가 하염없는 눈길로 흰 구름 비껴 앉은 푸른 산등성이 너머의 옛 외갓동네쪽 하늘을 망연히 바라보시다간, '인자 우리 집 갈란다. 내가 너무 넋을 빼고 놀다가 우리 엄니 아부지 날 기다리시다가 눈이 다 빠지셨다', 꿈결 속처럼 중얼거리시는 것이었다. 그래 다시 내가 짐짓, '그 보퉁이 속에는 무엇이 들어 있느냐'고 물으니, 당신은 새삼 그 보퉁이를 소중스레 끌어안으시곤, '우리 엄니 아부지가 새로 해주신 내 고운 명절 옷'이라며 모처럼 자랑스럽고 밝게 웃으시는 것이었다……

증명해 보일 수는 없는 일이지만, 피를 나누어 가진 가까운 육친 간에선 종종 중요한 가정사나 가족들의 신상 변화 같은 일에 꿈이나 예감 따위로 눈에 보이지 않는 교감을 갖게 되는 일이 흔하다.

「기억 여행」을 쓰기 전후하여 준섭을 짓눌러댄 그 예사롭지 않은 불안감은 공연한 것이 아니었다. 그것은 아들의 한가한 글놀

음과 불미스런 상념에 대한 노인의 마지막 감응이자 안타까운 종주먹질이던 셈이었다. 과연 이날의 노인의 처지에서야 어찌 그러지 않을 수가 있었을 것인가.

글을 아직 채 절반도 써나가기 전에 거실 쪽에서 요란스레 전화벨 소리가 울렸다. 준섭은 처음 그것을 장혜림이 또 원고를 재촉해오는 전화쯤으로 여기고 그대로 일을 계속해나가려 하였다. 아내가 대신 이쪽 상황을 설명하여 전화를 그냥 끊게 할 수도 있기 때문이었다. 그런데 그 아내가 한두 마디 전에 없이 목청을 크게 돋우다 간 이내 급한 발걸음으로 서재 문을 열어젖혔다.

"여보, 전화 좀 받아보세요. 시골 어머님께서……"

말을 다 끝맺지 못하고 죄인처럼 쭈뼛쭈뼛 어쩔 줄을 몰라 하는 황망스런 눈빛, 준섭은 그 아내의 당황해하는 모습을 대하자 금세 모든 것을 알 수 있었다. 지금까지 줄곧 가슴속에 웅크리고 있던 막연한 불안기와 두려움의 그림자가 비로소 정체를 확연히 드러내온 느낌이었다.

"어머니께서 지금……?"

그는 아내가 고개를 끄덕이기도 전에 오래전부터 늘 그런 순간을 각오해온 사람처럼 침착한 몸짓으로 거실로 걸어나가 전화기를 집어 들었다.

"형수님이세요? 저 은지 압니다."

"아이고 아재! 이 일이 뭔 일이라요, 아재 이 노릇을 어쨌으면 좋겠소이, 아이고, 아재. 아이고호……"

전화기 속에서 진작부터 아이고 아이고 곡성을 흘리고 있던 외동댁은 준섭의 기척 소리에 자초지종도 말하기 전에 대뜸 넋두리부터 쏟아냈다. 준섭은 잠시 그 외동댁의 목소리가 진정되기를 기다렸다가 차근차근 물었다.

"알았습니다. 알았으니 이제 진정하시고…… 운명은 언제 하셨어요. 방금 전인가요?"

"그렇지라이, 아직까장 이렇게 손발도 식지 않으셨응께요."

"숨은 편히 거두셨습니까?"

"그런께 그것이……"

외동댁의 젖은 목소리가 왠지 거기서 잠시 대답을 망설이고 있었다. 그러다간 또 갑자기 울음소리를 터뜨리며 그간의 정황을 줄줄이 털어놨다.

"아이고 아이고 아재. 이년의 죄를 그래 어쨌으면 좋겠소, 이? 아이고호…… 글씨, 엄니가 오늘 아침엔 웬일로 다른 날보다 곡량기를 훨씬 더하시고 정신도 많이 맑아지신 것 같더랑께요. 그래 오랜만에 옆집 새말 아재네 밭일을 좀 손봐주러 나갔더니, 거기까장 가서 보니 또 아침엔 잊고 넘어간 간밤의 어수선한 꿈자리가 새삼스럽게 개운치가 않더라고요. 그래 그냥 그길로 일을 중도 작파하고 서둘러 집으로 돌아와 보니, 글씨 그리 될라고 그랬던지 해필이믄 그 잠깐 새에 엄니가……"

외동댁은 새삼 설움기가 복받쳐 오르는 듯 잠시 말을 참고 있다가 끝내는 다시 푸념 섞인 통곡을 터뜨렸다.

"그러니, 엄니 마지막 가시는 길 하나 곁에서 못 지켜드린 이 박복한 년의 죄를 어쨌으면 좋겠소. 아재, 몇십 년 긴 세월을 둘이 함께 밀고 끌고 고생하고 살고 나서 마지막을 어찌 그리 혼자 몰래 가신다요. 무정하고 허망하요. 원통하고 절통하요…… 아이고 아이고 내 팔자야……"

누구에 대한 하소연인지 원망인지, 젊어 일찍 지아비를 잃은 30대 청상으로 어언 30년 가까이나 시어머니를 모셔오다 이제는 자신도 환갑을 눈앞에 두게 된 외동댁의 처지에선 어쩌다 그 노인의 임종을 지키지 못한 것이 당연히 민망하고 절통스러울 수밖에 없었다.

하지만 준섭은 그 형수의 억울한 넋두리를 무한정 듣고 있을 수가 없었다.

"알았어요. 그러니 지금에 와서 다시 어쩌겠어요. 이제부터는 어머님을 편히 모셔 보내드릴 단속을 서둘러야지요."

그는 불쑥 그 외동댁의 사설을 무지르고 들면서,

"준비 끝나는 대로 제가 곧 출발할 테니, 형수님께선 그때까지 어머님을 잘 모시고 계세요."

간단한 당부를 남기고 우선 전화를 끊었다. 그리고 새삼 머릿속이 하얗게 비어오는 듯한 망연한 심사 속에 오직 그 노인의 생시 적 모습을 떠올리며 한동안 조용히 눈을 감고 앉아 있었다. 그러다 이윽고 무슨 일을 어찌할지 몰라 그저 난감스런 얼굴로 곁에 기다리고 서 있던 아내가,

"어서 떠날 준비를 해야지요. 무얼 준비해가야지요?"

조심스럽게 재촉해오는 소리를 듣고서야 비로소 깊은 묵념에서 빠져나와 천천히 다시 전화기를 집어 들었다.

"형수님이세요? 저 출발하기 전에 말씀드릴 일이 좀 있어서요. 거기 지금 아직 형수님 혼자세요?"

신호음이 떨어지고 다시 귀에 익은 외동댁의 목소리가 수화기를 울려 나오자 그는 우선 몇 가지 급한 일부터 가닥을 추려나갔다.

"아니라우. 새말 아재네가 바로 뒤쫓아 내려와 함께 계시구만이라. 혹시나 해서 아재한테 한번 더 엄니 맥박도 더듬어보게 했고요. 행여나 싶은 마음에 설마 설마 하고 있다가 아재도 엄니가 아주 가신 것 같다고 하길래 인잔 더 기다릴 수가 없어 아재한테도 전화를 했구만요."

나이도 나인 데다 눈앞에다 워낙에 중한 일을 받아놓은 처지여서 그런지, 외동댁은 그사이 질펀하게 젖어들었던 목소리가 꽤 침착하게 가라앉아 있었다. 준섭도 그만큼 일을 추려나가기 쉬웠다.

"그러면 제가 도착할 때까지 형수님이 새말 형님하고 의논해서 우선 해둬야 할 일들을 해놓으셔야겠네요. 어머님 손발 개어엎어드리는 일이랑 사잣밥 차리는 일이랑…… 형수님이 다 알아서 하시겠지만요."

"여기 일은 염려 마시고 아재 맘이나 편히 먹고 오시오. 그렇잖아도 지금 아재네하고 초혼(招魂) 채비를 하고 있는 중인께요."

"어머님 수의는 전에 미리 지어두신 걸로 압니다만, 우리가 입을 상복들은 새로 마련을 해야지요?"

"요새는 그런 거 다 장터 장의사에서 가져다 쓰드만이라."

"읍내나 전주 아이들한테는 바로 알리셔야지요? 광주하고 함평 누님들한테두요. 다른 곳들은 제가 간 뒤에도 늦지 않을 테니 천천히 알리기로 하고요."

"일찍 알려야 할 곳은 지금 아재가 다 알아서 알리고 있는 중이라요."

"그리고 음식 준비도 미리 서둘러야 할 것 같네요. 이번 일은 어머님의 유덕하고 상관되는 일이니 음식이라도 좀 푸짐하게 장만하게요."

"알았소. 알았으니 그런 건 아무 걱정 말고 늦기 전에 어서 길이나 나서 오시오. 전화하다가 해 다 저물겠소."

"아무튼 형수님께는 뭐라고 드릴 말씀이 없습니다. 그저 형수님하고 저하고 마음을 합해서 어머님의 마지막 길을 곱게 모셔 보내드리자는 말씀밖에요. 그럼 저는 이따가 가서 뵙기로 하고…… 지금 새말 형님 곁에 계시면 잠시 좀 바꿔주세요."

그쯤 외동댁에 대한 당부를 끝내고 나서 준섭이 새 담배를 한 개비 찾아 물기 바쁘게 이웃 새말의 컬컬하고 허물없는 목소리가 바로 수화기를 타고 흘러나왔다.

"동생인가, 날세…… 동생 심사가 많이 애통스럽겠네. 하지만 생자정리(生者定離)! 기왕지사 일이 이러컴 된 마당에, 숙모님 향년도 그리 서운한 편은 아니고 허니 너무 크게 상심해쌓진 마소. 여기 일은 다 우리헌티 맡겨두고……"

"예, 형님."

준섭은 그 새말의 윗사람다운 편안함과 진심이 어린 위로에 큰

의지를 얻은 듯 마음이 한결 차분하게 가라앉는 느낌이었다. 이것저것 그에게까지 따로 당부를 늘어놓을 것이 없을 것 같았다.

"저야 이제 와서 상심이 된다 한들 무슨 소용이 있겠습니까. 혼자 남은 형수님이 더 허망하고 상심이 크시겠지요. 제가 도착할 때까지 형님께서 계속 형수님 곁에서 일을 좀 보살펴주십시요. 형님만 믿겠습니다."

준섭은 형수 외동댁의 일을 함께 살펴달라는 한마디로 다른 말들을 다 한데 뭉뚱그려 간단히 대신했다. 새말도 물론 그런 준섭의 마음속을 헤아려주고 남았다.

"아, 이쪽 일은 우리가 의논을 해서 잘 추슬러갈 테니께, 동생이나 너무 맘 급하게 묵지 말고 찻길 조심해서 천천히 와."

새말이 재차 준섭을 안심시켜왔다.

"알겠습니다. 지금이 10시니까 이런저런 준비 끝내고 바로 나서면 네댓 시쯤에는 들어갈 수 있을 것 같습니다. 그럼 이따가 뵙겠습니다."

준섭은 비로소 전화 통화를 끝내고 자리에서 일어섰다. 그리고 아직도 어정쩡한 얼굴을 하고 있다가 몸을 비켜서는 아내에게 뒤늦은 길채비 재촉을 하였다.

"왜 여태 그러고 있어? 어서 은행에 가서 돈을 찾아오지 않고. 은행 다녀오는 길에 은지 학교 들러서 은지도 데려오고."

"돈을 얼마나 찾을까요?"

평소와는 달리 졸지에 사리 판별력을 잃고 만 듯한 아내의 요령 없는 되물음.

"얼마고 뭐고가 어디 있어. 있는 대로 다 찾아와. 돈 나올 데라 곤 우리뿐인데, 거기 넣어놓은 돈이 얼마나 된다고."

"은지는 아무래도 한 일주일쯤 결석을 시켜야겠지요?"

"삼우제까지 지내고 오려면 그래야겠지. 그런 건 당신이 알아서 하라구."

"알았어요. 그럼 난 은행하고 은지 학교부터 다녀올게요."

은지네는 될수록 준섭의 팽팽한 심기를 건드리지 않으려 더 긴 말 보태지 않고 서둘러 은행으로 달려갔다.

그 아내가 은행엘 다녀오는 동안 준섭은 다시 곧장 서재로 건너가서 자신의 짐거리를 차근차근 가방에 챙겨 쌌다. 황망스럽기 그지없는 처지와는 거꾸로 이상스럽도록 차분히 가라앉아들고 있는 기분 속에, 오래전서부터 노인의 일에 대비하여 간수해온 『상례절차집』과 영정용 상반신 사진, 제례용 향초와 지필묵, 그리고 별생각 없이 방금 전까지 쓰다 나간 원고지까지를 버릇처럼 가지런히 함께 챙겨 넣었다. 그리고 어머니를 여읜 자식으로서 흉을 잡히지 않게끔 검박하고 단정한 입성까지, 모든 일을 전부터 다 유념해둬온 듯이 차근차근 정연한 길채비를 끝내고 나서, 그는 마지막으로 다시 거실 쪽으로 나와 전화기 앞에 앉았다. 아내가 딸아이를 데리고 올 때까지 가까운 몇 사람에게라도 우선 부탁과 당부 겸해 사정을 알려두기 위해서였다.

"아, 송 형? 마침 거기 나와 있었구만……"

그는 맨 먼저 바깥 연락처 겸 나들이 거점으로 삼아온 삼성동 소재의 '사랑방 문화회' 방지기 송규식부터 불러냈다. 그리고 얼마간 입이 싼 그에게 대충의 사정 설명과 함께 일방적인 당부를 건넸다. ……그래, 나 준섭인데, 급한 일이 생겨서 우선 간단히 용건만 말할 테니 잘 좀 들어뒀다가 그대로 전해줘요…… 다름 아니라, 지금 나 갑자기 급한 일이 생겨서 시골집엘 내려가는 참인데 말예요…… 그래, 올해 여든일곱…… 연세가 계셔놔서 그간에도 늘상 마음을 놓지 못했던 일이지…… 아니, 다른 사람들한테는 아직 알릴 거 없어요. 자세한 것은 내가 시골에 도착한 뒤에 사정을 보고 다시 연락할 테니 송 형도 우선은 그런 줄이나 알아두고…… 아, 그럼. 시골 쪽 일에 가닥이 잡히고 나면 그 방 사람들은 물론 다 내려와줘야지. 하지만 그때까진 바쁜 사람들 공연히 미리부터 마음 어지럽게 할 거 없고. 혹시 누가 급한 재촉거리로 나를 찾는 일이 있으면 우선 그런 사정이나 좀 귀띔을 해주면 돼요…… 누구 윤 사장? 윤 사장한테는 미리 알려야겠지. 하지만 그 친구한테는 지금 내가 연락을 할 테니, 송 형은 다른 신경 쓰지 말고 그냥 아까 한 말들이나 유념해두고 다음 연락을 기다려주면 좋겠어요…… 부탁해요. 그럼……

"응, 윤 사장? 나 준섭이…… 그런데 시골 어머님한테 결국 일이 생기고 말았어…… 그래, 좀 전에 시골 형수님한테서 연락을 받았어."

송규식과의 통화를 끝내고 준섭은 뒤이어 이번에는 종로 쪽 우일출판사의 윤상주를 불러내어 다시 자초지종을 알리고 송규식에게와 비슷한 당부를 한 번 더 되풀이했다. ……나 지금 곧 길을 나설 참이야…… 아니, 아니, 그럴 필요 없어. 차는 우리 걸 은지네가 몰고 갈 테니까. 여기 일들이 바쁠 텐데 그렇게 일찍들 내려올 필요도 없고. 내일이 토요일이니 오전 일 끝내고 오후에 내려와서 모레 아침 발인이나 보고 가면 되지 뭐. 전에 늘 말해왔듯 여차하면 그날은 자네들이 나서서 직접 상여까지 메야 할지 모르지만…… 그럼! 당신도 생전에 늘 말씀해오신 일이니 모든 것을 동네 집안이나 이웃들하고 가까운 사람들끼리서 조용히 모시려고 해. 그러니 여기저기 시끄럽게 하지 말고 노인의 상여까지 메줄 만한 허물없는 처지들이나 몇 사람 조용히 소리를 해서 내일쯤 함께 내려오라구…… 그래, 아무래도 전에 함께들 낚시라도 내려다니면서 생전에 노인을 좀 뵌 일이 있는 작자들이어야 하겠지. 한빛 강 원장이나 최 변호사 같은 사랑방 사람 몇하고, 글동네 쪽에서는 그간 우리하고도 어울려온 오명철이나 홍제순이 같은 몇 사람…… 방금 전에 사랑방 쪽 송규식이한테도 대강 당부를 해뒀지만, 시골 내려가서 다시 연락을 할 테니, 그때까지 여기 일은 내 생각을 잘 아는 당신이 알아서……

윤 사장과의 통화를 끝내고 나서도 다시 어디 더 단속을 해둬야 할 데가 없나 한동안 머릿속을 헤집고 있을 때에야 집을 나갔던 아내가 헐레벌떡 은지를 앞세우고 현관문을 들어섰다.

그러나 아내는 거기서 금방 길을 나설 수가 없었다. 마음이 조급해진 준섭이 짐을 들고 나가 먼저 승용차를 타고 기다리는 동안 그의 아내는 뒤늦게 나머지 길채비를 챙겨 나오느라 다시 한동안 정신없이 허둥댔다. 올해 초등학교 4학년생인 딸아이의 것까지 식구들의 여벌 옷가방을 마련하고, 세면도구 따위 허드렛 생활용구와 돈지갑을 챙겨 넣고…… 그리고 겨우 현관문을 잠 그고 나와 경비실 사람에게 이런저런 당부 말을 남기고 오다가 는 또 부엌 가스시설을 단속하러 한번 더 잠긴 문을 열고 뛰어들 고……

하지만 그보다 먼저 차를 타고 기다리던 준섭 역시 나중엔 다 른 엉뚱한 실랑이질로 그 아내를 재촉하거나 짜증스러워할 여유 가 없었다. 아깟번엔 더 이상 단속해둘 일이 없는 듯싶더니, 미리 양해를 구해야 할 눈앞의 일 한 가지가 차 속에 앉아서야 뒤늦게 떠오른 것이었다.

"장혜림 씨? 한가한 인사 접어두고 나 한 가지 어려운 양해를 구해야겠어요."

『문학시대』에 써줘야 할 원고 일이었다. 장혜림에게는 어쩐지 이쪽 사정을 자세히 말하기가 싫었다. 하여 준섭은 그녀의 목소 리를 확인하자마자 긴말 생략하고 다짜고짜 이달엔 원고를 쓸 수 없노라고 일방적인 통보를 보냈다. 내 이번에 쓰기로 한 원고 미 안하지만 다음 달로 미뤄줘야겠어요…… 아니, 원고는 그럭저럭 반쯤이나 써놓았는데, 핑계가 아니라 갑자기 그럴 사정이 생겼 어요……

하지만 마감 약속을 몇 번씩 연기해온 원고를 그런 몇 마디로 간단히 포기하고 물러서줄 장혜림이 아니었다. 그녀는 도대체 이쪽의 '사정'이라는 걸 곧이들으려 하지 않았다. 그리고 글이 잘 씌어지지 않으면 마감 날을 며칠 더 연기해주마고 끈질기게 물고 늘어졌다.

"글쎄, 며칠간의 말미로는 도저히 끝낼 수가 없게 됐다니까요. 이쪽의 사정이! 이번 일 말고 내가 언제 이런 식으로 약속을 어깁 디까…… 하여튼 장 기자가 양해를 해주고 안 해주고는 내가 어쩔 수 없는 일이지만, 나는 일단 사정을 알렸으니 그쯤 아시고 오늘은 이만 전화를 끊어요."

진짜 사정을 말해주지 않는 한 더 이상 긴말이 소용없을 여자였다. 그렇다고 이제 와서 무슨 비장의 카드라도 꺼내 보여주듯 노인의 일을 뒤늦게 들먹여대기도 뭣했다. 그는 그쯤에서 그만 일방적으로 전화를 끝내고 말았다.

딸아이를 앞세우고 겨우겨우 차로 돌아온 아내가 평상시처럼 그의 단골 조수석 옆 빈 운전석으로 올라앉아 차를 움직이기 시작한 것은 그 장혜림과의 귀찮은 전화 실랑이까지 치르고 난 다음이었다.

그런데 이날은 다른 날보다 찻길까지 유난히 더 붐볐다. 조급해진 마음에 허둥지둥 차를 몰아가다 앞뒷차와 이런저런 말썽까지 빚은 아내는 시내 길도 미처 다 빠져나가기 전에 심신이 온통 녹초가 되어갔다.

준섭 역시 심사가 조급하고 짜증스럽기는 물론 그 아내 못지않았다. 한데다 언제 그의 핸드폰 번호까지 챙겨졌던지, 장혜림이 그 차 속까지 물색없이 그를 다시 채근해오고 있었다.

"……글쎄요. 장혜림 씨, 왜 이래요. 원고가 아직 절반쯤밖에 안 되었다니까요. 나는 지금 글을 더 쓸 수가 없는 처지구요. 그렇다고 그런 토막글을 실을 순 없잖아요. 이만큼 설명했으면 좀 알아들으셔야지 이 이상 나더러 어쩌라는 거예요."

준섭은 이제 그 끈질긴 혜림에게 진저리를 치듯이 막소리로 나갈밖에 없었다. 그리고 왜 그리 화를 내느냐는 그녀의 힐난조엔 자제력을 잃어가는 자신에게까지 화가 나서, 끝내 그 맘속에 좋이 참아 눌러오던 말을 불쑥 내뱉어버리고 말았다.

"아니, 장 기자. 그래 당신 같으면 어머니 상을 당하고도 수필 나부랭이를 쓰고 앉아 있겠소? ……그래요, 바로 그 노인네, 이번 글 속의 노인네, 그 어머니, 바로 내 어머니가 돌아가셨단 말이오!"

그렇게 장혜림과의 실랑이를 끝내고 나서도 찻길은 여전히 앞으로 나아갈 줄을 모르고 주춤대고만 있었다. 예정한 시간 안에 차를 달려 도착하기는 애저녁부터 틀린 일이었다. 계기판 옆에 붙은 시계가 벌써 11시를 넘고 있었다.

준섭은 이제 그 늦어지는 시간보다 어쩌면 장혜림이 또 전화를 걸어올지 모른다는 예감에, 그 짜증스런 불안감을 씻기 위해 지레 먼저 시골 쪽 전화번호를 눌렀다.

"예, 갯나들입니다."

전화기에서는 마침 장흥 읍내에서 군청 밥을 먹고 사는 장질 원일이의 무뚝뚝한 목소리가 흘러나왔다.

"그래 나다. 너 와 있었구나. 그래, 그곳 일들은 어떻게 되어가냐. 할머니 유체 수습이랑 음식 장만이랑……"

준섭은 급한 김에 대뜸 시골 쪽 일 돌아가는 사정부터 물었다.

"예, 작은아버지시군요. 이쪽 일은 아직까지 별 어려움 없이 추슬러나가고 있습니다."

성급하기 그지없는 준섭이 목소리에 원일도 이미 이쪽의 사정을 짐작했음인지, 더 자세한 것까지 묻기 전에 평소의 버릇대로 이것저것 제 쪽에서 미리 설명을 해왔다.

"할머님 유체는 어머님이 좀 전에 옆집 새말 아재랑 동네 태영 씨랑 세 분이서 수습을 다 끝내 모셨고요. 음식 장만은 아까 경우하고 집안 아이들 두셋이 우선 급한 장거리를 보러 나갔습니다. 어머님 말씀도 있고 해서 술이랑 안주거리부터 예산 아끼지 말고 알아서 넉넉하게 장만해오라고요. 다른 큰 제수거리는 나중에 작은아버지 오신 뒤에 다시 상의를 드리려고요."

"너 말고 또 누구 아직 도착해 있는 사람은 없냐? 광주 고모님이랑 함평 고숙님이랑…… 그리고 회진 구면장님이랑 장텃동네 이 교장 어른한테도 소식들을 다 알렸고?"

끝없이 이어져가는 설명을 자르고 이번에는 싫든지 좋든지 일을 함께 의논해나가야 할 집안 어른들의 면면을 떠올리며, 그 기별 여부와 도착 상황을 물었다. 원일이 또 금세 이쪽에서 궁금해하는 것을 알아차리고 막힘없이 제 설명을 그쪽으로 이어갔다.

"광주나 함평 고모님들은 아직 도착하시지 않았습니다. 광주 고모님은 청일이가 전주서 제 차로 내려오면서 수남이랑 함께 모시고 오겠다고 했으니까 아마 곧 도착하게 될 겁니다. 그리고 회진 구면장님이랑 장터 교장 선생님이랑은 아까 참에 함께 오셔서 지금 마루방에서 새말 아재랑 부고 일을 의논하고 계시고요. 혹시 지금 하실 말씀 있으시면 전화를 바꿔드릴까요?"

"아니, 그럴 거 없다."

이제는 대충 다 형편을 짐작하게 된 터에 준섭은 어딘지 그런 원일의 마음 씀새가 달갑잖은 기분이 들어 자신도 모르게 얼른 그를 저지했다. 그리고 새삼 그 장손 된 조카아이의 위치와 책임을 다짐 주듯 분명하게 일렀다.

"집안 어른들은 가급적 길을 서둘러 가서 직접 뵙겠다. 그보다도 이번엔 네가 정신 바로 차리고 앞뒷일을 알아서 잘 처리해나가야 한다. 모르는 일은 어머니랑 새말 아재랑 집안 어른들한테 자주 여쭤가면서…… 이번 할머님 일에는 네가 상주다."

그리고 이젠 그쯤에서 전화를 끊으려 하였다. 찻길이 겨우 조금씩 뚫리기 시작하고, 그사이에 그럭저럭 양재동 고속도로 입구 가까이까지 새냇길을 거의 벗어난 차가 차츰 속력을 더해가고 있었기 때문이다.

하지만 그런저런 사정을 알 턱없는 조카는 뒤늦게 넌지시 제 쪽의 궁금증을 물어왔다.

"그런데 작은아버지 지금 어디쯤이십니까."

"지금 여기?"

준섭은 그제야 한결같이 고분고분하기만 한 그 30대의 조카아이 앞에 모처럼 민망스럽게 어물쩍댈 수밖에 없었다.

"집 앞서부터 어떻게 찻길이 막히는지 이제사 겨우 시내를 빠져나와 고속도로로 올라가는가부다. 길을 나선 지가 벌써 한 시간이나 지났으니 거기까지 도착하자면 잘해야 5시경이나 될 것 같다."

　임 감독님께—
　늦었지만 우선 이렇게 시작해봅니다.
　그러고 보니 결국은 감독님에게 설복을 당하고 만 셈인가요?
지난번 서울을 다니러 갔을 때 감독님께서 처음 그런 제안을 꺼
내셨을 때도 그랬습니다만, 실은 그동안 많이 망설여온 일이었
으니까요. 모처럼 감독님을 만난 자리에서 다른 마땅한 이야깃
거리가 떠오르지 않은 탓이기는 했지만, 제가 그날 흥분 김에 공
연히 지나간 노인네의 일을 꺼낸 것이 후회가 되기도 하였고, 한
때는 아무래도 자식의 처지에서는 안 될 일 같아 아예 단념을 하
고 지낸 적도 있었습니다. 돌아가신 지 몇 달도 되지 않아 제 어
머니의 지난 시절 일들을 시시콜콜 다시 들춰내고, 그것을 만인
앞에 영화로 꾸며내려는 일이 당신을 한 번 더 돌아가시게 하고
그 슬픔까지 팔아먹으려 나서는 것 같은 죄스런 마음, 감독님께
서는 아마 그런 제 심경을 충분히 헤아릴 수 있으실 줄 믿습니다.
그리고 바로 그 점이 제가 결국 이 일을 한번 감당해보기로 마음
을 정하게 된 동기였는지도 모릅니다. 감독님께서도 팔순 노모
를 모시고 계시고, 그 어른께서도 근래 괴로운 치매의 증세를 드
러내기 시작하고 계시다는 말씀, 그래서 제 어머님의 힘들었던
노년살이가 남의 일 같지 않게 여겨져 그 노인네와 당신을 모셔
온 자식들의 일을 빌려 한 편의 영화를 만들어보고 싶다는 말씀,
무엇보다 감독님 자신의 어머니를 모시는 마음으로 정성껏 영화

를 만들고, 그런 과정을 통해 이 세상의 모든 치매증 노인들과 그 자식들을 위해, 당신들을 모시는 옳은 도리를 함께 배우고 찾아보자는 말씀을 떨쳐버릴 수가 없었으니까요. 비록 이런 이야기가 영화를 만들어볼 만한 내용이 아니더라도, 저로선 적어도 이 이야기로 하여 그런 어른을 모신 감독님껜 나름대로의 경험과 위로를 전해드릴 수가 있을 듯싶었습니다.

하지만 이제, 무슨 소리를 하든 결국은 자식의 처지에서 돌아가신 제 어머니의 어려웠던 치매 시절을 털어놓기로 한 저의 연유나 변명은 이쯤 해두기로 하고, 다음엔 이야기의 내용에 대한 저의 소견 겸 몇 가지 설명을 덧붙여두고 싶습니다.

그러니까, 이번에 써 보내드린 이야기 대목은 제가 그날 오전 어머니의 운명 소식을 듣고 제 나름대로 장례 채비를 갖추어 서울 제 집을 나서는 데까지입니다. 전체 이야기의 발단부치고는 이것저것 너무 사단들이 많아서 첫 느낌이 그다지 선명하지 못하고 속도감도 많이 떨어지고 있을 줄 압니다. 하지만 그것은 아직 이 이야기가 어디까지 계속되어가서 실제로 영화화의 단계에까지 이르게 될지 어떨지는 알 수가 없더라도, 행여 그렇게 될 경우에 대비하여 첫대목에 될 수록 이야기의 흐름과 영상화의 실마리를 많이 담아 보이려 한 의도에서였습니다. 그날의 상황이 실제로 그렇게 뒤죽박죽 어수선하기도 했고요.

그런 점에서 하필 그 당일 아침에 「기억 여행」과 같은 감상적인 글을 쓰다가 노인의 운명 소식을 듣게 된 대목은 특히 어색하고 작위적인 설정으로 보일지 모르겠습니다. 하지만 그 역시 노인성 치매와 상관된 이야기의 서두부의 한 실마리가 될 수 있을 듯싶은 생각 외에, 감독님의 영화 구상을 위한 이 자료 제공의 일에 앞서 그것이 실제로 제가 겪어낸 일이라서 부자연스러운 대로 그대로 적어 넣어본 것입니다. 앞으로 이 글이 어떻게 발전되어 갈지는 아직 장담할 수가 없지만, 지금으로선 될수록 제 글 모양새보다도 감독님의 일을 위해 제 실제의 경험을 충실히 담아 넘겨드리고 싶으니까요. 앞에서도 이미 말씀을 드렸고, 감독님께서도 분명히 경험해오셨듯이, 세상사 가운데는 때로 허구가 얼마나 더 진실되어 보이고, 사실과 실제가 얼마나 더 비현실적으로 부자연스러워 보일 때가 많습니까. 이미 짐작하신 대로 그 수필은 이후로 얼마쯤밖에는 더 진행되어나가지 못하고——다음에 차츰 알게 되시겠지만, 그것도 참 예상 밖의 시간을 얻어서——그대로 영영 중단이 되고 말았지만, 감독님께서 필요하시다면 그런 사례나 일화들은 글의 흐름에 다소 어색하고 부자연스럽더라도 중간중간 사실대로 다 말씀드리도록 하겠습니다. 그 소용 여부는 물론 감독님께서 생각하고 계신 영화의 구상 방향에 좌우될 일이겠지만요. 그리고 그것이 필요한 일이 아니라면 제가 앞으론 유념해야 할 일이겠구요.

이런 글에서 굳이 제3자 시점의 화자를 내세운 것은 1인칭 시점이 당시의 제 감정과 실제 정황에 더 충실할 수는 있겠지만, 그보다 자식으로서 제 어머니의 일을 직접 말하기가 매우 어색하고 송구스러울 뿐 아니라, 심정적으로 훨씬 노인의 일을 미화하고 과장할 가능성이 클 것 같아섭니다. 1인칭보다는 3인칭 시점의 객관적 진술 형식으로 그 폐해를 줄여보자는 의도에서지요. 그렇더라도 때로 '준섭'의 시점과 자식으로서의 제 심정적 시점에 혼동을 빚지 않으리라는 보장이 없으니, 감독님께서는 그 점 늘 감안해 읽어주시기 바랍니다.

그럼, 오늘은 우선 여기까지나 대충 한번 분위기를 훑어보시고 감독님 말씀을 주십시오. 아직은 저로서도 방향이 잘 잡히지 않아 앞으로 어떻게 이야기를 끌어가야 할지, 대충이나마 그간의 감독님의 생각을 좀 알았으면 싶으니까요.

시골구석이라 읍내 문화원까지 나가서 고물 팩스를 빌려 쓰다 보니, 송고 상태가 괜찮을지 모르겠습니다. 형수님 혼자 계시다 보니 집 안이 아직은 너무 휑뎅그렁 쓸쓸하여, 이 일이 어떤 식으로 마무리 지어지든 결말이 날 때까지 저는 당분간 노인의 봄철 못일도 돌볼 겸해 이 장흥 갯나들의 큰댁에 머물겠습니다. 감독님의 말씀은 그냥 이쪽 큰댁 전화로 주십시오(전화번호: 062-67-60××).

1995년 3월 ×일

이준섭 올림

제2장

고속도로에서 손사랫짓을 만나다

먼저 감독님께(송고 순서대로 이 페이지부터 읽어주십시오).

안녕하십니까. 그러니까 제 전번의 어쭙잖은 협박 투가 좀 먹혀든 셈인가요. 행여 제가 더 이야기를 사양하거나 게으름을 피울까 봐 달래려고 하신 말씀인 줄 짐작합니다만, 보내드린 서두부를 그런대로 흥미 있게 읽으셨다니, 저로선 그저 고맙고 다행스러울 뿐입니다. 감독님의 의도가 어디에 있었든 그로 하여 저로선 이야기를 더 계속해나가볼 의욕이 생겼고요. 하고 보면 이번에도 또 제가 감독님의 술수에 넘어가고 만 꼴인가요? 하지만 앞으로도 이야기에 별 재미나 가망성이 없어 보이면 주저 말고 솔직히 진심을 말씀해주십시오. 저에겐 아직도 그편이 어쩌면 돌아가신 분께 대한 죄스러움과 불효의 허물을 줄일 수 있는 길이 될지 모르니까요.

불효의 이야기가 나왔으니 말씀입니다만, 영화의 주제가 어차피 '이 시대의 효(孝)'가 되어야 한다는 데에는 저도 감독님의 생각에 이견이 없습니다. 하지만 영화의 제목으로 '축제'를 생각하고 계시다는 데에는 우선 의문과 의구심이 앞섭니다. 물론 감독님께서 이리저리 생각을 깊이 해보신 결과일 테고, 나중에 전체적인 이야기의 틀을 짜는 데에 달린 일이겠습니다마는, 솔직히 말씀드려서 우선은 좀 엉뚱하고, 그래서 어딘지 흥행성을 염두에 둔 것 같은 제목의 냄새가 나지 않습니까.

감독님의 흉중을 아직 다 헤아리지 못한 탓이겠지만, 저로선 무엇보다 사람의 죽음과 장례의 마당을 배경으로 이 시대의 효의 본질과 모습을 찾아보자는 이 영화의 주제가 어떻게 그 축제의 의미와 연결지어질 수 있을지 쉽게 이해가 안 갑니다. 물론 호상이나 영상 따위, 나이 많은 분들의 상사 시의 질펀한 잔치 분위기 같은 것을 연상할 수는 있습니다만, 감독님께서는 물론 그 제목 속에 그런 일반적인 의미 이상의 심오한 인생철학, 우리의 생사관과 내세관까지를 담아 표상하려는 생각이실 테니 말씀입니다.

하지만 그 점은 앞으로 이야기를 더 진행해가는 과정 속에 방법과 해답을 함께 모색해가기로 하고, 우선은 혹시 그 일에 참고가 되실지 몰라 제가 쓴 졸작 동화 한 편을 보내드리겠습니다. 전에 이미 한두 차례 말씀을 드렸고, 전번에 써 보내드린 본문 가운데서도 장혜림 기자에게 그 「기억 여행」에 관한 글을 빚지게 된 사연 중에 잠시 스친 일이 있습니다만, 『할미꽃은 봄을 세는 술래란다』라는, 올해 아직 초등학교 4학년생인 제 딸아이 은지년의 할머니에 대한 마음가짐을 가르치기 위해, 그 할머니가 돌아가시기 얼마 전에 이미 원고를 끝내서 출판에 맡겼으나, 당신 생전엔 끝내 빛을 보지 못하고 장례식에 즈음해서야 겨우 출간을 보게 된 동화입니다. 할머니와 어린 손녀 간의 짧고 간략한 이야기입니다만, 그 역시 노인성 치매를 소재로 한 삶과 죽음의 의미, 그리고 그에 대한 가족들의 바람직스런 이해방식과 태도에 관한 이야기로, 한마디로 이번 영화의 주제와 무관하지 않은 글이라 할 수 있으니, 감독님께 무언가 도움이 되시길 바랍니다.

그리고 매우 사소한 사실입니다만, 전번 글에서 감독님이 오해를 하신 듯싶어 바로잡아드리고 싶은 일로, '회진 구면장'과 '장터거리 이 교장 어른'은 두 분 다 이미 현직을 은퇴한 전직 호칭들입니다. 저의 집안에 그런 현직 어른들이 자기 일 제치고 줄을 이어줄 정도라면 오죽 마음 든든하겠습니까만 현직 시절 나이 들 땐 전혀 그러지를 못하여 늘 아쉬운 처지였답니다.

착오 없으시기 바라면서, 그럼 다시 생각 떠오르는 대로 다음 이야기를 이어나가보겠습니다.

마을 산모퉁이의 한가한 바닷가 개펄 바닥.

어머니와 나는 썰물 진 개펄을 헤매며 게를 잡고 있었다.

차가 고속도로로 올라선 다음부터는 시원스런 속도를 고르게 유지해나갔다. 그 쾌적한 속도감 속에 준섭은 비로소 기분이 좀 차분해지며 언뜻언뜻 노인의 지난날이 떠오르기 시작했다. 그리고 어느 순간 그해 봄날 노인과의 바닷가 한나절이 어젯일처럼 선명하게 다가왔다.

……그 한 달쯤 전 나는 광주의 한 중학교 입학시험에 합격하여 개학날이 이틀 뒤로 다가와 있었다. 내일이면 나 혼자 고향집과 식구들을 떠나 광주의 친척집으로 더부살이를 가야 했다. 어머니는 빈손에 아이를 맡기러 보낼 수가 없어, 그 미안막이 선물로 갯가에 지천으로 나와 노니는 게라도 한 자루 잡아 보내려는 것이었다. 그 시절 어려운 시골의 봄철 살림엔 그 밖에 다른 치레거리를 마련할 길이 없었기 때문이다—

그것은 준섭이 유년 시절을 회상한 어느 글 가운데서 이미 한 번 되새겨본 일이었다. 그래서 그 일이 그에겐 새삼 더 절절한 정회를 자아내는 것인지 모른다.

……산비탈을 스쳐 지나가는 솔바람 소리에도 가슴이 메어오고, 먼 수평선 위를 흐르는 흰구름덩이까지 공연히 눈물겹기만 하던 한 나절, 어머니와 나는 그 막막하고 애틋하고 하염없는 심사 속에 짐짓 더 열심히 게들만 쫓고 있었다—

그날 일에 대한 그 글 속의 회상은 대개 그런 식으로 이어져나갔을 것이다.

하지만 지금에 와서 다시 생각해보니 준섭은 그간 한 가지 제대로 추념해내지 못한 일이 있었던 듯싶었다. 그때 그 모자는 말없이 게들만 쫓고 있었던 게 아니었다.

—인제 니가 이렇게 내 곁을 떠나가곤 이 에미하고는 언제나 다시 만나 같이 살게 될 날이 올거나……

게를 잡다 말고 지친 허리를 펴고 일어서며 어머니가 그 흰구름장 떠도는 먼 수평선 쪽을 바라보며 혼잣소리처럼 한숨 섞어

토해내시던 말— 준섭은 그때 노인이 그를 떠나보내기를 얼마나 마음 아파하고 있는지를 알 수 있었다. 그리고 그런 노인의 쓰라린 심사가 그러지 않아도 가슴이 뻐근해 있던 그를 얼마나 심란하고 망연스럽게 했던가.

하지만 준섭은 물론 그것이 어머니가 그를 떠나보내지 않으려는 소리가 아님을 잘 알고 있었다. 어머니의 마음이 어떻든 자신의 마음이 어떻든, 그는 결국 당신과 헤어져 떠나야 할 처지임을, 당신이나 자신이나 너무 잘 알고 있었다. 그것을 익히 알고 있을 당신을 위해, 그래서 더욱 마음 쓰려 하실 초로의 어머니를 위해, 그 막막하고 애틋한 심사를 조금이라도 달래드리고 대신해드리기 위해 그때 그 어머니에게 그는 무엇이라 말했던가.

— 엄니, 3년 아니면 길어도 6년만 기다려주어요. 그때 가면 내가 기어코 공부를 끝내고 돌아와 다시 엄니하고 살 텐께요.

그 중학교 3년에, 길어져야 고등학교까지 6년이면 당시의 그의 유일한 소망이던 초등학교 선생님이나 면 직원에의 꿈 정도는 충분히 이루어 돌아올 수가 있으려니 여겼던 것이다.

— 그래라. 그렇게만 되었으믄 오죽 좋겠냐.

어머니도 진정 그걸 바라고 있는 듯한 어조였다.

하지만 당신은 그때 이미 알고 있었다. 그렇게만 되었으믄 오죽 좋겠냐—, 게를 쫓는 척 허리를 다시 꺾어 엎드리며 한숨기 섞어 흘린 소리, 당신 혼자 몰래 심중에 삼키고 만 그 모진 체념 속에 당신의 어린 아들이 다시는 당신 곁으로 돌아오지 못할 것임을, 떠나가는 자식 위해 그것을 함부로 내색해서도 안 될 일임을, 어린것을 모쪼록 편안한 마음으로나 떠나가게 해줌이 당신의 유일한 마음의 선물임을, 당신은 그때 분명 백 번이고 천 번이고 혼자 곱씹고 있었을 터였다.

그리고 이튿날 이른 아침, 그의 어머니는 10여 리 밖 삼거리 버스 길까지 어둠 속으로 그 게자루를 이어다 주고 나서 내처 그런 당신의 속마음을 다짐하듯 매정스런 손사랫짓으로 그를 떠나보내고 말았었다. ─가거라. 어차피 갈 길이믄 맘 흔적 남기지 말고 어서 훌훌 떠나가거라. 그가 차로 올라서기 전이나 올라선 뒤에나 그 아들의 눈길을 자르고 마음을 쫓아대듯 때마다 말도 없이 황황스럽기만 하던 손사랫짓, 당신의 속마음은 흔적도 비치지 않은 채 그저 바깥으로만 내쳐대던 그 무연한 손사랫짓은 분명 그렇게 말하고 있었다.

그 손사랫짓은 쓰라린 자기 부인의 몸짓─ 그것이 어쩌면 당신의 남은 생애를 짊어져갈 아픈 운명의 모습이 아니었을까. 하지만 그 아들은 그때는 미처 거기까지는 상상조차 못했었다. 그가 그것을 어슴푸레 느끼기 시작한 것은 그날 저녁 느지막이 그 광주의 외종매네 집 대문을 찾아 들어선 뒤였다.

준섭은 아직도 그날의 참담스러움을 잊을 수가 없거니와, 그때의 일을 그의 회상은 아마 이렇게 적어놓고 끝을 맺었을 것이다.

……나는 아직도 살아서 바글거리는 게자루를 짊어지고 왼종일 3백 리 버스 길에 시달리며 내 객지 숙식을 의탁할 광주의 외사촌 누님네를 찾아갔다.

그러나 막상 그 집에까지 당도하고 보니 게자루는 이미 아무 소용도 없는 꼴이 되어 있었다. 게자루 따위가 무슨 변변한 선물 거리가 될 수도 없는 터에, 덜컹거리는 찻길에 종일 시달리다 보니, 자루 속의 게들은 몽땅 다 부스러지고 깨어져 고약스레 상한 냄새를 풍기고 있었다. 나는 그 게자루가 그토록 초라하고 부끄러울 수가 없었다. 그것이 내 남루한 몰골이나 처지를 대신하고 있기라도 하듯이 그 외사촌네 사람들 앞에서 자신이 그토록 누추하고 무참하게 느껴질 수가 없었다. 하여 그 누님이 코를 막고 당장 그 상한 게자루를 대문 밖 쓰레기통으로 내다버렸을 때, 나는 마치 그 회색 쓰레기통 속으로 자신이 통째로 내던져버려진 듯 비참한 심사가 되고 있었다—

그날의 일이 뒷날에 쓴 글처럼 다 그대로는 아니었을지 모른다. 하지만 당시의 사실이 어쨌든 준섭의 기억 속에 앙금 진 그날의 정황이나 기분은 거기서 크게 벗어난 것이 아니었다. 다시 말하거니와 그 게자루의 몰골은 바로 그 자신의 모습이었고, 그것이 내던져짐은 바로 이날까지의 그 자신과 삶이 통째로 내던져진 것에 다름 아닌 것이었다. 그가 어머니와 힘을 합해 시골 고향집에서 도회의 친척집으로 가져올 수 있었던 것이 오직 그것뿐이었듯, 그 게자루에는 다만 상해 문드러진 바닷게들만이 아니라 그가 그때까지 고향집에서 심고 가꾸어온 나름대로의 꿈과 지혜의 사랑, 심지어 누추하기 그지없는 가난과 좌절, 원망과 눈물까지, 그의 어린 시절과 삶 전체가 함께 담겨 있었던 셈이었다. 그것이 그날 바로 그의 두 눈 앞에서 쓰레기통 속으로 무참히 내던져진 것이었다.

뿐인가— 그 가차 없는 누님의 처사 앞에 준섭 자신은 그때 무엇을 어찌해야 했던가. 까닭 없는 분노와 참담스런 부끄러움 속에 자신도 그걸 끝내는 수긍할 수밖에 없지 않았던가. 그리고 이후론 그편을 차라리 홀가분하게 여기면서 음모를 꾸미듯 은밀스런 생각 한 가지를 다져먹지 않았던가. 그래, 나도 이제부터는 그 궁상스런 시골살이의 때를 벗고 저렇듯 깔끔하고 당당하고 유족한 도회살이 삶의 길을 배워 익혀나가야겠지. 고향 사람 누구나가 그걸 부러워했듯이 나야말로 이제 그 밝고 희망찬 삶의 길을 들어서고 있지 않은가. 기껏 시골 선생님이나 면 직원 따위가 무엇이랴. 그냥저냥 먹고 입고나 살아가는 것이 대수냐. 이제부터는 부단히 배우고 익혀 아는 것도 많고 힘도 많고 거두어 지닌 것 또한 아쉽지 않은 자랑스런 도회인이 되고 말리라. 그러기 전에는 섣불리 고향 마을로 돌아가 어머니와 함께 살아갈 생각도 접어둬야 하리라 —

그는 이제 비로소 그 고향의 어머니에게로는 쉽게 돌아갈 수가 없게 된 처지를 깨닫기 시작했던 것이다.

하지만 그것은 물론 아직도 그 고향 마을과 어머니를 영원히 버린다는 것은 아니었다. 그는 결국 언제가는 남부러운 도회인으로 고향으로 돌아갈 생각이었고, 그가 그렇게 될 때까지만 어머니 쪽도 얼마쯤 더 참고 기다리게 하자는 것뿐이었다. 어머니 쪽도 물론 그것을 기꺼이 기다려주시리라— 당신도 이미 그것을 알고 오히려 그것을 바라고 있었으리라는 믿음이 생긴 때문이었다. 바로 그 말 없는 당신의 손사랫짓—그저 한사코 바깥쪽으로만 내젓던 그 내침짓 손사랫짓이 그 무렵 문득문득 눈앞에 떠오르며 당신의 결연스런 목소리가 그의 귀청을 울려오곤 했기 때문이었다. ——그래, 내 일은 걱정 마라. 이 에미 일은 없는 듯 잊어불고 네 일이나 속엣맘 모질게 다져묵고 기어코 성공을 해야헌다. 그때까장은 통 돌아올 생각을 말어!

어머니는 이미 그 모든 것을 알고 있었던 것이다. 그리고 그 망연스런 손사랫짓으로 당신의 아픈 마음을 달래며 그런 아들을 미리 용서하고 있었던 것이다.

——하지만 그 어머니가 정말로 모든 것을 알고 있었을까. 그 기약 없는 기다림과 묵연한 손사랫짓에 당신의 필생의 숙명을. 그리고 그 아들은 모두 용서하고 있었을까.

다름 아니라, 이후 준섭은 그 고향과 어머니 곁으로는 영영 돌아가질 못하고 만 것이다. 그 막막하고 곤핍스런 당신의 노년살이 방편을 함께 찾아보고자 더러더러 며칠씩의 짧은 고향길과 작은 뒷바라지 보살핌 정도는 있어왔어도, 그 고향을 떠날 때의 결심과 이후의 다짐은 끝끝내 지켜내지 못하고 만 것이다.

그리고 이제 그 기나긴 기다림이 끝나고 그의 어머니가 이승의 삶을 마감해간 이날에 이르러서야 그는 뒤늦게 당신을 처음 찾아가고 있는 듯한 무겁고 황량스런 심회에 젖어들고 있는 것이다. ——하지만 일이 이렇게 된 것이 그 주변머리 없는 자식의 불민함이나 몰인정 탓뿐이었던가. 당신에게는 아무 책임도 허물도 없었던가……

"우리가 처음 어머니의 일을 위해 계를 든 것이 언제부터였지?"

제물에 차츰 불편해져가기 시작한 저조한 심사를 추스르기 위해 준섭은 긴 침묵을 깨고 갑자기 왼쪽 운전석의 아내에게 물었다. 그녀와 예정에 없던 결혼을 하고 나서 신혼기를 셋방살이로 전전해 다니던 시절. 시골 동네 쪽에서도 이미 오래전에 옛날에 살던 집을 남의 손에 넘겨주고 식구들이 모두 일정한 거처가 없이 뿔뿔이 흩어져나간 바람에, 동네 문간방으로 구평리 큰딸네로 혼자 이곳저곳 숙식을 의탁하고 다니던 노인이 준섭 형 원일부의 참괴스런 죽음을 계기로 흩어진 식구들을 하나하나 다시 한곳으로 불러 거두기 시작했었다. 준섭들은 그 무렵 그 어려운 형편을 거들 목적의 저축 외에, 그간 심신이 몹시 황폐해진 노인에게 갑자기 무슨 일이 생길 때를 대비하여 사설계 한 자리를 따로 들어둔 일이 있었는데, 준섭이 문득 아내에게 그걸 물은 소리였다. 물음이 좀 엉뚱했지만, 그의 아내 역시 그 일을 아직 잊었을 리 없었다. 그리고 준섭이 새삼 그 소리를 꺼내는 심사를 헤아리지 못할 리 없었다.

"그게 우리가 결혼을 한 해부터 아니었어요…… 하지만 당신은 결혼 전서부터 혼자 그런 계를 하나 들고 있었으니 그때부터 치면 한 20년쯤 되겠네요. 동네 사설계는 그것이 마지막이고 그 다음부터는 은행 적금을 시작했지만요."

아내는 모처럼 그가 묻는 소리에 첨엔 좀 어리둥절한 표정으로 무심히 대꾸했다. 준섭은 그 아내를 일깨워내기라도 하듯 다시 물음을 계속했다.

"은행 적금도 몇 번씩 다시 들었지? 나중엔 그걸 모두 시골집 장만하는 데에 보태버리고 어머니를 위해선 다시 새 적금을 시작했으니까. 그게 그러니까 모두 몇 번쯤이나 되었을까."

"모두 하면 대여섯 번쯤 되었을 거예요. 당신이 마침 세종문학상을 받고 나서 그 상금하고 그때까지 모은 곗돈 은행 적금을 모두 합해 지금 시골집을 지어드리고, 어머님을 위해선 또 몇 번 더 은행 적금을 계속했으니까요. 그러다 우리 사정이 조금씩 나아지기 시작하면서부터 차츰 그만두게 되었지요. 어머님한테 금방 무슨 일이 생길 것 같지도 않았고……"

"그래, 그 시골집을 짓고 나서도 다시 10년 가까운 세월이 흘렀으니…… 그때는 너무 일찍부터 일을 서둘렀던 셈이구만. 종당에 가서는 모든 걸 다시 새판잡이 식으로 감당해야 하는 건데……"

"하지만 그 덕에 어머님은 우리가 함께 모시지는 못했어도 말년 정처는 얻어 지내실 수 있었지 않아요…… 그런데 당신 지금 무슨 생각을 하고 있어요? 무슨 말을 하려는 거예요?"

영문을 알지 못한 채 무심히 말을 받아오던 아내가 비로소 심상찮은 낌새를 알아차린 모양이었다. 차몰이에 몰두해 있는 그녀의 차분한 눈길이 갑자기 소스라치듯 흔들리며 목소리에도 완연한 힐난기를 실어왔다.

— 무엇인가 서로 무척 오래 기다린 것 같은 생각……

하지만 준섭은 그 아내에겐 차마 그렇게 말할 수가 없었다. 아내도 이미 그의 속말을 알고 있을뿐더러, 준섭 역시 부지중 그런 자신의 속마음에 적지 않이 놀라고 있었기 때문이었다.

그 오랜 기다림. 노인 쪽이나 자식 쪽이나 어떤 결말을 지을 수 없던 그 숙명의 기다림. 그런 만큼 그 일이 그렇게 된 데에는 그리될 수밖에 없었던 사정이 있었고, 그 책임이나 허물 또한 자식이나 노인 어느 한쪽 편에만 있었던 것이 아니었다. 무엇보다 준섭은 그 도회와 도회살이에 오래잖아 주눅이 들고 지치고 진력이 나기 시작했다. 어떤 안간힘으로도 쉽게 떨쳐버릴 수 없는 궁핍스런 삶의 때와 도회살이의 꿈에 대한 그의 어떤 작은 손짓도 용납 받을 수가 없었던 격절스러움, 고단함 때문이었다. 그래 미구엔 그 아는 것 많고 거둬 지닌 것 많은 자랑스런 도회인으로 고향으로 돌아가려던 그의 어릴 적부터의 다짐이 서서히 허물어져갔다. 하지만 그때마다 그를 새로 부추기고 다시 내쫓아대는 것이 있었다. 가거라, 어서! 어서 가거라…… 내 일은 걱정 말고—그 이른 아침 어두운 찻길가의 당신의 매정스런 손사랫짓. 그것이 자꾸만 눈앞을 가로막으며 그의 무너져 내림을 나무라는 것이었다.

그는 아무래도 그냥 빈손으로 돌아갈 수가 없었다. 무엇이든 좀 떳떳하게 얻어 거두고 돌아가야 하였다. 하지만 사정은 나아질 줄을 몰랐다. 중학교 3년에 고등학교 3년, 거기에다 다시 그 서울에서의 곁다리 식 대학살이 5, 6년간을 더 지내고 나서도 사정은 늘 마찬가지였다. 얻은 것도 거둔 것도 없는 세월만 자꾸 흘러갔다. 그리고 그럴수록 마음이 더욱 조급해져갔다.

이미 약속은 지킬 수가 없게 되어 있었다. 그렇다고 그냥 무작정 기다리고 있을 수도 없었다. 노인을 무한정 기다리게 할 수도 없었다. 그는 마침내 빈 마음 빈손으로 그냥 고향길을 내려다니기 시작했다. 그러면서 그 텅텅 빈 객지살이 꼴을 그대로 내보일 수가 없어 임시방편 격으로, 조금만 기다리라, 조금만 더 참고 기다려주시라, 그때마다 실속 없는 빈 다짐을 일삼았다. 그러다 끝내 그 빈말 다짐마저 속내가 다 드러나 효험을 잃고 말았을 때 그는 이판사판 노인네를 차라리 그의 서울 자취방으로 함께 모시고 올라갈 생각을 하였다.

하지만 노인도 그때쯤엔 이미 그 아들의 빈손과 빈 마음을 환히 다 알고 있었던 것 같았다. 아니면 노인에겐 아닌 게 아니라 처음부터 그런 기다림이 없었던 것인지도 모른다. 그래서 이미 그의 모든 것을 용서해버리고 있었는지도 모른다.

―아서라, 내 일은 통 걱정 마라. 이 박복하고 팔자 험한 에미하고 한지붕 이고 살다 젊은 자식 전정까지 망쳐놀라. 나는 여태도 너하고 한데 사는 날을 생각한 일 없으니, 나를 데려갈 생각도 하지 말고, 니가 에미 쪽으로 내려와 살 생각도 하지 마라.

노인은 일테면 그 허약한 아들 앞에 당신의 비정한 손사랫짓을 한 번 더 의연스레 내저어 보인 것이었다. 그런 노인에게 정말로 그에 대한 기다림이 없었는지는 지금도 잘 알 수 없었다. 그리고 그래서 그 허약한 아들을 일찌감치 용서하고 있었는지 어쨌는지도 알 수 없는 일이었다. 그러나 만약 노인에게 끝끝내 몰래 숨겨지고 만 기다림이 있었고, 그로하여 그 자식이 서운해진 대목이 있었다면, 그 기나긴 기다림의 허물은 그 자식뿐만 아니라 그것을 혼자서 은밀히 숨기고 만 노인에게도 얼마간의 책임이 있을 수 있었다. 모든 일을 당신의 팔자소관으로 돌리며 그것을 의연히 감수해온 결연스런 자기 몸짓, 그 모질고 비정한 손사랫짓— , 그 책임과 허물의 일부는 당신의 그런 손사랫짓이 당신의 아들에게 큰 구실을 마련해주었던 셈이니까.

다름 아니라 준섭은 그때부터 노인 주변의 일들은 당신에게 맡겨두고 그의 귀향도 그리 서둘러야 할 일이 없어진 것처럼 그럭저럭 심사가 편해지기 시작했고, 그것이 끝내는 오늘에까지 이르고 만 것이다. 그러니 그 기다림이 아직까지 노인에게 작은 흔적이라도 남기고 있었다면(사실이든 아니든 준섭의 내심에선 그것을 늘 깡그리 부인해버릴 수가 없었지만), 그 노인을 위해서나 준섭을 위해서나 그것은 참으로 힘들고 오랜 마음속 빚 다툼이 아닐 수 없었다.

하지만 준섭은 물론 그 노인의 일을 두고 아내에게 그런 식으로는 말할 수가 없었다.

"뭐랄까…… 어머니가 돌아가셨다는 게 아직 실감이 잘 안 가서…… 어머니 같은 분에게도 돌아가시는 일이 생기는가. 그동안 맘속으로 이런저런 대비를 해왔으면서도 실제로 이런 일이 일어날 경우는 상상을 못해왔거든……"

침묵 끝에 준섭은 아내에게 들키고 만 자신의 속내를 변명하듯 어물어물 뒤늦게 말을 얼버무려 넘기려 하였다. 하지만 이미 그의 속을 꿰뚫어보고 있는 아내에겐 그것이 통할 수가 없었다. 그녀는 한동안 어이가 없다는 듯 묵묵히 찻길만 내다보고 있었다. 그러다가 이윽고 혼잣말을 흘리듯이 담담한 어조로 말했다.

"어머님은 드문 여장부셨으니까요. 남정네들보다도 더 통이 크신 여장부…… 드세고 냉엄하고 강인한 여장부…… 어머님은 그런 분이셨으니 당신한테는 돌아가시는 일도 없으실 줄 알았다—, 당신은 지금 그런 말을 하고 싶었던 거 아녜요?"

준섭을 돌아보지도 않고 앞쪽만 똑바로 바라보며 그를 넘겨짚어온 소리. 그것은 노인에 대한 칭송은 물론 남편 준섭에 대한 공감이나 동의의 표시가 아니었다. 그의 속맘을 지레 대신하고 나선 그 소리는 노인의 일에 이따금 준섭을 인정머리 없는 아들로 여겨온 그녀의 비아냥 투 공박이었다. 여느 일엔 별반 자기주장이 없는 그녀가 노인의 일에는 전부터도 곧잘 그의 말꼬리를 붙잡고 늘어지곤 하였다.

— 그래 그게 뭐가 잘못됐어? 어머니가 돌아가셨는데도 실감이 잘 안 간다는데 왜 그렇게 신경을 곤두세워.

준섭은 무심히 한마디 대꾸해주려다 말고 그만 입을 다물어버렸다. 그녀는 자꾸만 노인을 감싸려 들고 자신은 거꾸로 그것을 외면한 채 당신의 모질고 당참만을 내세우려 드는 이상한 인정다툼, 다른 사람들의 경우와는 거꾸로 아들과 며느리 간에 서로 처지가 역전된 그 별스런 감정다툼이 결코 달가울 수가 없기 때문이었다. 다른 때도 대개 마찬가지였지만, 준섭에게는 그런 아내의 태도가 이따금 당사자 아닌 방관자의 여유처럼 느껴졌고, 이 엉뚱한 시간과 처지에서의 그런 감정다툼의 재발은 그 아내를 오히려 가당찮아 보이게 하기가 쉽기 때문이기도 하였다.

하지만 말이 없는 사람이 한번 입을 열면 좀체 참기가 어려운 모양이었다. 게다가 그녀는 준섭의 속맘을 대신하고 나선 것처럼 그가 속으로 삼켜버린 말까지 환히 다 듣고 있었던 것 같았다.

"당신도 맘속으론 다 알고 있을 거예요. 당신이 어머님을 그렇게 모질고 강인한 분으로 말할 때면 그걸로 그 어머님께 대한 무엇인가를 회피하고 싶어 하고 있다는 걸 말예요. 당신은 그걸 늘 어머님께 죄스럽게 여기면서 그 꺼림칙한 기분에서 해방이 되고 싶어 해온 것도요."

한동안 말없이 차만 몰고 가고 있다가 그녀가 다시 차근차근 그를 다그치기 시작했다.

"당신은 시인하지 않으실지 모르지만, 난 당신이 늘 그렇게 느껴져왔어요. 그러니 당신이 아까 어머님은 돌아가실 분이 아니라든가, 어머님이 돌아가신 일이 실감이 가지 않는다는 말들이 어떻게 들렸겠어요. 나한테는 그것이 진짜 놀라움이나 망연함보다 무언가 불편스런 마음속 부담을 벗어난 사람의 공연한 딴청처럼 보였을 수밖에요. 하지만 당신도 내심으론 어머님의 일을 그렇게 거북해하거나 힘들어해온 것은 아니지 않아요. 그러면서 왜 자꾸 그렇게 말을 해요."

제물에 감정이 복받쳐 올라 그런지 아내는 그쯤에서 겨우 입을 다물어주었다. 준섭은 그 아내의 괴로운 질책 투 앞에 여전히 할 말을 잃은 채 조용히 앉아 있었다. 그 오랜 기다림——아내도 이미 그 기다림을 알고 있었다. 그리고 그 준섭과 그의 말버릇을 대신 빌려 그것을 괴로워하고 죄스러워하고 있었다. 의식을 했든 못했든 자신도 그것을 은밀히 숨겨오고 있었던 사실을 부인할 수 없는 때문일 터였다. 그런 아내 앞에 새삼 하고 싶은 말이 있을 리 없었다.

할 말이 아주 없어선 아니었다. 그녀의 말이 모두 옳아서도 아니었다. 아내는 뭐래도 아직 모르고 있는 것이 있었다.

노인은 처음부터 나어린 도회 며느리를 썩 살갑게 대해준 일이 흔치 않았다. 철부지 손주딸을 보듯이 별 믿음성도 없었고, 그래서 뭘 요구하거나 허물하는 일도 없었다. 속으론 당신의 궁상스런 주변 처지를 늘 민망스러워하면서도 작은며느리 앞엔 그마저 별 괘념을 않는 듯 데면데면 대범스럽기만 하였다. 그런데도 아내는 천성 때문인지, 아니면 처지가 어려운 당신을 직접 모시지 못한 죄스러움 때문에선지, 처음부터 그 노인에게 무척 우호적이었다. 노인의 마음새가 어쨌든 버릇이 없어 보일 정도로 늘 허물없이 굴고 들었고, 당신의 모든 것을 이해하려 애썼다. 무엇보다 노인의 고초 많은 삶을 마음 아파하였고, 그것을 따뜻하게 감싸주고 싶어 하였다. 자연히 그녀는 노인의 그 데면데면 무심스런 성품 속에 부드럽고 자상한 인정스러움을 찾고 싶어 하였고, 그것을 스스로 믿고 싶어 하였다. 노인의 일에는 언제나 친자식인 준섭에 앞장서 당신을 감싸려 하였고, 그 노인의 편에 서서 준섭의 노인에 대한 인색한 마음 씀새를 탓해오곤 하였다. 그녀가 그 준섭의 마음속 말을 빌려 제물에 자신을 매질하고 있는 걸 보면 거기에도 이미 한계가 있었던 것인지도 모른다. 아내로서도 미처 그것까진 알 수가 없었을 것이다.

하지만 아내는 그보다도 더 모르고 있는 것이 있었다. 아내는 노인의 진짜 옛날 모습을 알지 못하고 있었다. 더러더러 지나치는 이야기는 들었을망정 그녀가 결혼을 해오기 전의 진짜 옛일들은 다 알질 못하고 있었다. 그녀가 진짜로 알고 있을 수 없는 그 노인의 모질고 강인한 삶의 한 시절, 그 강팍하고 의연하고 담대한 노인의 모습……

하지만 이미 감정이 복받쳐 오른 아내 앞에 그런 건 새삼스레 들추고 나설 일이 못 되었다. 그녀가 노인을 그렇게 알고 있고 그의 심중을 그리 여기고 있는 마당에 그래 봐야 아무 소용도 없는 일이었다. 더욱이 지금 와서 그런 아내를 나무라거나 설복을 시켜야 할 이유도 없었다. 그는 계속해서 입을 다문 채 지나가는 창밖 풍경들만 암울스레 내다보고 앉아 있었다. 하니까 아내는 자신이 어딘지 좀 지나쳤다 싶었던지, 아니면 말이 없는 준섭이 여전히 승복할 기미가 없는 것처럼 보여선지, 이번에는 목소리가 한풀 부드러워지면서 그를 다시 은근히 달래오기 시작했다.

"저도 당신이 지금 괴로워하고 있다는 거 알아요. 어머님을 한 번도 맘 편히 모셔드리지 못하고 이렇게 떠나보내드리게 된 거, 저도 그것이 새삼 마음 아프고 죄스러워요……"

역시 준섭의 속을 다 꿰뚫어보고 있는 여자였다. 그녀는 이번에도 자기 쪽에서 준섭을 차근차근 대신해가는 어조였다.

"그리고 당신이 생각해오신 대로 어머님이 옛날 여자 몸으로 세상을 남달리 꿋꿋하게 살아오신 거나 도량이 크셨던 건 사실일는지 몰라요. 그런 어머님의 모습도 그동안 대충은 당신에게 들어 알고 있으니까요. 어머님이 아직 젊으셨을 시절에 어린 자식들을 여럿 잃고, 아버님까지 일찍 사별하고 당신 혼자 가난 속에 남은 자식들을 의연히 잘 길러오신 일 하며, 그 6·25의 험난한 고비도 당차게 이겨내고 집안을 무사히 잘 지켜오신 일들…… 하지만 그것은 진짜 어머님의 모습이 아니실지 몰라요. 그것은 당신이 그 어려운 시절들을 꿋꿋이 이겨내려 하신 겉모습일 뿐, 제가 아는 당신의 진짜 속모습은 그런 게 아니었어요. 제가 알고 겪어온 어머님은 그저 할머니처럼 허물없고 이해심 깊고, 거기다 맘속 부끄럼까지 많으신 시골 노인네였을 뿐이에요. 당신이 살아오신 어려운 처지 때문에 성품이 좀 강인하고 질긴 대목이 있으셨을지는 몰라도, 깊은 속마음까지 남정들처럼 강파르고 드센 것은 아니었어요. 그런데 당신은 그걸 알지 못하는 것이 이상해요……"

"……"

"아니, 당신도 그걸 모르는 건 아닐 거예요. 그걸 알면서도 부득부득 그런 식으로 말하고 있는 것뿐일 거예요. 당신도 한때는 그 시절 그런 어머님의 대범한 성품 속에 숨겨진 자애심과 간절한 소망들을 누구보다 눈물겹고 귀하게 여겨왔지 않아요. 그래서 「눈길」 같은 소설도 썼구요. 그런데 그 어머님을 꼭 그런 식으로 남의 일처럼 냉담스럽게 말하는 이유를 모르겠어요. 어머님이 돌아가시고 장례를 치르러 가는 지금에까지 말예요…… 당신만 어머님의 자식이 아니지 않아요. 나도 어머님의 자식이란 말예요. 당신이 그러는 거 오늘은 정말 싫어요."

달래는 어조에서 차츰 호소 조로까지 흘러가던 아내의 채근은 결국 다시 세찬 다그침으로 끝을 맺고 있었다. 마음이 그만큼 괴롭고 격해 올라 그러는지 앞쪽만 꼿꼿이 바라보고 있던 눈자위까지 백미러 속에서 붉게 젖어들고 있었다. 이번에도 정작은 준섭 쪽에서 그녀에게 다시 일깨워주고 싶었던 일을 아내 쪽이 앞질러 짚어내준 셈이었다. 그녀의 말대로 결혼 후에 더러 그에게서 주워들은 이야기로 짐작해볼 수 있었을 뿐인 그 노인의 옛날 일들, 그리고 무엇보다 준섭에겐 아직도 어젯일처럼 생생한 기억으로 남아 있는 그날 그 새벽녘 모자의 아픈 작별— , 그 쓰라린 당신과의 헤어짐을 상기시키려 했음이 분명한 '눈길'의 이야기를.

하지만 그 아내가 무엇이라고 말하든, 그녀는 역시 그 시절 노인의 일들을 제대로 다 알 수가 없었다. 하물며 그 매정스런 손사랫짓의 아픔은 실감을 할 수가 없었다. 그 새벽녘 '눈길의 작별'에서도 아마 그 비정한 손사랫짓의 아픔보다 노인의 하염없는 귀로의 슬픔 쪽을 더 못 견뎌 했으니까.

—난 별로 이상할 거 없어. 내가 도대체 무얼 어쨌길래. 이상한 것은 오히려 당신 쪽이야. 당신이야말로 그 시절 어머니를 제대로 알 수 없는 남의 집 일 처지였으니까. 도대체 당신이 함께 해보지도 못한 그 시절 어머니의 일들을 어떻게 다 알 수 있다는 거야. 그 무연스럽고 비정한 손사랫짓의 아픔을 어떻게 안단 말야……

하지만 준섭은 이번에도 그것을 말로 표현하지는 않았다. 노인의 일로 해서거나 아니거나 그의 아내가 그를 상대해서 그처럼 끈질기고 심하게 나온 것은 20년 가까운 부부살이 전 기간을 통해서도 몇 차례 없던 일이었다. 그런 경우란 아내의 마음속에 미리 분명한 승산이나 모종의 확신이 자리하고 있을 때뿐이었다. 아내의 심사를 더 자극하고 들 필요가 없었다. 그러잖아도 혼자서 눈자위까지 붉어지고 있는 그녀였다. 노인의 일로 상심해하는 그 아내의 마음을 탓하거나 굳이 허물을 할 일도 아니었다. 준섭도 이제는 그 아내의 마음을 좀 편하게 가라앉혀줘야 하였다. 그래서 무엇보다 그녀의 먼 찻길 운전이라도 덜 피곤하게 해야 하였다. 그것이 늘 아내에게 운전을 맡기고 다니는 준섭 쪽의 도리이자 의무이기도 하였다. 준섭은 이제 그쯤 여유를 회복해가고 있었다. 그는 잠시 궁리 끝에 문득 잊고 있었던 생각이 떠오른 듯 등 뒷자리를 돌아보며 딸아이에게 물었다.

"은지야, 은지는 지금 우리가 무엇 하러 이렇게 시골로 가고 있는지 알고 있겠지?"

차가 잘 빠지고 마음이 차분했더라면 아내 쪽에서 먼저 아이한 테 일러줬을 소리였다. 준섭은 이제 그 아내를 의식하지 않고 차근차근 아이를 단속해나갔다.

"응, 알아요. 할머니가 돌아가셔서 장례를 치르러 가는 거예요."

말없이 혼자서 워크맨을 듣고 있던 아이가 재빨리 한쪽 귀의 리시버를 빼어 들며 대답해오는 소리에 준섭이 다시 고개를 끄덕이며 은지에게 물었다.

"그래, 우린 지금 돌아가신 할머니의 장례를 치러드리려 가는 거다. 그런데 은지는 그 장례식이 무엇을 하는 것인지도 알고 있니?"

"죽은 사람을 땅에 묻는 거."

"그래, 그것도 절반쯤은 맞았다. 하지만 장례식이 다 그것만은 아니다. 장례식은 죽은 사람을 땅속에 묻어드리는 일이기도 하지만, 그것으로 우리는 여태까지 이 세상에서 함께 살아온 사람과 마지막 작별을 나누는 일이기도 하다."

"……"

은지는 어딘지 잘 알아들을 수 없는지, 아니면 이미 다 알고 있는 일처럼 생각되어 그런지 이번에는 금세 대답을 해오지 않았다. 아내도 말없이 듣고만 있는 것이 이제는 두 사람을 방해하지 않고 계속 준섭에게 설명을 맡겨두고 싶은 눈치였다.

"사람이 죽으면 우리는 아쉽고 슬퍼도 그 사람과 헤어져야 한다……"

준섭이 다시 천천히 설명을 덧붙였다.

"그것은 학교 선생님이 전근을 가실 때처럼 그냥 얼마 동안만 헤어지는 것이 아니라, 그 사람과는 마지막으로 영영 헤어지는 것이다. 마지막으로 헤어지니 이 세상에서는 그 사람을 다시 볼 수가 없는 것이다. 그래서 우리 곁을 마지막 떠나가시는 분이 우리와 함께 살아오신 지난날의 일들을 뒤에 남은 사람들이 함께 되돌아보고 그리워하며 정성스런 마음으로 그분의 편안한 저승 길을 빌어드리는 일이 장례의 참뜻이다. 그러니 그 일은 당연히 세상을 죽어 떠나가는 사람의 후손들이 중심이 되어서 치르게 마련인 거다."

"……"

은지는 여전히 대꾸가 없었다. 대신 그 사이에 입으로 가져가려던 과자 부스러기와 나머지 한쪽 귀의 리시버들을 슬그머니 빼어 감추며 몸을 새삼 가지런히 고쳐 앉고 있었다.

준섭은 그 딸아이에게서 부러 눈길을 거두고 돌아앉으며 말을 마저 맺어갔다.

"아까 은지는 우리가 할머니의 장례를 치르러 간다고 했다. 그리고 우리는 물론 돌아가신 할머니의 자식들이다. 아빠도 엄마도 은지도 물론…… 그러니 이번에 우리는 돌아가신 할머니를 위해 누구보다 참되고 정성스런 마음가짐으로 그 할머님께 부끄럽지 않을 장례식을 치러드리도록 해야 한다. 내 말 알아들었니?"

"알았어요, 아빠."

비로소 은지도 후사경 속으로 다시 고개를 끄덕여왔다.

"그래, 시골엘 가선 물론 지금서부터도 우리 모두 그런 마음가짐을 잊지 않도록 하자."

준섭은 이제 그 딸아이보다도 말없이 듣고만 있는 아내 앞에 자신을 다짐하듯 한마디 더 덧붙였다. 그리고 비로소 담배를 한 대 꺼내 물며 자리를 새로 고쳐 앉았다.

은지나 누구보다 그것으로 이제는 노인의 마지막 길을 위한 준섭 자신의 마음 정리를 끝낸 기분이었달까―

하지만 아직은 그럴 때가 못 되었던 모양이었다.

"그런데 아빠. 할머니는 정말로 키가 어린 아기처럼 아주 조그맣게 되어 돌아가셨어요?"

조용하고 차분한 준섭의 단속 소리에 어린것도 내내 어수선하기만 하던 분위기에서 마음이 썩 편해진 모양이었다. 한동안 소리 없이 눈치를 살피고 있는 듯싶던 녀석이 서서히 다시 과자 봉지를 부스럭대기 시작하다 느닷없이 철없는 소리를 물었다.

준섭은 슬그머니 웃음기가 솟아올랐다. 제 할머니와 딸아이 간의 일을 소재로 한 그 동화 이야기였다. ……할머니가 자꾸만 키가 작아지시는 것은 할머니가 그 나이를 은지에게 나눠주고 계시기 때문이란다. 그리고 은지는 할머니에게서 그 나이와 함께 지혜와 사랑을 나눠 받고 어른으로 자라가는 대신, 할머니는 그 줄어든 나이만큼 키와 몸집이 자꾸 작아져서, 끝내 더 나눠주실 나이나 작아질 몸집이 다하게 되시면, 마지막으로 그 눈에 보이는 육신의 옷을 벗고 보이지 않는 영혼만 저세상으로 떠나가시게 된단다— 사람의 태어남과 성장, 죽음들에 대한 비의를 담은 그 동화의 내용은 준섭이 그것을 쓰기 전부터도 딸아이에게 여러 번 되풀이해준 이야기였다. 그런데 녀석이 그것을 어느 정도 곧이듣고 긴가민가 할머니가 돌아가실 때의 모습이 궁금해진 모양이었다.

준섭은 그러나 그 딸아이의 물음에 쉽게 대답해줄 수가 없었다. 그것은 물론 사실일 수가 없었지만, 할머니의 일에 관한 한 그것이 멀쩡하게 꾸며낸 거짓말일 뿐이어서도 안 되기 때문이었다.

"아마 그러셨을 테지. 그리고 그 모습이 다 사라져 없어지기 전에 할머니의 영혼이 먼저 그 할머니의 몸을 떠나가셨겠지."

준섭은 우선 어물어물 애매하게 대꾸하고 나서, 그 부실한 대답에 더 나은 설명이나 동의를 구하듯 옆으로 그의 아내 쪽을 쳐다보았다.

 하지만 그 일엔 그 아내의 지혜까지 동원할 틈이 없었다. 그 순간 차꽂이에서 핸드폰의 신호가 울렸고, 그것으로 그래야 할 이유나 필요가 없어져버린 것이다.

 ─여보세요. ─그래, 나다……

 엉겁결에 반사적으로 전화기를 빼어든 준섭은 거기서 흘러나오는 조카아이 원일의 황망스런 목소리에 긴장되어 처음엔 녀석이 무슨 말을 하고 있는지를 잘 알아들을 수가 없었다. 그 바람에 몇 번이고 '뭣이라고?' '그래서?' 따위 반신반의 연거푸 같은 소리를 되풀이하고 나서야 그 시골집에서 벌어진 이변의 진상과 전말을 대충 다 짐작할 수 있었다. 그리고 비로소 '거참 알 수 없는 일이구나…… 그래 알았다……' 무엇을 알 수 없고 무엇을 알았다는 것인지, 자신도 뜻을 잘 알 수 없는 한마디를 남기고는 무심결에 일방적으로 전화를 끊고 말았다. 그러고도 그는 한동안 얼이 빠져나간 사람처럼 망연히 말을 잃고 앉아 있었다.

 "왜 그래요. 무슨 일이에요?"

 심상찮은 기미를 눈치챈 아내가 조심스럽게 묻는 소리에도 아무 대꾸가 없었다. 사실은 일이 그럴 만도 하였다.

 "우리 어머닌 역시 불사조 거인이셔. 어머니가 다시 깨어나셨대."

 이윽고 준섭이 히죽히죽 실없이 웃음기를 흘리며 전화의 사연을 말했을 때 이번에는 그 아내마저,

 "뭐라고요? 어머님이 다시요?"

반사적으로 거푸 되묻고 나서는, 도대체 그 일이 믿기지 않는다는 듯 한참이나 말을 잊고 있었다.

"왜, 뭐가 잘못됐어? 어머니가 다시 깨어나셨다는데 왜 아무 말이 없어."

아내의 충격이 어느 정도 가라앉기를 기다렸다가 준섭이 여전히 비죽비죽 웃음기를 참으며 퉁명스럽게 물었을 때도 그녀는 한참 더 뜸을 들이고 있다가 겨우 변명 섞인 몇 마디를 중얼거렸을 뿐이었다.

"뭐가 잘못되긴요…… 하도 뜻밖의 일이라 놀라서 그렇지요. 도대체 어떻게 그런 일이……"

"어떻게 그런 일이 다 생길 수가 있느냐…… 곧이가 잘 안 들린다 이거지……"

하지만 곧이를 들어야 해. 원일이가 이런 일에 확실치 않은 소리를 했겠어…… 준섭은 그 아내에게 몇 마디 더 채근을 하려다가 자신도 그쯤 그만 입을 다물어버리고 말았다.

충격을 받고 놀라기는 준섭 쪽도 물론 그 아내에 못지않았다. 당황하고 허둥대기도 아침 녘 당신의 운명 소식을 들었을 때보다 오히려 더 심했다. 준섭은 그런 자신이 더욱 당황스럽고 부끄러웠다. 아내에 대한 그의 채근은 그런 자신의 얼치기 위장술에 불과했다.

하지만 그도 다 부질없는 노릇이었다. 노인의 일에는 준섭이나 아내나 늘 같은 생각을 해왔고, 서로 간 마음으로 그것을 알고 있었다. 그는 그 아내 앞에 자신의 부끄럽고 아픈 곳만 한 번 더 드러내 보인 꼴이었다. 그럴 일이 아니었다.

"어머니도 깨어나셨다는데 이젠 차를 좀 천천히 몰지그래⋯⋯"

막막한 침묵 끝에 준섭이 다시 입을 연 것은 차가 어느덧 정읍 휴게소 근처를 지나고 있을 무렵이었다. 그는 이제 그 수렁 속 같은 침묵조차 찜찜하고 답답해져 때마침 스쳐가는 휴게소 안내판을 보고 무거운 기분을 좀 바꿔보고 싶어진 것이었다.

"저기 휴게소가 나오는데, 거기 들러서 목도 좀 축이고 가구⋯⋯ 은지 화장실도 가고 싶을 텐데."

하지만 아내 쪽은 아직도 혼자 상념에만 골몰한 채 준섭의 소리는 알아듣지 못한 모양이었다. 그녀는 계속 아무 말이 없는 채 속도를 줄이려 드는 기미를 안 보였다. 그리곤 그냥 그대로 휴게소의 진입로를 지나쳐버리고 말았다.

휴게소에서의 군것질에 대한 기대가 깨어진 어린것이 안됐지만 할 수 없는 일이었다. 게다가 이제는 그 아내를 탓하거나 딸아이를 달래줄 여가조차 없었다.

— 삐리리릭.

그동안 조용히 숨을 죽이고 있던 핸드폰에서 느닷없이 다시 신호음이 울렸다. 그리고 엉겁결에 응답구를 열어든 이쪽의 목소리를 확인하자 서울 쪽 '사랑방'의 송규식이 대뜸 뚱딴지같은 소리를 해왔다.

"아, 이 선배님⋯⋯! 저 송규식인데 말예요⋯⋯ 그러니까 장지가 장흥군 선산이라고 했으면 맞는 거지요?"

"장지는 무슨 장지?"

준섭은 대뜸 그 규식의 말뜻을 짐작하고 힐책기 섞어 되물었다. 하지만 이쪽 사정을 알 수 없는 규식은 갈수록 태산이었다.

"아까 제가 몇 곳 신문사에 연락해서 부음을 부탁했거든요. 지금 나온 석간에는 벌써 소식이 났구요. 나머지 조간들도 내일 아침엔 다 내주기로 했어요."

물색없이 의기양양해하는 위인의 목소리에 준섭은 새삼 눈앞이 아찔해져 더 참을 수가 없었다.

"아, 이 사람아. 자네, 내가 아까 뭐랬어? 내가 그냥 좀 기다리고 있으랬잖아! 자세한 사정은 시골 가서 알리겠다고. 그런데 왜 먼저 시키잖은 짓을 하고 나서. 그러니 도대체 이 일을 어떻게 해야 하지?"

"왜요 선배님. 무슨 일이 잘못되었습니까?"

연이은 이쪽의 힐책기와 추궁에 규식도 비로소 뭔가 심상찮은 기미를 느낀 듯 그제야 목소리가 어정쩡해지고 있었다.

"뭐가 잘못되었다면…… 글쎄요. 하지만 이건 저 혼자서가 아니고 윤 사장하고도 전화로 상의를 해서 한 일인데요. 아까 윤 사장이 일부러 전화까지 걸어서…… 상갓일은 그런 게 아니라구…… 더욱이 이번 일은 상가가 너무 머니까 알아야 할 사람들한테는 미리 알려야 한다구……"

준섭은 아무래도 더 듣고 있을 수가 없었다.

"아, 이 친구야. 상가는 뭐고 장지는 다 뭐야. 우리 어머니 다시 깨어나셨다구. 우리 어머니가 다시 살아나셨단 말이야. 그리 알고 윤 사장들한테도 바로 그렇게 일러. 남의 노인네 일 핑계로 무슨 낚시질이라도 나설 심산들이었어? 서두르기는 왜 그리들 서둘러."

그것이 규식이나 누구의 잘못이 아니라는 걸 알면서도 준섭은 한바탕 전화통을 상대로 마음에도 없는 소리까지 쏘아대고는 일방적으로 통화를 끊고 말았다. 그리고 그럴수록 너무 과민해지고 있는 자신을 달래기 위해 잠시 말을 끊고 있다가, 누구에겐지 그런 자신을 변명이라도 하고 싶은 심사 속에 다시 뒷자리 쪽 딸아이를 향해 조용조용 일러나갔다.

"은지야, 너도 다 들어서 알고 있겠지? 아까 돌아가셨다던 할머니가 다시 깨어나셨다는 거. 그리고 우린 지금 그 할머니가 깨어나신 것을 누구보다 감사하고 기뻐해야 한다는 거."

"예, 알아요, 아빠. 하지만……"

딸아이는 금세 고개를 끄덕이면서도 무엇인지 아직 잘 이해가 되지 않은 듯 어정쩡한 목소리였다. 준섭은 그 딸아이의 궁금증을 알 수 있었다.

"알아. 할머니가 다시 깨어나신 걸 이상해하는 거……"

그는 다시 그 딸아이의 궁금증을 풀어주려 설명을 계속했다.

"그러니까 뭐랄까…… 할머니에겐 아직도 은지나 우리한테 나눠주실 나이나 키, 그 지혜와 사랑들이 남아 있으셨던 모양이지? 그래서 그걸 마저 다 나눠주시려고 다시 깨어나 우리들한테로 돌아오신 모양이야."

"……"

"그러니 우리도 서둘러 달려가서 그 할머니를 뵈어야겠지? 그래야 은지도 할머니께서 아직까지 남겨두신 지혜와 사랑을 마저 다 나눠 받을 수 있을 테구 말야. 그래 엄마도 지금 이렇게 길을 서두르고 있는 거고."

휴게소를 그냥 지나치고 만 제 어미에 대한 변명 겸 뜻하지 않은 할머니의 회생을 설명한 소리였으나, 기실은 노인의 일에 대해 화창해지지가 못하고 더욱 무거워져만 가고 있는 그의 죄스런 마음의 고백인 셈이었다. 그런 자신에 대한 자기 설득과 다짐의 소리에 가까웠다. 그런데 그때, 그의 아내가 비로소 좀 마음이 가라앉은 모양이었다. 그리고 그동안 그 부녀간의 대화를 다 엿들어온 모양이었다.

"그나저나 어머님은 정말 완전히 회생을 하신 걸까요?"

그녀가 느닷없이 두 사람 사이로 끼어들며 새삼스럽게 물었다. 준섭의 말속에 숨겨진 속마음을 다 읽고 나서 자신의 급한 궁금증을 보태온 소리였다. 하긴 지금은 길을 서두르는 것보다 노인의 용태가 더 중요했다. 그리고 그간 아내에겐 노인의 회생에 대한 구체적인 전말을 말해준 일이 없었다.

"원일이 말로는 분명히 한고비는 넘기신 것 같다니까…… 옆집 새말 형님도 곁에서 함께 살펴보고 전화를 한 모양이야."

준섭은 우선 그 아내의 미심쩍어하는 마음부터 안심시켜주려 하였다. 하지만 아내는 그걸로 만족하지 않고 물음을 이어왔다.

"그럼, 흐려지던 정신도 좀 되돌아오셨을까요?"

"그것까지는 다 말을 못 들었지만, 뿌리부터 따지자면 5, 6년 너머나 긴 치매증인데, 까맣게 멀어졌던 정신까지 쉽게 돌아오

실 수가 있을라구. 그야 기왕 깨어나신 김에 기억력도 좀 되돌아
와서 곁엣사람들도 알아보시고 지내시는 것도 가지런해지신다
면 오죽이나 좋겠지만…… 거기까지야 아무래도 과분한 소망 아
니겠어? 이제부터는 육신의 기력도 더 안심할 수가 없는 판에."

"그래서 말인데요. 지금 할 말이 아니지만, 어머님이 깨어나셨
다니까 왠지 더 불안해지는 거 있지요…… 어떤 사람은 운명하
려고 할 때 누군가 꼭 가까운 사람의 임종을 기다렸다가 눈을 감
는다지 않아요. 그런 게 아니시라면 천만다행이지만, 어머님께
서 혹시……"

아내는 거기서 더 말을 잇지 못하고 끝을 흐리고 말았다. 하지
만 준섭은 그쯤만으로도 그 아내의 조급한 마음을 헤아리고 남았
다. 여자들은 이럴 때 남자들보다 더 사리에 냉정하고 침착해지
는 모양이었다. 딸아이에 대한 그의 어쭙잖은 동화풍보다 노인
의 회생 소식에 그녀가 더욱 조급스레 차를 몰아댄 데에는 훨씬
절박한 이유가 있었던 셈이었다. 그의 눈치를 보느라 말끝을 조
심스레 흘려버리고 말았지만, 준섭은 조금도 그녀를 허물할 생
각이 없었다.

하지만 준섭은 이제 그런 아내를 더 안심시켜줄 말이 없었다.
아내를 안심시키기커녕 자신까지 새삼 더 마음이 불안하고 조급
해지기 시작했다. 무턱대고 찻길만 서두르는 것이 능사가 아니
었다. 그는 우선 그간의 사정을 알기 위해 불현듯 다시 핸드폰을
빼들고 시골 쪽 전화번호를 눌렀다.

그런데 이젠 그 시골 쪽 사정이 그만큼 안정되고 여유가 생긴

모양이었다.

"여보세요."

어딘지 좀 시끌벅적 활기가 감도는 소란기 속으로 이번에는 원일의 긴장한 음성 대신 외동댁의 차분한 목소리가 수화기에서 흘러나왔다.

"접니다…… 그래 그동안 어머님의 용태는 좀 어떠세요. 기력이 조금씩이라도 나아지시는 것 같습니까."

준섭은 그 형수의 안정된 목소리에 다소 안심이 되어 다른 말 제하고 노인의 용태부터 물었다. 그런 그의 예감이 그리 빗나가지 않은 것 같았다.

"워메, 아재요. 지금 거기 어디요? 엄니 일은 인자 아무 걱정마시고 아재네들이나 천천히 찻길 조심해서 오시요."

예상찮이 가벼운 호들갑기가 섞이고 있는 외동댁의 여유 있는 목소리가 노인의 용태보다 이쪽의 찻길 걱정부터 앞세웠다. 그리고 뒤미처 노인의 형세를 알려오는 소리에는 그녀 특유의 막농담까지도 서슴지 않았다.

"그렁께 인자 엄니는 일이 생기기 전보다 화색이나 기력이 훨씬 나아 보인단께요. 좀 전에는 미음도 몇 숟가락을 맛있게 받아드시고. 저러다간 금세 밭이라도 매러 나가신다고 뿔껑 자리를 차고 일어나시지나 않을란가 모르겄소."

"정신은 조금이라도 나아지시는 것 같으세요? 무슨 말씀 같은 건 없으시고?"

"그런다고 그새 무슨 맑은 정신까지라우. 하기사 그래 주시기만 하먼야 더 바랄 일이 없었소만 전에도 없던 정신이 어디서 금세 새로 솟아올라줄랍디여. 그런디 아까부터 엄니 목구멍에서 자꾸 휘이휘이 하고 한숨 소리 같은 것이 올라오는 것이 어짜믄 정신이 조금씩 돌아와 무슨 말씀을 하고 싶어 하시는 것 같기도 하고요. 그런께 모르지라우. 그참에 정신이 돌아와 계심서 어매가 죽었다 살아나면 자식들이 어쩌는가 보려고 일부러 저러고 계신지도요."

예상대로 외동댁은 아들의 기대를 간단히 외면해버리고 나서도 그 농담기만은 여전했다. 그만큼 마음에 여유가 생긴 증거였다. 준섭도 이제는 한숨을 돌린 기분으로 다시 차근차근 일들을 묻기 시작했다.

"사람들 소리가 소란스러운데, 새말 형님이랑 동네 사람들 아직 거기들 계신가요?"

"그러지라 다들…… 진짜 일이 생긴 줄 알고 일찍 장물거리를 봐다가 상차림 준비까장 시작을 해놨으니 그 음식하고 술들을 인자 다 어쩌겄고. 그 음식으로 초상치레 대신 잔치들을 치르고 가라고 했소. 지금 마당에서들은 술판이야 윷판이야, 초상집인지 잔칫집인지 왔다갔다 정신들이 없다요."

"잘하셨어요. 어머님이 다시 회생하신 마당에…… 술이나 음식들 남길 생각 말고 재미있게 놀면서 다 치우고 가라고 하세요."

"음식 치울 걱정은 할 것도 없지라. 다른 사람들이 다 못 묵고 가더라도 엄니한테 두고두고 잡수시라면 될 텐께요. 이거 다 어차피 엄니 땜시 장만한 음식인께."

"그럼 이따가 뵙겠어요. 우리는 좀 전에 정읍 근처를 지났으니까 두어 시간 남짓 걸리면 닿을 수 있을 겁니다."

준섭은 그쯤에서 전화를 끝냈다. 외동댁의 마지막 말이 얼마간 쓸쓸한 여운을 남겼지만, 그 큰며느리가 졸지에 놀란 일에 다시 마음을 놓은 탓이려니, 이해를 하고 나니 그다지 기분이 나쁘지 않았다.

하여 준섭은 이제 한결 더 느긋해진 기분으로 운전에 열중해 있는 아내 쪽을 돌아다보며 가볍게 뇌까렸다.

"하긴 우리 어머니의 마지막이 그렇게 허망스러울 수는 없는 일이지. 형수님 말씀을 다 믿고 안심할 수는 없겠지만, 저쯤 여유가 있는 걸 보면 당분간은 별일이 없을 것도 같으니까."

그러니까 아내도 그동안 준섭의 전화 소리를 듣고 대강 사정을 짐작했음인지, 모처럼 마음이 좀 편해진 소리를 해왔다.

"이젠 당신도 거기서 잠이나 한잠 자두시지 그래요."

지나치듯 한 아내의 한마디에 준섭 역시도 별생각 없이 천천히 머리를 뒤로 젖혀 눈을 감고 기댄 것이 원인이었을 것이다. 이제는 노인의 상태도 그쯤 되었으려니와 차 운전은 어차피 평소의 관행대로 아내가 끝까지 책임을 지게 돼 있었다. 그 아내를 위해서나 자신을 위해서나 그런 상황에선 이런저런 부질없는 머릿속 생각들 접어두고 잠이나 자두는 것이 더 나으리라 여겼던 것이다.

그게 오산이었다. 눈을 감자마자 잠이나 휴식은커녕 기다렸던 듯한 영상이 어두운 망막을 비추고 나타났다. 그 차가운 겨울날 새벽녘 눈 덮인 찻길가의 어둠 속으로 사라져간 노인의 손사랫짓— 당신의 숙명 같은 그 기약 없는 손사랫짓이 느닷없이 그를 향해 나부껴온 것이다.

……상한 게자루와 함께 간절한 청운의 꿈을 짊어지고 준섭이 광주로 떠나갔던 그해 여름, 3년여 동안의 긴 군대 생활을 마치고 나온 그의 형 원일 부는 그로부터 몇 달 만에 지금의 형수 외동댁과 결혼을 하였다. 그리고 그것으로 고향집과 노인의 일은 어느 정도 그때까지의 힘들고 어려운 처지를 벗는 듯했다.

하지만 그런 날은 그리 길게 가질 못했다. 누대를 이어온 벽촌 살림의 어려움과 궁핍스러움을 벗어보려던 한 시골 청년의 조급스런 소망은 그 방략이 너무 허술했고 운마저 따라주지 않았다.

결혼을 하고 몇 달 뒤부터 그의 형은 노인이나 아내의 반대를 물리치고 몇 마지기 안 되는 논을 팔아 그 돈을 밑천으로 트럭 일을 시작했다. 이 장 저 장 해산물 수집과 거간 일을 겸해 한 그 일은 사람을 끌어 잡는 요령이 서툰 데다 장사 밑천까지 짧아서 몇 달을 버티지 못하고 손을 털고 말았다.

하지만 오기가 많은 원일 부는 그쯤으로 꿈을 단념하지 않았다. 그 한 해 뒤엔 다시 남은 밭뙈기와 선산붙이까지 잡히고 동네 친구 한 사람과 공동으로 고리를 얻어서 헌 동력선 한 척을 사들였다. 이번에는 남의 물건에 이문 따위나 붙여먹을 생각을 버리고 자신들이 직접 나서 김 가공 공장을 운영해볼 생각에서였다. 김 가공 공장을 운영하려면 충분한 생김 물량의 확보가 필요했고, 그를 위해선 무엇보다 생김 채취 현장 해상과 가공 공장 간의 신속한 운송 수단이 절실했기 때문이었다.

하지만 그 일 역시 제대로 시작도 해보기 전에 파탄이 나고 말았다. 여수 쪽에서 어느 날 공장시설 자재를 구해 싣고 돌아오던 동업자가 그길로 배와 함께 종적이 사라지고 만 것이다.

그래저래 맨주먹 빈털터리가 되고 만 원일 부의 울분은 더 말할 것이 없었다. 며칠 동안은 그래도 설마 설마 하고 기다리던 원일 부가 드디어 그 동업자의 종적을 찾아 여수로 어디로 뱃길 닿을 만한 포구나 섬들을 한 달 가까이 떠돌다 돌아왔을 때, 그는 이미 더 자신이나 식구들을 돌볼 수 없을 만큼 술병이 깊어 있었다. 그 술병은 상대도 없는 울분 속에, 도망간 동업자의 몫까지 함께 꾸어 쓴 빚갚음으로 잡혀둔 밭뙈기와 선산붙이들을 하나하나 넘겨가면서 더욱더 무질서하고 절망적인 황음증으로 발전하여, 끝내는 그 자포자기 식 자학 증세가 옆엣사람들조차 더 견뎌낼 수 없게 하였다.

그 남정을 믿고 의지할 수가 없어진 외동댁이 그 남편과 노인을 남겨두고 오직 어린 원일이 청일이 두 아이만(막내 아이 형자는 그때는 아직 태기도 분명치가 않았댔다)을 앞세운 채 근 20리 상거의 친정 동네 외동집으로 가버린 것은 그런 세월을 서너 해 동안이나 견뎌내고 난 뒤였다. 그리고 그것은 원일 부가 이제 하나밖에 남지 않은 마지막 식구들의 거처까지 미련 없이 잡혀주고 몇 푼 안 되는 집값을 마저 마셔 없애지 못해 이웃 회진포로 10리 밖 장터거리로 밤낮없이 술자리를 찾아 헤매고 다닐 무렵이기도 하였다.

그러니 그 원일 부 역시 그래저래 이젠 더 집을 찾아들 필요가 없어진 셈이었달까. 외동댁이 아이들과 친정으로 가고 나서도 원일 부는 그런 사실을 아는지 모르는지 그저 그냥 인사불성인 채로 밤을 한두 번 지내고 갔을 뿐, 이후론 노인 혼자 지키고 있는 집마저 거들떠보지 않은 채 오직 그 회진이나 장거리의 술집들로만 떠돌아다니고 있었다. 그러다 얼마 뒤엔 그 회진이나 장거리에서조차도 원일 부는 아예 그 행적이 사라지고 말았다.

준섭이 오랜만에 고향집으로 노인을 찾아 뵈러 간 것은 그해 한겨울, 그러니까 그의 고등학교 2학년 겨울방학 중에 그 집이 이미 빚쟁이의 손으로 넘어갔다는 소식을 듣고서였다. 준섭은 그동안 중학교 때까지는 방학 때마다 한번씩 집을 다녀가곤 했지만, 중학교 3학년 때의 겨울방학을 마지막으로 고등학교 진학 이후로는 2년 가까이나 발길을 못 해보고 지내오던 참이었다. 그 중학교 마지막 방학 무렵엔 집안 꼴이 이미 심하게 어지러워져 있어 그의 마음도 심란하기만 했던 데다, 어린 자식에게 그런 꼴을 보이고 싶지 않았을 노인이 방학이 되더라도 당분간은 집엘 내려올 생각을 말라는 냉담스런 당부가 있었기 때문이었다. 더욱이 이후부턴 집안 꼴이 나날이 더 황당스러워져가고 있는 가슴 아픈 소식들뿐인 데다 준섭 쪽 역시 더 이상 학자금을 기댈 데가 없어진 형편이어서 열등생 가정교사나 신문 돌리기 따위로 그럴 틈을 내볼 처지가 못 됐기 때문이었다. 그러나 그 한겨울 방학 중에 그런 소식을 듣고 나니 노인이 어디에서 어떻게 지내는지 뒷일이 궁금하고 걱정이 되지 않을 수 없었다. 그래 별 뾰족한 방책을 마련할 수도 없는 터에, 우선 노인의 행방이나 지내는 형편이라도 알아볼 요량으로 그 막연한 시골길을 재촉해 나선 것이었다.

그런데 그때 준섭이 동네로 들어서고 나서도 달리 가볼 만한 곳이 없어 우선 그 옛날 집 사립을 찾아 들어섰을 때였다. 빚갚음으로 이미 남의 손에 집을 넘겨주었다던 노인이 웬일인지 아직도 거기 혼자 남아 있다가 그를 맞아들여주었다. 그리고 그간 아직 비질과 걸레질로 안팎에 윤기가 남아 있어 보이기는 했지만, 간단한 부엌 도구와 잠자리붙이밖에 남아 있는 것이 없는 휑한 집 안 꼴로 보아 다른 세간들은 이미 다 다른 곳으로 옮겨갔음이 분명한 그 '옛날 집' 안방으로 그를 서슴없이 데리고 들어갔다.

노인의 거동에 그렇듯 그 집이 아직 그대로인 것처럼 거리낌이 없었던 것은 그러니까 훨씬 뒷날에 가서야 당신이 털어놨듯, 그리고 준섭 역시 이미 짐작을 하고 있었듯, 집을 아주 넘겨주기 전에 마지막 하룻밤이라도 옛날처럼 의연히 그를 함께 거기서 재워 보내기 위해서였다. 언제 소식을 듣고 찾아올지 모르는 어린 자식과의 마지막 하룻밤을 위해 그 자식이 찾아들 곳을 기약 없는 기다림 속에 무작정 지키고 앉아 있었던 것이다.

하지만 모자는 물론 그때 전혀 그런 말을 하지 않았었다. 노인은 마치 그 집이 빚에 넘어간 일이 없는 양 낌새를 보인 일이 없었고, 그런 만큼 준섭 역시 그간의 궁금한 곡절이나 당시의 새 거처에 관한 일들을 섣불리 입에 올릴 수가 없었다. 입을 열자니 서로 간에 가슴이 메이고 쓰라린 말들뿐이었다. 뜬눈으로 마주 앉아 그저 밤을 새울 수도 없었다.

— 일찍 자자. 일찍 자고 일찍 일어나 아침 날 새는 길로 너는 다시 광주로 올라가거라.

모자는 별말 주고받지 않은 채 노인이 지어 들여 온 더운 저녁밥을 함께 먹고 나서 일찍 잠자리부터 서둘렀다. 저녁 상 설거지를 끝내고 들어온 노인이 하릴없이 한참 방을 꼼꼼히 훔치고 나서 이윽고 잠자리를 펴기 시작한 것이다. 그리고 그렇게 둘이 어둠 속에 자리를 나란히 하고 누워 있다가 노인 쪽에서 끝내 막막한 한숨 소리를 삼키며 마지막으로 당부해온 소리가 아마 이런 말이었을 것이다.

— 이 늙은 에미 일은 행여라도 걱정 말고…… 이 에미사 혼자 사는 동네 늙은이들도 있고, 구평이나 함평 사는 네 누님네들도 안 있냐. 그러니 너는 내일 다시 광주로 올라가서 네 갈 길이라도 있으면 그 길을 찾아가거라. 우리 처지가 이리 된 마당에 광주 네 외종누님인들 빈손 들고 다시 찾아 들어선 너를 당장 어디로 나가라고 내쫓겠냐—

하여 이튿날 아침. 눈을 붙인 둥 만 둥 의뭉자뭉하다가 모자는 아직 어두운 새벽녘에 일찍 자리를 털고 일어났다. 일어나 보니 바깥엔 이날따라 밤새 눈이 하얗게 내려 있었다. 사방이 온통 하얀 눈천지였다. 여느 때 일 같으면 길을 나설 수가 없었다. 그러나 눈이 왔더라도 어쩔 수가 없었다. 왠지 이웃 사람들의 눈길이 부끄럽고 떳떳지가 못한 처지. 말을 하지 않았지만 노인도 준섭도 서로 간에 그것을 느끼고 알고 있었다.

날이 더 밝기를 기다릴 처지도 아니었다. 노인이 서둘러 간밤에 남겨둔 밥 한술씩 끓여다가 속을 잠시 덥히고 그 눈길을 함께 나섰다. 장터거리의 차부까지는 굽이굽이 산길로 10리가 넘는 길이었다. 노인과 준섭은 눈빛에 의지하여 죄인처럼 조심조심 밤동네 길을 빠져나갔고, 끝내 그 10여 리 차부까지의 산길도 둘이 서로 번갈아 미끄러지고 넘어지며 함께 걸어 넘었다. 준섭이 미끄러지면 노인이 그를 일으켜주고, 노인이 미끄러지면 준섭 쪽에서 당신을 부축해가면서. 그래저래 산길이 다하고 시작한 신작로 길로 들어섰을 땐 시간 맞춰 시동을 건 새벽 첫 버스가 지금 막 덜컹덜컹 차부를 나서고 있던 참이었다.

그리고 그 경황없는 순식간의 헤어짐— 그러니까 그것이 그 시절 노인과 준섭이 서로 아무 기약도 없이 허둥지둥 헤어지고만 마지막 작별의 모습이었다. 그 5년 전 어느 봄날 새벽녘 초라한 게자루와 함께 광주 길을 떠나가며 준섭이 허겁지겁 노인과 헤어졌던 그 자리 그 정황 그대로, 이번에는 그때처럼 언제쯤 다시 함께 살러 오만 기약도 희망도 못 지닌 채.

그런데 노인은 뒷날 그때의 일이나 당신의 심정을 이렇게 털어놓은 일이 있었다.

—날은 아직 어둡고 산길은 험하고, 미끄러지고 넘어지면서도 그냥저냥 어떻게 차부까지는 시간을 대어 갈 수가 있었구나. 그런디 그리저리 장터거리로 들어서서 차부가 저만큼 보일 만한 데까지 가닌께 그때 막 첫차가 불을 켜고 차부를 나오더구나. 급한 김에 내가 손을 휘저어 그 차를 세웠더니, 그래 그 운전수란

사람들은 어찌 그리 길이 급하고 매정하기만 한 사람들이더냐. 차를 미처 다 세워주지도 않고 덜크덩덜크덩 눈 깜짝할 사이에 저 아그를 훌쩍 실어 담고 가버리는구나. 그러니 그 허망하고 막막한 가슴속을 어디엔들 비길 수나 있을 듯싶었겄냐……

그로부터 10여 년 뒤, 준섭이 지금 은지네와 결혼을 하고 나서 그 시골 외갓동네의 헌 오막살이집으로 노인을 뵈러 갔을 때, 준섭에게 대충 이미 사연을 들어 알고 있던 아내의 채근에 못 이겨 당신의 새 며느리 앞에 마지못해 털어놓은 후일담이었다. 그리고 이후부터 아내는 누구보다 그 일을 가슴 아파해왔으며, 준섭 또한 뒷날 그 '눈길'의 이야기를 시도하게끔 한 창연한 뒷사연이었다.

하지만 아내는 늘상 그 일을 가슴 아파하고 잊지 못해하면서도 사실은 한 가지 모르고 있는 것이 있었다. 그때 그 노인의 황망스러우면서도 결연스런 손사랫짓— 노인의 기억엔 뚜렷이 남아 있을 수가 없을 일인 데다, 준섭 역시 그것을 말을 하거나 쓴 일이 거의 없어 아내는 여태 그것을 알지 못하고 있었지만, 그날도 노인은 전에 늘 그래 왔듯, 준섭이 차로 오를 때나 차 속으로 들어가 밖을 내다봤을 때나 뒤에서 연신 그 손사랫짓을 쳐대며 그를 재촉하였고, 그러다 그 경황없고 망연스런 손사랫짓과 함께 순식간에 어둠 속으로 파묻혀 사라져가버린 것이었다.

……그 새벽녘의 얼어붙은 여명 속처럼 노인의 손사랫짓이 계속 그를 쫓아오고 있었다. 그 손사랫짓이 자꾸만 찻길을 막아서는 것 같았다. 나는 이제 괜찮다. 나는 괜찮으니 어서 그냥 돌아

가거라…… 당신이 그렇게 소리쳐오는 것 같기도 하였다.

— 노인이 정말 그렇게 쾌복하신 것인가.

하지만 일이 정말로 그렇게 됐더라도 거기서 행로를 바꿔 돌아갈 수는 없는 노릇이었다.

준섭은 그냥 계속 눈을 감은 채 버티고 앉아 있었다. 그러자니 자꾸만 그 노인을 거역하여 길을 거슬러가고 있는 느낌이었다. 자신도 모르게 이마에 땀이 솟고 숨이 가빠 올랐다. 무슨 말을 할 수도 없었다. 시간이 흐를수록 마음만 더 무거워질 뿐, 이제는 옆에 앉아 있는 아내에게조차 무슨 말을 건네볼 엄두가 나지 않았다. 그는 그 노인의 완강한 손사랫짓에 가위눌림이라도 당한 것처럼 무겁고 깊은 침묵의 수렁 속에 계속 영문 모를 안간힘만 쓰고 앉아 있었다.

감독님께 덧붙입니다.

우선 제가 어느 잡지에 쓴 잡문 한 부분을 복사해 보내오니, 먼저 훑어보아주십시오.

— 내가 지닌 국어사전에서 손으로 의사표시를 하는 동작이나 모양새를 찾아보면, '손짓'은 손을 놀려 어떤 사물을 가리키거나 의사를 나타내는 일. '손사래'는 조용히 하라고 하거나 어떤 일을 부인하려고 할 때에 손을 펴서 휘젓는 짓(손사래질, 손사래치다)으로 되어 있다.

닭이나 개 따위의 짐승들이나 사람을 '(저리) 가라'는 뜻으로 내치는 손짓말은 따로 정리되어 있지 않다. '손짓' 중에서 '(손을) 젓다'나 '내젓다'는 용인이나 긍정보다 부인의 뜻이 앞서지만, 그것도 적극적인 내침이나 쫓음의 뜻은 약해 보이고, '손치다'의 손을 치는 것 또한 '가라'는 내침보다 '오라'는 쪽으로 이해하는 수가 많으니 마땅한 말이 아니다. 그러니 '가라'는 뜻만을 따로 나타낼 손짓말은 '내치는 손짓' 혹은 '손내치다'가 되거나, 그 내침의 뜻을 내장한 '(쫓는 뜻의) 손사래질' 정도로 새로 취해 씀이 어떨지.

……우리는 지난날 남남 사이에선 물론 가까운 사람 간에서도 그 쓰라린 손내침질을 주고받게 되는 처지를 숱하게 겪어왔고, 그 비정스런 정서에도 패나 익숙해온 편이다. 그러나 그것이 진정 마음으로부터의 내침이나 내쫓김의 국면만은 아니었음은 물론이다. 출가한 딸아이가 친정집을 다녀갈 때 그 어머니가 동구 앞 길목에서 손을 급히 내저어 딸아이의 무거운 시댁 발길을 재촉하는 것, 공부나 돈벌이를 위해 고향집을 떠나가면서 자꾸만 뒤를 돌아다보는 자식에게 사립문 앞에 나선 부모가 짐짓 바쁜 손짓을 쳐 보내는 것, 지금도 이따금 버스터미널 같은 데서 나이 먹은 시골 부모가 차에 오르고 나서는 배웅 나와 서 있는 창밖의 자식들에게 거푸거푸 손을 내쳐 보이는 것, 그것들이 어찌 단순한 내쫓음이요 떠나감에 대한 재촉의 뜻일 뿐일 것이랴. 그것은 오히려 떠나보내기를 아쉬워하고 가슴 아파하는 자기 마음 다독거리기요 아픈 정 자르기의 황망한 몸짓으로, 이쪽 일은 걱정 말고 마음 편히 떠나가라, 마음을 굳게 하고 떠나가서 네 뜻이나 잘

이루거라, 이제 그만 내 서운한 마음을 거두고 가게 하여라……
절절한 당부와 호소의 몸짓의 몸짓말들일 것이다. 아니 어쩌면
그 헤어짐과 떠나보냄의 아픔이 그만큼 괴롭고 견딜 수 없어 오
히려 불러 붙잡고 끌어안고 싶은 마음에, 그것을 짐짓 가슴속에
우겨 누르기 위해 그런 참음과 역설의 쓰라린 손짓말이 더욱 절
급했을 수도 있으리라. 그리고 그래서, 그 손사랫짓엔 어차피 내
침이 곧 끌어안음이요, 내침과 끌어안음의 마음이 안팎으로 함
께하고 있어, 굳이 그 내치는 뜻만의 손사래질(짓)만을 따로 정
리해두지 않았는지 모른다…… (이하 생략)

감독님께서도 이미 짐작이 가셨겠지만, 제가 이런 잡문을 덧붙
여 보낸 것은 본문의 노인에 대한 회상 가운데에 그 손사랫짓에
대한 이야기가 빈번하여, 그에 대한 제 평소의 생각을 한 번 더
정리해 보여드리기 위해섭니다. 그것은 물론 단순한 말뜻 풀이
가 아니라, 그 손사랫짓 속에 의연히 지켜져온 노인의 모습과 그
런 생애의 한 시절을 한결 더 분명하게 해줄 수 있을 듯싶었으니
까요.

그 의미를 취하실지 어떠실지는 제가 굳이 여기서 참견하고 나
설 일이 아니지만, 감독님께서도 이제 제가 그 손사랫짓으로 그
무렵까지의 노인의 삶을 어떻게 이해하고 표상하려 했는지는 충
분히 살피셨을 줄 믿습니다. 그 절절한 소망을 안으로 안으로 아
프게 눌러 참으며 겉으로는 그렇게 서둘러 내치는 손짓으로 속
마음을 대신하고 마는 손사랫짓의 역설은 노인뿐만 아니라 감독
님의 어머님을 포함한 우리 부모님들 모두의 공통의 마음가짐이

요 일반적 정서의 한 양식으로 말하고 싶어 했음도요. 이와 관련해선 그 손사랫짓의 표상성에 보다 보편적 삶의 호소력을 실어주기 위한 시대적 배경과 구체적 정황이 훨씬 더 분명해져야 할 줄 압니다만, 그에 대해선 다음에 차츰 기회를 찾아보도록 하겠습니다.

오늘은 앞쪽 본문에 대한 제 변명 한 가지만 더 덧붙이고 긴 사족 끝내겠습니다.

살펴보신 대로 이번에는 고속도로 위에서 뜻하지 않게 노인의 회생 소식을 접하고, 안도감과 당황스러움이 함께 뒤섞인 착잡한 심사 속에 시골집까지 차를 달려간 과정을 적었습니다. 그런데 오늘로 거기까지 한 대목을 다 마무리 지으려다 보니 이야기가 많이 길어지고 말았습니다. 국면이 재미있고 필요한 것들이라면 그래도 별 상관이 없겠습니다만, 쓰다 보니 아무래도 그렇지가 못한 거 같아서요. 고속도로 차 속에서 이런저런 생각들과 아내와의 실랑이질이 특히 그렇게 느껴지셨을 줄 압니다.

미리서 제3자 화자의 시점까지 빌려 시작한 글이었지만, 자식으로선 역시 지금에 이르러서도 적절한 자제력이 불가능했던 탓 같습니다. 실은 당시의 제 솔직한 심정이 그만큼 미묘하고 혼란스럽기도 했고요. 더욱이 문자라는 기호와 상상력만을 매개로 한 글의 표현은 그 하나하나의 상황(시각적이고 청각적인 부분까지)을 오직 단선적인 시간 서순에 따라 길게 서술해나갈 수밖에 없어, 그 때문에도 그 시각과 청각의 동시·복합적 표현물인 영화와는 달리 그것이 더욱 단조롭고 지루하게 느껴지셨을 줄 압니다. 시골에선 그때 이미 수시(收屍)에서 고복(皐復)까지 치르고 난 상황이었지만, 글 속에선 그런 것도 어디에다 끼워넣을 엄두를 못 냈으니까요.

그러니 감독님께선 그에 괘념 마시고 필요한 대목들만 대충 취해나가도록 하십시오. 부질없는 참견인 줄 압니다만, 지금까지는 역시 영화의 도입부에나 해당할 짧은 시간 동안의 작은 국면에 불과할 테니까요. 실제로는 물론 그렇지가 못했고, 그럴 수도 없었지만 저 역시 글 가운데서 노인의 돌아가심이나 회생에 대한 착잡한 생각들은 그저 깊은 침묵 속에 무겁게 압축해버리고 싶었고 그것이면 충분할 거라는 생각이 들었거든요.

긴 설명이나 어떤 혼란스런 상념들도 몇 장면 짧은 화면 속에 매우 효과적으로 압축해 보일 수 있는 영상 예술 매체의 오랜 장인이신 만큼, 감독님께선 아무쪼록 제 부실한 이야기로 하여 행여 화면의 속도와 경제성을 놓치는 일이 없으시기 바랍니다.

그런 뜻에서 손을 좀 대고 싶은 생각을 참고 글이 처음 씌어진 대로 그냥 원고를 보냅니다.

지난번 전화 주셨을 때 말씀드렸지만, 이곳에서도 지내기가 썩 괜찮습니다. 남쪽이라 이미 봄이 한창 무르익어 바닷날씨나 낚시질이 좋아서요. 감독님께서도 틈이 생기시면 언제 생선횟감 사냥을 다녀가도록 하시지요. 행여 그럴 날이 생기시기를 빌겠습니다.

1995년 3월 ×일

제3장

노인이 비녀를 찾으시다

   휴게소도 들르지 않고 줄곧 길을 서두른 바람에 차는 가을 해
가 아직 서산을 넘기 전에 옛 갯나들의 해변 길로 들어섰다. 30여
년 전 그 봄날 한나절. 노인과 오순도순 게를 잡으며 공연히 망연
스런 심사를 달래보려 아득하기만 한 아들의 금의환향을 약속했
던 개펄가 산모퉁이—

   차가 서서히 그 해변 길을 돌아들자 갯나들 20여 가호 작은 마
을이 나타났고, 연이어 그 끝머리께에 나중나중 그 아들이 힘겹
게 마련해드린 노인의 '아심찮은 안식처'가 다가왔다.

   준섭은 우선 예정보다 길을 일찍 당도한 데에 안도의 숨을 내
쉬었다. 그러나 그것은 사정을 제대로 알기 전의 잠시 동안뿐이
었다. 차가 집 가까이 다가들어가면서 보니 문간 앞 길가에 웬 봉
고차 한 대를 둘러싸고 사람들이 여럿 몰려서서 실랑이가 한창이
었다.

─ 노인을 보러 온 사람들이 아직까지 돌아가지 않고 있는 모양인가.

준섭은 처음 그것을 헛 문상객들의 술판이 길어져 질펀한 주사들이 문간 밖 길목까지 번져 나온 것인 줄 알았다.

그러나 차를 내려서 보니 그게 아니었다. 봉고차 곁에는 황백색 국화꽃으로 단장한 조상 화환이 세 개씩이나 기대 세워져 있고, 사람들 사이에선 큰조카 원일이 그 물색없는 화환들을 두고 읍내의 꽃집 배달원 청년과 입씨름을 벌이고 있었다.

"어허, 이 사람. 이 화환은 새것 한가지니 다른 집으로 다시 보내면 될 것 아닌가 말여!"

"에이 참 선생님도. 한번 남의 상가에 왔던 화환을 어떻게 또 다른 집으로 보내요. 입장을 바꿔놓고 생각해도 선생님 같으면 기분이 좋겠어요?"

"글쎄, 여기는 상가 아니라니까 그러네. 이 집에는 도대체 돌아가신 분이 없는데 조화는 무슨 놈의 조화를 받는단 말여!"

"자세한 사정은 전 모르겠고요. 전 그저 갯나들이 댁 이준섭씨 댁으로 배달해달라는 서울하고 광주 사람들 주문대로 이 화환들만 배달하고 가면 그만이니께요."

"허어, 그것 참! 누가 화환 값을 되돌려달라는 것도 아닌데……반갑잖은 화환이 한 개뿐이라면 또 몰라도 저렇게 세 개씩이나 돼놓으니 이거 꼭 누구더러……"

"하여튼 우리는 소용이 없으니 뒷처린 선생님 댁에서 알아서 하시고요……"

"이 친구 아무래도 말이 잘 안 통하구만. 그러니까 경우가……
아, 작은아버지!"

원일은 계속 상대를 설득하려다 말고 그제야 등 뒤로 발길을
머물고 서 있는 준섭을 발견하곤 얼른 몸을 돌려 세우며 반갑게
인사했다.

"그래, 이런 일까지 생겨서 수고가 많구나."

준섭은 그 원일에게 간단히 한마디를 건네고는 이내 짐을 챙
겨 뒤따라온 아내와 딸아이 쪽으로 다시 눈길을 돌렸다. 작은아
버지, 이걸 어쩔까요— 원일이 난처해서 묻고 싶어 하는 사정을
알면서도 그 역시 그 일은 어찌할 수가 없었기 때문이었다. 일이
그토록 꼬여든 데에는 송규식의 성급한 부음 광고뿐만 아니라,
노인의 형세가 다시 어떻게 돌아갈지 몰라 그동안 우물쭈물 뒷단
속을 미뤄온 준섭 자신의 허물도 컸다. 그러나 지금으로선 그런
걸 따지고 있을 계제가 아니었다. 자신이 나서 봐야 별 뾰족한 해
결책이 나올 수도 없는 터.

"잘 처리해 보내고 들어오너라."

준섭은 애매하게 한마디를 더 덧붙이고는 곁에서 기다리고 있
는 은지의 등을 만지며 문간을 들어서버렸다. 그리고 여기저기
아직 어수선한 술자리와 윷판이 벌어지고 있는 마당 한쪽켠을 거
쳐 아내와 함께 곧장 노인의 안방 거처로 들어갔다.

방 안에는 외동댁과 먼저 내려온 광주와 함평의 두 누님, 이웃
새말댁들이 윗목 쪽으로 말없이 둘러앉아 있고, 노인은 아랫목
에 엷은 이불자락을 턱 밑까지 올려 덮은 채 조용히 눈을 감고 누

위 있었다. 준섭은 그 누님 형수들과 간단히 눈인사를 건네고 나서, 아내와 함께 조그만 노인의 몸피 앞으로 꿇어앉았다. 그리고 절이나 인사말 대신 잠시 당신의 이마를 짚어보았다. 이마를 짚어보고 다시 손목과 가슴께의 맥동을 차례차례 짚어보고, 그리고 비로소 당신의 귀 가까이로 입술을 갖다 대며 얼마간 큰소리로 불렀다.

"어머니……! 어머니, 접니다. 저 준섭이가 왔습니다."

"어머니, 어머님 눈 좀 떠보세요. 여기 은지랑 저희들이 왔어요."

긴장한 눈길로 곁에서 기미를 지켜보고 있던 아내도 몸을 굽히고 나서며 그 감감한 의식을 깨워 일으키려 하였다.

"엄니, 정신 차리고 눈 좀 떠보시오. 아들을 못 보고 가서 저승길까지 되짚어 왔음시로, 그 아들 준섭이네가 왔는디 어째 그냥 그러고만 계신다요. 어서 눈 좀 떠보시란 말이요."

나중에는 등 뒤에서 외동댁까지 나서서 대고 큰 소리를 들이댔다.

노인은 시종 이렇다 할 반응이 없었다. 가물가물 뭔가 기척을 알아차린 듯한 희미한 실룩거림이 잠시 야윈 입가를 스쳐갔을 뿐 힘없이 감긴 눈꺼풀은 미동도 하지 않았다.

"워낙에 기력이 쇠해지셔서 그래."

언제부턴지, 좀 전엔 바깥마당 윷판에 섞여 있던 새말까지 그 사이 손을 털고 들어와 등 뒤에서 노인을 굽어보고 있었다. 하지만 새말은 이제 노인의 용태보다 준섭의 걱정을 덜어주려는 쪽이었다.

"아직은 가기 싫으신 길을 빠져나오시려고 저승사자들하고 싸우시느라 얼마나 힘이 파하셨겠어. 허허. 허지만 그런 어른이시라 차츰 기력을 차리실 것이니 이젠 자네도 좀 안심을 허소. 지금도 아까보단 숨 쉴 기력이나 화색이 많이 돌아오신 듯싶으니께……"

그런데, 전에도 한두 번 준섭이 경험한 일이었지만, 사람의 기억이나 의식의 반응은 무슨 말뜻이나 시각의 자극보다 가까운 사람의 목소리 자체에 더 민감한 것 같았다. 그래서 노인은 당신의 아들보다 이웃에서 항상 보살핌을 받아온 새말의 목소리에 마음속까지 귀가 익어 있었는지 모른다.

"아재요……?"

예기치도 않게 그 순간 노인의 머리가 조금씩 새말의 소리 쪽으로 기울며 한숨을 쉬듯이 문득 힘겨운 소리를 토해냈다. 그리고 어렵사리 반쯤이나 밀어올린 야윈 눈꺼풀 사이로 당신의 가는 눈길이 그 귀에 익은 목소리를 찾아 아득히 허공을 더듬고 있었다.

"어머니, 저 준섭이, 은지 애비 여기 있습니다. 어머니, 절 알아보시겠어요?"

"……"

"목이 마르세요, 어머니? 목을 좀 축이시게 물을 드릴까요?"

기력이 부치는지 힘없이 입술만 달싹이는 것을 본 아내가 큰 소리로 물으며 자리를 일어서는데도 노인은 이내 그 눈길을 다시 닫아버리며, 띄엄띄엄 말수가 헛돌아가고 있었다.

"아재⋯⋯ 우리는 대충⋯⋯ 요기를 했소마는⋯⋯ 아재는 어쨌소⋯⋯ 아재도 오신 김에⋯⋯ 거기 앉은 자리에서 무얼 좀⋯⋯ 드시고⋯⋯ 놀다 가시지라⋯⋯"

"젠장! 사람만 보면 옛날맹키로 늘상 무엇을 묵고 가라, 방 있으니 자고 가라⋯⋯ 그럼시로 당신은 항상 먼저 다 하셨으니 마음 쓸 거 없다시제. 그거 다 누구를 애먹이는 일이라고. 당신은 늘 인심만 쓰시고 늙은 며느리 귀찮으라고? 안 그래요, 숙모님?"

침을 삼키며 지켜보고 있는 방 안 공기를 깨뜨리며 새말이 짐짓 큰 소리로 다그치자, 노인은 이번에도 생각이 자꾸 헛돌았다. 아재 말고 누가 그 속을 알아줍사, 당신이고 아들이고 어느 누가 그런 사정 그런 내 속을 헤아리기나 해줍사⋯⋯ 외동댁의 탄식 어린 화답 사이로 노인의 목소리가 가물가물 꺼져가고 있었다.

"아재⋯⋯ 그참에 또⋯⋯ 가실라고? 그라믄⋯⋯ 가셨다가⋯⋯ 또⋯⋯ 오시제이?"

그리고 노인은 다시 혼자가 돼버린 듯 나른한 한숨을 한차례 길게 내쉬더니 그길로 감감 깊은 잠 속으로 가라앉아 들어갔다. 서울 며느리 은지네가 서둘러 손에 받쳐 들고 들어온 물그릇은 이미 소용이 없었다.

"다시 잠이 드셨어. 이따가 드리지."

준섭은 하릴없이 아내에게 이르고 나서 노인의 이마와 손목을 한번 더 세심하게 짚어보았다. 그리고 비로소 얼마간 안심스런 얼굴로 자리를 조금 물러앉았다.

"이만하기가 참 천만다행이구먼요. 장담할 순 없는 일이지만,

지금 우선은 괜찮으실 것도 같아요. 형수님이랑 누님들이랑 참 많이 놀라셨겠어요. 더욱이 형수님은 혼자서 갑자기……"

자리를 물러앉고 나서 준섭은 주뼛주뼛 외동댁과 누님들에 대한 위로의 말부터 꺼냈다. 그러나 그 이상은 더 할 말이 없었다. 말을 어떤 식으로 꺼내야 할지 공연히 외동댁과 누님들이 조심스러워 섣불리 말을 이을 수가 없었다. 외동댁이나 누님들은 이 희한한 사태에 대한 속생각이 자신이나 은지네와는 아무래도 다른 데가 많을 것이기 때문이었다.

"전 그럼, 이제 좀 바깥사람들한테로 나가 봐야 할까 봐요. 그 사람들도 공연히 애들을 많이 썼을 텐데."

준섭은 이내 어물쩍 변명 삼아 말하고는 자리에서 일어섰다. 그리고 이미 그의 어색한 처지를 알아차리고, 그래, 이젠 괜찮어. 괜찮으니 마음 놓고 바깥바람이나 쐬러 나가—, 앞장서 문을 나서며 짐짓 재촉을 해대는 새말을 뒤따라 나섰다. 긴말 끝에 은근슬쩍 뒤따라 나올 수도 있는 방 안 여인네들의 속마음을 굳이 알고 싶지가 않아서였다.

그런데 바로 그 문밖 마루방 쪽에 원일이 기다리고 있다가 재빨리 그에게로 다가섰다.

"작은아버지. 서울이나 광주 등지서 친구분들 전화가 여러 번 있었는데요."

준섭으로서도 한 번 더 단속을 해두려던 일이었다.

"그래, 어떻게 했냐?"

"여기 일들을 그대로 설명드렸지요. 그런데 곧이가 잘 들리지 않으신 눈치들이더만요. 설명을 듣고도 나중엔 여기 오는 길을 묻는 분이 계셨어요."

"그래서 길을 가르쳐줬냐?"

"말씀을 안 드릴 수가 없어서요."

"누구라고 이름을 말하는 사람은 없더냐? 네가 전부터 알던 사람이냐."

"여기 몇 분은 성함을 적어놨어요."

원일이 집어 건네준 메모지에 윤 사장과 강 원장 외에 글동네 친구 두어 사람의 이름이 적혀 있었다.

"알았다. 그만 나가보거라."

원일에게 이르고 나서 준섭은 바로 전화기를 집어 들었다. 그리고 서울의 사랑방 번호를 누르다 말고 다시 원일을 불러 세웠다.

"참 회진 구면장이랑 장터 교장 선생님이랑은 일찍들 돌아가셨냐?"

"예, 할머니 일은 당분간 마음을 놓아도 되시겠다고 약주 한잔씩 하시고 일찍들 돌아가셨습니다. 무슨 일 있으면 다시 기별하라고요."

"아까 그 조화들은 다시 돌려보냈구?"

"가져가 봐야 소용없다고 기어코 그냥 도망가버리더만요. 우선 뒤켠 텃밭에다 비켜놓았습니다."

"알았다."

준섭은 다시 서울 사랑방의 전화번호를 눌렀다. 이내 수화기 속에서 울려나오는 저쪽의 목소리가 송규식임을 알고 그는 대뜸 역정부터 내었다.

"당신 아직껏 뭘 하고 있었어요. 멀쩡한 생사람 확인도 하기 전에 부고부터 내버리더니…… 도대체 뒷일을 어떻게 처리했길 래 이 사람 저 사람 여기까지 전화가 오게 하느냐 말요."

"아, 이 선배님! 이제 도착하셨군요. 그렇잖아도 저도 한번 더 전화를 걸어볼 참이었는데요. 어머님께서는 좀 어떠십니까?"

규식은 그사이 전화로 노인의 용태가 많이 회복된 것을 알고 마음을 놓고 있었던 듯, 이쪽의 책망에는 아랑곳을 않은 채 말투 나 목소리에 꽤 여유를 담고 있었다.

하고 보니 이젠 준섭도 그럭저럭 여유가 생긴 편, 그 규식만을 애꿎게 나무랄 수가 없었다.

"왜, 기왕에 부고까지 냈으니 노친네가 내친김에 다시 돌아가 주셨으면 싶어서? 걱정 마. 그런 생각일랑은 일찌감치 접어두 고, 멀쩡한 사람들 헛걸음들 치지 않게 뒷단속이나 좀 잘해주셔. 살아나신 양반 저승 사람 취급하는 그 헛 전화질들도 그만들 하 게 하고……"

준섭은 여전히 비꼬는 어조였지만 목소리만은 한결 부드럽게 수그러들고 있었다.

하지만 이쪽의 여유 있는 기분과는 거꾸로 규식은 왠지 거기서 새삼 자신 없는 목소리가 되었다.

"글쎄요. 그런 뒷단속이야 할 만큼은 했지요. 이리로 걸려온 전화들은 물론 선배님하고 관계가 있는 곳이나 알 만한 사람들은 대개 다 찾아서 설명을 해줬어요. 그런데……"

"그런데?"

"죄송한 말씀입니다만, 일이 워낙 좀 흔찮은 경운 데다 선배님의 성미를 아는 사람들이 돼놔서 쉽게 곧이들으려 해야지요. 선생님 혼자서 거기 동네분들하고 조용히 일을 치르려고 부러 그러시는 거 아닌지 내심 의심쩍어하는 눈치들이에요. 그래 시골로 전화를 걸어서 직접 확인들을 해보거나 더러는 헛걸음 삼아 한번 내려가볼 생각을 하는 사람도 있는 것 같고."

"그래서 송 형한테 몇 번씩 당부를 했잖았소. 당신은 그런 뒷단속 하나 확실하게 못 해줘요?"

"실은 저도 아직까지 긴가민가 싶은걸요."

"이 사람이 정말……!"

준섭은 불쑥 다시 역정이 솟으려 했으나 그럴 때가 아니다 싶어 흠칫 목소리를 참아 눌렀다. 그리고 이번에는 사정하듯 차근차근 이쪽 사정을 자세히 설명해주고 나서, ……일이 정말로 그렇게 돼 있어요. 그러니 그곳 일은 송 형이 좀 책임을 져줄 수밖에. 공연한 생사람 부고를 낸 벌로 말야— 한번 더 다짐을 주고 전화를 끊었다.

곧이를 듣든 말든 서울 쪽 일은 이제 그 사랑방지기 송규식에게 맡겨두는 수밖에 없었다. 준섭은 비로소 마루방 문을 나와 마당으로 내려섰다.

마당선 여전히 윷놀이판이 한창이었다.

"아, 태영이 자네는 이 판은 좀 쉬어. 이번에는 내가 아깟번에 동팔이한테 잃은 돈을 좀 벌충해야겠으니께. 응, 어서 저리……"

"아따, 자네는 오늘 백판을 가봐야 안 된단 말시. 멀쩡한 어른을 돌아가셨다고 손발을 개어 얹고 치상치레를 서둘렀으니 노인 양반이 괘씸해서 자네헌티 돈을 따게 하시겄어?"

윷놀이는 방금 이웃 성 영감의 아들 동팔과 태영 간에 한판이 끝나서, 준섭을 앞장서 방을 나가 기다리던 새말이 아깟번 그 동팔에게 돈을 제법 잃었던 듯, 만만한 태영을 밀쳐내고 위인과의 재대결을 시도하고 있는 중이었다.

그런데 태영은 준섭이 모습을 나타낸 걸 알면서도 새말의 윷패가 안 서는 소이를 노인의 일을 잘못 처결한 탓으로 우겨대고 있었다. 술에 장난질에 허튼 농담 소리까지 좋아하는 그의 평소 성벽 그대로였다. 새말도 물론 그것을 아는 터라, 같은 식의 응대로 고집을 밀고 나갔다.

"그래서 지금 내가 어른한테 빌고 왔다니께 그러네. 그라고 그것이 어디 나 혼자 잘못인가. 당신 며느리까지 세 사람씩이나 함께 확인한 일이었는걸."

"그래, 자네가 비니께 노인 양반이 용서하시겄다든가?"

"그거야 내가 새로 윷을 놀아보면 알 거 아녀! 그러니 이 사람아, 어서 자리나 비켜 앉아. 그러고 거기서 노인 양반이 나를 어떻게 용서하셨는지나 잘 지켜봐."

"허어 참 그 사람…… 그렇게 자신 있으면 그래, 한번 놀아보소. 난 노인 양반 덕분에 개평이나 좀 뜯어가게."

뒤가 무른 태영이 결국은 마지못해 자리를 물러 나왔다. 그리고 그제야 준섭을 처음 알아본 듯 부러 정색을 한 얼굴로 점잖게 말해왔다.

"어, 자네 나왔는가. 그래 창졸간에 얼마나 놀랬던가."

"내가 놀란 것보다…… 자네들 수고가 너무 많았네. 명색도 없는 일에."

"명색이야 무어…… 일이 그만하기가 불행 중 다행 아닌가. 글쎄 새말 저 사람이 만일을 생각해서 서로 두 번 세 번 돌아가면서 세심하게 살폈어도 영락없이 돌아가신 것이 틀림없드래요. 그래서 형수님하고 수시를 마치고 초혼널이 사잣상까지 채려 내놓았는디……"

인사치레 겸하여 제풀에 이것저것 당시의 정황을 제법 진지하게 설명해나가던 태영은 그러나 사연이 거기에 이르자 더 본색을 참기가 어려운 듯 평소의 장난 투가 다시 튀어나오기 시작했다.

"그런디 그것이 참 이상시럽단 말시. 노인 양반이 다시 깨어나시고 나서…… 그때부터 이렇게 윷판이 벌어졌는디, 새말 저 사람 판판이 내리 잃기만 하고 있으니. 그러니 그거 노인 양반이 괘씸해서 벌을 주신 거 아니고 뭣이겠는가 말여."

"아따, 인자 그만저만 좀 해두소. 돈내기 윷판 앞에서 그 재수 쫓는 소리!"

윷을 시작한 새말이 태영을 뒤돌아보며 나무라는 참에 마침 뒤꼍 부엌에서 조카며느리 원일 처가 큼지막한 술상을 한 상 차려 내왔다.

"그래, 알아서 잘들 놀아보셔. 우리는 인자 그만 술이나 마실란께. 자, 자네도 어서 이리 오소. 먼 길에 줄창 요기도 못하고 달려왔을 텐디."

새 술상을 보자 태영은 금세 윷판 일을 버려두고 화단가 멍석 쪽으로 준섭을 이끌었다. 그리고 자신이 먼저 그 상 앞으로 풀썩 주저앉으며 큰 소리로 외쳐댔다.

"자, 이도 다 어르신 은덕 아닌가. 새말이랑 저 사람들 인자 눈 알들이 시뻘개져서 개평 한푼 내놓을 위인들이 아니니, 윷 안 노는 사람들은 헛 구경하지 말고 이리 와서 축하 술 타작들이나 하자고."

"기왕지사 이렇게 축하 잔치가 되고 말 줄 알았으면 모른 척하고 동네 소까지 한 마리 때려 엎어버릴 걸 그랬제?"

지금껏 열심히 윷판을 들여다보고 있던 동네 잔일꾼 홀아비 추씨까지 덩달아 이쪽으로 건너오며 맞장구를 치는 바람에 태영은 더욱 의기양양 거리낌이 없어지고 있었다.

"그래, 노인 양반이 그렇게 조금만 더 기다려주셨으면 영락없이 소도 한 마리 때려 엎을 뻔했제. 그러잖아도 내가 미리 윗동네 건한이한테 마땅한 놈 있으면 암소도 한 마리 알아봐놓으라고 안 했겠어…… 그 새끼 손발이 조금만 날렸으면 버얼써 일을 다 저질러버렸을 텐디. 허지만 이렇게 미리 다 연습을 해놨응께. 진짜 일이 생겼을 땐 일이 훨씬 쉽겠제! 그러라고 노인 양반이 미리 한 번 시피엑스를 걸어본 것 아니시었어? 어르신헌티 또 벌을 받을 소린진 모르지만, 그러니 진짜로 일이 생기게 된다 치면 그땐 정말로 소도 한 마리 때려눕혀야 할 것이고 말여."

그럴 때가 과히 그리 멀지는 않을 거 아니냐는 듯한 태영의 객설 투에 홀아비 추 씨는 그래도 제법 눈치가 조심스런 편이었다.

"아따 이 사람, 당신 아들 앞에서 무슨 그런 시어버린 김칫국 타령은…… 아까 그 성 영감…… 동팔이 저 사람 어르신이 하신 말씀 못 들었어? 가기는 어려운 길, 되돌아오기는 더 어려운 길, 그렇게 힘든 길을 한번 가셨으면 그만이제 무신 일이 아쉬워서 가셨던 길을 또 되돌아오셨냐고…… 가셨던 길을 저렇게 힘들게 되돌아오신 어른인디, 무신 그럴 만한 일이 아직 남아 계시지 않 았겄어. 일찌감치 자네 그런 불칙시런 심보나 고쳐먹어두란 말 시!"

"말도 마소. 우리 엄니 중심이 실하고 담이 크신 것이 옛날부 터 동네가 다 아는 일이었은께."

손윗시누이 광주 큰딸이 한차례 아랫목 노인 쪽의 기미를 살피 고 나서 다시 외동댁의 비위를 맞추고 들었다.

"한번은 이런 일도 있었는디, 자네들도 함께 좀 들어볼랑가?"

노인에 대한 옛날이야기를 핑계 삼아 외동댁을 한번 더 다독여 두려는 것이었다. 늙은 시누이 처지에 그렇듯 손아래 친정 동생 댁의 비위를 맞춰야 할 사정이었다.

노인의 용태가 갈수록 안정되어가는 기미를 보이자 갈 길이 먼 함평 쪽 둘째딸과 일자리를 오래 비울 수 없는 객지살이 아이들 이 먼저 길을 떠나가고, 밤이 이슥해지면서는 바깥마당 사람들 도 다 놀이판을 파하고 돌아간 뒤였다. 모처럼 집 안팎이 조용해 진 안방에 숨결이 더욱 잔잔해진 아랫목 노인을 중심으로 남은 식구들이 윗목으로 둘러앉아 있었다. 그런데 이윽고, 아들 수남과 함께 늦은 길을 나서려다 두 친정 동생댁들의 만류로 한 며칠 노인 곁에 남아 있기로 발길을 주저앉히고 만 광주 큰시누이가 잠자리로 건너가기 전에 조심조심 외동댁의 눈치를 살피며 혼잣소리처럼 물었다.

"밤이 많이 길 텐디, 곡기를 한번 더 시켜드리는 것이 안 나을랑가 모르겄네이?"

이날 밤 노인의 일은 그간에 밀려온 글빚에도 좀 손을 대볼 겸 준섭 혼자 조용히 모시고 지내기로 한 터여서 손윗누이가 그 뒷단속 겸해 노인을 한번 더 살펴두고 싶은 마음에서였다.

그런데 그런 친딸자식의 속마음을 헤아리지 못할 리 없는 외동댁의 대답이 썩 간단치가 않았다.

"또 곡기를요? 그러다 엄니가 다시 펄펄 힘이 나서 일어나시면 그때는 큰딸이 언제까장이나 여기 곁에 남아서 뒷감당을 책임져주실라요?"

그러다간 또 제풀에 다시,

"그야, 엄니가 정말로 다시 일어나실 수만 있음사 백번이라도 그리합시다. 그러다 아직 저렇게 기력이 허하신 양반한테 외려 해가 되시지 않을랑가 걱정이 되요마는……"

앞뒤가 생판 다른 걱정기를 덧붙였다.

어림없는 소리란 듯 눈을 부러 크게 뜨고 목청을 높여댄 앞대목은 눈치를 살피는 손윗시누이에 대한 농담 투 타박이었고, 끝을 흐리고 만 뒤쪽 걱정 투는 친자식들을 대신해 긴 세월 노인의

치매증을 함께 해온 며느리 자식으로서의 오랜 정의의 토로였
다. 하지만 농담 투 속에는 진짜 원망기가 깔려 있었고, 정의 어
린 걱정기 속에는 은근한 반대와 추궁의 뜻이 숨어 있었다. 노인
이 다시 펄펄 회생해 일어나면이라니— 외동댁의 진심은 무엇
보다 그 한마디 속에 담겨 있어 보였다. 애증이 엇갈리고 있는 그
외동댁의 속마음을 헤아리지 못한 시누이가 아니었다. 이번에
그냥 돌아가셔서 굳은 땅에 꼭꼭 묻어드리고나 갔으면 마음이 더
편하겠네…… 결국엔 발길을 주저앉고 말았지만, 조금 아까 저
녁참에도 길을 나서려 하면서 외동댁의 손을 끌어 쥐고 몇 번이
나 노인의 일을 못 미더워하던 당신의 딸자식이었다. 그런 노인
을 외동댁에게 맡겨놓은 준섭 내외나 늙은 시누이들은 그 며느리
자식 앞에 늘 죄인일 수밖에 없었다.

"고맙네. 해가 될지 보가 될지는 나도 잘 모르겠네만, 노인의
기력이나 정신이 저렇게 가라앉아가는 것을 보고 당신 살을 나눠
받은 자식의 마음으로야 미음 한술이라도 더 떠 넣어드리고 싶은
것이 인지상정 아니겠는가. 요새는 도회지나 여기서들도 이런
때는 더러 영양제 주사를 놔드리는 모양이데만, 그는 못할망정
맹물 한 모금이나마……"

마음의 결정을 못 내린 시누이가 다시 그 외동댁의 눈치를 살
피며 그녀의 심기를 달래고 안심시키려 하였다.

"하기사 노인 양반이 다시 힘을 타 일어나시면 어느 누구보다
자네만 더 괴로울 일이겠네마는, 헌다고 미음 몇 숟갈에 가실 양
반이 다시 힘을 얻어 일어나실 수가 있으며, 설사 그런 일이 있은

들 저 나이에 그것이 얼마나 오래갈 수가 있었는가……"

자식이 작은 도리라도 하게 해달라는 소리였다. 그런데 그것이 외동댁의 심사를 더욱 불편하게 한 모양이었다.

"성님, 그거 지금 나한테 무슨 뜻으로 하신 말씀이랑가요? 성님이 나를 어찌게 보고 계시길래요. 며느리 자식이지만 나도 지금까지 궂은일 안 좋은 일 죽자 살자 수십 년을 당신과 함께해온 한집안 자식이란 말이라. 그런디 성님은 지금……"

외동댁이 이번에는 아예 노골적으로 그 시누이를 타박하고 들었다. 말없이 앉아만 있는 준섭의 눈치가 보인 듯 중간에 말을 참아 넘기고 말았지만, 불편한 속을 들키고 만 데 대한 푸념 투 반격이었다.

시누이는 이제 더 할 말을 잃은 채 이러지도 저러지도 못하고 한숨만 삼키고 앉아 있었다. 그나마 뒷말을 참고 넘어간 외동댁의 비위를 더 이상 건드릴 수가 없었기 때문이었다.

하지만 그 어색한 방 안 분위기를 피하듯 서울 둘째며느리가 미리 방을 나갔다 녹두미음을 몇 숟갈 데워 들고 들어왔을 때, 외동댁도 시누이도 그 일은 더 알은척을 안 했다. 그리고 은지네가 노인의 닫힌 입술 사이로 멀건 녹두죽을 다 바닥까지 흘려넣어드릴 때까지도 두 사람은 그저 찌부듯한 침묵만 지키고 앉아 있었다.

그러다 그 은지네가 노인의 자세를 손봐놓고 빈 미음 그릇을 내어다 두러 나간 것을 보고서야, 시누이가 비로소 마음이 좀 놓인 듯 입을 먼저 열었다.

"내 말에 좀 서운하게 들린 데가 있었다믄 자네가 접어 이해하고 넘어가소. 자네가 내 말을 어떻게 들었는지 모르지만, 노인 양반 일을 두고 보면 나 같은 친자식 처지에도 감당해나가기가 쉽지 않을 노릇을 자네는 늘 설렁설렁 괴로운 내색 없이 잘 거둬 넘어가준 것이 고마워서 한 소리였은께. 그라고……"

외동댁은 아직도 그냥 멀거니 천장만 쳐다본 채 말없이 앉아 있었고, 그러거나 말거나 시누이는 혼자서 푸념 반 당부 반 말을 계속해나갔다.

"저 양반인들 자네 그런 속을 모르겄는가. 그냥 훌쩍 죽어가믄 자식들한테 서운하고, 그래 그저 한 사흘 꿍꿍 앓고 누웠다가 잿불 잦아지듯 숨이 사그러들어갔으면 좋으련만…… 노년 들어 당신이 항상 하시던 말씀이었제. 한다고 그런저런 사정 다 아는 당신인들 그것이 맘대로 되실 일이겄는가. 그런 당신도 맘같이 못할 일이 죽고 사는 일인 것을. 더구나 엄니는 한평생을 모질게만 부려온 육신에, 그 육신 속 기력만 해도 쉽게는 잦아들질 않으실 양반이라…… 저 양반 그런 어른인 것은 자네가 더 잘 알 일이제만, 그러니 어쩌겄는가……"

노인으로 인한 고생이 그리 오래가진 않으리라 안심을 시키려들던 아깟번과는 달리, 이번에는 솔직하게 노인의 잔명을 걱정하는 간곡한 호소였다.

"저러고 누워 계셔도 엄니같이 중심이 실하고 근력까지 드센 양반이 어찌 그리 쉽게사 돌아가실랍디여. 그럴 줄은 나도 다 알고 있는 일인게 너무 염려하지 마시요."

외동댁도 이젠 그 손윗시누이의 아린 속마음을 더 외면하고 있을 수가 없는 듯 비로소 몇 마디 자기 다짐 같은 소리를 달아왔다. 모든 걸 자신의 팔자소관으로 여기려는 체념기가 역력했으나, 누구를 더 채근하거나 허물하려 드는 기색은 없었다.

그것이 계기였다. 외동댁의 심기가 다소 누그러들고 있는 기미에 시누이는 차제에 아예 못을 박아두고 싶은 듯 얼핏 맞장구를 치고 나서며 그 노인의 옛날이야기를 꺼내기 시작한 것이다.

"……그런께 그것이 저 육이오 난리통 속이었제."

그릇을 씻으러 나갔던 은지네가 돌아와 다시 자리를 잡아 앉는 동안 잠시 시간을 기다리고 있던 시누이가 이윽고 추근추근 그 옛날이야기를 혼자서 이어나가기 시작했다.

"그러니 그 시절은 공산당패들의 서슬이 시퍼런 때였는디, 하룻저녁엔, 자네들도 대강은 들어 알고 있는 일인지 모르겠네마는, 저 웃동네 사시던 일갓댁 큰당숙님이 우리 집으로 급히 몸을 피해 숨으러 찾아오시지 않았더랑가……"

그의 누님이 말했듯 어린 준섭 역시도 그 시절 기억엔 없으나마 함께 겪었을 게 분명한 일로, 이후 이따금 주위 사람들의 입을 빌려 들어 알고 있던 이야기—, 큰 위기에 처한 일갓댁 어른을 노인이 집 안 부엌 나무청 밑에다 숨겨 살려 보낸 사연이었다.

……어려운 시절을 살아가는 한 방책으로 그랬던지, 8·15해방 뒤에 일찍 세상을 버리고 간 준섭 부는 그 일제 말기서부터 몇 년의 세월에 걸쳐 자신의 손으로 직접 지어 남긴 옛날 집 부엌칸 나무청 밑에다 아무나 쉽게 찾아낼 수 없는 작은 지하실 한 칸을

마련해두었었다.

그런데 그날 저녁 동네 회관에서는 마을 인민위원회의 인민재판 사업이 벌어지고 그 자리에선 필경 그동안 미뤄온 반동지주 이경만[준섭의 숙항(叔行)]의 처형이 있으리라는 뒷공론이 은연중에 나돌았다. 그리고 그날 과연 밤이 이슥해졌을 때 마을회관에서는 그 경만 씨에 대한 인민재판의 준비가 진행되고 있었고, 몇몇 사람은 그 재판을 위하여 피고를 미리 잡아다 놓으려 그의 집으로 보내졌다.

그러나 그땐 이미 경만 씨의 집에선 죄인을 찾을 수가 없었다. 경만 씨는 그보다 훨씬 일찍부터 그 준섭이네 부엌 나무청 밑 지하실로 몸을 피해 숨어 있었기 때문이었다.

어떻게 미리 그런 낌새를 알았던지, 그날 저녁 경만 씨는 사립 밖 골목길이 어둠에 싸이기 무섭게 발소리 기척도 없이 홀연 그 준섭이네 안방 문을 들어섰다. 그리고 우두망찰 졸지에 말을 잃고 있는 과수댁 제수씨의 눈길을 피해 어두운 천장을 쳐다보며 태평스럽게 말했다.

— 나를 숨겨주든지, 이따가 회의장으로 데려가든지, 이제 내일은 계수씨 처분에 맡기겠소.

말을 그렇게 했지만, 노인은 물론 그 집안 어른의 절박한 처지를 헤아리지 못할 리 없었다. 그를 숨겨주는 것이 자칫 어떤 화를 부를 일인지도 뻔히 짐작하고 있었다.

하지만 그는 이미 부엌 비밀 지하실을 알고 온 사람인 것이 분명했다. 게다가, 그간엔 무슨 부자 친척의 덕을 보았거나 그럴 만큼 가까이 지내온 처지도 아니었지만, 그는 어쨌거나 종갓댁 어른이었고, 앞에 닥친 위험도 달리는 비켜설 길이 없는 처지였다.

노인은 결국 불안에 떨고 있는 아이들의 눈길을 외면한 채 그를 말없이 부엌 지하실로 인도했다. 그리고 그 위를 숨죽은 짚다발과 마른 섶나무 가지들로 가지런히 덮어놓고, 자신은 안방 문앞 마루께에 웬 맷돌짝을 안고 앉아 깜깜한 어둠 속에 말린 겉보리를 타기 시작했다.

그 불길스런 불안감 지우기의 맷돌질. 그 초조한 시간 지우기의 맷돌질. 노인의 그 무심한 듯 천연스런 맷돌질은 그러니까 그날 밤 죄인의 본집에서 종적을 놓친 사람들이 마을 안 친척집들을 하나하나 뒤지다가 종당엔 준섭네의 사립을 찾아 들어설 때까지도 끈질기게 계속되고 있었다. 그리고 노인은 경만 씨를 집 안 어디다 숨겨두지 않았느냐는 서슬 퍼런 추궁에도 의연히 그 무심스런 맷돌질을 계속하며 매몰차게 쏘아붙였다.

— 힘없고 못살아 그랬는지 그 당신이 언제 한번 우리를 한집안사람으로나 대해준 일이 있답니까. 그런 양반이 어째서 해필 이런 때 우리 집 사립을 찾아들었겠소.

예외적이긴 했지만, 그 지하실의 비밀을 알고 있는 이웃집 남정까지 한 사람 끼어 서 있는 앞에서 노인이 눈썹 하나 까딱하지 않고 지레 선수를 치고 나선 것이었다.

— 그래 지난날이야 어쨌든지 동네 부자 양반을 집안사람으로 둔 것이 허물이 된다믄야 어디든 맘대로 뒤져들 보시구랴. 방 안이랑 정제간이랑 뒷간 설통 속까지 한 곳이라도 빼놓지 말고들.

"시국이 금세 다시 뒤집어진 덕분에 큰당숙도 엄니도 그럭저럭 다들 무사하긴 했지만, 그런디 그 동팔이네 아배……"

큰누이는 생각할수록 새삼 오금이 저려오는지 잠잠한 노인 쪽을 한차례 찬찬히 건너다보고 나서 비로소 잠자리가 좀 바빠진 듯 그 뒷이야기는 훌쩍 후일담 형식으로 간단히 마무리 지어나갔다.

"아부지 생전시부터 늘 우리 집하고 가까이 지내온 처지라 동네 이웃 간에서도 꼭 혼자 동팔이네 아배 성 영감 그 어른이 그 부엌 밑 지하실을 알고 있었는디, 저 노인은 그날 밤 그 양반까지 뒤따라와 두 눈 멀거니 뜨고 지켜보고 있는 앞에서 그러고 나섰으니, 그 배짱에 놀란 것은 외레 그 동팔이네 아배 쪽이었제…… 뒷날 세상이 뒤바뀌고 나서 그 양반이 엄니한테, 형수님— 그러시다 내가 사람들을 지하실로 끌로 가믄 어쩌실라고 그랬소, 하고 물으니 노인이 뭐라고 하셨는 줄 아는가. 사람이 사람을 못 믿을 세상이 되고 보면 그리 되나 저리 되나 다 무방한 노릇 아니겠소. 시답잖은 소리 말란드키 그러시고 말드랑께. 그러니 저 노인 양반 살아오신 일을 솜솜 생각해보면 참말로 성정이 무서운 양반이여. 어쩐 땐 당신 속에서 난 우리들도 그런 당신이 서럭서럭 무서워질 때가 있었은께."

늙은 딸은 설레설레 고개를 내저어 보이는 것으로 겨우 이야기를 끝냈다.

그건 물론 노인에 대한 단순한 푸념이나 허물이 아니었다. 그러니 어쩌겠는가— 거기까지 말로 다 표현하지는 않았지만, 그런 노인이니 뒷날이 좀 길어지더라도 참고 감당해나갈 수밖에 없지 않으냐는 달램과 당부의 뜻이 깔린 에돌이 하소연이었다.

그런데 그렇게 외동댁의 기분을 부추기기 위해 그 속을 앞장서 대신해나간 시누이의 방략은 그런대로 효과가 있었다. 더욱이 별 악의가 없이 누구의 일이나 성깔을 허물 삼는 이야기는 계속 또 다른 허물거리들을 찾아 이어가게 마련이었다. 그것이 비록 어려운 육친에 대한 것이라도 큰 상관이 없었다.

"엄니 성품이 젊었을 적부터 그리 통이 컸던 것은…… 그 시절엔 또 이런 우스운 일도 있었다답디다……"

진저리를 쳐대듯한 시누이의 푸념 투 앞에 그동안 말없이 이야기를 듣고만 있던 외동댁 쪽도 이제는 기분이 많이 달라진 듯 그 시누이의 말끝을 잇고 나섰다. 그리고 한동안 자신의 눈으로 본 듯이 그 전란기 때의 노인의 일화 한 가지를 실감 있게 엮어나갔다.

"그런께 시국이 다시 바뀌고 난 어느 날 저녁에, 그날 밤엔 성님들도 다 마실을 나가고 없었든지 어쨌든지 엄니 혼자서 막 잠을 자려고 이불을 펴고 누웠는디, 느닷없이 우당탕탕 웬 사람 발자국 소리가 황급히 마당으로 달려 들더니 그대로 그냥 방문을 차고 들어와 당신 이불 속으로 파고듬서 사정을 하드래요. 아짐, 나 지금 쫓기고 있으니 누가 찾아와 물으믄 모른다고 좀 해주시오. 그런디 엄니는 그 시절 젊은 사람들 군대몰이나 숨은 죄인 찾는 일로 그런 사람 사냥질이 흔했던 때라 어둠 속에 목소리만 익은 그 한동네 청년을 어떻게 했답디까. 그저 무작정 이불자락 덮어 씌워 당신 옆으로 뉘어놓고는, 숨 돌릴 틈도 없이 바로 들이닥쳐 든 뒷사람들이 벌컥 방문을 열어젖히고 손전짓불까지 들이대며 본드키 들은드키 인자 금방 방 안으로 숨어들어간 사람을 내놓으라 닦달하고 드는 소리에, 엄니는 짐짓 두 눈을 비비적거림서 잠에 겨운 소리로 이러셨다 안 합디까…… 이 사람들이 한밤중에 남의 곤한 잠을 깨워놓고 뭔 헛소리들이랑가! 그러고 본께 꿈속에선지 어디선지 금방도 웬 다급한 발소리 하나가 저쪽 칙간 채 담을 넘어가는 것 같든디…… 그게 댁네들 발소리가 아니었소? 그러고도 엄니가 더 천연덕스러웠던 것은 경황없이 서둔 탓에 이불자락 밖으로 반쯤이나 불거진 채 이러지도 저러지도 못하고 있는 그 총각놈 머리통을 그 사람들이 자꾸 전짓불 줄기로 비춰댐서, 그럼 저것은 누구냐고 다그친께 엄니가 능청스레 하품까지 해가심서, 한 손으로는 내외를 하드키 흘러내린 이불자락을 치켜 올려줌시로 이랬다고 안 합디여. 그거 우리 큰딸애기 아니요. 사람의 눈을 해갖고 이 긴 머리채를 보고도 처녀 총각도 분별을 못 하겠소들? ……기가 차서! 나는 그런 일 이야기만 들어도 속이 떨리고 똥끝이 다 올라붙는 것 같습디다……"

그 우스개 식 외동댁의 회고 역시 감당하기 쉽지 않은 그 노인의 성품에 대한 은근한 하소연이었다. 노인의 친자식인 시누이와의 사이에 그만큼 허물이 없어진 증거이기도 하였다. 시누이의 방책이 그만큼 성공을 거두고 있는 셈이었다.

그 시누이가 외동댁의 그런 속냇 하소연을 그냥 모른 척하고 넘어갈 리 없었다.

"그럴 것이네. 우리 엄니 그런 성품은 옛날 아부지가 살아 계셨을 때부터도, 아부지도 이따금 혀를 내두르셨을 정도였은께. 그런께 그 일제 시절 끝말엔······"

시누이가 짐짓 또 맞장구를 치고 나서며 노인의 다른 원정거리 한 가지를 들춰냈다. 이번에는 준섭이 여태 들어본 일이 없는 해방 이전의 일정 시절 일이었다. 노인은 그 일제 말엽 놋쇠 공출이 한창일 때 당신이 시집을 오면서 장만해온 반상기나 국자 따위 유기로 된 부엌살림을 한 점도 내놓지 않고 그 나무청 밑 지하실에다 고스란히 다 감춰놓고 끝까지 버텨댄 바람에 동네일을 책임 맡은 이장 반장이 큰 낭패를 당하게 된 일은 둘째치고, 그런 사실을 뻔히 알고 있던 준섭 부까지 한동안 꿀 먹은 벙어리로 지낼 수밖에 없게 만들었다는 것이다.

그러니까 이번에는 그 시누이에 화답하듯 외동댁이 다시 말을 받아 노인의 다른 궂은 사연을 이어갔다. 비슷한 시절 노인의 억센 성품 앞에 이번에는 온 동네 남정들이 눈을 감고 지나게 한 오연스런 일화였다. ······그 무렵 윗동네 안산 너머 골짜기엔 면소 쪽 계획 아래 한 작은 저수지 축조공사가 벌어지고 있었는데, 그 둑방을 쌓아 올라가는 공사장 근방에는 어린아이들과 부녀자들의 왕래가 일절 금지되고 있었다. 큰일에 사고가 생기거나 부정한 기운이 끼는 것을 예방하기 위해서랬다. 그런데 노인은 끝내 그 금기를 지키지 않았다. 그 저수지 사업에 뙈기밭 한 자락이 반강제 회사 형식으로 잘려 들어간 때문이었다. 노인은 누가 뭐라든 그 남은 뙈기밭 한 자락을 수시로 드나들며 밭을 빼앗긴 억울

함을 그 공사장 사람들에게 대신해 보이곤 하였다. ──내 들밭을 내가 드나드는디 어느 잘난 위인들이 주제넘은 간섭일꼬! 남은 밭 반 가락이라도 자주자주 손을 봐야 뺏아간 밭농사 벌충을 거둘 수 있을 것 아닌가벼. 그러는 당신 앞엔 공사장 사람들은 물론 준섭 부까지도 더 싫은 소리를 할 수가 없었다는 것이다. 그리고 그런 식으로 여름 한철 내내 남은 밭뙈기에 씨를 넣고 김을 매어 콩농사 수확을 두 배쯤이나 거두게 됐을 때는 동네 사람 누구도 당신을 탓하려는 사람이 없었다고. 다만 이후로 마을 남정들 간에는 당신을 더 이상 여느 아녀자로 보지 않고 당신 앞에선 그저 무슨 말이든 같은 남정 간의 일처럼 고개만 끄덕끄덕 부질없는 잔말을 피해버리곤 했을 뿐.

"그러니 엄니 성정 대단하신 것은 그 시절부터서도 온 동네가 다 아는 일이었겠지라."

이야기를 끝내면서 외동댁은 한번 더 확신에 찬 어조로 단언하고 있었다.

하다 보니 이제 방 안은 동기가 무엇이었든 노인에 대한 엉뚱한 성토장 꼴이 되고 있었다. 친자식이고 며느리고 노인의 지금 처지는 염두에 없는 형세였다.

"형님들은 속으로 어머님한테 뭔가 서운한 일이 많았던가 보네요. 지금까지 말씀들이…… 하지만 오늘은 이만큼들 해두시는 게 어때요. 사람은 정신을 놓고 말을 못할 때라도 옆엣사람 하는 말뜻을 소리로 다 느낄 수 있다는데요. 어머님께서도 지금 그걸 다 느끼고 계시지 않겠어요."

더 이상 가만히 듣고만 있을 수 없어진 은지네가 드디어 준섭을 대신하듯 당돌하게 나섰으나, 두 사람은 그 손아랫사람의 뼈 있는 허물 투도 잘 알아듣질 못한 기색이었다. 오히려 그 은지네의 당돌한 몇 마디가 노인에 대한 서운한 감정만 더 더쳐놓은 격이었다.

　"서운하고 정머리가 떨어지게 하신 일이 많다마다, 자네한테는 늘 손주딸 한가지로, 저만치 내서거라 싫은 얼굴 한번 하신 걸 못 봤네만, 지난날 내가 엄니한테 서운했던 일을 다 말한다믄……"

　외동댁이 금세 그 은지네의 질책기를 무시해버리고, 이번에는 더욱 노골적으로 자신을 향한 그 지난날의 노인의 매정스러움을 증거해 보이려 하였다.

　"기왕지사 서운한 말이 나왔으니 이야기지만, 엄니가 자식들한테까지 그리 모질게 하신 것은 함평 성님도 아직까지 못 잊는다 하데요. 언제던가 그 성님이 딸만 낳아쌓는다고 애기들 고숙이 한동안 집에도 잘 들어오지 않고 바깥으로 나돌면서 술이야 노름질이야 궂은 짓거리들로만 세월을 보낸 때가 있었담서요. 하루는 성님이 지내기가 하도 힘들어 친정 엄니한테 원정을 좀 하러 왔더니, 엄니는 그런 자식을 잠시 마루 끝에도 앉아보지 못하게 하고 그길로 저 동네 앞 당나무께까지 등을 밀고 나가서, 너는 인자 우리 집 사람이 아니다, 네 시댁 조씨 집안사람이다. 살아도 그 집에 가 살고 죽어도 그 집에 가 죽거라, 그럼서 사정없이 손을 휘저어대시더라지 않아요. 함평 성님은 그게 하도 서럽고 매정스러워 그때 일을 한평생 못 잊을 거라는디…… 엄니는 친자식한테까지 그리 모질게 하신 양반인디, 나한텐 암만 해도 한 다리가 뜬 며느리자식 처지에 오죽하셨겠어요……"

"엄니가 자식들한테까지 서럭서럭 독하게 하신 일이라면 뼈 아파하지 않을 자식이 하나도 없었겠제."

자리에도 있지 않은 둘째 시누이를 빌려 털어놓은 외동댁의 속 원정에 이어 큰시누이도 다시 뒤질세라 자신이 직접 겪은 일을 내세우고 나섰다. 그 큰누이는 어렸을 때 다리에 까닭 모를 부종 을 앓은 일이 있었는데, 다리의 부종에는 꽃뱀의 생피를 받아 바 르는 것이 좋다는 소리를 들은 당신이 심약한 가주 대신 자신이 직접 들로 나가 기다란 꽃뱀 한 마리를 잡아 들고 와서는, 가군에 게는 겁먹은 딸아이의 사지를 묶게 하고 그 다리 위에 억지로 뱀 피를 흘려 발라준 일을 말했다. 그리고 다음엔 동기간들 모두가 함께 겪었던 일로, 노인이 해마다 절량기 철만 되면 한동네 사람 이든 지나가던 걸인이든 때맞춰 사립을 찾아드는 사람들을 한밥 상머리로 불러 앉혀 꼭꼭 요기를 시켜 보내던 일을 회상하며, 그 바람에 늘 제 밥그릇들을 축내게 된 자식들의 원망이 어쨌겠느 냐, 머리를 다시 저어댔다. 그리곤 여전히 찌부둥해 앉아 있는 손 아래 은지네의 눈치가 보였던지 공연히 그 시절 준섭의 일까지 들춰내어 다시 그녀를 다독이려 하였다.

"하지만 그 일로 치면 속을 제일 많이 앓은 것이 저 은지 아배 였을 것이구만. 은지 아배 저 사람 어리 적부터 음식 비위짱이 많 이 약한 사람 아니었던가베. 그것을 알고 노인이 저 사람한테 부러 그 동냥아치들하고 자주 겸상을 하게 했은께. 모른 척 우겨 누르는 당신 앞에 함부로 싫다는 소리도 못하고 그땐 참 죽을 노릇이었겠제. 저 사람은 지금 듣기 싫어할 소린지 모르지만, 그렇게 저 사람 비위짱이 많이 나아지지 않았겠는가. 은지네, 요샌 저 은지 아배 음식 비위가 그리 사나운 편이 아니제? 그게 다 알고 보면 그 시절 엄니 노릇 덕분 아니었겠는가."

모처럼 노인의 공덕을 내세우는 소리였다. 그리고 그것이 사실은 여태까지 그 시누이가 친정 집 며느리 앞에 짐짓 한통속으로 노인을 허물해온 저의였을 터였다.

"그러니 어쩌겠는가—"

노인의 일에 대한 시누이의 말투가 바뀐 바람에 방 안에 잠시 어정쩡한 침묵이 흐르고 난 뒤였다. 뭔가 은지네의 말 거달이를 기다리고 있는 듯싶던 시누이가 드디어 다시, 그러니 어쩌겠는가—, 오랫동안 망설이며 참아왔을 소리를 한숨 쉬듯 뱉어냈다. 그리고 애초의 설득과 사정 조로 돌아가서 다시 외동댁을 달래나갔다.

"그런 노인네가 되다 보니 원일네 자네가 더 힘이 들고 어려웠을 것이네마는 그것이 워낙에 당신이 타고난 성품이던 것을. 그러고 그런 성품이 어디 친자식이라고 덜하고 며느리 자식이라고 더했겠는가. 자네한테 당신이 더한 데가 있었다면, 자넬 우리보다 더 가까운 자식으로 생각했던 탓이었겠제."

"......"

노인의 마음을 대신하고 있는 그 시누이의 새삼스런 비호 투에 외동댁은 이제 조용히 입을 다문 채 듣고만 있었다. 거기에 자신을 얻은 듯 시누이의 호소가 한동안 더 길어지고 있었다.

"그런디다 당신 그러신 것이 어찌 꼭 그런 성품 때문만이겠는 가. 성품도 성품이지만 당신인들 그 노릇이 어찌 좋아서 그러셨 겠는가 말이네. 성품이 그러셨더라도 부모 자식 간인디…… 당 신도 속으로는 늘 가까이서 품고 싶고 남 못잖게 따뜻하게 다독 여주고 싶었겠제마는, 처지가 항상 그런 속마음을 참고 살아갈 수밖에 없어 그랬겠제. 그러니 그것이 당신한텐 참말로 사람으 로 못 당해낼 매운 형벌이 아니었겠는가. 당신한테는 세상도 형 벌이고 자식들도 형벌이고 인자는 당신한테 남은 여명까지도 형 벌 아닌 것이 없겠제. 하지만 이제 와서 곰곰 생각해보면, 그래도 당신이 그리 참고 견뎌 넘어가주었길래 지금 이 집 일이나 자식 들하고 지내는 처지가 이만큼이나마 온전할 수 있게 된 것 아닌 가…… 자네가 그리 다 마음을 먹고 있어 나는 그저 고맙고 할 말 도 없네마는, 그러니…… 얼마나 더 갈지 모를 당신의 여명이나 마 우리 자식들이 행여 언짢은 맘 묵지 말고 속시름이라도 좀 덜 고 지내다 가시게 해드려야 안 쓰겠는가……"

외동댁은 여전히 말이 없었다. 시누이의 속뜻을 모를 리 없는 그녀로선 그것이 더 깊은 수긍의 뜻일 수밖에 없었다. 그러니 그 시누이도 이젠 그쯤 긴 당부를 끝맺는 것이 옳았다. 그리고 그만 잠자리로 건너가는 것이 좋았다.

그런데 그 시누이가 그러지를 못했다.

"그런디…… 그년 처지가 별나서 그런 당신까지 별스럽게 늘

곁에 두고 품고 지내고 싶어 하신 것이 용순이 그년뿐이었을 것
인디, 그년은 대체 어디서 지 할무니한테 이런 변고가 생긴 것을
짐작이나 하고 있는지…… 이런 때는 그년이라도 한번 찾아와줬
으믄 노인의 마음이 좀 좋으련만."

　이젠 제법 외동댁을 안심해버린 탓인지 혼잣소리처럼 또 엉뚱
한 소리를 흘리고 나선 것이었다. 아니, 사실은 그 덕분에 이날
밤의 조심스럽고 지루한 말잔치가 졸지에 더 간단히 끝나게 된
것인지도 모른다.

　혼자 무심히 흘리듯한 몇 마디였지만, 그 방심스런 몇 마디 소
리에 방 안 분위기가 갑자기 또 서늘하게 식어 앉고 만 것이다.
그리고 거기 누구도 대꾸를 하려지 않은 채 서먹서먹 석연찮은
침묵들만 지키고 앉아 있다가, 잠시 뒤에는 외동댁이 먼저 자리
를 털고 일어서며,

　"인자 건너가서 잠이나 좀 자둡시다. 밤도 많이 늦었는디……"

　짐짓 심드렁한 한마디를 남기고는 방을 나가버린 것이다. 말을
꺼낸 장본인은 그제야 그것이 누구도 쉽게 반겨들을 소리가 아님
을 깨달은 눈치였지만, 그 외동댁 앞에 말을 다시 바꾸어볼 여가
조차 없었다.

　─자식 된 자의 도리나 소망으로는 그 과거 속의 노모가 더 이
상 세월을 거슬러 올라가지 말고 언제까지나 그 물 고운 색동옷
꿈에 싸인 꽃처녀 시절에만 머물러 계시기를 빌어 마땅하리라.
하지만 당신의 긴 기억 여행은 이제 썩 많은 날을 이어가실 기력

이 없어 보이신다. 그 기나긴 지난 세월 노인은 당신의 모든 것을 자식과 이웃들에게 다 쏟아주시고 이제는 빈 육신과 순백의 영혼만이 새털처럼 가벼워져버리신 때문이다.

생각해보면 당신은 참으로 내게 보이지 않게 주신 것이 많다. 이날까지 지탱해오신 당신의 장수 사실만 하더라도 잔병치레가 많고 술담배질까지 심한 내 부실한 건강에 얼마나 많은 위안과 희망을 주셨던가. 불경스런 소리가 되겠지만, 나는 언젠가 가까운 한 친구가 쌍으로 된 신장을 양쪽 다 잃게 되어 이식수술에 필요한 그 한쪽의 공여자를 찾다가 농담기를 섞어서 탄식하는 소리를 들은 일이 있다. 몇 남매씩이나 되는 동기간에다 건강한 아내와 자식들까지 즐비한데, 말시늉일망정 누구 하나 내 걸 가져가라는 사람이 없구만— 그런데 그때 나는 패륜스럽게도 나의 노모를 떠올리며, 당신이라면 아마도 자식을 위해선 한쪽만이 아니라 양쪽 신장을 모두 떼어주시래도 마다할 리가 없으실 분으로 생각되어, 그런 당신의 강건한 체질과 웅숭깊은 도량이 얼마나 감사하고 마음 든든했던지. ……마음 든든했던지, 마음 든든……

이날 아침 서울 집에서 쓰다 만 글을 조금씩 이어가던 준섭은 거기서 몇 차례 같은 소리를 입으로 중얼거리다 잠시 펜을 놓고 기다렸다.

—그 돈이 어디 삼촌 혼자서 번 돈이에요? 할머니 팔아먹고 집안 식구들 팔아서 번 돈이지…… 당돌하고 싸늘한 용순의 목소리와 함께 그 비웃음기 어린 얼굴이 자꾸 눈앞을 어지럽히고

든 때문이었다.

이런 상황에서 굳이 글을 마무리 지어보려고 손을 대고 나선 일은 아니었다. 광주 큰누이가 느닷없이 그 용순의 일을 끄집어 낸 바람에 갑자기 마음이 무거워진 것은 외동댁뿐일 수가 없었다. 그 순간 이후부터 준섭 역시 그 외동댁이나 누구보다도 더 마음이 무겁고 혼란스러웠다. 모른 척하고 짐짓 외면을 해온 일, 그래서 늘 알게 모르게 그의 심사를 불편하게 해오던 년의 일이 그 큰누이로 하여 불쑥 불거져 나오고 만 때문이었다. 그 누이와 은지네까지 차례차례 잠자리로 건너가고 그 혼자 안방에 노인과 단둘이 남게 되자 그의 마음은 갈수록 더 어수선하기만 하였다. 그러다 그 경황 중에도 가방 속에 함께 쓸어넣고 온 원고 토막을 생각해내곤 버릇처럼 그걸 꺼내어 앞에 하고 앉은 것이었다. 글보단 그 어수선한 심사나 가라앉혀볼 요량으로, 보다는 그 용순의 환영과 표독스런 공박을 피해보고 싶은 심사에서 우정 그 뒷줄거리를 이어나가보려 한 것이었다.

하지만 이야기의 내용이 하필 그랬기 때문인지, 글을 끌어나갈수록 용순은 사라져 물러가기커녕 아득바득 더 아프게 서슬을 세우고 들었다. 그 돈이 어찌 삼촌 혼자서 번 돈이에요? 할머니 팔아먹고 집안 식구들 팔아먹고……

아무래도 글을 더 계속해나갈 수가 없었다.

준섭은 펜을 놓고 새삼스레 죄를 지은 심정으로 잠시 노인 쪽을 돌아다보았다. 노인은 미동도 보이지 않은 채 숨결이 여전히 고즈넉해 있었다. 그런데, 깊이 가라앉은 그 노인의 모습 위로 다시 용순의 모습이 불쑥 겹쳐 들어왔다. 년이 어릴 적 할머니를 버리고 나간 뒤 5년인가 6년 만에 서울의 잡지사 사무실로 모처럼 그를 찾아 나타났을 때의 야멸차고 당돌한 모습, 그리고 뒷골목 중국집에서 장사 밑천을 내놓으라 반협박을 해오다가 제 짜장면 그릇도 다 비우지 않고 미련 없이 자리를 박차고 일어나 저 먼저 문을 나가버리던 모습——, 그 용순이 그날 문을 나갈 때처럼 준섭을 향해 매섭게 쏘아붙이고 있었다. 그래요, 조카래야 제대로 된 조카도 아니고, 어디서 누구 탯줄을 받아 났는지도 모르는 저한테 삼촌이 무슨 돈을 꿔주시겠어요…… 하지만 막말로 그 돈이 어디 삼촌 혼자서 번 돈이에요? 할머니 팔아먹고 식구들 팔아먹고…… 앞으론 삼촌도 할머나 집안 식구들 이야기 그만 좀 써 팔아먹어요. 다른 사람은 몰라도 제 이야기는 절대로 써 팔아먹을 생각 말아요. 저는 할머나 다른 사람들처럼 절대로 삼촌의 글감이 되어 팔리고 싶지가 않으니까요. 내 말 절대로 잊지 마세요…… 두고 보세요. 삼촌에게 기어코 복수하고 말 거예요. 무슨 일을 해서든 돈 많이 벌어가지고 가서 남들처럼 보란 듯이 할머니를 모시고 말 테니까요……

나는 결국 그 노인과 용순으로부터 다시 고개를 돌리고 말았다. 그리고 잠시 더 용순의 저주 어린 악담 소리가 사라지기를 기다렸다가 천천히 다시 펜을 집어 들었다. 이번에는 더더욱 그 일을 끝내려서가 아니라, 노인과 자신에게서 그 용순의 그림자를 쫓기 위해서였다. 글이 되든 무엇이 되든 이날 밤은 오직 그 노인의 생애와 공덕, 그리고 당신에게 다시 찾아 돌아온 날들에 대한 감사와 소망으로 조용히 노인을 지켜드리고 싶은 마음에서였다.

— 하지만 당신이 베푸신 것이 어찌 그 강건스런 체질로해서만일 것인가. 그리고 비록 당신이 더욱더 멀고 오랜 유년으로까지 되돌아가신다 한들 거기서 또 베풀고 깨우쳐주실 것이 없으실 것인가. 그것이 당신의 변함없는 인생이요 사랑의 숙명인 것을.

그래 오늘 저렇듯 새털처럼 가벼워진 육신과 영혼을 부여잡고 마지막 한 방울까지 쇠잔한 기력을 되찾아 돌아오신 것은 그 해맑은 그림자 같은 여명만으로도 당신에게 아직 더 비우고 깨우쳐주고 베풀어야 할 무엇이 남아 있어선지 모른다. 그런데 안타깝게도 나는 그것이 지금 무엇인지를 똑똑히 알 수가 없다……

그것이 안타깝게도 무엇인지를 모른다? 그 용순의 일을 잊고 애써 노인 쪽에만 마음을 집중해가려다 보니 그런지 이제는 앞 뒷 글의 문맥이나 상황의 연결이 자신도 모르게 심한 비약을 저지르고 있었다. 이건 오늘 있은 노인의 회생에 대한 소리가 아닌가— 내가 언제 앞에서 오늘의 일을 말했던가. 말을 할 수가 있었던가—

이날 밤 글보다 그의 상황과 처지가 그를 놓아주지 않은 탓이었다. 그리고 그런 가차 없는 현실은 이날 밤 준섭에게 그런 잘못을 알면서도 그것을 수정할 여유를 주지 않았다. 더 이상 한가한 감상기마저도 용납을 하지 않았다.

노인 쪽에서 문득 심상찮은 기척 소리가 들려왔다. 준섭이 고개를 돌리다 급히 아랫목으로 다가가보니, 노인의 숨소리가 그새 서서히 거칠어지며 무엇인지 자꾸 말을 하고 싶어 하는 기색이었다. 눈이 그냥 감긴 채로 목구멍 속에서 한숨 소리 비슷한 것을 웅얼거리고 있는 것이 무슨 말인가를 하려고 애를 쓰고 있는 것 같았다.

"어머니, 어머니……!"

준섭은 다급하게 노인을 불러대며 그 소리를 알아들으려 당신의 입 가까이 귀를 갖다 대었다. 거칠어진 숨소리만 갈수록 가빠갈 뿐 무슨 말인지를 분명히 알아들을 수가 없었다.

노인은 이윽고 마지막 남은 힘을 다하듯 한손을 당신의 머리 쪽으로 가져가려 애쓰며 들릴 듯 말 듯 간신히 한마디를 웅얼거렸을 뿐이었다.

"내 비녀…… 내 비녀 어디……"

그러고는 그만이었다. 머리 쪽을 향해 함께 움직이려 힘들게 들썩이던 한쪽 팔도, 그 한숨 소리 같은 힘없는 웅얼거림도 그 어슴푸레한 한마디를 마지막으로 홀연 그대로 멈춰지고 말았다. 그 마지막 한마디가 진정 무슨 말이었는지 한번 더 확인해볼 틈은 물론, 안방에서 갑자기 어머니를 불러대는 준섭의 소리에 기미를 알아차린 다른 방 식구들이 미처 안방 문도 들어서기 전의 창졸간의 일이었다.

감독님께—

이번에는 시골집에 도착한 후 어머님이 다시 운명하시기까지의 과정과, 그날 밤 당신에 대한 흉허물을 화제로 한 큰누이와 형수님 간의 미묘한 갈등을 통하여 지난 시절 노인의 의연하고 담대했던 모습을 말씀드리려 하였습니다. 이번에도 이야기가 지루하게 길어져 지리멸렬한 느낌입니다만, 저한테는 모두 사실적인 사연들이어서 어느 것 하나 쉽게 버릴 수가 없는 데다, 노인의 모질고 강인한 성품에 대해서는 이 대목까지 대충 마무리를 지어두고 싶어 무리를 무릅쓰고 한자리에 다 늘어놓았습니다. 사실은 이후에도 감독님께 말씀드리고 싶은 일이 몇 가지 더 떠오른 게 있습니다만, 그것들은 필요로 하실 경우 나중에 감독님을 직접 뵈어서나 전화로 따로 말씀드리도록 하겠습니다.

다음으로, 용순에 관한 이야기는 그날 실제로 오간 일이 없었습니다. 그러나 년의 이야기를 굳이 끝에 덧붙인 것은 지난번 전화 때에 감독님께서 용순을 모든 갈등의 중심인물로 삼고 싶다고 하신 말씀에 저도 동감이었고, 그러자면 그 갈등의 중심인물의 등장이 너무 늦어지고 있는 듯한 느낌이 들어 이쯤에서 우선 그 존재라도 소개해두고 넘어가고 싶어서였습니다. 이를테면 비로소 제 이야기에 허구가 끼어든 셈이라 할까요? 감독님께서는 물론 이에 별 상관을 않으실 줄 믿습니다. 앞서도 이미 말씀드렸듯이 저의 이야기는 사실이든 허구든 어차피 다 감독님의 영화를 위한 밑그림 자료일 뿐이고, 그런 점에선 역시 좋은 영화를 위해서 필요한 허구를 감행할 권리가 있을 수 있는 것 아닙니까. 그리고 감독님은 어차피 노인의 그 잡다한 일화들까지 포함하여 그것이 사실이든 허구든 관계없이 필요한 것들만을 취사, 영화를 위한 또 한번의 허구를 감행하시게 될 터이니까요.

하지만 만약을 몰라 미리 고백드려두는 말씀입니다만, 그리고 이것은 감독님의 영화 작업과는 큰 상관이 없는 일입니다마는, 작으나마 제가 그런 허구를 감행하기 시작했다는 사실은 제게 좀 특별한 뜻이 있는 일이 될 수도 있을지 모르겠습니다. 그 허구의 욕망은 다름 아닌 소설에의 욕망일 수도 있는 일 아니겠습니까. 어떤 뜻에선 소설이란 사실과 현실의 제약을 넘어서고 싶고 자유로워지고 싶은 욕망, 바로 그 허구에의 욕망의 한 산물이라 할 수도 있을 테니까요. 제가 제 이야기의 사실성에서 벗어나 완전히 자유로워질 수 있게 되면, 그래서 더 많은 허구를 감행하게 된다면, 저는 이 일로 한편의 소설을 꿈꾸어볼 수도 있을 것 같다는 말씀입니다. 그리고 만약 그런 제 소설적 허구의 욕망이 앞을 서게 된다면, 그때 가선 감독님께서도 영화와 별 상관이 없는 일이라고 그냥 웃고만 계실 수가 없으시리라는 말씀입니다. 기왕 객쩍은 말을 꺼낸 김에 미리 한 가지 더 고백드려두자면, 그때 가선 저도 영화를 그대로 소설로 베꼈다는 소리는 듣지 않아야 하지 않겠습니까. 소설이 무언가 영화와는 다른 장르라는, 가능하다면 영화와는 유다른 이런저런 독자성과 강점(예를 들면 매체의 투명성으로 인한 보다 자유로운 상상력의 동원 등)을 지닐 수도 있는 예술 장르라는 것을 보이고 싶어 할 거라는 말씀입니다. 그러기 위해서 감독님 몰래 비장의 무기 같은 걸 숨겨 아껴둘 수도 있는 일이고요.

하지만 아직은 두고 볼 일입니다. 전 지금도 감독님의 영화가 유일의 목적이고, 더욱이 공짜소설 썼다는 소리 듣지 않을 자신이 안 서고 있으니까요.

　다만, 실제로 체험한 사실의 내용이 문학물로 허구화될 때의
변질 과정과 차이의 정도를 보여줄 수 있는 사례로, 그에 대한 제
생각을 집약한 앞서의 동화 『할미꽃은 봄을 세는 술래란다』 '지
은이의 말'을 덧붙여 보내드립니다. 본문은 이미 보내드린 것과
차이가 없습니다만, 그 책은 경황이 없는 중에 미처 제가 쓴 '지
은이의 말'을 싣지 못한 초판본이라서 이것도 혹시 참고가 되실
까 해섭니다. 미리서 조금만 줄여 말씀드리면, 지금까지 노인이
돌아가실 때의 모습이나 의식 상태들이 『할미꽃……』에서와는
차이가 많았을 줄 아는데요. 이걸 보시면 이번 글이나 수필에서
의 노인의 모습이 실제 상태에 가깝고, 『할미꽃……』 이야기는
치매 증세가 더 깊어 지셨을 때를 미루어 저의 마음가짐과 딸아
이를 비롯한 주변 사람들에 대한 소망을 적어 다짐한 것임을 충
분히 헤아려 그 차이를 가늠해보실 수 있으리라 믿습니다.

　우선 또 여기까지 보내드리고, 다음번에는 이후 3일 동안의 치
상과정에 따른(그 상세한 절차와 예법은 상례집이나 전승기록들에
맡기고 여기서는) 이런저런 인간사들, 갖가지 말썽과 씁쓸한 일화
들을 날짜와 시간대에 따라 순서대로 적어나가기로 하겠습니다.

『할미꽃은 봄을 세는 술래란다』
지은이의 말

할미꽃에는 허리 굽은 할머니의 고운 넋이 서려 있다.

전설의 가르침이다.

그런데, 할머니의 넋을 머금은 할미꽃이 이른 봄 고개를 수그린 모습은 푸른 봄소식을 기다리며 새 생명들의 약동을 부르는 계절의 술래를 연상시킨다.

제비 하나, 종달새 둘, 뻐꾸기 셋…… 벌나비, 혹은 민들레 하나, 살구꽃 둘, 진달래 셋…… 그리하여 온 산과 들녘에 푸른 생명의 봄 잔치가 어우러지면 할미꽃은 슬그머니 자취를 감추어 사라진다.

우리 할머니들의 생애 같다.

할머니들은 나이를 먹을수록 키가 거꾸로 작아지고 기억력도 사라져간다. 그렇게 자꾸 더 작아져가는 키와 기억들은 다 어디로 가는가? 그것은 모두 우리 뒷사람들의 삶과 지혜로 전해져 있다.

할머니들은 그렇게 당신들의 귀한 삶을 모두 우리 뒷사람들에게 아낌없이 나누어주신다. 그래서 더 자꾸만 작아져가는 키를 누가 함부로 만만해할 것인가. 그래서 자꾸만 정신이 흐려가는 것을 누가 함부로 우스워할 것인가. 나누어 받고 이어받은 우리는 오직 감사하고 위해드려야 할 일인 것을.

키가 작아져가고 정신이 흐려져가는 모든 할머니들을 위하여, 보다는 그로 하여 그 늙음이 난감하고 꺼려지기 시작한 이땅의 모든 아들딸과 손주들을 위하여 우리들의 편한 도리와 행복한 삶을 위하여, 이 아름다운 할미꽃 전설을 오늘에 다시 풀어본다……

1994년 4월 ×일

제4장

원로의 문상객들 하루씩 일찍 도착하다

한밤중에 이웃에서 소리를 듣고 달려온 새말 내외와 남은 집안 식구들끼리 노인의 유체 수습과 혼백 모시는 일을 마무리하고 나니 아침 날이 훤히 밝아왔다. 야심한 시각에 거듭된 변고를 바로 알리기도 뭐하여 저녁녘에 길을 떠난 원거리 조카아이들과 담 너머 새말 형님네밖에는, 근거리 친척 간에도 기별을 미뤄둔 채 우선 먼저 손을 써둬야 할 수시(收屍)나 초혼(招魂) 등 당장의 절차들을 모두 다시 치러낸 것이다.

그리고 날이 밝으면서 원일이 청일이들이 급히 길을 되짚어 돌아온 다음엔, 제반 상례 절차를 의논하고 바쁜 일손을 나눠 맡아줄 한고을 집안 어른들과 이웃 친지며 수하들에게 차례로 전화 부음을 하였다. 준섭으로선 전부터 이미 생각해온 바가 있어서 장례 절차에는 크게 의논할 바가 없었지만, 구면장이나 이 교장 같은 고을 안 노장들에게는 집안 어른에 대한 예의로나 깐깐한 뒷소리들을 예방하기 위해서나 으레 그렇게 하는 것이 좋을 듯싶어서였고, 이웃 친지나 집안 수하들에 대한 기별은 아침서부터 당장 음식 장물거리를 봐오고, 정식 부고를 띄우고, 빈소를 마련하여 조문객을 맞이할 채비를 서둘러줄 일손이 필요했기 때문이었다.

하고 나니 이번에는 염이나 치장(治葬), 운구 따위, 치상 과정의 중심 절차 한 대목씩을 제때제때에 시순따라 맡아줘야 할 서울 쪽 친구들과 다른 몇몇 원근동 지인들에게도 소식을 길게 미루고 있을 수가 없었다.

준섭은 집안이 어수선해지기 전에 서울과 광주, 장흥 등지로 요긴한 데부터 몇 곳 연속으로 전화번호를 눌러댔다. 송규식에게는 아직 아침 이른 시각이라 집으로 전화를 걸어 윤 사장을 비롯한 사랑방 사람들에게 새 부음을 전하게 하고, 함평으로 돌아간 둘째 매형에게는 염습(殮襲)을 함께할 채비를 다시 갖춰 올것을 당부했다. 그리고 광주의 무등산곡 서화가 계산(谿山)에게는 노인의 명정(銘旌)과 제축문들을 부탁하고, 해남의 덕인 우록(友鹿) 선생에게는 노인의 묏자리를 정하는 일에서부터 하관, 성분(成墳)까지 산일의 일체를 살펴주십사 청탁했다.

소식을 접한 상대방은 물론 흔쾌히들 응낙했다. 하지만 그런 소식과 청탁을 주고받는 과정엔 기분을 쓰겁게 한 대목이 없지도 않았다. 이번엔 사실이야, 이번엔 사실이구먼요…… 준섭은 전화를 걸 때마다 새 부음을 전하고 나서는 웬 실없는 웃음기와 함께 그런 다짐을 되풀이하였고, 그때마다 상대방도 뭔지 아직도 미심쩍은 느낌인 듯 조위의 말을 선뜻 건네오질 못했다. 게다가 염습 채비를 다시 당부 받은 함평은 반대로 '내 그러실 줄 알았네. 그러지 않아도 엊저녁에 돌아와서 염습 채비랑은 그대로 놔두고 있는 참이여. 하여간 잠시 좀 쉬었다가 늦지 않게 갈 테니 염은 언제쯤?', 길을 되돌아간 것을 후회하듯, 그리고 미리 그런 뒷소식에 대비해온 사람처럼 마음이 차라리 차분해지는 눈치였다.

"거 무슨 소리! 이런 망극지통사가 대체 언제?"

전화상으로나마 크게 놀란 듯 애도의 정을 표해온 것은 대충 광주의 계산과 해남의 우록 선생 정도였다. 그중에도 우록은 부음을 접하자 수화기에 귀를 덴 듯 놀라는 시늉을 하고 나서, 그쪽 사정은 묻지도 않고 무턱대고 산일을 돌봐달라는 준섭의 부탁엔 전혀 망설이는 빛이 없었다.

"나 같은 위인이 어찌 그런 막중지사를 감당할 엄두가 날까마는, 상제의 뜻이 정 그러시다면 내 기꺼이 심신의 정성을 가다듬어 고인을 모셔드림이 도리겄제."

어쨌거나 그 우록을 끝으로 준섭이 우선 챙겨야 할 전화 연락 일들은 대개 단속이 된 셈이었다. 그리고 그 일까지 끝나고 나니 준섭은 이제 노인의 곁을 지키는 일 외에 당분간 할 일이 없는 것 같았다. 이때부터 하나 둘씩 일찍 사립을 들어서기 시작한 동네 친척 아이들과 이웃 태영이 동팔이 추 씨 같은 사람들이 준섭과 밤을 새우다시피 한 새말을 중심으로 각자가 할 일들을 스스로 알아서 나눠 맡아준 때문이었다. 누구는 음식과 제물거리 장을 봐 오고, 누구누구는 제반 상구와 빈소를 마련하는 일을 맡고, 누구는 손님을 맞아 안내하고 대접하는 일을 맡고…… 그런 식으로 하나하나 상여를 꾸미고 메는 일, 지관을 도와서 산역을 관리하는 일, 부고를 찍어 돌리고 이런저런 연락을 취하는 일까지, 치상절차에 필요한 상가 안팎의 일들을 빠짐없이 분담해 처리해가기 시작한 것이다.

그 모든 일을 총괄하고 부고장에도 이름을 내세워야 할 호상의 책임은 그러니까 자연히 서열이 좀 못 미친 대로 마음 편한 일가 동항〔同行〕 새말 양반 쪽으로 공론이 기울었고, 다른 집안 노장들도 예상 밖으로 그를 쉽게 납득했다.

하여 준섭은 이번 일로 해서는 처음이자 마지막 당부 겸 다짐이라는 생각으로 그 새말을 부러 안방 노인 곁으로 이끌고 들어가 거기에 함께 둘러앉아 있는 원일과 청일이들에게 차근차근 일렀다.

"할머님을 모시는 일은 어제 원일이 너한테 여러 번 말한 그대로다. 형식보다는 마음과 정성을 다해 모시려는 것이다. 이런 일에는 흔히 뒷말이 따르게 마련이니 돌아가신 할머니께서 편안하시고 욕스럽지 않게 해드리려면, 그 할머님께 대한 우리들의 마음과 정성이 특별히 따뜻하고 정성스러워야 한다. 원일이나 청일이나 늘 그런 마음가짐으로 할머님 곁을 잘 지키거라. 다른 바깥 일들은 여기 호상 일을 책임 맡아주신 새말 아재가 알아서 해주실 거다. 그러니 이후로부터 무슨 어려운 일이 생기면 이 아재한테 의논드려 아재의 결정을 따르도록 하고, 나도 될수록 할머님을 편안히 모실 일 이외에 다른 일들은 구석구석 마음을 쓰고 싶지 않으니, 다행히 우리가 청하기도 전에 미리들 저렇게 일손을 보태러 와주어서 황망한 중에도 마음이 많이 놓인다만, 그도 다 돌아가신 할머니의 유덕으로 알고 그 사람들한테나 여기 새말 아재한테나, 누구에게나 늘 감사하고 겸손한 마음으로. 무엇보다 우리는 모두 할머님을 애통하게 여읜 부끄러운 죄인임을 잊지 말고…… 더욱이 원일이는 상주된 처지임을 잊지 말고……"

치상 절차나 의례에 대한 대비는 제법 일사불란하게 짜인 셈이었다. 그러나 이런 일이 다 계획대로만 되어갈 리 없었다. 시간이 지나면서 일일이 차질이 빚어지기 시작하고 생각지도 않았던 말썽거리가 불쑥불쑥 불거져 나오곤 하였다.

첫번째 차질이 빚어진 것은 상주인 원일의 이모부라는 사람이 장터거리 장의사의 부탁으로 자기가 부리는 화물차에 노인의 목관과 상구들을 쟁여 싣고 도착한 데서부터였다. 그때는 이미 동네 친척아이 하나가 읍내 장거리까지 트럭을 몰고 나가 이런저런 제물과 음식 장만거리들을 충분히 거둬 싣고 오는 참이었는데, 그 장터거리의 원일 이숙이 또 경황 없는 외동댁의 전화 걱정 소리를 듣고 상구를 실은 차편에 겹치기로 음식거리 장물을 보아온 것이었다. 그래 얼마 뒤 읍내 장을 봐온 차까지 짐을 풀어놓으니 부엌과 광방 쪽은 온통 시장바닥처럼 갖가지 음료수와 과일류 푸성귀들이 쌓여 넘치고, 여기저기 육물류와 해물류의 비릿한 냄새가 사방에 진동했다.

뿐만이 아니었다. 호상의 일을 맡은 새말이 기껏 집안의 동항들과 의논하여 문안을 만들어 찍어 오게 한 부고장에는 노인에 앞서 타계한 준섭의 광주 쪽 큰매형과 함께 그 발그레한 화색이 늘 말썽인 함평 쪽까지 깜박 이름이 빠져 있었다. 사위는 살아 있어도 자손이 아닌가 운운, 아직 당자가 당도해 있지 않은 것이 다행이었지만, 그런 함평의 뒷 원망이 뻔하여 그걸 다시 고쳐 찍어 오는 소란을 피할 수가 없었다.

그 위에다 또 아침을 끝내자마자 서로 소리를 하여 나선 듯 앞서거니 뒤서거니 연이어 대문을 들어선 집안의 노장들, 그 구면장이나 이 교장 들까지 일찍부터 마루방 깊숙한 곳에 술자리를 펴고 앉아 일일마다 뒷소리 아는 척을 해왔다.

— 장지 일이라든지 출상 일시라든지, 지금 이 시각서부터 일을 마칠 때까지 제반 절차와 봉행에 시종 다 차질이 없게끔 예정이 요연해야 할 터.

— 준섭이 지가 일을 마음과 정성으로 모시겠다 했다니 더 다른 말을 않겠지만, 모든 상례 절차엔 고인을 위하고 상인헌테도 합당한 깊은 지혜가 들어 있는 법인데, 준섭이 글줄이나 써먹고 산다고 하지만 그런 세상 이치를 다 알고 헌 소린지 모르겄어. 그러니 일이 만약 여의치가 못헐 것 같으면 집사 일을 차고 나선 새말 아우 자네들이 애를 많이 써야겄네. 명정 쓰는 일이고 묏자리 파는 일이고 준섭이 지 하자는 대로만 내맡겨두지 말고……

격식이나 계율엔 예수님이나 석가모니보다 그 제자들이 더 엄격하고 야단스러운 게 정상이다. 공자님의 제자들은 더더욱 유가적 상례법에 충실하실 분들이라, 마음과 정성을 앞세우고 나선 준섭의 소이에 심기가 많이들 불편했을 게 당연했다. 준섭은 처음 그 노장들의 참견을 그쯤 짐작하고 흘려 넘어가려 하였다. 하지만 잊을 만하면 다그치고 드는 그 노장들의 질책 투를 준섭이고 새말이고 매번 그냥 못 들은 척 지나쳐버릴 수만은 없었다. 그런 일로 번번이 짜증을 낼 수는 없었지만, 안팎 일이 차츰 뒤죽박죽으로 갈피를 잡을 수 없게 되어간 것이다.

게다가 일이 더욱 어지럽게 된 것은 그동안 설마 하고 마음을 느긋이 먹고 있던 서울의 윤 사장과 강 원장 들이 느닷없이 일찍 들이닥친 데서였다. 이날 아침 녘 부음을 새로 알린 송규식과 전화 통화가 있은 지 세 시간도 채 안 되는 오전 11시쯤, 할 일들이 앞서 있는 광주의 계산이나 해남의 우록들은 아직 그림자들도 내비치지 않고 있는 터에, 마지막 출상날 상두꾼으로나 손이 쓰일 위인들이 시를 쓰는 오명철까지 셋이 함께 일찍 문간을 들어선 것이다.

"이 사람아, 어저께 그냥 돌아가셨으나 깨어나셨다가 오늘 다시 돌아가셨으나 어머님이 돌아가신 것은 어쨌든 돌아가신 것 아닌가. 어느 쪽이 되었건 우리는 결국 어차피 여길 한번은 내려와야 할 길이구."

준섭의 조심스런 처지의 눈짓도 아랑곳없이 아직은 영좌조차 마련되지 않은 대렴(大殮) 전의 유해 앞에 넙죽넙죽 줄절을 올리고 나온 위인들이 이제는 제 할 치레를 다한 듯 거침없이 그의 등짝을 두들겨대며 농을 쳐댄 소리였다. 송규식이 짐작한 것처럼 위인들은 전날 노인이 한차례 회생해났다는 사실부터 긴가민가 곧이를 들을 수가 없었다는 것이었다. 회생의 소식을 곧이들을 수가 없었으니, 노인이 다시 돌아가셨다는 아침 녘의 새 부음을 기다리고 있었을 리가 없었다. 회생을 하셨더라도 얼마나 더 가시겠느냐, 기왕에 길을 나서기로 마음을 먹었으니 그냥 한번 가보는 거다── 그래 실인즉 위인들은 이날 아침의 새 부음을 접하기도 전에 새벽 일찍 차를 내어 먼 길을 달려 내려온 것이었다. 그러니 위인들은 노인의 출상 일을 하루 앞당겨 예정하고 미리 길을 내려온 셈이었다. 위인들의 속은 알 수가 없었지만, 준섭으로선 그것이 낭패가 아닐 수 없었다. 하지만 그는 그런 내색을 보일 수는 없었다. 그것을 섭섭하게 여길 일도 아니었다. 그보다는 무슨 수로 해서든 그 하루 동안의 차질을 해결해주어야 하였다. 그래서 출상 날까지 위인들을 잡아 앉혔다가 상여를 메고 가게 해야 했다.

뒤늦게 한 가지 위인들이 수긍할 만한 방법이 떠올랐다.

"그러고 보니 우리 어머니 다시 돌아가신 게 당신들 때문인 것 같구만. 밤중까지도 회생해 일어나 계시던 분을 두고 문상길들을 그렇게 재촉해 왔으니. 그나저나 어쩐다? 우리 어머니 돌아가신 게 어젯일이 아니라 오늘 새벽이라 출상 날도 모레로 하루가 더 늦어지게 됐으니……"

준섭은 우선 그 출상 날이 하루 더 늦어지게 된 사실을 환기시킨 다음, 그때까지 하루 더 시간을 보낼 일에 대한 위인들의 방도나 의향을 먼저 물었다.

"기왕에 여기까지 내려왔으니 하루 더 기다려 상여까지는 메어주고 가야잖아? 그동안 어디서들 시간을 보내지? 여기는 있어봐야 자네들 할 일이 있는 것도 아니고."

위인들이 남아 있어줄 것을 일방적으로 못 박고 나선 뒷소일거리 의논이었다.

"우리들 기다리는 일이야 뭐…… 그보다 군이 어머님이 다시 돌아가신 허물을 따지자면 우리보단 신문에 제꺽 부고부터 내보낸 규식이 쪽이 더하겠지. 그 친구 그 부고 때문에 사무실 전화통을 붙들고 어찌나 애를 먹던지. 솔직히 말하면 그 친구야말로 내심 어머님이 다시 돌아가셔주시기를 고대했을지도 모르겠어. 그런 위인의 전화질을 무시하려다 우리는 하루를 더 기다려가면서 어머님의 진짜 상여를 메게 됐구 말여."

윤 사장을 비롯해 위인들도 쉽게 날짜가 더 늦어지게 된 사정을 수긍했다. 그리고 어쩌면 당연한 일이었는지 모르지만, 그동안 시간을 보낼 만한 소일거리에 대해서도 이미 다 작정이 서 있는 듯 괘념을 말라는 식이었다.

"하긴 우린 그동안 여기 있어 봐야 별 도움 될 일도 없이 거치적거리기만 할 테니, 준섭이 공연히 신경 쓰게 할 거 없이 회진쯤으로 나가서 숙소부터 잡아놓을까. 우선 그래 놓고 거기 어디서 소일거리를 찾아보지 뭐."

중간에 공연히 송규식을 끌어들여 말끝을 흐리고 만 윤 사장에 이어서 이번에는 강 원장이 준섭을 핑계 삼아 아예 더 솔직하게 회진행을 제의하고 나섰다.

잠시 허기들을 끄고 나서 셋이 함께 서둘러 그 회진 포구 쪽으로 차를 몰고 사라졌다.

터놓고 말하지는 않았지만, 회진이라면 낚시질이 뻔했다. 그리고 그것은 준섭이 위인들에게 권하려던 소일거리기도 하였다. 하지만 애초부터 그럴 필요가 없었던 셈이었다. 준섭의 예상대로 위인들도 이미 생각이 같았음이 분명했다. 어쩌면 준섭보다도 그런 예정이 앞서고 있었는지도 모를 일이었다.

준섭은 물론 그것을 알은척하지 않았다. 위인들도 이미 그 준섭이 속내를 알고 있을 일인 데다, 그런 식으로나마 우선은 위인들의 일에 해결을 본 셈이기 때문이었다. 그걸 오히려 다행으로 여겨야 했다. 으레껏 상가에 있을 수 있는 일이고, 있을 만한 소극(笑劇)거리쯤으로 고마워해야 하였다.

그런데 그렇듯 예기하지 못한 일들은 갈수록 더해갔다.

차분하고 조용하게 일을 치르려던 준섭의 예정을 깨고 나타난 다음번 손님은 더더욱 엉뚱하게 『문학시대』의 장혜림이었다. 약속을 깨고 만 원고 때문이 아니라, 일찍부터 준섭의 작품들에 대해선 안 읽은 것이 없을 만큼, 어쩌면 당사자인 준섭 자신보다 더 상세한 작품 목록을 꿰고 있을 만큼 유별난 관심과 호의를 보여온 여자였다. 그런 혜림으로서는 어쩌면 그것이 당연한 문상길일 수도 있었다. 하지만 준섭은 그녀의 출현을 전혀 예상치 않고 있었던 데다 그녀 역시 단순히 조문을 위해서만 그 먼 길을 온 것 같지가 않았다.

"이 선생님의 글을 보면 어머니에 대한 이야기가 많이 나오지 않아요…… 어제 선생님한테 그 어머니가 돌아가셨다는 말을 듣고, 그분 생애의 마지막이 실제로 어떻게 마무리 지어지는지 직접 그분의 장례식을 보고 싶어 이렇게 새벽부터 차를 달려왔어요."

윤 사장들이 회진 쪽으로 차를 몰고 사라진 지 얼마 되지 않아서 헌 청바지 차림에 카메라가 든 취재 가방을 달랑대며 혼자 불쑥 대문을 들어선 장혜림은 분명 문상을 온 사람의 행색이 아니었다. 그래 자신도 그런 문상길이나 문상길 행장이 준섭에게 그리 달가운 일이 못 됨을 안다는 듯 미리 변명기를 섞어 말했다. 하지만 역시 그 날짜까지 잘못 짚어온 그 장혜림의 심상찮은 열의 앞에 준섭은 달리 무어라 할 말이 없었다.

"내가 쫓는다고 다시 쫓겨갈 아가씨라면 더 다행스런 일이 없겠지만, 그럴 여자도 아니고……"

거북스런 기분을 숨기려 하지 않는 것으로 그녀의 극성기라도 좀 꺾어두려 하였다. 하지만 장혜림은 그것으로 양해가 다 이루어진 양 한결 더 자신만만해지고 있었다.

"고마워요. 다시 쫓겨가지 않으리라는 걸 미리 알아주셔서요. 가란다고 다시 쫓겨갈 길이었으면 나서지도 않았을 테니까요. 뭣보다 그분은 이미 선생님만의 어머니가 아니시지 않아요. 전 선생님의 작품 속의 어머니의 장례식을 보러 온 거란 말예요."

"나는 지금 내 진짜 어머니의 치상을 치르고 있는 중이오. 그러니 그걸 혼동하지 말고, 여기저기 아무 데나 너무 휘젓고 다니지 말고 좀 조용히나 지내다 가줬으면 좋겠어요."

"그건 안심하세요. 저도 그만한 분별력쯤은 지닌 여자라구요. 부러 무슨 말썽을 부려야 할 이유도 없잖아요?"

여느 때 같지 않은 준섭의 퉁명스런 말투에도 그녀는 계속 생글생글 장난기가 어린 눈길로 그를 안심시키려 들었다.

하지만 준섭은 물론 그것으로 그녀를 안심해버릴 수가 없었다. 그 먼 길을 혼자서 차를 몰아온 그녀가 말처럼 그리 얌전히 장례식 구경만 하고 앉아 있다가 돌아갈 리도 없었고, 애초의 생각은 설령 그랬다 하더라도 이런저런 상갓일과 주위 사람들이 그녀의 숨은 호기심을 그대로 놓아둘 리도 없었다. 부러 무슨 말썽을 피울 일이 있겠느냐는 쉬운 장담을 했지만, 장혜림 자신도 그 점은 모르고 있었다. 그리고 그런 준섭의 달갑잖은 예상은 몇 참도 지나지 않아서 사실로 드러났다. 그 장혜림의 눈길을 끌기에 충분한 한 인물이 벌써부터 주위를 자주 넘나들고 있었기 때문이었다.

옛날 일제 말엽, 젊은 준섭의 아버지가 새집을 한 칸씩 고집스럽게 덧붙여 늘려갈 때 그 어려움을 몇 년씩 이웃에서 함께해주었다는 성 영감— 생전의 준섭 부를 늘 형님이라 부르고, 그의 사후로도 준섭 모를 노년까지 형수로 부르면서 이 일 저 일 허물없이 주변사를 다 돌봐준 동네 어른, 그래서 누구보다 준섭네의 내력과 노인의 한 생애를 훤히 잘 알고 있고, 그 50년 한여름 위급한 상태에서도 눈앞에 숨겨진 비밀 지하실을 끝내 모른 척 입을 다물어준 이웃 은인, 그 성 영감이 '우리 형수님의 고달팠던 한세상'이 확실하게 닫히고 만 이날 아침 일찍부터 수시로 사립

께를 드나들며 주책없이 이런저런 알은체를 하고 다녔다.

— 참 어려운 한평생을 살아오신 어른이셨제. 허니 이젠 좀 쉬어야 하실 때도 되신 게야. 이렇게 홀쩍 떠나가신 건 안됐지만, 당신은 차라리 홀가분하기도 하실 게여.

— 한 많은 몸고생, 마음고생을 혼자 다 숨겨 삼키고 살아오신 양반 저승길이라도 좀 편안하게 모시거라. 수의도 곱게 짓고 상여도 잘 꾸미고……

기웃기웃 아무 곳 아무 일이나 멀찌감치 스쳐 넘겨보고 다니며 말참견을 일삼거나, 때로는 사람의 눈길이 닿지 않는 한쪽 담벼락 밑 같은 데에 힘없이 주저앉아 누가 듣거나 말거나 넋두리를 늘어놓고 있기도 하였다.

— 저 동팔이 어른 어째서 저러고 댕기는 줄 알겄는가? 이웃 노인 양반이 돌아가셨으니 이젠 이 동네에서 꼼짝없이 당신 차례가 돼부렀거등. 그래 맘속으로 앞서 가신 양반한티 당신의 저승길을 부탁하고 있는 거여.

젊은 사람들이 들으라는 듯 버릇없이 함부로 킬킬거리는 소리에도 아랑곳이 없었고,

— 집도 비었는디 쓸데없이 거치적거리지 말고 아부진 인자 좀 집에나 가 계시요이?

장성한 아들 동팔의 눈에 띄어 핀잔을 먹어도 별 소용이 없었다. 노인은 그때마다 소 닭 보듯 한두 번 흐음흐음 생헛기침 소리뿐 별 언짢은 기색도 없이 잠시 자리를 비켰다가는, 이내 또 어디선가 그 무심스런 먼산바라기 표정 속에 중얼중얼 혼잣소리를 늘

어놓곤 하였다.

— 니놈들이 무얼 알아. 그 양반 말 못할 인생사의 아리고 저린 고비들을 니놈들이 어찌 짐작이나 헐 수가 있겠느냔 말여.

그런 성 영감이 장혜림의 눈길에 띄지 않을 리가 없었다. 그리고 그로 하여 그 성 영감으로서도 모처럼 자기 맘속 이야기를 깊이 귀담아 들어줄 고마운 말 상대를 만나게 된 셈이었다. 장혜림이 먼저 노인에게로 다가갔든, 성 노인이 먼저 장혜림을 불러 끌었든, 결과는 어차피 장혜림의 앞서 다짐 따위는 이미 상관될 바가 없었다. 누가 따로 귀띔을 건넸을 리도 없는 터에, 두 사람은 오래잖아 제물에 서로를 찾아 만나게 되었고, 그것으로 둘은 이내 옛이야기꾼 할아버지와 어린 손녀 아이 사이처럼 별 흉허물이 없어지기 시작한 것이다.

하지만 이날 누구보다 준섭의 심사를 어지럽게 하고 집안 분위기까지 갑자기 더 무겁게 흐려놓은 것은, 그래서 그 성 영감보다 단박 장혜림의 바쁜 눈길을 휘어잡기 시작한 것은 준섭의 서질녀 용순의 출현이었다.

유체나마 노인을 안방에서 하룻밤 더 모시고 지낸 뒤 이튿날 아침 일찍 염습을 치르기로 의논이 된 터여서, 마루 앞에 간략하게 임시 향상을 마련하고 마당에도 미리 차일을 쳐놓아 상인들 성복도 않은 채 시끌벅쩍한 상가 분위기부터 익어가던 오정 무렵. 서울 패들 이후부터 이리저리 들고 나는 음식상과 제 세상을 만난 듯 소란스런 뭇 아이들 놀이판 사이를 가르며 함평 누님네 내외가 먼저 요란한 호곡 소리와 함께 사립을 뛰어들어섰다.

"아이고 엄니, 우리 불쌍한 엄니, 아이고…… 저승길 떠나시기가 그렇게도 싫어서 다시 돌아오셨는가 했더니…… 이렇게 겨우 하루를 더 살고 가실라고…… 아이고 아이고……!"

그런데 집안사람들이 모두 그 둘째 딸네를 맞느라 정신이 팔려 있는 사이, 웬 희한스런 차림새의 여자 하나가 흐늘흐늘 천천히 문간을 뒤따라 들어서고 있었다. 상가를 찾아온 사람 같지 않게 화려한 옷차림새에다 짙은 입술 화장, 색안경까지 눈에 걸친 요란한 행장의 젊은 여자. 하지만 한발 앞서 문을 들어선 함평네의 소란 때문에 집안사람 누구도 처음엔 그녀의 출현이나 그런 차림새에 주의를 기울인 사람이 없었다. 그녀가 누군지를 알아본 사람은 더욱 있을 수가 없었다. 그저 무슨 상가 물건 거래라도 흥정해보려 찾아온 장터거리 장삿집 여자쯤으로나 여겼을 뿐이었다.

그러나 준섭은 처음부터 느낌이 심상치가 않았다. 그녀 역시 어딘지 좀 익숙지 않은 곳을 찾아온 듯 데면데면한 표정에다 발길을 머뭇머뭇 망설이고 있는 낌새였지만, 준섭에겐 왠지 그게 더 차분하고 느긋한 방심기나 여유처럼 여겨져 오히려 도전적이고 위태롭게 느껴졌다.

그의 예사롭지 않은 느낌은 어김없이 적중했다. 함평네를 이끌고 집안 식구들이 모두 다시 안방으로 들어가고 나서도 오갈 맞은 사람처럼 자리를 뜨지 못하고 있는 준섭에게로 그녀가 여태까지 그걸 기다리고 있었던 듯싶은 걸음걸이로 천천히 다가왔다. 그리고 비로소 색안경을 벗어들며 여전히 그 방심스럽고 도전적인 어조로 나지막이 말해왔다.

"그렇게 너무 힘들고 슬픈 표정 지으실 거 없잖아요. 삼촌이 덕이 많아 상갓집이 온통 잔칫집 분위긴데요. 뭐."

준섭은 새삼 가슴이 내려앉는 느낌이었다. 안경 벗은 얼굴을 자세히 들여다볼 필요도 없었다. 준섭에게 대놓고 그런 식으로 당돌한 비양거림을 입에 담을 수 있는 사람은 오직 한 사람뿐이었다. 이름만 들어도 여러 사람의 심사를 아프고 불편스럽게 해올 아이, 그래서 전날 밤도 그의 큰누이와 외동댁이 그 거북스런 침묵 속에 문득 노인의 긴 회고담을 끝내게 했던 아이―, 홀연 그 용순이 돌아가신 혼령의 부름이라도 받은 듯 오래전에 버리고 간 제 할머니의 집 사립을 제 발로 찾아 들어와 눈앞에 버티고 서 있는 것이었다. 한데다 그 용순은 자신이 지금 무슨 일로 이곳엘 찾아왔는지 따위는 염두에도 없는 듯한 표정이나 말투로 계속 거리낌이 없었다.

"아니 네가 어떻게 이렇게……?"

놀라고 당황한 나머지 속을 허둥대다 경우 없이 내뱉은 준섭의 한마디에 용순은 여전히 그 여유만만 당돌스런 표정으로 짓궂게 응수했다.

"저도 이제는 신문쯤 보고 살 만한 처지거든요. 어제 신문에 난 부고를 보고 왔지요. 신문 부고를 보고서야 이런 일을 알게 된 제 처지가 한심스럽기는 하지만요…… 그런데 제가 지금 어디 못 올 데를 온 건가요? 저는 할머니의 장례식에도 찾아오면 안 되나요?"

웃음기까지 지어가며 되물어오는 쌀쌀맞은 목소리에 준섭은 다시 할 말을 잃을 지경이었다.

"네가 어째서 못 올 데를 오기는…… 당연히 와야지. 미리 연락을 못 준 건 좀 그렇다만 네가 먼저 이렇게 알고 찾아왔으니…… 안으로 들어가서 할머니부터 뵙도록 하거라."

어색한 시간을 더 끌지 않으려 듣기 좋은 소리로 조용조용 년을 달랬을 뿐이었다.

그런데 그 용순이 겨우 준섭을 더 상대할 일이 없다는 듯 꼿꼿한 자세로 마당을 가로질러 할머니가 누워 있는 안방으로 사라져 들어간 뒤였다. 년으로 인한 그런 거북한 일은 그 안방 이후로도 끊임없이 이어졌다. 준섭은 처음 그 용순의 얼굴을 알아볼 만한 고모들이나 집안 친척 몇 사람이 방을 지키고 앉아 있어 거기선 년의 태도나 행동거지가 좀 부드럽게 누그러들 줄 짐작했다. 거북한 분위기에서나마 년의 돌연한 출현에 어느 정도 놀라움이나 반김의 소리들은 오갈 걸로 예상했다.

하지만 방 안에선 년이 들어가고 나서도 한동안 아무 소리가 없었다. 어른들이 아직 용순을 알아보지 못하고 있는 건가? 준섭은 지레 마음이 조마조마하여 년을 뒤따라 들어가보니, 사정이 오히려 반대였다. 어른들은 이미 눈짐작들이 미쳐서 년에게 알은체 소리라도 건네고 싶어 하는 눈치였으나, 용순 쪽에서 도대체 그럴 틈을 주지 않고 있었다. 제 등 뒤로 오가는 어른들의 조심스런 눈빛이나 입속 수군거림 따위는 전혀 아랑곳을 않은 채 년은 그 아랫목 할머니의 유체 앞의 병풍 한끝을 밀치고 그 머리맡에 주저앉아, 거기서도 여전히 그 냉랭한 시선으로 빈 벽 쪽만 오연스레 바라다보고 있었다.

용순이 나타난 것을 눈치챈 외동댁이 우연이듯 때마침 방문 앞을 지나가며, 할머니 모신 방엘 누가 함부로 들락날락한다냐. 인자부턴 아무나 들어가지 못하게 해라—, 년을 부러 모른 척 불편스런 심기를 흘려 드러냈지만, 용순은 여전히 눈썹 하나 까딱하지 않고 있었다. 그러다 준섭이 그간 속수무책으로 무언가를 기다리고 있는 듯한 방 안 사람들을 향해, 저 아이…… 용순이 아니요. 아직 미처들 못 알아보신 모양이구만요—, 서로 간 말길을 열어주려 한 등뒷소리를 듣고서야 그마저 자신은 달갑지가 않다는 듯 별안간에 우뚝 자리를 털고 일어나 방을 나가버리는 것이었다.

하지만 그 용순이 아무나 다 사람을 피하려 한 것은 아니었다. 제 스스로 알은척을 하며 가까이 다가가고 싶어 한 사람들이 있었다. 그 첫 번 상대가 동팔의 아버지 성 영감이었다.

"할아버지, 할아버지. 이거 동팔이 오빠네 할아버지 아니세요?"

뿌리치듯 느닷없이 방문을 차고 나서던 용순이 미처 제 신발을 꿰어 신기도 전에 깜짝 아랫사랑채 쪽을 향해 소리치고 있었다. 그리고 언제부턴지 그 사랑채 마루턱에 장혜림과 마주 앉아 있는 성 영감에게로 다가가 팔소매를 덥석 부여안으며 거침없이 너스레를 떨어댔다.

"세상에, 할아버지가 아직도 이리 정정하게 살아 계시네요. 전 그동안 할아버지의 일을 한 번도 잊어본 적이 없었는데, 오늘 이렇게 정정하게 지내고 계신 것을 보니 정말로 반가워요. 그런데 할아버진 절 못 알아보시겠어요? 저 용순이에요. 옛날 이 집 천둥이 딸 용순이!"

용순은 이제 그런 식으로 스스로 제 본색을 드러내고 나선 것이었다. 그리고 그 돌연스럽고 일방적인 용순의 윽박 앞에 처음엔 잠시 얼떨떨해 있던 성 영감 역시도 이내 감싸안듯 부드럽고 그윽한 눈길 속에 그녀를 똑똑히 확인해주었다.

"나가 어째서 너를 몰라보겄냐. 그 불쌍헌 철부지 어린것이 이리 커서 돌아왔는디……"

그러니까 용순이 그런 식으로 새삼 요란스럽게 자신을 드러내고 나선 것은 저를 짐짓 모른 척하거나 은근히 경계해온 주위 사람들에게 이젠 더 그럴 이유나 필요가 없다는 분명한 선언이었다. 그리고 그녀가 집안의 어른들이나 동기 간들보다도 동네 이웃 영감부터 먼저 알은체를 하고 나선 것은 제 집안 식구들에 대한 제 껄끄러운 마음새를 은근히 시위해 보인 것이었다.

그런 용순의 속셈이 더욱 노골적으로 드러난 것은 잠시 뒤 그녀가 음식거리를 손보고 있는 우물가 여자들에게로 다시 발길을 옮겨가면서였다.

용순은 이제 그 부엌과 광방 일꾼들 가운데서 또 눈에 익은 사람을 찾아낸 듯 저를 두고 마냥 감회에 젖어들고 있는 성 영감을 젖혀두고, 호시탐탐 곁에서 궁금증을 참고 있는 장혜림이나, 이럴까저럴까 엉거주춤 안방 앞 할머니의 향상을 지키고 앉아 있는 원일들 쪽은 눈길 한번 건네지 않은 채 스적스적 그쪽으로 마당을 건너갔다. 그리고 외동댁까지 거기 일손을 함께하고 있는 것을 모른 척 이웃 새말댁 쪽부터 먼저 인사 소리를 건넸다.

"새말 아짐, 나 모르겄소. 나 용순이요. 옛날 이 집 천덕꾸러기 용순이란 말이요."

그것은 물론 새말댁을 만나게 된 반가움에서보다 외동댁의 속을 후벼 긁으려는 소행임이 분명했다. 그것을 모를 리 없는 새말댁이 엉거주춤한 표정으로,

"오메, 인자 보니 니가 그 옛날 용순이구만이? 그래 그동안 얼마나 오랜만인디, 할마니가 돌아가시고 본께 이리 너를 다시 보겄다이?"

조심스런 응대 속에 두 사람의 눈치를 살폈지만, 용순처럼 외동댁도 용순을 외면한 채 짐짓 더 요란하게 일손만 서둘러대고 있었다. 하지만 일은 이미 그 정도에서 무사히 넘어갈 수가 없었다. 때마침 안에서 광방 일을 돕고 있던 용순의 손위 뻘인 형자년이 끝내 더 보고 넘어갈 수가 없어진 듯 문을 박차고 나오며 매섭게 쏘아대고 나선 것이다.

"호호, 이거 참 귀한 손님 오셨구만이! 지가 한번 싫다고 지 발로 집을 나간 것이 이제 와서 무슨 염치로 다시 이 집에 발길을 디밀어?"

하고 보니 나이만 한 살 아래일 뿐 출생의 내력이나 살아온 길이 서로 다른 데다 옛날 묵은 감정까지 아직 시퍼런 용순이 그것을 조용히 참고 넘어갈 리 없었다.

"왜 내가 못 올 데를 왔냐? 내가 잘나빠진 이 집 사람들 보러온 줄 아냔 말야. 내가 내 불쌍한 할머니 마지막 저승길 보내드리

러 왔는데, 왜 니가 나서 까불어!"

용순은 오히려 너 잘 만났다는 듯 이젠 그 한 또래 처지의 형자 년을 상대로 더욱 서슬을 세우고 들기 시작했다. 하나는 분을 참지 못해 소리소리 악을 쓰고, 다른 하나는 그것을 즐기듯 조용조용 파고드는 식의 두 년의 아귀다툼은 그래 결국 갈 데까지 갈 수밖에 없는 형세였다. 그리고 그것은 용순과 이 집 식구들 간의 심히 껄끄러운 대면의 한 절차로, 어쩌면 매우 불가피한 과정일 수도 있었다. 마루 앞에 걸터앉아 계속 그 용순의 행투를 구경만 하듯 해온 준섭의 생각도 마찬가지였지만, 년은 이제 어차피 장례가 끝날 때까지는 쉽게 떠나갈 아이가 아니었기 때문이었다. 방법이야 어쨌든 계속 이 집에 한데 섞여 제 할머니의 마지막 길을 위한 이런저런 절차를 다 함께하고 갈 아이가 분명했기 때문이었다.

"니가 할머니 마지막 길을 보내드려? 니 그 더러운 손으로? 아서라, 부정 탈라. 언감생심, 감히 니가 어디서. 그런 알량한 생각 일찌감치 걷어치우고 뒤에서 조용히 구경이나 하다 가셔!"

"부정을 타? 내 손이 어째서! 내가 아직도 니네들 빨래 심부름 부엌 심부름이나 해주던 그 용순인 줄 알아? 아직도 그 구정물통에서 피가 나게 불어터지기만 하던 더러운 손인 줄 알아? 이거 왜 이래. 니들 때문에 고생만 하던 이 손이 더러우면, 그 손에서 고구마 한 뿌리 누룽지 한 줌까지 눈에 띄는 족족 기를 쓰고 빼앗아 가던 늬들 손은 어떻고?"

"그래도 내 손은 남의 웃학교 진학할 등록금까지 훔쳐 도망친 일은 없어."

"뭐라고? 옳아, 이제 보니 그때 그 차비 몇 푼 가져간 것 말인가 본데, 그거야 나한테도 그만한 권리는 있었잖아. 나도 엄연히 이 이씨 집안 자식에다 그동안 쎄가 빠지게 일만 해준 품삯만 해도 얼만데. 한집에서 하나는 웃학교 진학한다고 꼴같잖게 노는 판에. 나도 혼자서나마 사람 노릇 좀 해보자고 집을 뛰쳐나가면서 그만 돈쯤 못 가져가? 거기다 그깟 돈은 지금까지 내가 고생고생 해가며 몇 배로 갚아준 걸 몰라? 그동안 종종 할머니한테 부쳐드린 돈을 늬들이 다 뺏어 썼으면 그 돈이 다 그 턱 아니냔 말야."

"이젠 아주 어디서 거짓말까지 늘어와서…… 니가 언제 할머니한테 돈을 보냈다고? 니가 언제?"

외동댁은 끝내 말을 참고 외면을 하고 있는 가운데, 두 년의 대거리는 결국 거기까지 가고 나서야 억지로 끝이 났다.

"야들이 지금 여기가 어떤 자리라고 이러냐. 당장들 그만 못 두겄냐! 어려운 일 앞에 두고 온 동네 사람들 앞에서 너들끼리 대체 이게 무슨 꼴들이냐."

그동안엔 짐짓 소란을 못 들은 척 조용해 있던 안방 쪽 큰고모가 이젠 아무래도 더 참고 볼 수가 없어진 듯 광방까지 쫓아나와 두 년을 사정없이 나무래준 덕분이었다. 그리고 비로소 그 손윗사람을 뒤따라 함평이나 은지네, 향상을 지키고 있던 원일이 청일이까지 집안 식구들이 모두 그 광방 앞 한자리로 모여들어온 때문이었다.

하지만 그것은 한집안사람들 간의 대면치고는 더없이 요란하고 희한스런 무대를 꾸며 보여준 셈이었다. 그리고 그만큼 장혜림 기자에게는 흥미진진한 구경거리가 됐을 수밖에 없었다. 장혜림도 이미 눈치를 채고 있을 게 분명했지만, 그렇듯 도발적이고 앙칼진 용순의 행투나 그 희한하고 요란스런 가족 대면극의 사연 속엔 사실 지난날 이 집안의 곤핍했던 한 시절과 돌아가신 노인네의 어두웠던 주변사들이 언뜻언뜻 얼굴을 드러내고 있는 때문이었다.

용순은 과연 이후부터 제 행동거지에 더욱 거리낌이 없었고, 장혜림은 또 그럴수록 움직임이 의뭉스레 민첩해지고 있었다. 그래저래 준섭 역시 주변 일이 온통 다 뒤죽박죽 제물로 돌아가는 느낌이었다. 무엇보다 그는 결국 그 용순이 겨누고 있는 마지막 공격의 표적이 누구인지를 알고 있었고, 그 화살이 언제 년의 시위를 떠나게 될지 불안스런 심사를 지을 수 없기 때문이었다.

하지만 그런 가운데도 노인의 장례 준비는 시간이 지남에 따라 하나하나 필요한 절차가 다 착실하게 갖춰져나가고 있었다.

염습을 함께할 함평은 이미 채비를 갖추어 당도해 있었고, 오후로 들어서면서부터는 명정과 가주(假主) 제축문들을 쓰기로 한 광주의 계산과, 산일을 돌보기로 한 해남 쪽 우록이 연이어 당도했다.

두 사람을 맞아들인 주위의 분위기나 집안사람들의 반향이 매우 대조적이긴 하였다. 그리고 그것이 이 음습하고 조심스런 초상집 분위기에 적지 않이 활력소로 작용한 대목도 있었다.

　계산은 당장에 붓을 들 일이 없는 데다 어느 해 가을엔가 노인을 보러 왔다가 당신의 고적한 침소맡에 '생우유곡불이무인이불방(生于幽谷不以無人而不芳: 깊은 골짜기에 자라 돌보는 이 없는 들 꽃답지 않을 수 있으리오)'이라는 뜻깊은 화제(畵題)와 함께 난 그림 한 점을 그려 걸어두고 간 일이 있어 집안사람들이나 이웃에 그 필명이 잘 알려져 있는 처지였다. 하여 그는 분향과 묵념을 끝내고 나자 옛 정미소장까지 가세한 마루방 쪽 노장들에게 윗자리를 권해 받는 등 퍽이나 차분하고 융숭한 접대를 받고 있었다. 그런데 지관의 일이라는 것이 원래 그런 격이어서 그랬는지 잠시 뒤 허정허정 혼자서 문간을 들어선 우록은 그 행장이나 서두름새부터가 계산의 경우와는 눈에 띄게 달랐다. 허름한 모자와 두툼한 신발 따위 산행을 미리 염두에 두었음 직한 간편복 차림새에 어깨엔 큼지막한 쇠가방까지 걸쳐 메어 누가 보아도 완연한 전문 풍수꾼 꼴을 하고 나타난 우록은 분향을 끝내자마자 과연 분별 있는 지관답게, ──산은 어딘가, 상인들에 대한 조위의 말 대신(준섭에겐 이미 전화로 사실상의 조의를 표한 바가 있었지만) 고인의 장지부터 물었다. 그리고 아직은 염습 절차도 치러지지 않은 상황인 것을 알고는 신발도 벗지 않은 채 그냥 바깥 멍석자리에서 간단히 술 요기만 한잔 끝내고 다시 쇠가방을 둘러메며 산행 채비를 서둘렀다.

　우록의 그 같은 예상찮은 행각은 준섭으로서도 첨엔 좀 어리둥절해질 지경이었다. 우록이 옛 산서(山書)나 그 방면의 책들을 적지 않이 접해온 줄은 알고 있었지만, 그래서 마음의 의지를 삼기 겸해 말 많은 떠돌이 동네 풍수들 젖혀두고 그 일을 청해 맡기긴 했지만, 실제로 일을 처결해나가는 데는 손발이 익지 않은 대목이 많으리라 여기고 있던 터였기 때문이다.

그러나 준섭은 오래잖아 그 우록의 심중을 깨달았다. 아니, 그 우록이 준섭의 조심스런 심중을 먼저 읽고 있었다 할까.

예정해놓은 장지를 알고 있는 새말과 마당가 한쪽에서 새 윷판을 벌이고 앉아 있는 태영이들에게 미리 산역 양도 살펴둘 겸 우록의 길 안내를 당부하고 있을 때였다.

"거 요즈막 풍수치고는 행장이 썩 요란허구만그래. 허기사 준섭이가 쇠판 하나 달랑 차고 다니는 떠돌이 반풍수를 불렀을라고! 동네 풍수 놔두고 부러 외지 지관을 청했다면 지도 다 그만한 요량이 있어서였겠제."

그 유별스런 행장과 거동새를 외려 좀 편치 않은 눈길로 지켜보고 있던 마루방 쪽 노장들 중의 누군가가 들으라는 듯 큰 소리를 내보냈다. 겉치레처럼 쇠판 일도 믿을 만한 사람이냐는 은근한 시비였다. 우록은 못 들은 척 대꾸를 보내지 않았다.

"거 지관 어른이 썩 점잖고 사려 깊은 양반 같으니 우리는 마음을 턱 놓겠소. 부디 좋은 자리를 살펴 정해주시오."

그런 우록을 채근하듯 마루방에선 우정 더 점잖은 어조의 당부가 흘러나왔고, 이번에는 우록도 썩 전문가다운 말투 속에 더 이상의 참견을 잘랐다.

"좋은 자리라는 것은 풍수가 잡는 것이 아니라, 당장의 명당은 고인 생전의 공덕으로 잡아들게 될 일이고 뒷날 긴 명당은 자손들 사람 노릇하고 사는 데에 달릴 일이라, 고인의 유덕이 높으시고 자손들 마음 씀이 올바르면 큰 염려가 없을 거외다."

말을 끝내고 돌아서며 준섭에게 한번 눈짓을 보내온 그 우록의 속셈인즉, 참견 많고 뒷말 많은 남의 동네 산 일을 맡아오며 처음부터 그런 식으로 전문 풍수꾼 행세를 해 보이려 한 것이었음이 분명했다. 이런저런 말썽을 미리 잠재우기 위해서나 당사자인 준섭에 대한 미더움을 위해서나, 우록은 그 차림새부터 거동새 말투까지 우정 그런 풍모나 행투가 필요했던 것이다.

준섭은 물론 그 우록이 그지없이 감사하고 송구스럽기까지 하였다. 모쪼록 그런 우록의 전문 풍수 행세가 탈 없이 일을 잘 다스려나가주기만을 바랐다. 그리고 그런 준섭의 말 없는 주문을 우록은 그런대로 잘 이행해준 셈이었다.

속사연이 워낙 그러니 작은 말썽이나 꺼림칙스런 대목이 아주 없을 수는 없었다. 두어 시간쯤 지난 뒤 우록 일행이 그 산행 일에서 돌아왔을 때도 그런 기미가 없지 않았다.

"저 양반 혹시 엉터리 가짜 풍수 아니여?"

산길을 동행하고 돌아온 태영이 혼자 급히 앞장서 사립을 들어서며 얼핏 준섭에게 내뱉었다. 그리고 뒤미처 사립을 들어서는 새말도 뭔지 그 우록을 석연찮아하는 기색이 역력했다. 사립을 함께 들어선 우록이 우물께로 손을 씻으러 간 사이에 준섭이 산에서 무슨 일이 있었느냐 물으니까, 새말은 짐짓 그 태영부터 나무라며 준섭을 안심시키려 들었다.

"어허, 저 사람이 또 점잖은 양반의 일을 가지고 공연한 소리를 했구만. 별일 아니여. 알지도 못하면서 저 사람이 풍수 어른한테 쓰잘데기 없는 소리를 하고 나섰제. 허지만 저 인간이 언제 사람 어려워할 줄 아는 중정머리가 있는 위인이던가. 별생각 없이 그저 터진 입이라 말을 실없이 함부로 해서 그렇제……"

그 실없이 함부로 지껄인 소리가 어떤 소리였느냐는 준섭의 재차 물음에야 겨우,

"그 양반 다른 풍수들 하듯이 쇠를 놔보지 않고 그냥 자리를 잡아 주더구만."

준섭으로서도 예상하지 못했던 사실을 털어놓고 다시 준섭을 안심시키려 그 우록을 변호해주었다.

"헌다고 저 양반이 설마 알지도 못하면서 일을 엉터리로 그랬겠어? 그도 다 생각이 있어서 그랬겠제. 쇠를 놓아보지도 않고 좋은 자리를 잡는다면 그게 더 명풍술 것이고 말여……"

그런데 그 우록의 처사를 보고 태영이, 쇠가방은 큰데 진짜 쇠는 어디 있느냐, 쇠는 어째서 꺼내보지도 않고 묏자리를 잡느냐, 시비를 걸고 들었다가 그래도 시종 아무 대꾸가 없는 우록을 보고 나중엔, 와마…… 명풍수는 산에 들면 말을 잘 않는다드니 이 양반 참말로 명풍수는 명풍순가 본디, 어쩌고…… 비아냥질까지 서슴지 않았다는 것이었다.

뒷날 일이 다 끝나고 나서 어느 차분한 술자리에서 그날 일의 자초지종을 털어놓은 우록의 술회를 듣고 석연찮은 대목이 다 가시기는 했지만, 준섭으로서도 당장에선 마음이 미심쩍어지지 않

을 수가 없었다.

하지만 그도 곧 길게 마음에 둘 바가 없어졌다.

"내 진작부터 그러신 줄은 알았지만, 돌아가신 어른의 공덕이 많이 크셨던 모양이구만. 자손들의 심덕도 모자라지가 않았던 것 같고……"

그런저런 눈치를 빤히 다 짐작하고 있던 우록이 그 우물터에서 부러 천천히 손을 씻고 나오며 자신만만 청하지도 않은 공치사를 늘어놓은 것이었다.

"그래 내 좋은 곳에 유택 자리를 정하고 왔으니 그 일은 마음을 놓아도 좋을 게여. 쇠를 놔보고 어쩌고도 할 것 없이 예정지 전부가 다 명당터던걸 뭘. 산 사람 집 짓고 살고 싶은 데가 명당일진대, 어른 일 아녔으면 나 생전 집자리부터 하나 달라졌더구만."

이러쿵저러쿵 일에 대한 뒷시비를 잠재우고 부질없는 소리에 찜찜해할지도 모르는 준섭의 의구심을 씻어주려는 소리임은 더 물을 것이 없었다. 준섭은 그쯤 일을 덮어두고 넘어가기로 하였다. 노인을 마지막 보내드리는 이 며칠 간의 일에는 그런저런 사소한 구석보다 전체의 절차에 큰 흠이 없어야 했기 때문이었다. 그리고 이때까지는 그 산 일을 비롯한 대소 절차가 그런대로 차질 없이 갖춰져간 셈이었다.

한바탕 소동을 벌이고 난 이후부터 용순이 여기저기서 눈에 거슬린 꼴을 보이고 다니는 것 외에는 다른 집안일들도 아직은 그럭저럭 뒤를 순탄하게 꾸려가고 있는 편이었다. 성복(成服) 전이라 아직 문상객의 발길이 뜸한 탓이기는 했지만, 집안에 사람이 많이 북적거리지 않은 것이 그런 데엔 오히려 다행인 셈이었다. 회진 쪽으로 한번 차를 몰고 나간 윤이나 강 원장들은 다시 돌아올 기미가 없는 데다, 상여를 메겠다고 뒤따라온 다른 몇 서울패들까지 그 회진 쪽에서 날짜가 하루 더 늦어지게 된 것을 알고는 준섭이 미리 예상한 대로 위인들과 한데 얼려 바다 유람 겸 낚싯배를 탔다는 전언이었다.

하다 보니 이날로 이른 문상을 온 사람은 급하게 바깥 일이 생긴 근동 사람 몇몇과 일이 있어 청해온 계산과 우록 들뿐, 대접이 크게 어렵거나 손이 모자랄 일은 없었다. 상가 분위기는 아직도 가까운 집안사람들과 안팎 일손을 보태러 온 한동네 이웃들뿐 별다른 변화가 없었다. 오후로 접어들면서 원근의 내외종 조카아이들이 차례차례 안팎으로 짝을 지어 몰려온 바람에 그 아이들까지 하여 바깥이 한동안씩 떠들썩했을 뿐이었다. 초상집 같지 않게 을씨년스럽기까지 한 그 썰렁한 분위기는 외동댁이 나중 진초상을 모시자면 이날로 동네 소를 한 마리 잡게 해야 하지 않겠느냐는 원일의 소리에, ─소는 무슨 소. 그것이사 작은아부지 체면 땜시라면 그 작은아부지 찾아오시는 손님들 형편에 달린 일 아니겄냐. 하지만 지금 형편 같아서야 어디 장만한 음식이나 다 소용이 될 성부르냐. 이러다간 정육간에서 사다가 쟁인 소고기도 그냥 다 썩어나갈 판이다─, 아직은 그럴 때가 아님을 알면서도 부러 준섭이 들으라는 듯 초조한 심사를 숨기지 못했을 정도였다.

하지만 준섭으로선 굳이 그걸 서운해할 일이 아니었다. 때도 아직 때려니와 서운해하기보단 그런 틈을 이용하여 뒷일들을 하나하나 미리 단속해나가기가 더 좋았다. 하여 그는 우록들이 산을 다녀오는 동안에도 노인의 상여길을 인도해갈 소리꾼으로 의논된 윗동네 최 영감을 미리 청해다 노인의 저승길을 곱게 모셔달라는 부탁과 함께 융숭한 술대접을 하여 보냈고, 원일에 대한 외동댁의 엉뚱한 푸념 소리 뒤에는 푸줏간 쇠고기 외에 발인제사 때에 쓸 제물거리까지 생각해서 동네 돼지를 두 마리나 끌어다 한 마리는 잡아서 칼질을 끝내두고 나머지 한 마리는 뒤텃밭에다 따로 매어두게 하였다. 거기에 우록이 산을 다녀온 다음에는 이튿날 노인의 대렴 절차가 아침 일찍부터 치러진다는 소리를 들은 계산이 일을 서둘러준 바람에 명정이나 가주 제축문까지도 미리다 갖춰졌다.

그런데 명정 일을 끝내고 나서 글씨 솜씨를 구경하던 마루방 노장들과 함께 저녁 요기 겸 술 한잔씩을 나누고 난 계산과 우록까지 자리를 먼저 일어선 집안사람들을 뒤따라 회진 쪽 여관으로 숙소를 잡아 떠나간 뒤였다. 준섭은 언제부턴지 용순이 한동안 눈에 띄지 않는 것이 마음에 짚여왔다. 그동안 여기저기 윷판 술판 가리지 않고 함부로 기웃거리고 다니는 바람에 집안사람들의 심사를 계속 어지럽게 하던 용순은 드디어, '우리 할머니 저승길 모셔갈 어른에게 술 한잔 따라 올리겠다'며 최 영감과 준섭이 술자리를 같이하고 있던 아랫방까지 성큼 찾아들어 왔었다. 그리고 준섭이 자리를 일어선 뒤에도 최 영감을 상대로 한동안 더 술잔과 넋두리가 계속되는 듯싶더니, 그 최 영감까지 자리를 뜨고

부터는 여태까지 년이 다시 눈에 띄질 않았다. 년이 눈앞에 얼씬거리고 다닌 때도 심사가 편치 않기는 매한가지였지만, 그나마 모습조차 볼 수가 없으니 준섭은 왠지 그게 더 마음에 걸렸다.

"아까 그 기자라는 여자분하고 저 아래 해변가 쪽으로 내려가 더라는데요."

준섭이 넌지시 행방을 묻는 소리에 외조카아이 하나가 얼핏 그 행적을 알아다 주기는 하였다. 하고 보니 언제부턴지 그 장혜림의 모습도 눈에 보이지 않았다. 그리고 이미 예상하고 있던 일이기는 했지만, 준섭은 용순이 벌써 그 장혜림과 함께하기 시작했다는 데에 새삼 더 마음이 찜찜했다.

용순은 과연 그 해변 이후로는 더 이상 행적조차 소식이 깜깜했다. 장혜림도 용순도 돌아올 기미는커녕 어디서 보았다는 사람 하나 없었다.

그 용순의 행적이 드러난 것은 마당에 다시 화톳불이 지펴지기 시작한 저녁참께가 돼서였다. 준섭은 소리꾼 최 영감에서부터 계산이나 우록 들까지 여기저기서 한두 잔씩 연이은 술기가 겹쳐 오른 데다, 이날 밤도 노인과 마지막 방 안 잠을 함께해드릴 생각으로 건넛방 한구석에서 미리 눈을 좀 붙여두려던 참이었다. 그런데 그때 어슴푸레한 선잠결에 막내 조카아이 형자 년이 분을 못 참고 성깔을 부려대는 소리가 들려왔다.

"고모님들, 이래도 내가 아까 용순이 그년한티 괜한 시비를 건 것이요? 용순이 그것이 지금 글씨 서울서 문상 온 작은아부지 친구분들하고 회진서 어울려서 노래방까지 갔다고 안 하요. 그것이 할머니 상 치르자고 온 년의 행짜냔 말이요."

"아니, 내 말은 그냥 그런 것 같더라는 것뿐이제 그렇게 나쁜 뜻으로는……"

예상치 못했던 형자 년의 서슬에 우물쭈물 민망스런 뒷변명을 늘어놓고 있는 목소리의 주인으로 보아, 회진 쪽 숙소로 우록과 계산을 안내해갔던 동팔이 거기서 보고 온 것을 무심히 발설했던 모양이었다.

준섭은 이제 더 듣지 않아도 용순들이 사라진 그간의 행적과 노래방까지의 곡절을 환히 다 짐작할 수 있었다. 그리고 여태까지 소식이 깜깜해 있다가 회진 어느 주막쯤에서 서울서부터의 구면인 장혜림을 만나게 된 서울패들의 이날 행적과 행투들까지도 다 눈앞에 그릴 수 있었다. 하지만 이 마당에 그것을 알은척하고 나설 수는 없었다. 이제 와서 알은척을 하고 나서 봐야 누구에게 소용이 될 일도 없었다. 그나마 행방이나 돌아가는 형세라도 알았으니 이제는 맡겨놓고 기다리는 수밖에 없었다. 준섭은 짐짓 그 바깥소리들을 듣지 않으려 벽을 향해 바싹 더 몸을 돌려 누웠다. 하고 나니 이번에는 다시 그 용순의 냉소 어린 목소리가 귀청을 파고들었다.

─그 돈이 어찌 삼촌 혼자서 번 돈이에요? 할머니 팔아먹고 집안 식구들 팔아먹고……

귀를 막아도 소용이 없었다. 이제는 년의 일을 더 피할 수가 없었다.

제 아버지의 주검 곁에 혼자 버려져 남은 아이—

그래—, 그 용순의 어린 날의 첫 모습은 준섭의 기억 속에 오랫동안 그렇게 새겨져 있었다.

심지가 여린 사람은 술을 자주 찾게 되고, 술버릇은 그를 더욱 여리게 이끌어 가산과 주변과 자신의 삶까지를 쉽게 포기하게 만든다. 자신의 여린 심지와 술버릇을 못 이긴 한 집안의 장자가 식구들의 결사반대와 애원을 무릅쓰고 부모 때부터의 논밭과 산(그 선대들이 묻힌 선산)을 다 팔아넘기고, 종당엔 마지막 남은 집칸까지 팔아 없애자 식구들은 그 분란의 장본인인 장자를 포함하여 제각기 알음알음 의지처를 찾아 흩어진 것이 그 고등학교 2학년 겨울방학 때의 눈 많은 하루 저녁, 이미 팔려버린 옛날 집에서 노인과 하룻밤을 지내고 이튿날 이른 새벽 어두운 찻길머리에서 노인의 마지막 손사랫짓을 뒤로했던 그 쓰라린 이별 무렵 전후의 일이었다. 남정의 패악질을 못 견딘 외동댁이 끝내는 아이들을 데리고 먼저 친정 동네로 피해가고, 다음엔 그 사달의 장본인이 마을에서 차츰 종적이 사라져간 데 이어, 마지막으로 노인까지 집을 마저 넘겨주고 동네 문간방을 전전하다 나중엔 시오리 밖 구평 마을 큰딸네(후일 광주로 이사 간)로 거처를 옮겨가버린 것이다. 그 바람에 준섭 역시 이후부터는 돌아갈 고향집과 식구들을 잃고 기약 없이 계속 객지살이로만 떠도는 처지가 될 수밖에 없었고…… 그런데 노인이 그 큰딸네 집 더부살이로 몇 년간 막막한 세월을 보내고 있던 어느 해 이른 봄, 그동안 서너 해 가까이 소식이 깜깜해 있던 원일 부가 네댓 살쯤 나 보이는 웬 계집

아이 하나를 앞세우고 노인을 찾아왔다.

"이 아이도 이가 핏줄이요. 술집 하던 제 어미가 제 버릇을 못
버리고 혼자 종적을 감추고 말아 할 수 없이 데리고 왔으니 엄니
하고 누님이 심부름꾼 겸해 좀 데리고 있으시오."

그렇게 처음 제 핏줄을 찾아 들어오게 된 용순이었다. 그런데,
그러고 사라진 뒤에 또 한참 소식이 감감해 있던 아비가 다시 그
누님네로 노인과 용순을 찾아온 것은 그로부터 서너 해가 더 지
난 뒤였다. 이번에는 그 눈빛이나 행색이 더욱 술기에 찌들어 사
람을 알아볼 수 없을 만큼 남루하고 황폐한 꼴을 하고서였다.

한데도 그 아비는 그런 절망스런 처지에서 웬일인지 노인에게
서 다시 용순을 빼앗아 데리고 돌아갔다. 노인과 큰누이가 한사
코 그걸 말리고 들었으나 그의 막무가내 식 고집을 꺾기에는 역
부족이었다는 것이다.

"내 무릎 꿇어 얻은 내 아이니 내가 알아서 곁에 두고 돌보겠
소. 나도 이제는 지치고 고단해서 못 살겠소. 에미도 여편네도 새
끼들까지도 다 내가 싫어 떠나간 마당에……"

겁을 먹은 용순을 끌어대며 그런 적반하장 식 원망기 푸념을
남기고 간 용순 부는 나중에 알고 보니 옛 외갓동네 변두리에 빈
오막집 한칸을 얻어 들어가 부녀가 반 구걸살이 꼴로 지낸다는
소문이었댔다. 아비는 밤낮으로 동네 구판장으로 아이를 쫓아
보내어 받아온 외상 술 몇 잔으로 끼니를 대신하고, 아이는 드문
드문 보다 못한 이웃들이 데려다가 되는대로 주린 배를 달래주
고…… 그러다 드디어 구판장 외상술마저 더 못 얻어올 막다른

골목에 이르자 그 아비는 마지막으로 그 집 헛간에서 찾아낸 맹독성 농약병을 술 대신 통째로 다 들이마셔버린 것이었다.

그리고 하루 만에 소식을 전해 들은 노인과 큰누님이 시신이나마 거둬주려 그 외갓동네로 초막집을 찾아갔을 때, 용순은 그 아비의 주검 곁에 사람의 말을 잃은 채 겁을 잔뜩 집어먹은 작은 짐승의 꼴을 하고 혼자 버려져 남아 있었다는 것이다.

그러니 준섭은 그때까지는 용순의 일을 까맣게 모르고 지내온 셈이었다. 원일 부가 용순을 큰누님네에게다 맡기고 간 일이나 뒤에 다시 쫓아와 년을 되찾아간 일은 물론, 그 무렵 노인과 준섭 간의 일이 대개 그러했듯 준섭은 그 용순의 존재 자체도 모르고 지내온 것이었다.

그러니까 준섭은 그때까지도 아직 그렇듯 노인과 함께 살거나 시골 식구들 일에 마음을 써줄 만한 여유가 없었달까— 그 마지막 새벽 눈길 이후로 준섭은 아득바득 신문배달 일이나 가정교사 노릇으로 고등학교 3년에 이어 몇 년간의 대학공부와 재학 중 단기 혜택 제도하의 군 복무까지 마친 처지였지만, 그러고도 인제 겨우 혼자 침식이나 기댈 만한 어느 작은 잡지사 일자리를 한 곳 얻어 지내고 있던 때였다. 그러니 노인의 형편은 듣지 않아도 뻔했지만, 그쪽 일엔 무슨 생각을 가질 여유나 엄두를 내볼 수가 없었다. 그래 점점 더 미더움을 싣고 싶은 그 손사랫짓의 기억 속에, 당신에겐 어쨌거나 그만한 강단과 중심이 있겠거니, 그런 모진 강단과 의연성으로 주변 일을 그럭저럭 감당해나가겠거니—, 자신의 무능력과 부끄러움을 달래는 데만 애를 쓰며, 몇 년간만 참으시라, 조금만 더 참고 기다리시라, 대책도 없는 약속들만 되풀이 써 보내고 있었다.

하지만 노인도 그런 준섭의 사정을 다 짐작하고 있었다. 노인은 한사코 아들을 기다리는 내색을 보이려지 않았다. ──아서라, 내 일은 통 걱정 마라. 내 일은 걱정 말고 네 앞길이나 잘 열어나가거라. 당신에 대한 아들의 짐거리를 덜어주려고만 애를 썼다. 그러다 준섭이 그 용순의 일이 있기 전 언젠가 그 실속 없는 빈다짐질만 무한정 계속하고 있을 수가 없어 이판사판 노인을 서울로 옮겨가려 모처럼 당신을 찾아갔을 때도 노인은, ──이 에미하고 한지붕 이고 살다가 하나 남은 자식의 전정까지 망쳐놀라, 한마디로 고개를 내저어버린 것이다. 그런 노인이라 준섭에게 마음이 쓰일 일은 아예 소식부터 막아버렸다. 용순의 일도 물론 마찬가지였다. 노인은 심지어 큰자식의 죽음마저 며칠씩 소식을 미루다가 일이 끝난 다음에야 간단히 글을 써 부치게 한 바람에, 준섭은 그 형님이 그리 세상을 버린 일은 물론, 그때까지 그 용순의 존재는 꿈에도 생각을 못하고 있었던 것이다.

그러니 준섭이 그 용순을 처음 본 것은 뒤늦은 소식을 받고 급히 노인을 찾아 내려갔을 때였다. 그리고 그때 본 용순이 노인의 뒷날 표현 그대로 '제 애비의 주검 곁에 혼자 버려져 남은 겁먹은 짐승 새끼 같은 아이'였다.

그런데 그 겁먹은 짐승 새끼 같은 아이──, 그 용순은 이를테면 준섭에겐 벗어날 길 없는 노인의 기다림에다 또 하나 무거운 짐을 더해온 새 굴레인 것이 분명했다. 당연한 일이었겠지만, 이번에는 노인 자신이 손수 그 용순을 거두려 나선 것이었다.

노인은 미리부터 예상해온 일이듯 큰자식의 죽음엔 꽤 대범해한 편이었다. 아들의 젊은 죽음을 가슴 아파하기보다 그런 중에도 어린것을 죽음 길로 함께 데려가지 않고 뒤에 남겨두고 간 일을 다행스러워할 뿐이었다. ──이젠 이렇게 형님도 돌아가시고 형수나 아이들도 다 제 갈 길을 가버린 마당에 어머니 혼자 남으셨으니 어렵더라도 지금부터는 저하고 서울로 가서 함께 살도록 합시다. 뒷감당 요량도 없이 그저 막연히 한번 건네본 준섭의 소리 따위엔 귀도 제대로 기울이려지 않았다. 그 구평 마을의 큰딸네에게도 다시 돌아가려질 않았다.

"저 아그 말이다. 저것을 저 꼴로 항꾸네 데려가지 않고 뒤에 남겨두고 간 것이 누구를 믿고 그랬겄냐. 내가 저것을 거두어 곁에 두고 돌봐줘야 안 쓰겄냐. 내가 안 그래 주먼 저것이 어딜 가서 사람 노릇을 하고 살겄냐. 저것뿐 아니라, 니 형수하고 아그들…… 간 사람은 갔더라도 남은 사람들이라도 인자는 한자리에 모여서 살게 해야 안 쓰겄냐. 그것이 이 늙은이가 마지막 남아서 해놓고 갈 일 아니겄냐……"

집을 비우고 떠나간 옛날 주인이 다시 나타날 가능성이 별로 없는 데다, 그를 어디서 찾아볼 길도 없는 것이 오히려 다행이었다.

준섭은 결국 노인의 소망에 따라 원일 부가 마지막 삶을 버리고 간 오두막을 손보아 당신의 새 거처로 삼아주고 다시 혼자서 서울로 돌아올 수밖에 없었다. 그리고 이후 노인은 그 오두막칸을 보금자리 삼아 친정으로 간 며느리와 어린 세 손주들을 다시 불러 모아 모처럼 새 집안 꼴을 이뤄가기 시작했다.

하지만 물론 그것으로 문제가 해결된 것은 아니었다. 처음부터 예상한 일이었는지 모르지만, 노인의 소망을 그만큼이나마 이루어나가는 데에는 그만한 대가가 뒤따랐다. 준섭에게는 구평 마을 큰누님네 편에 이따금 새판잡이 말썽 소식이 전해져왔다.

행색이 그런 데다 나이들까지 엇비슷하다 보니, 외가살이를 하다 온 아이들과 곁가지 격인 용순이 좀체 잘 어울려 지내질 못한다는 것이었다. 원일이들 세 남매가 똘똘 한패로 뭉쳐 배다른 용순을 외톨박이로 못 살게 괴롭히고, 용순은 용순대로 사나운 성깔을 부려대며 물고 뜯고 앙탈을 일삼고 지낸다는 것이었다. 하다 보니 처음부터 용순을 받아들인 노인의 처사를 그리 달가워하지 않고 있던 외동댁까지 심사가 더욱 불편해질 수밖에 없었다.

"누가 뭐래도 저것은 우리 핏줄이 아니냐. 에미 애비 잘못 만나 신세가 저리 된 것을 우리가 불쌍히 보고 거둬나가야 않겠냐……"

노인의 사정 조에 마음을 바꿔 먹고 크게 내색을 안 해온 외동댁이었지만, 아이들의 계속된 불화와 말썽 앞에선 아무래도 그냥 눈을 감고 넘어갈 수 없는 그녀의 성깔이었다.

"핏줄은 무신 알량한 핏줄. 저것이 진짜 그 인사 핏줄이라믄 거두고 돌바줘봐야 지 애비 한가지로 애저녁부터 싹수가 노란 년일 것인디. 대체 이년의 전생엔 무슨 업보가 이리 많아서 제 텃밭 자식농사도 이 지경을 해놓은 판에 웬 놈의 남의 텃밭 똥농사까지 떠맡아야 하는 팔자라니……"

처음에는 그쯤 혼잣넋두리를 흘리고 다니는 정도더니, 날이 갈수록 심한 욕설과 구박이 빈번해져간다는 것이었다.

한데다, 노인은 은근히 그런 어미까지 없는 용순 쪽을 두둔하게 마련이었고, 어떤 땐 듣다 못해 어미가 있는 아이들과 어미까지 싸잡아서 탄식 섞인 나무람을 참지 못하는 일도 생긴다고.

"─이 소갈머리 없는 것들. 네것들이 정 그러면 이 할매는 인자부터 저 용순이 할매만 할란다. 네것들 에미는 네것들 에미 노릇만 하고 싶은 눈치니, 용순이한테는 이 할미라도 있어야지 않겠냐."

"─네것들이 그래 봐야 용순이는 우리 한피붙이고, 네것들이 암만 그래도 용순이는 우리하고 항꾸네 살아야 할 한살붙이다. 네것들이 아무리 그래도 이 할매가 우리 용순일 혼자 거두고 돌보아!"

그런 노인이 심히 고까울 수밖에 없는 외동댁 쪽은 또 더욱 노골적으로 나왔을 수밖에 없는 것이 불문가지.

"할머니가 인자사 본심을 털어놓으신갑다. 그러잖아도 할머닌 진작에 용순이 할머니가 되었응게 느그들도 인자부턴 그런 줄 똑똑히 알아둬라."

하고 보니 그 원일들과 용순 사이의 불화는 결국 노인과 젊은 홀며느리 사이에까지 부질없는 감정 대립을 부르고, 나아가 보다 큰 뒷날의 반목과 불화의 숨은 터를 앉히게 된 것이었다.

두말할 것 없이 화근은 의지 없이 살아가기가 어려운 데에 있었다. 준섭이 당연히 그 의지가 되어주어야 하였다. 거처도 지낼 만하게 넓혀주고 곡량거리를 거둬 보텔 만한 밭뙈기라도 몇 마지기 마련해주어야 하였다.

하지만 준섭에겐 아직도 그럴 능력이 없었다. 쥐꼬리만 한 잡지사 월급으로는 그때그때 화급한 임시 용돈푼이나 보내줄 수 있을 뿐, 일의 근원은 다 해결해줄 수가 없었다. 준섭은 여전히 별 대책도 없이 조마조마한 심사 속에 기다리라 참아라, 실망하지 말고 조급해하지 말고, 내가 좀더 힘이 펴기만 하면 모든 문제가 해결된다……, 보잘것없는 푼돈과 함께 예의 그 묵은 약속, 빈 약속 다짐들만 계속 내려보내고 있었을 뿐이었다.

그런데 그럭저럭 그렇게 두어 해쯤이 지날 무렵 이른 봄철께였다. 노인이 마침내 그 용순을 앞세우고 서울 잡지사 사무실까지 준섭을 찾아 올라왔다.

"너 사는 형편도 짐작을 못한 배는 아니다만……"

용순과 셋이서 함께 살아볼까 생각하고 년을 함께 데려왔다는 것이었다. 평소의 노인의 성품이나 주장으로는 생각도 못 해온 일이었다. 살림살이의 어려움만으로는 일이 거기에까지 이를 리 없었고, 용순과 아이들 사이, 용순과 형수 사이, 아니면 용순을 둘러싼 노인과 형수 사이의 대립이 그쯤으로까지 확대된 게 분명했다. 키가 조금 더 자란 것뿐 여전히 궁색하고 누추한 행색에다 사람을 빤히 쳐다보는 그 용순이 년의 당돌스럽고 적의 어린 눈빛들이 그것을 쉽게 짐작할 수 있게 했다. 그리고 그건 어느 정도 사실로 드러났다.

준섭은 다른 말을 할 수가 없었다. 노인과 용순을 그의 좁은 자취방으로 데리고 간 준섭은 당분간 어려운 대로 거기서 함께 견디며 지내보잘 수밖에 없었다. 그런데 노인은 일이 정작 그런 식으로 결정이 나고 나서도, 그래도 정말 괜찮겠느냐 몇 번씩 다시 다짐을 해왔다. 그리고 준섭에게 분명한 작정이 선 것을 알고 나서 이번에는 또 느닷없이 다른 소리를 하였다.

"그러믄 됐다. 니가 여그서 저 아그만 맡아준다면…… 내가 너한테 무얼 해준 것이 있다고 이 늙은이까장 여기 얹혀 뭉그적거리고 지내겄냐."

노인은 혼자 다시 시골 형수네로 내려가겠다는 것이었다. 그리고 기왕지사 마음을 정하고 온 김에 얼만 동안이라도 셋이 함께 지내보자는 준섭의 권유에 비로소 넌지시 본심을 털어놨다.

"내 아무리 지내기가 어려운들 저것까지 앞세우고 너를 찾아올 생각을 묵었겄냐. 그런디 저 물정 없고 속없는 어린것이 서울만 올라가면 무슨 큰 수나 날 중 아는지 저리 한사코 서울 삼촌한테로만 올라가자 종주먹질을 대는구나. 나를 앞세우고 싶은 지 속중정이 저러니 지 핏줄들이나 큰에미한테는 통 사람 노릇 해볼 마음이 없고…… 그러다 보니 거기선 지 맘도 몸뚱이도 속 편히 깃들일 곳이 없게 되고……"

사실인즉 용순은 큰집 식구들의 구박이나 배고픔에서보다도 그 서울살이 삼촌에 대한 기대와 희망에서 노인을 졸라 앞세운 셈이었고, 노인은 처음부터 당신의 서울살이보다 용순을 준섭에게 맡기러 온 것이었다. 준섭이 그 용순까지 함께 맡아 살자 하니 당신은 혼자 다시 시골 마을 원일네게로 돌아가겠다는 것이었다.

"내가 거둬 세울 아이가 어디 저뿐이냐. 원일이랑 청일이랑 니 형수네 새끼들도 안 있냐. 너 듣기는 좀 어쩔지 모르겄다만 내가 더 거두고 지켜줘야 할 자리도 알고 보면 저것보다 그 큰집 일 쪽이고…… 그러니 저것은 할미까지 없는 데서 얼마나 참고 붙어 있을지 모르겄다만, 일이 기왕 이리 된 참에 고생이 되더라도 니가 좀 맡아서 살아갈 길을 마련해보거라. 그러다 또 지 생각이 달라지믄 다시 와 데려가게 되더라도……"

하지만 준섭은 실상 그런 노인의 당부조차 길게 명념해둘 필요가 없었다. 이번에는 용순마저 그 할머니를 따라 다시 마음을 바꿔 먹은 때문이었다. 할머니가 다시 시골로 돌아가시게 된 것을 안 용순은 처음엔 갑자기 풀이 죽어 그 할머니에게 매달렸다. 시골 다시 가지 말고 삼촌이랑 셋이서 서울에 함께 살자고 부득부득 고집을 부렸다. 고집을 부리다간 앙탈을 부리고 울고불고 고집과 앙탈을 부리다간 준섭에게까지 원망과 애원을 서슴지 않았다. 왜 삼촌은 할머니를 붙잡으려 하지 않느냐. 삼촌 혼자 잘살면 그만이냐. 시골에서 가난하게 고생만 하는 할머니가 불쌍하지도 않으냐……

하지만 끝내 사정이 바뀔 수 없음을 안 용순은 자신도 그 할머니와 떨어져 지낼 삼촌과의 서울살이를 단념하고 나선 것이다. 그리고 며칠 만에 그 할머니의 손을 꼭 끌어쥐고 둘이 함께 시골로 다시 내려가고 만 것이다. 조금만 더 기다리거라, 인제 1, 2년만 더 참고 기다리면 삼촌이 어떻게든 할머니나 너를 좀 편히 지내게 해주겠다—, 언제나 똑같은 삼촌의 자신 없는 다짐들을 이번에는 제가 할머니 대신 야무지게 챙겨 안고서였다.

그러나 준섭은 물론 이번에도 그 약속을 쉽게 지킬 수가 없었다. 그 이듬해 봄에는 그나마 운이 좋게 어느 신문사의 신춘문예 작품 모집에 그의 단편소설이 당선되어 기왕의 잡지사 일 외에 다른 글품팔이 길이 조금씩 열리기는 했지만, 그걸로는 여전히 형편을 바꿀 수가 없었다. 용순에게 약속한 시골 일은 물론, 그동안 뒤로 젖혀뒀던 그 자신의 주변사— 그럭저럭 사무실에서 사귀어온 여자(뒷날의 그의 아내)와의 결혼문제— 까지 겹쳐 들어 이도저도 종당엔 다 자포자기를 해버리고 싶을 만큼 앞뒤 형편이 모두 난감하기만 하였다.

그래저래 다시 두어 해가 훌쩍 지나갔다. 그리고 그러던 어느 늦가을날, 그동안엔 그래도 한 살 손위의 형자 년을 뒤따라 초등학교 3학년부터 중도 입학을 하여 다닌다던 열두 살배기 늦 4학년 용순으로부터 뜻밖에 또록또록 필체가 야멸 찬 저주 투 편지가 한 장 날아왔다.

……전 이제 집을 나가요. 삼촌은 할머니께 늘 약속만 하셨지 그 약속을 제대로 지킨 일이 없었어요. 할머니께 계속 거짓말만 하셨어요. 할머니는 이제 삼촌의 약속 같은 건 믿지 않으셔요. 저도 할머니처럼 삼촌의 말을 믿고 기다릴 수가 없고요. 그래서 집을 나가는 거예요.

할머니 때문에 마음이 무척 아파요. 그렇지만 삼촌한테는 그것도 상관없는 일일 테니 마음 쓰지 마세요. 집을 나가면 어디서 무슨 일을 해서라도 돈 많이 벌어 와서 삼촌 대신 제가 할머니를 편하게 모실 거예요. 저는 이 집 식구나 삼촌의 진짜 조카는 안 될지 몰라도 할머니는 분명 저의 할머니시고 그 할머니한테는 소중한 손주딸이 되고 싶으니까요……

두고 보세요. 삼촌한테 복수를 하기 위해서도 꼭 그렇게 하고 말 거예요—

자신의 가출과 삼촌에 대한 절연을 알려온 글이었다. —어린 나이에 기다리다 못해 이런 협박까지 궁리해낸 것인가. 처음엔 설마 하는 생각이 들기도 했으나, 시골로 연락해 알아보니 년은 정말로 그 편지와 함께 집을 나가고 없었다. 형자 년의 중학교 입학 등록금 몫으로 옷궤 속에 모아둔 외동댁의 돈 3만 원을 몽땅 훔쳐가지고서였다.

그리고는 그만이었다. 아니, 한두 차례 그 훔쳐간(제 표현대로 하면 '임시로 빌려간') 돈을 갚는다는 명목으로 제 소재도 알리지 않은 우편 송금을 몇 푼씩 보내온 일은 있었댔다.

하지만 그 용순도 할머니나 삼촌에 대한 제 약속은 끝내 지켜내지 못한 셈이었다. 그 5년인가 6년쯤 뒤에 느닷없이 준섭의 서울 잡지사 사무실로 그를 찾아 나타나 예의 그 악담 섞인 다짐들을 한 번 더 다부지게 되풀이하고 간 것이 고작이었다. 그것도 그 즈음 준섭이 어떻게 세종문학상을 받게 된 일을 알고는 그 상금을 제 장사 밑천으로 얻으러 왔다가, 그건 나중에 시골집을 짓는 데에 보탤 돈이라며 할머니가 기다리시니 너나 우선 시골로 내려가보라는 삼촌의 설득 따위는 들은 척도 않은 채, 글쎄 나는 돈을 벌어야 할머니 보러 갈 수 있다니까요, 그러니 그 돈을 얼마 동안이라도 제가 쓰게 해주세요. 이번에 상을 받은 소설도 할머니 이 야길 쓴 거라면서요—, 막무가내 식 협박 조 억지를 써대던 끝 이었다. 그래요…… 할머니 팔아먹고 식구들 팔아먹고…… 제 이야기는 절대로 팔아먹을 생각 마세요…… 제가 기어코 돈 많 이 벌어가서 할머니를 모시고 말 테니까요……

그러고 간 용순이 이후론 그마저 소식이 감감해 있다가 이제 나타났으니, 할머니에 대한 제 약속을 지키러 온 길이라면 때가 이미 너무 늦었달까—

새벽 1시— 사념 속을 헤매다가 어슴푸레 잠에 떨어져 들어간 준섭을 식구들이 계속 그대로 쉬게 해둔 모양이었다.

가위눌림처럼 몸뚱이가 자꾸 아래로 가라앉아 들어가는 것 같 은 아득한 느낌 속에 문득 잠을 깨어 일어나 보니, 바깥마당 한 구석 모닥불 가에서 태영과 동팔이 들이 아직 두런두런 화투판 을 계속하고 있을 뿐 집안이 한참 조용했다. 용순은 여태도 돌아 온 기미가 안 보인 채, 안방 쪽은 이미 여자들이 모두 부엌방으로 눈을 붙이러 건너가고 원일과 청일 둘이서만 꾸벅꾸벅 졸음 속에 할머니를 지키고 앉아 있었다.

"지금부턴 내가 할머니를 모실 테니 너희들도 어디 가서 눈을 붙였다가 새벽녘에나 오너라."

준섭은 처음 생각대로 조카아이들을 내보내고 이때부턴 자신 이 그 방 아랫목 병풍 뒤의 노인 쪽을 향해 앉아 기도하듯 당신과 의 마지막 밤을 지키기 시작했다.

그리고 다시 한 시간여— 용순은 아직도 돌아올 낌새가 없었다.

준섭은 이제 지난날 노인과의 일만을 조용히 되새기려 했으나, 용순의 일이 자꾸 방해하고 들었다. 노인의 일을 생각하면 당신은 이제나마 년이 돌아온 것을 반기듯, 그리고 년이 이날 여지껏 밤길을 돌아오지 않고 있는 것이 당신도 마음에 걸린 듯 자꾸 그 옛 어린 용순을 함께하려는 때문이었다.

용순이 그리 훌쩍 집을 나간 이후로 년에 대한 노인의 오랜 기다림은 노인답지 않게 축축하고 끈질긴 것이었다. 노인은 처음 그 용순이 집을 나간 사실 자체를 받아들이려 하지 않았다.

"그 애가 어째 집을 나가냐. 혹시 또 이참에도 행여나 한 마음으로 서울 지 삼촌한테나 찾아 올라갔는지 모르겄다. 그리고 한번 연락을 해봐라."

그리고 년이 정말 집을 나간 것을 안 뒤로도 오래잖아 년이 다시 돌아오리라는 기다림에는 전혀 변함이 없었댔다.

"그래, 그것이 니것들 구박이 오죽 서러웠으면 그러고 집까지 뛰쳐나갔겄냐. 그런디도 니것들은 용순이 나가고 없으니 속시원해 좋겄구나. 허지만 그 어린것이 갔으면 어디를 갔겄느냐. 지 삼촌 집 더부살이도 안 한다고 돌아온 년이…… 네것들이 그리 너무 마음을 안 주니께 성깔을 한번 부려보고 싶은 것뿐이겄제. 이 할미가 여기 이러고 저를 기다리는디 지가 안 돌아오고 어딜 헤매 다녀. 오늘이라도 당장 생각을 고쳐묵고 돌아올지 모르니 딴 생각들 갖지 마러!"

아이가 집을 나간 것이 곁에 남은 집안 식구들 탓인 듯이 다른 손주들을 싸잡아 원망하며 년의 가출 사실을 함부로 입에 담지 못하게 한다 했다.

그런 노인의 확고한 믿음 속엔 지난날 년과의 유달리 아픈 사연들이 깊이 자리를 잡고 있었다. 몇 달 뒤엔가 준섭이 노인을 보러 갔다가 그런 당신이 안타깝고 답답하여,

"그 아이 일은 이제 잊어버리고 지내세요. 그런다고 오늘낼 돌아올 아이도 아닌데 두고두고 집안 식구들 심사까지 상하게 하지 마시구요. 돌아올 때가 되면 언젠가 제가 알아서 제 발로 돌아올 때가 있겠지요."

무심히 한마디 한 것이 마음에 몹시 서운했던지,

"아서라, 그래 알았다……"

안 할 소리를 했다는 듯 금세 손을 내저어버리고는, 잠시 뒤엔 다시 그 서운한 심기를 이런 이야기로 조용조용 대신해나갔다.

……어느 추운 겨울날 저녁, 앞바다로 혼자 갯일을 나간 용순이 어둠이 깊어지도록 돌아오는 기척이 없었다. 그래 그날 저녁 노인이 그 캄캄한 갯둑까지 년을 마중 나갔다가 동네 갯꾼들 맨 뒤쪽에서 기우뚱기우뚱 뻘밭을 따라 나오는 용순을 발견하고, 그 어린것이 제 욕심껏 갯거리를 채워 온 무거운 광주리를 받아 이고 돌아오던 길이었다. 매운 바람결을 가르며 앞장서가던 노인을 뒤따라오던 용순이 울부짖듯 소리쳐오더랬다. 할머니, 지금 내가 열 살만 더 컸어도 할머니 모시고 둘이 같이 살 것인디—

하지만 그렇듯 끈질기게 용순을 기다린 것은 노인 한 사람뿐 다른 집안사람들은 차츰 마음이 변해가게 마련이었다. 아이들이 제일 먼저 용순을 잊어갔고, 준섭은 일부러라도 그 일을 잊은 척하고 지내야 했다. 더욱이 그 생각잖은 똘핏줄을 받아들여 함께 지낼 때부터 노인과는 늘 생각이 같을 수 없어 이런저런 말썽 속에 속을 많이 상해오던 원일 모는 말을 할 것이 없었다.

"지 핏줄까지 내버리고 밤봇짐을 쌌다가 제 명에 못 죽었다는지 생모가 어디 다시 살아 있다는 소식이라도 들었는지. 하기사 그래 집을 나갔담사 누가 저를 말려……"

외동댁은 처음 그리 속이 상한 척하면서도 한편으로는 은근히 마음이 홀가분해진 기색을 감추지 못했었다. 그리고 오래잖아 용순의 일은 그만 잊어 덮어버리고 싶은 듯 입에도 올리려질 않았다. 그래 그 용순이 집을 나가면서 준섭에게 편지를 써 보낸 일은 물론, 뒷날 한두 차례 더 가져간 돈의 벌충을 부쳐왔을 때마저도 그걸 반가워하고 기특해하기보다는 오히려 속이 상해 주위가 모르게 덮어 넘어가려만 했을 만큼, 년에 관한 일은 무엇이나 쉬쉬 잊고 싶어 해온 것이었다.

한데도 노인은 언제까지나 계속 년을 기다리고 있으니 그 노인에 대한 외동댁의 마음은 더욱 곱지 않을 수밖에 없었다. 년이 언젠가는 다시 돌아오기를, 그러다 나중엔 소식이라도 한번쯤 듣게 될 날이 오기를 끊임없이 기다리고 믿고 싶어 하는 노인이, 그러다 때로는 년의 일을 잊고 만 듯싶은 무심스런 며느리 앞에 당신의 숨은 원망과 힐책기까지 드러내어 지난날 년으로 인한 좋지

않았던 감정과 대립의 상처들을 더치게 하곤 하는 노인이 외동댁
으로서는 좀체 참아내기가 어려웠을 터였다.

게다가 그 외동댁도 이제는 어언 40대의 드센 여인으로 나이
를 먹어가면서 자신과는 반대로 심신이 모두 옛날의 강건한 모습
을 잃어가는 노인을 그다지 조심할 필요가 없었다. 이젠 제발 좀
잊어버리고 지내시오. 망령이 들라고 그러요 어짜요. 쓸데없는
소리로 그만 사람 속을 긁어대지 마시오— 용순의 일을 다시 입
밖에 꺼내지 못하게 윽박질러버리거나, 그도저도 아예 모른 척
살벌한 침묵으로 무시하고 넘어가기가 일쑤였다.

그러니 끝내 그 노인의 기다림을 깊은 침묵 속에 잠재우고 만
것은 그런 외동댁과의 대립과 매몰스런 힐책의 덕이 컸던 셈이었
다. 노인은 드디어 그 용순의 일을 체념하기 시작한 듯 년에 대한
말이 서서히 뜸해져갔고, 다시 한두 해 세월이 지나고부터는 년
에 대한 기억도 기다림도 다 잊어간 듯 년의 일을 내색하여 주위
를 채근하는 일이 깡그리 사라졌다.

하지만 노인이 년의 일을 그렇듯 까맣게 다 잊고 말았을 리는
물론 없었다. 노인은 계속 그 용순을 잊지 않고 있었다. 년에 대
한 기다림이나 믿음을 버린 것도 아니었다. 침묵 속에 그것을 참
고 숨겨온 것뿐이었다.

노인이 다시 그것을 은밀스럽게 드러내 보인 것은 용순이 서울
사무실로 준섭을 찾아왔다가 그 저주 어린 원망과 다짐의 소리를
던지고 사라져간 뒤로 다시 두어 해째가 되던 해 가을 녘, 준섭이
아내와 함께 그 용순에 앞서 노인에 대한 오랜 약속— , 비로소

그 약속의 일부나마 이행해보려 시골집 일을 의논하러 노인을 보러 갔을 때였다. 그것은 그러니까 용순이 집을 나가고 3년쯤 뒤에, 그리고 년이 다시 서울 사무실을 찾아온 때보다는 두 해쯤 전에 그동안 미루고 미뤄온 사무실 여자(지금의 아내)와의 결혼을 더 기다리거나 별러야 할 건덕지도 없어 시골의 외동댁과 두 자형들(그때는 큰자형도 아직 구평 마을에 생존해 있었다)만을 서울로 불러 올린 가운데에 자취방 둘을 하나로 합하는 정도의 간략한 혼인 절차를 치러 넘긴 지도 네 해쯤 되어가던 때의 일이기도 하였다.

그동안 노인에 대한 준섭의 오랜 약속은 결혼 이후부터 당연히 그 아내와의 공동 숙제로 바뀌게 된 셈이랄까— 결혼 절차를 치르고 나서도 미적미적 한동안 신혼 인삿길을 미루다가 몇 달 만에 준섭과 함께 처음 노인을 보러 간 그의 아내는, 준섭이 미리 다 이런저런 사정을 알렸음에도 노인이 지내는 형편이 너무 안돼 보였던 모양이었다. 그래 그 당장 아내는 덜컥 그 준섭의 오랜 숙제를 함께 떠맡기로 한 것 같았다. 아내는 서울로 돌아오자 제물에 가계대비는 젖혀두고 두 사람의 월급을 다 털어넣어도 힘에 겨울 은행 적금을 들기 시작했다. 거처 마련보다 노인에게 먼저 무슨 변고라도 생기면 어쩔까 싶어 그동안 준섭 혼자 부어오던 2년짜리 사설계 하나는 별도로 하고서였다. 그 결혼과 신혼 인삿길을 계기로 그동안 준섭 혼자 늘 빈 다짐만 되풀이해오던 숙제를 이제는 두 사람이 함께 실제의 숙제풀이 길로 들어서게 된 것이었다. 그리고 혼자가 아닌 두 사람의 합심은 처음의 생각보다 성과

가 착실히 축적되어갔고, 그 용순이 사무실을 다녀갈 무렵에는 뜻하지 않은 문학상까지 타게 되어 시골 쪽 일을 제법 구체적으로 구상해볼 만한 금액이 되어갔다. 하지만 준섭들은 좀더 여유를 갖기 위해 그 적금을 한두 해 더 참고 계속했다. 그리고 마침내 노인의 변고에 대비한 별도의 은행 적금 하나를 새로 들어둔 채 나머지 돈을 모두 찾아 들고 시골로 노인을 보러 간 것이었다.

외동댁은 물론 그 준섭네를 크게 반겨, 헌 집 이리저리 다시 손볼 것 없이 차제에 옛 참나무골(갯나들 큰 윗동네)에다 자그마한 새집을 지어가고 싶다는 소망을 털어놨다. 그런데 노인은 왠지 그걸 내키잖아 하였다.

"느그는 아직도 단칸 셋방살이라는디, 우리 처지에사 이 집도 과분하제……"

큰돈 들일 것 없이 웬만하면 살던 집을 손봐가며 그 자리에 그대로 주저앉아 살고 싶다는 것이었다. 그런데 그것이 당신의 사양지심이나 민망스러움에서만이 아니었다. 노인에겐 또 하나 다른 이유가 있었다.

"엄니는 이 게딱지 같은 오두막살이가 그렇게 좋으면 엄니 혼자 두고두고 여기 남아 살으시오. 나는 인자 더 이 집에선 못 살겄소. 새끼들 사람 꼴 한번 못 지니게 해주고 사는 것도 애가 끓어 더 못 살겄고, 이 집에서 지들 아배 그러고 죽어간 것도 치가 떨려 더 못 살겄소."

외동댁은 노인을 일방적으로 윽박질러 자기 뜻대로 일을 밀고 나갔다.

이번에는 준섭들도 그 외동댁의 뜻을 좇았다. 어디서부터 손을 써야 할지 요량이 안 설 만큼 집이 비좁고 헌 데다, 외동댁의 말대로 지난날의 기억까지 서로 좋을 수가 없었다.

"외가 동네라곤 하지만 그동안 세월이 많이 바뀌어 우리 처지에 여기선 이웃 의지도 쉽지 않고…… 그나마 먼 일가붙이라도 좀 남아 있는 참나무골로 갑시다. 거기 그냥 아직 남의 산에 남아 있는 산소들도 다시 돌볼 겸……"

이런저런 소리로 노인을 설득하여 결국은 그 옛날 동네 참나무골 쪽(한번 떠난 동네는 다시 들어가지 않는 법이라 하여 그 마을 외곽 부락 갯나들에 터를 잡아)으로 새집을 지어 옮겨가기로 결정을 보았다.

일이 결정되고 나자 노인도 더 이상은 다른 말을 하지 않았다.

그런데 알고 보니 그 험한 오막살이집에 대한 노인의 생각에 외동댁이나 다른 사람들과는 많이 다른 대목이 있었다. 나중에 집을 다 지어 옮길 때에 대비하여 노인의 헌 옷 보퉁이들을 미리 손봐두려던 아내가 그 속에 또 하나 웬 작은 옷 보퉁이가 따로 꾸려져 있는 것을 발견했다. 그런데 숨겨놓듯 노인이 꽁꽁 묶어 따로 간직해온 보자기에서 나온 것이 다른 아닌 옛 용순의 집을 나갈 적 옷가지들이었다.

"그 옷가지들은 거기 그냥 놔두거라. 인자 이 집을 버리고 이사를 가고 말믄 그것이 찾아올 곳도 없어지고 말 것인디, 그것으로 내가 지 흔적이라도 지니고 가 있어야 안 쓰겄냐……"

집을 나간 지 10년 가까이나 되어가는 용순의 어릴 적 옷가지를 들킨 노인이 어이가 없어 할 말을 잃고 만 새 며느리 앞에 넌지시 사정해온 소리였다.

노인은 아직도 그토록 년을 기다려온 것이었다. 새집을 지어 동네를 옮겨가지 않으려 한 것도 년을 기다리기 위해서였고, 년이 찾아올 곳을 지키고 있으려던 것이었다. 마지못해 집을 옮겨 갈망정 년의 흔적을 새집까지 지녀 가서 년이 찾아올 길을 이어 가서 거기서 년을 계속 기다리려는 것이었다. 그리고 노인은 이후 집을 옮겨가고 나서도 계속 그렇게 년을 기다렸다. 몇 달간 공사 끝에 드디어 그 갯나들 새집으로 이사를 한 뒤로도 노인이 계속 그 헌 옷 보퉁이를 부적처럼 숨겨 간직한 것이 그 증거였다.

─년은 그런데 그 할머니가 돌아가셔서까지 이리 끝없이 기다리게만 한단 말인가.

준섭은 이제 그 노인의 기다림을 그가 대신 떠맡고 있는 듯 등골이 무지근한 기분에 시달리고 있었다.

그러나 그는 실상 그런 거북살스런 기분 속에서나마 내처 새벽까지 밤을 새울 수도 없었다. 그 두려움기와도 같은 찌부등한 기분은 이날 밤 훨씬 더 현실적인 이유가 있었을뿐더러, 노인을 대신하고 있는 듯한 그 어정쩡한 기다림도 얼마 뒤 년이 직접 파장을 내고 든 때문이었다.

새벽 3시쯤.

바깥 화투패들도 이제는 판을 거두고 마당 한쪽에 둘러앉아 도란도란 이따금 시들어가는 모닥불을 뒤적여가며 지친 밤이 밝기를 기다리고 있을 무렵이었다. 수런수런 거친 발자국 소리와 함께 뒤에서 문득 방문이 열리는 기척이더니 이윽고 나들이에서 돌아온 용순의 술에 취한 소리가 들려왔다.

"호오, 우리 삼촌은 역시 하늘이 내신 효자시라니까…… 돌아가신 할머니의 시신까지 이렇게 혼자 독차지하고 앉아서 밤을 새우고 계신 걸 보니 말예요."

돌아보니 술기에 젖은 용순이 게슴츠레한 눈길로 비스듬히 그를 내려다보고 서서 비아냥 투로 물어왔다.

"삼촌! 생전에 그렇게 효도를 했으면서도 그게 아직 모자라 돌아가셔서까지 그렇게 할머닐 지키고 앉아 계신 거예요? 아니면 생전의 할머닌 소설로 다 팔아먹었으니 이제는 할머니의 죽음까지 써서 팔 궁리를 하고 계신 건가요!"

준섭은 물론 그 용순의 말뜻이나 심중을 다 짐작하고 남았다. 하지만 그것을 알은척 가리고 나설 수는 없었다.

"너 어디서 좀 취해온 모양인데, 이젠 부엌방이나 어디 아무 데나 좀 누울 자리를 잡아 쉬거라."

그는 짐짓 태연한 척 년을 우선 조용히 달래 내어 보내려 하였다. 하지만 그게 오히려 년의 비위를 더 돋우고 만 꼴이었다.

"술이 취했으니 저더러 여길 나가 쉬라고요? 흥, 삼촌이 그토록 절 생각해주시는 걸 보니 이 껄끄러운 조카 용순은 감격해서 눈물이 다 쏟아질 것 같네요."

용순은 계속 그 술기에 흔들거리는 상체를 바로잡으려 애쓰며 닥치는 대로 막소리를 휘두르고 대들었다.

"그래요, 전 취했어요. 누구하곤 줄 아세요? 삼촌의 친구분들,

그 점잖은 서울 신사분들하고였어요. 그분들하고 술도 먹고 노래방엘 함께 가서 권주가도 불렀어요…… 그분들 삼촌한테 저 같은 조카가 있는 걸 모르고 있던걸요 뭘. 그래서 삼촌한테 얼마나 잘난 조카가 있는가를 보여준 거지요. 그 신사분들도 그걸 무척 흥미있어하는 것 같았구요."

"장 기자는 어떻게 됐냐. 아까 너하고 함께 나갔다던데……"

준섭은 그 용순의 패악질을 막아보려 장혜림 쪽으로 말길을 돌렸다. 하지만 그 역시 년의 시비거리만 한 가지 더 보태준 꼴이었다.

"흐엉, 장혜림? 이 집 일을 시시콜콜 다 꿰뚫고 있는 척하는 여자?"

용순은 다시 장혜림을 빌미로 준섭과 그녀를 더욱 노골적으로 비웃어대기 시작했다.

"이 집 일을 저보다 더 잘 아는 척하는 여자? 삼촌의 소설이나 삼촌을 저보다 더 잘 아는 척하는 여자? 그래서 삼촌을 하늘처럼 떠받들며 멋대로 떠벌리고 다니는 그 기자라는 여자 말예요? ……아까 삼촌의 친구분들도 그러데요. 그 여자 어쩌면 삼촌 소설이나 생각뿐만 아니라 몸속까지도 속속들이 다 알고 싶어 할 여자라구요. 어쩌면 그 여자 그걸 더 알고 싶어 할지 모르는 암여우라구요. 그래서 삼촌도 오늘 밤 그 여자 일이 궁금하고 걱정이 되나 보죠?"

"……"

"그치만 알고 보니 순 엉터리더라구요. 무얼 잘못 알아도 한참 잘못 알고 있던걸요 뭐. 이 집안에 저 같은 망나니 계집아이가 있다는 걸 모른 건 그렇다 치더래도, 삼촌이 이처럼 이중인격자, 탄복할 위선자라는 건 꿈에도 생각할 수가 없는 일이라잖아요, 글쎄. 하기야 삼촌은 소설에서 늘 그런 식으로만 써왔으니까요. 세상에서 제일 착하고 어진 효자…… 집안 식구들을 위해 어려운 일은 온갖 고초와 희생을 무릅써가며 혼자 다 감수하고…… 그래 그 여자한테 그걸 좀 가르쳐주려는데 한사코 곤이를 들으려 해야지요. 그냥 술이나 먹고 노래나 하자길래 그럼 그러자고 했지요. 하지만 뭐 술실력도 별거 아니데요. 제가 먼저 폼을 잡고 대들어놓고선 새벽도 못 가서 온몸으로 요가 체조를 시작하고. 그러다간 어디서 지랄병 깬 여자처럼 사지가 축 늘어져서 남의 사내 등짝에 질질 끌려 업혀나간 꼴이라니…… 술자리가 그나마 그 점잖은 서울 손님분들하고나 함께여서 그렇지 다른 데 같았으면……"

그 장혜림은 물론 용순 자신이나 서울에서 온 패들까지 회진에서의 일들이 눈앞에 모두 뻔했다. 더 이상 듣고 있을 수가 없는 소리들이었다.

그러나 준섭은 아직도 함부로 용순을 나무랄 수가 없었다. 섣불리 무슨 소리를 잘못 꺼냈다간 날이 설 대로 선 년의 성깔에 그 행투가 더욱 험해질 게 뻔했다.

그 용순을 함부로 나무라고 나설 수 없는 것은 다른 집안 식구들도 마찬가지였다. 마루 건넛방이나 부엌방 어디쯤에 잠자리를 잡고 있을 외동댁이나 고모들, 바깥마당 모닥불 가에 아직 자리를 함께하고 있을 원일이나 친척 아이들까지도 이미 다 안방의 소란을 알고 있을 터였다. 하지만 누구 하나 그 할머니의 혼백과 삼촌이란 사람 앞에 그렇듯 멋대로 놀아나고 있는 용순을 나무라거나 저지하고 나서는 사람이 없었다. 하나같이 쥐 죽은 듯 기척을 죽이고 있었다.

"나가 쉬지 않으려거든 그렇게 서 있지만 말고 우선 여기라도 좀 앉지 그러냐."

년을 나무라는 대신 준섭은 몸을 조금 비켜 앉으며 거꾸로 자리에 앉기를 권했다. 하지만 그 역시 타는 불길에 기름 격이었다.

"아니에요. 전 나갈 거예요."

용순이 새삼 더 몸을 꼿꼿이 추스려 올리며 목소리에 날을 세웠다.

"그래야 삼촌이 소설을 쓸 거 아니에요. 삼촌 혼자 여기 앉아서 할머니의 죽음을 두고 소설을 궁리하고 그걸 꾸며낼 거 아니냔 말이에요…… 저는 나가겠어요. 이 집에 어디 제가 맘 편하게 앉아 지낼 자리나 남아 있나요. 나가서 제가 끌고 온 차 속에서 잘 거예요. 전 이 집 식구들 말은 상관을 안 해요. 제가 나가고 싶으면 나가고 제가 들어오고 싶으면 들어와요. 전 이 집 식구가 아니라 할머니의 손주로 할머니의 장례식을 보러 온 거니까요."

용순이 그걸 한번 시범해 보이고 싶은 듯이 몸을 문 쪽으로 움직이며 방을 나갈 낌새를 보였다. 그러다간 얼핏 다시 안쪽으로 돌아서서 노인의 장례에 관한 일을 또박또박 다짐했다.

"그리고 삼촌에게 꼭 다짐해둘 게 있어요. 할머니의 장례를 보기 좋게 치르세요. 들으니 삼촌은 이번 할머니 일을 그럭저럭 마음하고 정성만으로만 치르고 넘어가기로 했다면서요. 하지만 그건 삼촌 맘대로 안 돼요. 이번만은 제가 그냥 보고 넘어가지 않을 거예요. 할머니는 누가 뭐래도 풍족하고 떳떳하게 모셔 보내드려야 할 분이에요. 그럴 돈이 모자라면 이번에 새로 쓰실 장례식 소설 원고료를 미리 좀 가져다 쓰면 되잖아요. 그것도 모자라면 제가 우선 좀 보태드려도 되고요. 아시겠어요, 제 말? 이번 일은 삼촌 혼자서 맘대로 정하고 삼촌 혼자 생색을 낼 일이 아니란 말예요."

용순은 거기까지 또박또박 다짐을 끝내고 나서야 제물에 제 칼날을 접고 겨우 등을 돌이켜 세웠다.

그리고 원일들이 빈소를 바꿔 지키려 다시 방문을 들어선 것은 그 용순이 사라지고 나서도 한참 더 괴괴한 시간이 흐르고 난 뒤였다.

감독님께—

이번에는 이야기의 양이 제법 많아진 듯싶으니 여기서는 한 가지만 간단히 덧붙이겠습니다.

우선, 노인과 외동댁 간에는 그 무렵 본문에서처럼 심한 갈등과 대립만이 있었던 건 아니라는 사실입니다. 하지만 두 사람의 성격과 갈등을 중심으로 이야기를 풀어나가다 보니 다른 일은 다 빠지고 괴로운 대립상만 심하게 들춰내게 된 듯싶습니다. 그래서 참고 삼아 두 사람 간에 썩 정의(情誼)로웠던 사례를 한 가지만 말씀드려두고 싶습니다. 그러니까 노인이 용순의 바닷일에 마중을 나갔던 것과 같은 일이 그 무렵 외동댁을 상대로 해서도 빈번했던 것 같습니다. 더욱이 외동댁은 그 무렵 집안일과 아이들을 노인에게 맡겨놓고 이리저리 먼 동네까지 품일을 다니는 일이 많았는데, 그때마다 노인은 밤늦게 돌아오는 며느리의 어두운 밤길을 맞으러 인적 없는 산모퉁이 길을 돌아다니곤 했던 모양입니다. 그런데 하루 저녁엔 어둠이 너무 짙고 가을 바람기까지 스산하여 길을 돌아오는 사람이나 마중을 나간 사람이나 으스스한 기분 속에 서로 상대방의 일을 모른 체 발길을 재촉하고 있었는데, 어느 때쯤에선가 노인이 원일아 원일아— 원일아, 행여나 하고 이따금씩 불러보는 소리에, 엄니— 나요, 엄니, 나 여기 가요— 먼 어둠 속에서 며느리의 희미한 목소리가 들려오기 시작하더랍니다. 그래 두 사람은 서로 무서움도 달래고 길 안심도 시켜줄 겸 계속해서 원일아, 엄니—를 불러대며 상대 쪽으로 나아가 발길을 합하게 되었는데, 그때 그 며느리가 늙은 시어머니의 뒤를 따라오며 혼잣소리로 연신 빌고 있더랍니다. 엄니 엄니 우리 엄니, 제발 오래 사시요, 부디부디 오래오래 건강하게 사시다가 생전에 사는 것 같은 세상을 한번 꼭 보시고 가시요이? 노인의 성격엔 그 소리에 어둠 속에서 혼자 몰래 눈물을 훔치느라 입을 열 수가 없었고— 그 일은 이후로 두고두고 노인도 잊지 못하고 외동댁도 잊지 못한다고 이따금 눈시울을 붉히곤 했습니다.

두 사람 사이가 늘 그렇게 화해로웠거나, 그런 일이 자주 있기는 어려웠을 것입니다. 노인에게 차츰 치매의 증세가 시작되면서부터는 그러기가 더욱 어려웠겠고요. 하지만 제가 굳이 그것을 말씀드려두고자 한 것은 감독님께서도 이미 짐작하셨겠지만 외동댁으로 불리는 그 형수님에 대한 저의 송구한 마음과 여과 없이 바로 제 어머니의 이야기로 보게 될 조카아이들, 원일이 청일이들에 대한 민망스러움 때문입니다. 형수님과 저 자신에 대한 일종의 비호의 변을 남기고 싶었달까요. 용순의 힐난처럼 그 당장에서 소설을 생각한 것은 아니었지만, 결국 이런 식의 이야기를 하게 되다 보니 어느 면 용순의 예측이 맞아 떨어지고 만 것 같아, 그 용순은 물론 형수에게나 노인에게나 다 안 해야 할 노릇을 하고 있는 것 같은 생각이 들곤 해서요.

감독님께 허물을 좀 전가해보고자 하는 뜻으로 드린 말씀은 아닙니다. 그보다는 오히려 그러기 때문에 더 좋은 영화를 만들어주시라는 제 음흉스런 주문이 될지도 모르겠습니다. 형수님과 저의 사적인 처지를 완전히 무시하실 수는 없으시겠지만, 그런 것에 불구하고 감독님께서 좋은 영화를 찍어내시는 일이야말로 제게는 형수님이나 저 자신, 돌아가신 분이나 용순에게까지도 가장 떳떳하고 욕됨 없는 위안과 석명의 길이 되지 않겠습니까.

우록이 산일을 살피러 갔을 때의 해프닝은 지난번 전화로 대개다 말씀을 드렸으니 본문에서는 간단히 줄이고 넘어갔습니다. 전화 후에 생각해보니 다른 일은 몰라도 그 큰 쇠가방의 비밀과 묘터에서 태영의 잦은 시비를 잠재운 우록의 '유식한 풍수' 행세들에는 취해 쓰실 만한 대목이 있을 듯싶더군요. 더 자세한 정황이 필요하시다면 나중에라도 다시 말씀드리도록 하겠습니다. 기회 보아서 우록을 직접 한번 만나보시게 해드릴 수도 있고요.

또 뵙겠습니다.

1995년 4월 ×일

제5장

단 한 번, 마지막을 씻겨드리다

이튿날 이른 아침. 날이 새면서 간밤에 우록들과 동행하여 회진 여관으로 나갔던 함평이 약속대로 서둘러 사립을 들어섰다.

준섭은 그 함평과 함께 노인 앞에 술 한 잔을 올리고 나서 곧 노인의 염습 절차를 치르기 시작했다. 아침 전, 사람들이 다시 모여들기 전에 가까운 집안사람끼리 일을 끝내놓기 위해서였다.

그런데 거기서도 첫 대목부터 일이 좀 언짢게 돌아갈 조짐을 보였다. 그 자리엔 오직 둘이서 손을 맞춰나갈 준섭과 함평 외에 노인의 직계 자손들, 당신의 친딸들, 두 며느리 자식들, 장성한 손주들만 한마음으로 일을 지켜보고 있었다. 더러는 뒷일 심부름을 위해, 혹은 이 세상에서의 당신의 마지막 모습과 저승길의 애달픈 성장을 지켜보기 위해 앞문과 마루방 쪽 샛문 앞을 비좁게 채우고 서 있었다. 그런데 거기 언제 또 불편스런 핏줄 하나가 끼어들어온 모양이었다.

준섭과 함평이 이윽고 병풍을 걷어내고 노인의 자세를 반듯이 하여 홑이불 아래서 차례차례 옛 옷가지들을 벗겨가며 몸을 씻겨 내려가고 있을 때였다.

"그런디 용순이 니가 지금 여길 들어와 있어도 좋을 자린지 모르겠다?"

뒤에서 문득 그런 예사롭지 않은 외동댁의 목소리가 들려왔고, 연이어 용순의 말대꾸가 뒤따랐다.

"내가 어째서 여길 못 들어와요. 이 세상에선 할머니를 마지막 볼 자린데!"

"글쎄다. 그것을 볼 사람 못 볼 사람이 따로 있을 것 같아서 그런다. 니가 해필 오늘사 이 자리에 와 있는 것을 할머니가 좋아하실지 어쩌실지 몰라서……"

거리낌 없는 용순의 말대꾸에 그냥 지나쳐가듯 하면서도 여전히 속에서 가시를 거두지 않는 외동댁.

간밤의 일에 이어 준섭은 거듭 칼이라도 맞은 듯 다시 가슴이 쓰려왔지만, 이번에도 그걸 냉큼 나무라고 들 수가 없었다. 경황 없는 손놀림에 그럴 겨를도 없으려니와 노인의 혼백이라도 편안하게 모시려면 오히려 그편이 나을 듯싶었기 때문이었다. 준섭은 그저 정성스럽고 편안한 마음을 잃지 않으려 애쓰며 모른 척 노인의 일에만 열중했다. 한데도 도대체 참을성이나 경우라곤 없는 두 여자 간의 입씨름 쪽엔 귀를 피할 수가 없었다.

"할머니가 그런 너를 당신 핏줄로나 알아보실란지…… 당신한 테 그런 거룩한 딸 손주 자식이 있는 줄이나 기억하고 가셨는지 모르겠다."

"아시고말고요. 내가 지금껏 이 집 사람들한테는 핏줄 대접을 못 받아왔을지 모르지만, 그런 건 아무 상관도 안 해요. 그런 건 내가 바란 적도 없고요. 그래도 내가 할머니의 손주딸이 아니랄 사람은 아무도 없을걸요. 옛날이나 지금이나 이 집에서 나는 늘 할머니한테만 자식 취급을 받아왔으니, 나도 이제나마 할머니한테 손주 자식 노릇을 한번 해보려는 거라구요. 그런데 어느 누가 그 손주 자식이 제 할머니 장례식에 온 것을 두고 이러쿵저러쿵 간섭을 하고 나서요. 누가 뭐래도 나는 내 좋을 대로 할 테니 두고 보시라구요."

"너 그 삼촌이 너 하고 싶은 대로 놀아나는 것을 그냥 봐 넘어가 줄까 싶다."

용순이 한발도 물러설 기미를 안 보이자 외동댁이 이번에는 넌지시 준섭을 끌어들이고 있었다. 용순의 행티를 그냥 보고만 있겠느냐는 다그침이었다. 다 큰 아이에게 작은아버지나 숙부 대신 삼촌이라는 옛 호칭으로 정상적인 혈연 관계를 부인하고 있는 듯한 외동댁의 채근 투에 준섭도 이젠 더 모른 척하고 있을 수가 없었다. 노인을 씻겨 내려가던 손길을 멈추고 수건을 거머쥔 채 천천히 굽혔던 허리를 펴고 일어서보니, 등 뒤로 둘러서 있는 식구들의 뒤쪽 마루방과의 샛문께에 용순이 눈살을 꼿꼿이 세우고 이쪽 일을 지켜보고 서 있었다. 거기다가 그 용순의 어깻죽지 뒤에선 언제 쫓아왔는지 회진에서 밤을 새운 장혜림까지 카메라를 꺼내 들고 방 안을 기웃거리고 있었다.

"지금 이 자리는 우리 자손들 모두가 할머니의 유체를 마지막으로 살펴 모시는 자리다……"

준섭은 그 용순이나 장혜림은 물론 사단을 먼저 끌어낸 외동댁에게까지도 직접적인 말을 피한 채 둘러선 식구 모두에게 듣기 좋게 당부했다.

"다들 아는 일이지만, 할머니께서는 평생 동안 우리를 씻기고 입히고 돌봐주셨다. 그런데 할머니께서 우리 곁을 떠나가시려는 지금 우리는 단 한 번 할머님을 씻겨드리고 입혀드리고 있는 중이다. 평생 입어온 은혜를 오늘 마지막에 단 한 번 갚아드리는 기회인 셈이다. 비록 모두가 함께 나서서 씻기고 입혀드리지는 못하지만, 매형과 내가 지금 그것을 대신하고 있으니 모두들 마음으로나마 이 일을 함께하고 있어야 할 줄 안다. 다들 그런 마음가짐으로 할머님을 경건하고 정성스럽게 모시도록 하자……"

당부에 이어 잠시 말을 끊었다가 다시 용순을 향해, 속으론 외동댁 쪽을 겨냥하며 몇 마디 더 덧붙였다.

"그리고…… 용순인 그냥 여기 함께 있는 게 좋겠다. 네가 굳이 말을 하지 않아도 너는 할머니의 핏줄만이 아니라 여기 있는 우리 모두의 일족이다. 하지만 이건 용순이 너를 위해서보다도 할머니를 위해서라는 걸 잊지 마라. 이유야 어쨌건 네가 오랫동안 할머니나 우리와 함께 지내오지 못한 건 사실이고, 할머니께서는 그래 늘 그 일을 가슴 아파하시며 너를 끝끝내 기다리고 계신 것도 분명하기 때문이다. 그러니 지금이라도 네가 이렇게 할머님을 잊지 않고 장례라도 치러드리러 온 것이 우선 그 할머님을 위해서라도 얼마나 다행한 일이냐. 할머님께선 네 그런 마음을 몹시 반기시고 거두고 싶어 하실게다."

은근하면서도 단호한 준섭의 선언에 주위가 한동안 조용해 있었다. 심기가 그다지 좋을 리가 없었지만, 외동댁도 당장엔 무슨 말을 달고 나서기 어려운 듯 잠잠히 입을 다물고 있었다.

"이거 내 원 참, 이런 식으로 꼭 허락이 내려야 나는 이 자리를 함께할 수 있다는 말인가. 하여튼 고맙구려. 삼촌 말을 그대로 다 곧이들어야 할지 어쩔지는 모르겠지만."

용순만이 아직도 그 어설픈 비아냥기를 감추지 못하고 있었지만, 년도 이젠 그만 맥이 빠진 듯 더 이상 시비를 걸어오지 않았다.

준섭은 그쯤에서 묵묵히 혼잣손 일을 계속하고 있는 함평을 뒤쫓아 다시 노인을 씻겨 내려가기 시작했다. 그리고 이후로는 별다른 소란 없이 오직 노인에게만 마음을 쏟을 수 있어 일이 한결 신속했다. 얼굴에서 목과 어깨 겨드랑이께를 거쳐 가슴과 등쪽까지는 아깟번에 이미 씻김질이 끝나 있어 이번에는 함평이 준섭 쪽에 남기고 간 한쪽 팔과 옆구리 쪽을 차례로 닦아 내려갔다. 하다 보니 나중엔 누구보다 노인을 많이 씻겨드렸을 외동댁까지 달려들어 함평과 준섭이 이미 손을 거쳐 내려간 곳들을 한번 더 세심하게 씻고 닦고 하였다.

그렇게 셋이서 노인의 아랫몸과 발끝까지 다 닦아드린 다음엔 외동댁이 마지막으로 머리를 감겨 빗겨드리고, 그동안에 준섭은 함평과 당신의 손톱 발톱을 깨끗이 깎아드린 것으로 일을 다 마무리 지었다.

이어 노인의 수의를 입혀드릴 차례였다. 그런데 외동댁이 미리 내다놓은 노인의 해묵은 수의들을 당신 곁으로 펼쳐놓았을 때였다. 외동댁이 오래전부터 지어 간수해온 그 묵은 명주감 수의와, 딸린 물건들에 모자람이 있을지 몰라 장터 장의사 편에 여벌로 마련해오게 한 새 혼방천 옷가지들을 놓고 용순이 다시 곱지 않은 말참견을 하고 들었다.

"이게 뭐예요. 옷 색깔이 누렇게 다 바랬지 않아요. 우리 할머니가 어째서 저승길까지 이런 헌옷을 입고 가셔야 해요. 그런 거 다 버리고 일습을 장의사에게서 가져온 새 걸로 입혀드려요. 우리 할머닌 저승길이나마 누구보다 값지고 고운 옷을 입혀드려야 한단 말예요. 수의 값이 아까우면 내가 다 낼 테니 그런 건 걱정하지 말구요."

아깟번 일로 뒤틀린 심사가 아직 덜 풀린 듯한 년의 트집이었다. 하지만 외동댁은 그 일에 대해서만은 사리와 물정이 용순을 훨씬 앞섰다.

"일을 분별해볼 눈이 없으면 나서지나 말 일이제. 빛이 좀 바래 그렇제 이 물 고운 명주옷을 어디 때깔이나 보기 좋은 장의사 옷에 비길라고. 의지가지없이 그 어려운 시절에도 이 옷 한 벌 장만한 걸 얼마나 큰 천행으로 알고 당신 손수 해마다 햇볕에 내말리고 매만지고 해오신 옷이라고."

외동댁은 가히 가랠 일도 아니라는 듯 윗사람답게 간단히 그용순의 얼띤 참견을 무시하고 넘어갔다. 그리고 심히 결연스런 손동작으로 적삼이며 속곳 바지며 치마, 저고리 따위의 명주천 수의들을, 입히는 사람의 손길이 편하도록 한겹한겹 차례대로 겹을 지어 펴놓았다. 그렇듯 단호한 외동댁의 태도 앞에 용순은 물론이고 준섭이나 함평까지도 조용히 입을 다문 채 그녀의 바쁜 손길을 뒤따를 수밖에 없었다.

그렇게 셋은 이제 말이 없는 가운데서도 서로 마음을 합해 한 겹한겹 노인의 몸을 움직여가며 요람 속에 다시 감싸듯 당신의 저승길 옷을 입히고, 마지막으로 버선과 고운 꽃 신발을 신기고 모자를 씌워드리는 데까지 일사불란 숙연하게 일을 모두 끝냈다.

"이 원삼은 안 입혀드립니까. 이걸 입으면 저승길도 편하고 고와 보일 거라고 다들 입혀드리는 옷인디……"

모자나 꽃신 같은 작은 물건들 외에 원 수의의 일엔 거의 헛공을 들이다시피 한 장의사 사내가 마지막에 넌지시 의향을 물었으나, 생전에 입어보지 못한 옷을 돌아가셔서 입혀드린다고 당신이 더 편하시겠소—, 준섭이 간단히 한마디로 묵살해버린 채였다. 대신 준섭은 당신의 먼 저승길 단속으로 입속에 쌀을 넣어드리는 반함(飯含) 절차까지 치른 다음, 그래도 뭔가 아직 아쉬운 마음을 달래려 다시 노인의 모자를 벗기고 그 짧은 뒷머리를 한동안 더 정성스럽게 빗겨드리고 나서야 다음번 절차로 소렴 일을 시작했다.

그런데 이윽고 고인의 유체가 흐트러지지 않도록 몸을 묶어 단속하는 그 소렴 절차까지 거쳐서 노인의 육신이 마침내 관 속으로 옮겨 눕혀지고 나서였다. 준섭이 마지막으로 다시 남은 사람들의 아쉬움을 달래기 위해 당신의 얼굴을 덮어 가린 명주천을 조금 걷어 내렸다. 그리고 주위의 수하들에게 일렀다.

"이제 관을 덮으면 할머니께서는 아주 이승의 모습을 거두어 가신다. 마지막으로 한 번씩 할머님을 뵈어라."

하지만 거기서 그는 한 가지 빠뜨린 일이 있었다.

"그냥 보지들만 말고 할머니 가시는 길에 정표를 바치고 싶은 것이 있거든 지금 관 속에 넣어드리고."

나중 참서부터는 함께 손을 거들던 새말이 일을 끝내고 남은 상구 부스러기들을 챙겨 나가면서 불쑥 등뒷소리로 덧붙였다. 바로 준섭이 했어야 할 말을 대신해준 것이었다. 그는 새삼 마음이 아팠다. 이 순간 준섭이야말로 누구보다 노인에게 드리고 싶은 것이 한 가지 있었다. 아깟번 노인의 머리를 다시 빗겨드리면서도 맘속에 간절히 떠올랐던 물건이었다. 그러나 그것은 이미 행방이 사라지고 없었다. 그거 고물장사한테 엿 바꿔 먹었지라. 엄니도 그 엿 맛있게 안 잡쉈소이—? 노인 앞에 짐짓 우겨대는 시늉을 해보이던 외동댁의 뒷농투가 사실이 아니더라도 이제는 어디서 다시 찾아 드릴 수가 없는 물건이었다. 그래 준섭은 그 댕기조차 매어드릴 수 없는 당신의 머리를 한번 더 꼼꼼히 빗겨드리는 것으로 그 허전하고 송구스런 마음을 대신하고 싶어 하지 않았던가. 그런데 새말이 그 준섭의 맘속에 숨은 말을 거침없이 들춰낸 것이었다.

준섭은 그만큼 더 심사가 쓰리고 망연스러워지고 있었다.

그 새말의 조언에 별 반응이 없는 것은 다른 식구들도 대개 한 가지였다. 마음으론 그것이 마땅한 일인 줄 알면서도 누구 하나 무엇을 찾아오려 움직이는 사람이 없었다. 그저 서로 멀긋멀긋 남의 얼굴만 쳐다보다가, 원일이 민망스러운 듯 겨우 한마디했을 뿐이었다.

"할머니 주민등록증을 제가 간수해뒀는데 그거라도 넣어드릴까요?"

"그거야 살아 계실 때나 소용되는 물건이지 저세상에 가셔서야 어디다 쓰시겠느냐. 그만둬라. 그건 나중에 내가 간직할 테니 아무 데나 두지 말고."

준섭은 나무라듯 그 원일을 제지하고 나서 자신도 별반 가망이 없어 보이는 소리를 뇌까리며 맥없이 주위를 둘러보았다.

"어디 혹시 할머니께서 쓰시던 머리빗 조각이나 담뱃대 같은 거라도 남아 있는 게 없더냐?"

그러나 역시 부질없는 소리였다. 그제야 무언가 어디 그럴 만한 물건이 없는지 찾아보기나 하려는 듯 슬그머니 자리를 비우고 나간 외동댁밖에는 아무도 반응을 보여오는 사람이 없었다. 한평생 주기만 하고, 주는 데에 늘 모자라기만 했던 노인, 그 노인에겐 이제 그 머리빗 한 조각 헌 담뱃대 하나도 남아 있지 않은 것이다. 가져갈 것도 챙겨드릴 것도 당신을 위해선 아무것도 남아 있는 것이 없었다.

방 안 사람 모두가 그것을 느끼고 참담스런 심정이 되고 있음이 분명했다. 그중에도 용순이 유난히 그게 더 마음이 아팠던 모양이었다. 다시 한동안 우물쭈물 누구도 끝내 앞으로 나서려는 기미를 안 보이자 년이 마침내 사람들을 밀치고 할머니 앞으로 나섰다. 그리고 제 속마음으로라도 정표를 대신하고 싶은 듯 모처럼 차분한 목소리로 그 할머니에 대한 마지막 작별의 말을 고했다.

"할머니, 할머닌 정말로 나를 그렇게 기다렸어……?"

년은 그러면서 그 할머니의 차가운 볼을 가만가만 손으로 쓰다듬다가 나중엔 어린애처럼 제 볼을 그 위로 얹어대고 비벼대며 생시의 노인에게 하듯이 도란도란 속삭였다.

"그래, 나도 알아, 할머니가 항상 나를 기다리신 거. 그래서 지금 내가 이렇게 할머니를 보러 왔잖아. 그런데…… 그런데 할머닌 정말로 돌아가신 거야? 정말로 아주 저세상으로 떠나가버리시는 거야? 나는 이렇게…… 할머니가 떠나가셔도 아무것도 드릴 것이 없는데…… 응, 할머니……"

그런데 그 용순이 할머니를 독차지하듯 시간을 끄는 바람에 다른 사람들은 등 뒤에서 마지막 어른의 모습을 새기려 젖은 눈시울을 연신 훔치고 있을 즈음이었다.

"이리 좀 비켜나거라. 하도 오래된 일이라 내가 이걸 깜박 잊고 엄니를 그냥 보낼 뻔 안 했냐!"

방을 나갔던 외동댁이 황망스레 다시 문을 들어서며 용순을 거칠게 밀쳐댔다. 그리고 그것을 어디에 숨겨뒀다 용케 다시 찾아왔는지, 옛날 노인의 뒷머리를 쪽쪘던 당신의 은비녀를 자신의 옷소매에다 썩썩 문질러대면서 푸념 겸해 털어놨다.

"엄니 머리를 깎아드릴 때 당신이 그걸 얼마나 서운해하시는
지, 돌아가실 땐 내가 다시 찾아드리마고, 무슨 일이 있어도 다시
찾아드리마고 열 번 골백번씩 다짐한 일이었는디…… 이걸 잊고
보냈으면 내가 어쩔 뻔했겠냐."

그러면서 외동댁은 한참이나 그 비녀를 깨끗이 손본 다음 그것
을 정성스럽게 흰 백지에 말아 싸서 노인의 머리 한쪽, 이미 그
비녀의 용도를 잃고 만 노인의 짧은 머리 한쪽 곁에다 곱게 놓아
드렸다. 노인의 저승길에 자식들이 넣어드린 단 하나의 정표물
이었다. 외동댁이 그걸 미리부터 기억하고 있었는지 어쨌는지
알 수 없었지만, 어쨌거나 그 새벽의 조언은 다행히 허사가 되지
않은 셈이었다. 그리고 그 덕에 노인의 자손들은 그 한 가지라도
간신히 당신을 마지막 보내는 마음의 정표를 바칠 수 있게 된 것
이었다.

하지만 정작 그 고마움과 다행스러움을 가장 깊이 절감한 것이
누구였을까. 그 비녀를 찾아온 외동댁도, 자신의 허물이라도 벗
은 듯 충혈된 눈길로 그때 새삼 잠시 준섭을 건너다본 그의 아내
도 무언가 오래도록 가슴을 답답하게 해오던 것이 제물에 스르르
녹아 내려간 듯한 그 깊은 안도감까지를 느낄 수가 있었을까.

이윽고 관 뚜껑이 닫히고 노인을 바깥 뜰 한쪽의 정식 빈소로
옮겨 모시고 나니, 준섭은 비로소 큰일의 한고비가 무사히 넘어
간 느낌이었다.

거기까지도 좀 어수선한 대목이 없었던 것은 아니었다.

— 관이 문지방을 넘으면서 바가지를 깨고 나가야 당신 혼령이

집을 편히 떠나신다는 게다. 절차마다 그럴 만한 이유가 있을 터인즉 정해진 일은 될수록 치르고 넘어가야 한다.

　—안어른이 돌아가셨는디 대지팽이는 무슨 대지팽이! 상제 지팽이가 편한 몸 의지 삼으라고 들리는 것인 줄 아느냐. 부모 보낸 죄인 하늘 부끄러운 줄 알고 허리 구부리고 얼굴 숙이고 다니라는 형구의 일종인 게여. 매디가 굵직한 오동나무 지팽이로 짤막하게 준비해라. 염습을 할 때만은 조용해 있던 마루방 노장들이 관을 옮기기 시작하면서부터 다시 이것저것 참견을 시작했고, 더욱이 바깥 빈소가 차려지고 부인들이 상복을 차려입는 일에는 더욱 번잡스런 참견이 많았다.

　하지만 준섭은 들은 듯 못 들은 듯 자신의 생각대로 조용히 일을 처결해나갔다. 노인의 수의 일에 낭패를 본 장의사 사내는 이번에야말로 그 벌충을 챙겨갈 심산으로 갖가지 그럴듯한 상복류들을 잔뜩 날라다놓았지만, 준섭은 그중에서 무명 저고리 바지와 생 짚베 중단 그리고 삼베 복건과 행전 고무신 정도로 간단히 성복을 끝내고 다른 남녀 복인들에게도 대충 그 정도로 차림을 갖추게 하였다. 고인의 수의마저 당신 생시 적의 입성류가 아닌 것은 사양을 하고 만 처지였다. 장의사 사내의 듣기 좋은 소리에도 그 색이 고운 공단천 모자나 원삼 치장을 마다하고 당신 생시 적에 가까운 것으로 명주 모자 두루마기 차림으로 성복을 끝내드린 터에 자손들이 상복을 요란하게 차려입은들 무슨 소용이 있을까 싶어서였다.

　외동댁과 용순 사이에서도 그 상복 차림새 일로 다시 거친 말이 몇 번 오갔다. 여상제들이 모두 부엌방에서 그 장의사 물건 한 물로 상복을 차리고 나오는데 용순은 대문 밖에 세워둔 제 찻속에서 제가 마련해온 상복을 따로 차려입고 나선 것이었다. 그것은 장의사 물건하고는 질이나 맵시가 완연히 다른 물 고운 순백색 옥양목 옷감에 저고리나 치마가 다 화사한 외출옷 마름이었다. 외동댁이 그걸 그냥 보고 넘어갈 리가 없었다.

"그 옷 벗어치우고 한물로 갈아입어라. 상인은 모두가 죄를 지은 사람 처진디, 여기가 무슨 옷맵시 자랑하는 장거리 놀자판이더냐. 할머니 장사 모시러 왔다는 년이…… 그래 그 꼴로 할머니 마음이 편하시겠냐!"

용순에게 냉큼 장의사 물건 한 벌을 내던져주며 모처럼 본때 있는 윗사람 노릇을 하려 들었다. 하지만 용순이 그것을 따라줄 리 만무였다.

"그래 누구는 할머니 잘 모시느라 좋아하시던 담뱃대를 빼앗고 머리도 깎아버리고, 할머니 계신 방 문고리까지 꼭꼭 걸어 잠가놓고 살았을까. 누가 뭐래도 할머닌 내가 이렇게 차려입은 걸 좋아하실 텐데 뭘."

염을 치른 그 숙연한 고비를 함께하고 나서도, 용순은 그 뜻을 그리 깊이 새기지 못한 듯 다시 외동댁을 이죽거리고 들었고, 거기 더욱 속이 상한 외동댁 쪽은 다행히 그 윗사람 노릇마저 심히 당찮아진 듯 이내 년을 포기하고 말았다.

"저년 말하는 것 좀 봐라. 할머니 치상 때나마 제 발로 찾아온 것이 그래도 아심찮아 지 사람 노릇 좀 시켜줄랬더니…… 오냐니 맘대로 한번 해봐라. 너하고 이러다 할머니 저승길이 한숨길이 되실까 봐 말을 더 않았다만."

윗사람 행세를 단념한 것이 오히려 윗사람 노릇을 대신해준 셈이었다. 용순의 상복이야 바뀌든 안 바뀌든, 이날 아침 일은 어쨌든 그 염습에 이은 성복까지 더 큰 말썽 없이 다 마무리가 지어지게 된 것이다.

"성복제가 끝나면 죽을 먹게끔 되어 있으니 어서 한 사발씩들 먹어. 그런디 성복 때까지는 굶어야 할 상인들 상관들이 어째서 이리들 때깔이 좋은지 모르겄다?"

상복들을 차려입고 성복제까지 끝낸 새말이 비로소 마음이 좀 놓이는지 빈소 앞에 둘러앉아 죽을 먹는 상제들을 보고 눙을 쳐대고 있었다. 준섭도 이제는 일을 절반쯤이나 치러낸 기분이었다.

"나 잠시 산에 좀 가보고 오마."

그는 혼자 일찍 죽 그릇을 비우고 나서 노인의 빈소를 원일들에게 맡겨두고 슬며시 사립을 빠져나갔다. 이젠 어디 좀 조용하고 한갓진 곳을 찾아가 한숨도 돌릴 겸 전날 못 가본 산소 자리를 둘러보고 오기 위해서였다.

그런데 외동댁이 그 노인의 비녀를 찾아 되돌려드린 일이 그에게 그런 여유와 안도감을 준 탓인가. 그리고 그것이 노인과 외동댁이 그 심신의 고달픔 속에 수없이 오르내렸을 길이었기 때문일까. 준섭이 대문을 빠져나와 산으로 올라가는 밭둑길로 들어서

자 어디선지 원일아―, 엄니―, 노인과 외동댁의 먼 외침 소리가 번갈아 그의 귀청을 울려오는 것 같았다. 그 노인과 외동댁 간에는 용순의 가출 이후나 이 동네 새집으로 거처를 옮겨온 뒤로도 둘이서 함께하고 둘이서만 삭여냈을 고달픈 사연들이 끊이지 않았을 터였다. 그중에도 둘이 서로 오래도록 애틋해하고 마음 쓰려 한 것이 그날 밤 그 어둠 속의 마중길 부름 소리였다. 그 일은 그러니까 당시뿐만 아니라 이후에도 이따금 두 사람 간에 부질없는 갈등을 풀어주는 측은지심의 통로가 되어주곤 했던 셈이었다. 원일아, 원일아― 엄니― 길을 오를수록 소리가 점점 더 가까워지고 있는 것 같았다.

하지만 한동안 그렇게 오붓이 혼자 하고 싶은 시간은 오래잖아 방해를 받기 시작했다. 사립을 나서다 보니 그새 또 담장 밖 꼬맹이들에게 둘러싸여 성 영감을 상대하고 있던 장혜림이 어느 틈에 낌새를 알아채고 뒤를 쫓아오고 있었다. 사립을 나서던 때처럼 준섭은 부러 모른 척 먼산바라기 식으로 성큼성큼 길을 재촉해갔지만 소용이 없었다. 뒷산 비탈밭 산소 자리로 올라가는 밭둑길도 들어서기 전에 그 장혜림이 숨을 헐떡거리며 따라와 호들갑스럽게 물었다.

"할머니 묫자리 잡아놓으신 데 살펴보러 가는 길이세요?"

이미 설칠 대로 설치고 다닌 뒤여서 하나 마나 한 소리가 되고 말았지만, 애당초 그녀에게 얌전한 문상객으로나 머물다 가라 한 것부터 잘못이었다. 하기야 준섭도 처음부터 그런 처녀물귀신 같은 여자한테 그것을 기대하고 한 소리는 아니었다.

준섭은 새삼스레 그녀를 나무라거나 되돌려 보낼 생각을 버렸다. 그래 봐야 들어 먹힐 여자가 아니었다. 대신 그는 계속 그녀를 모른 척 묵살한 채 밭둑길을 묵묵히 앞장서 올라갔다. 그리고 한참 만에 그 산비탈 끝 묵은 밭, 집안이 산산조각 풍비박산이 날 때까지 노인이 긴 세월 여름 농사일에 매달려 지냈고, 그동안 두어 차례 남의 손을 거친 끝에 당신의 유택을 위해 다시 사 들여놓은 그 다섯 마지기 산밭둑 위까지 올라서고 나서야 비로소 담배를 한 대 피워 물며 그녀를 돌아다보았다.

하지만 이제는 장혜림도 그것으로 그의 대답을 다 들은 셈이어서 그런지, 아니면 그동안 숨이 가빠 그러는지 노인의 묏자리 일엔 더 이상 관심을 안 두었다. 그녀는 준섭 가까이로 발길을 멈추고 서서 한동안 가쁜 숨길만 고르고 있는 기미더니, 역시 제 분방한 호기심을 못 참은 듯 이번에는 한결 더 엉뚱한 소리를 해왔다.

"그런데 참, 은지 할머님이 새색시 시절 아주 미인이셨다면서요? 할머니의 친정집…… 그러니까 이 선생님의 외갓댁도 그땐 썩 부자였구요."

말을 던져놓고 정작은 그게 궁금한 일이었다는 듯 제물에 차분히 밭둑 위로 자리를 잡아 앉고 있었다. 그리고 자신도 담배를 한 개피 피워 물고 있는 유유한 품새가 이번에는 기어코 대답을 얻어내고 말겠다는 낌새였다.

그러나 준섭은 이번에도 그 장혜림의 주문대로 쉽게 마음이 움직이질 않았다. 그럴 수밖에 없는 것이 장혜림의 물음은 그 노인의 입관 절차를 치르고부터 한동안 꽤 잠잠해 있던 그의 심사를 다시 아프게 건드리고 든 때문이었다.

……장혜림의 그런 말은 어느 정도나마 사실일 수도 있었다.

노인의 입으로 직접 확인해준 일은 없었지만, 어렸을 적부터 준섭은 이따금 주위 사람들로부터 당신의 인생행로에 대한 매우 시사적이고 마음 아픈 일화 한 가지를 스쳐 듣곤 하였다.

노인의 친정이자 준섭의 외갓댁은 당신의 유녀 시절 마을에서 단 한 채뿐인 와가(瓦家)를 거느리고 살던 동네 부자였댔다. 그것이 나중엔 도리어 화근이 되어 6·25전란통엔 멸문에 가까운 참화까지 입게 됐지만, 노인은 어쨌든 그런 부잣집 삼남매 중의 맏고명딸로 태어나 첫 인생길이 썩 순탄했다. 그런데 그 딸아이가 다섯 살쯤 되었을 때 인근 산사의 한 늙은 스님이 이 마을로 공양길을 내려왔다. 그 기와집 주인어른에게 한 가지 놀라운 귀띔을 주었다.

"허허, 그 아이 곱게는 생겼소만 속세살이는 명이 그리 길지를 못하게 타고났소이다그려, 쯧쯧."

그리고 그 청천벽력과도 같은 스님의 예언에 어찌할 줄 몰라 하는 아이의 부모에게 늙은 중은 그 딸아이의 새 일생운을 점지하듯 은밀히 일러주고 돌아갔다.

"저 아이가 요행히 잘 자라서 혼기까지 맞게 되면 좋은 혼처 욕심내지 말고 가진 것이나 가까운 일족이 많이 모자란 고단한 집안 총각을 찾아 간소하게 인연을 맺어 보내도록 해야 하오. 그리하면 그 고달픈 인생사가 수월치는 않겠지만, 거기서 고생으로 새 일가를 일궈내며 인하여 제 명줄도 제법 오래 도모해갈 수 있을 것이오."

주변이 외롭고 가난한 처지의 총각을 만나, 그와 함께 고생 속에 새 가운을 일으켜 나가노라면 그 힘겹고 신산스런 처지에서나마 짧은 명줄을 웬만큼은 이어 누리리라는 처방이었다.

아이의 양친은 그나마 그 시절 길스님들이 으레 그랬듯 어린 딸아이를 아예 자기 산가쪽에다 맡겨둬달라지 않고 속세에서 그냥 여명을 이어나갈 길을 열어준 것을 다행으로 여길 수밖에 없었다. 그리고 그 딸아이가 요행 별다른 변고 없이 성장하여 혼기에까지 이르렀을 때, 그 부모는 우정 멀지 않은 이웃 참나무골 마을에서 ×주 이씨 성받이 한 가지밖에 가진 것도 주위도 없는 고단한 처지의 늙은 총각 하나를 찾아내어 급히 혼사를 서둘러버렸다.

하지만 그 친정댁 어른들은 딸아이를 그렇게 출가시키고 나서도, 생긴 것 지닐 것이 다 아쉬울 데 없는 딸자식을 스님 말 그대로 부러 지녀준 것이 아무것도 없이 버리듯 해 보낸 일하며, 더욱이 정혼 전에 망설망설 숨겨온 사연과 함께 제 의향을 떠봤을 때 그것을 앞장서듯 고스란히 납득하고 나선 그 딸자식답지 않은 깊은 심지를 되새기며, 두고두고 긴 세월 가슴을 아파했다는 것이었다.

그래 일생 동안 당신의 한 생애가 그렇듯 힘겹고 고달팠는지 모르지만, 그런 이야기로 보면 노인의 외가 시절은 그러니까 남부럽지 않은 가세에 제법 빠지지 않는 용모의 처자였음 직하였고, 새색시 시절에도 그 용모만은 그리 달라진 데가 없었을 터였

다. 한데도 그런 것을 다 아랑곳하지 않은 채 스스로 그 어른들의
아픈 속마음을 헤아려 당신 앞의 고난스럽고 모진 운명의 짐을
앞장서 서슴없이 끌어안고 나선 노인, 그래 그 질기고 긴 생애 동
안 노인은 그렇듯 야박스런 당신의 일생운을 한번도 원망해볼 엄
두를 안 냈는지 모른다.

장혜림은 그러나 거기까지는 깊은 내력을 알 리가 없었다. 그
리고 노인이 그렇듯 신산스런 삶 속에 당신의 힘든 소명과 부끄
러움을 잃지 않으려 평생 동안 얼마나 많은 피를 흘려왔는지, 그
래 그 무지갯빛 처녀 시절이 얼마나 더욱 비극적인지에 대해서는
더더욱 이해가 있을 수 없었다. 그런 장혜림으로서는 노인이 그
유복한 처지의 처녀 시절에서 어떤 연유로 별 볼일 없는(뒷날의
생애로 보아) 집안으로 시집을 오게 됐으며 그 결과 일생 동안 고
생바가지만 지고 살게 되었는지 따위나 궁금했을 터였다.

준섭은 그 장혜림이 새삼 귀찮은 생각이 들었다.

"남의 집 문상을 온 여자가 그런 것까지 시시콜콜 다 캐고 다녀
야 직성이 풀리는 모양이지. 여든일곱 살에 돌아가신 양반의 새
색시 시절이 도대체 미인이었으면 어떻고 아니면 어떻길래……"

한동안 침묵 끝에 준섭은 그렇게 시큰둥하게 던져놓고 그대로
혼자 다시 발길을 옮겨놓기 시작했다. 이제는 그만 그 장혜림을
떨쳐버릴 겸 밭 가운데로 들어가 노인의 저승 집터를 살펴보기
위해서였다. 장혜림도 그런 준섭의 기분을 알아차린 탓인지 이
번에는 아무 대꾸도 않은 채 그냥 한동안 담배만 피우고 앉아 있
었다.

하지만 거기까지 준섭을 쫓아 올라온 장혜림이 그 정도로 간단히 길을 되돌아가줄 리 없었다. 그 비탈밭 상단부 중간쯤, 우록이 위아래로 두 개의 말뚝을 박아 향(向)과 혈(穴)을 표시해둔 노인의 유택터, 솔바람 소리 한가로운 그 묘혈 자리 위쪽께에 잡풀더미를 깔고 앉아 준섭이 잠시 혼잣시간을 보내고 있을 참이었다. 표지목을 기준하여 바다 건너 눈아래로 묘 터의 안내를 삼았음 직한 산세를 가늠해보고 있는데, 혜림이 어느새 다시 밭고랑을 건너와 그의 곁으로 슬그머니 자리를 잡아 앉았다.

한데도 준섭이 계속 아랑곳을 않은 채 먼 바닷물 비늘빛 너머로 시선을 보내고 있으니까 한동안 조용히 그 눈길을 함께 쫓고 있던 그녀가 기다리다 못한 듯 드디어 입을 열어오기 시작했다.

"은지 할머님이 젊으셨을 적 미인이셨거나 아니셨거나 그런 건 저한테도 별 상관이 없는 일일 거예요. 제가 그걸 일부러 캐고 다닌 것도 아니구요. 전 다만 그 할아버지가 은지들이랑한테 옛날 할머니의 이야기를 들려주고 계신 걸 옆에서 잠시 엿들은 것뿐이니까요."

장혜림은 그렇게 먼저 변명 투로 말하고 나서 잠시 동안 준섭의 반응을 기다렸다. 하지만 준섭이 여전히 입을 다물고 있으니까 그녀도 으레 그럴 줄 알았다는 듯 혼자서 일방적으로 말을 이어나갔다.

"하지만 제겐 그 영감님의 할머님에 대한 추억담이 그렇게 간절하고 아름다울 수가 없었어요. 그분이 기억하시기에 할머님이 시집을 오실 때나 새색시 시절의 모습이 그렇게 조신하고 고우실

수가 없으셨대요. 그런데…… 당신 혼잣몸이 되신 뒤로도 한동
안은 그렇게 어엿하게 주위를 잘 다스려오시던 어른이 끝내는 그
말 못할 중년 시절의 어려움과 말년 치매증 때문에 본래 모습을
잃게 되신 것을 얼마나 안타깝고 마음 아파하셨는지 몰라요. 돌
아가신 분께는 실례가 될 소린지 모르지만, 영감님은 마치 평생
동안 혼자서 자기 친형수라도 숨어 연모하다가 그 형수가 늙어
돌아가신 다음에 자기 아픈 속마음을 달래고 있는 것처럼 간절해
보였다니까요. 그러면서 어린 은지들에게까지 자기 맘속에 지녀
온 그 고운 모습을 심어주려고…… 그 어려움과 괴로운 치매증
으로 겉모습은 늙고 초라하게 되어 돌아가셨더라도 혼백만은 다
시 그 옛날의 고운 모습으로 돌아가셨으리라고…… 제가 보기엔
누가 별로 반겨 하지도 않은 것 같은데 늘상 선생님네 주위를 맴
돌면서 당신의 기원을 누구한테나 대신하고 있는 것 같았어요."
  그녀는 마치 자신도 그것이 안타깝고 애틋한 듯 목소리가 답지
않게 그윽해지고 있었다.
  하지만 준섭은 이번에도 혜림이 이야기를 한참이나 겉돌고 있
다는 느낌이었다. 그리고 그럴수록 그녀가 어쭙잖고 가당찮게
여겨졌다. 간절하고 아름답고 애틋하다? 그것은 물론 돌아가신
노인에 대한 송찬의 소리가 아니었다. 노인의 일을 되새겨준 성
영감의 심상을 이른 말이었다. 장혜림의 관심은 이제 어쩌면 노
인이 젊었을 적의 미태 여부보다 성 영감의 마음속 비밀이나 두
노인 간의 은밀한 사연 여부에까지 뻗치고 있는 듯싶었다. 그것
은 장혜림이 의식했든 못했든 노인을 평생 동안 피 흘리게 해온

숙명 같은 부끄러움과도 깊이 상관되고 있는 일이었다. 준섭은 한순간 노인을 위해 그 가열스런 당신의 부끄러움에 관해 장혜림에게 이야기해주고 싶은 충동을 느꼈다. 그 숙명 같은 부끄러움을 잃지 않으려, 그리하여 그 의연한 삶의 지표를 잃지 않으려 이를 물고 참아온 세월들을 말해주고 싶었다. 노인의 젊은 시절을 내세우고 싶어서가 아니었다. 성 영감과의 사이에 어떤 숨은 사연이 있어서도 아니었다. 어찌 보면 차라리 짓궂어 보이기까지 한 그 장혜림의 호기심은 준섭에게 다시 그 노인의 부끄러움을 되새기게 하였고 그의 가슴을 새삼 아프게 해왔기 때문이었다.

하지만 그것도 잠시 동안의 혼잣생각일 뿐이었다. 준섭은 이내 그 가슴속 충동을 억누르고 다시 생각을 바꾸었다. 그래 봐야 무엇 하랴. 이제 와서 그걸 말한들 무슨 소용이 있으며, 그것이 긴 세월 의연히 노인의 삶을 지켜준 필생의 계율이자 자기 굴레였음을 장혜림이 지금 어떻게 이해할 수가 있으랴. 그 굴레에 수없이 얼룩진 노인의 눈물 자국과 핏자국들을…… 이도저도 모두 부질없다는 생각이 들었기 때문이었다. 그렇다고 뭔가 자꾸 추궁을 하고 있는 듯한 장혜림 앞에 준섭은 그냥 계속 입을 다물고 버티고 있을 수도 없었다.

"전에 내가 한두 번 노인을 회상한 글이나 동화 원고 같은 데서도 그쯤은 대개 짐작할 수 있었을 텐데, 그런 걸 가지고 장 기자는 여태 그 영감님이나 용순일 그리 귀찮게 쫓아다니고 있었던 건가……"

준섭은 그 혜림에게 쫓기고 있는 듯한 내심을 숨길 겸해 여전히 시큰둥한 동문서답 식 대답으로 그녀의 호기심을 잠재우려 하였다.

하지만 짐작대로 장혜림의 호기심은 그냥 단순한 궁금증에서가 아니었다. 무슨 일이나 거죽으로 만족하지 않고 속속들이 속을 다 들여다보려 하고, 때로는 그것을 통째 다 깨뜨려 헤쳐놓고 생판 다른 모습 다른 내용의 새 일을 꾸며내고 싶어 하는 그녀의 숨은 기질을 너무 쉽게 본 것이 잘못이었으리라. 아니면 공연히 그 성 영감과 함께 용순의 일까지 끌어댄 것이 실수였을 수 있었다.

"전부터도 아주 몰랐던 일은 아니에요. 그리고 그 할아버지나 용순 언니한테서 알게 된 일들도 그런 것만은 아니었구요……"

그동안은 말씨나 표정이 꽤 차분하게 가라앉아 있던 혜림이 그 순간 기다리고 있었다는 듯 준섭의 느슨한 말꼬리를 힘차게 낚아채고 나섰다.

"그런데 선생님도 이미 알고 계신 일이겠지만 용순 언니는 삼촌에 대한 원망이 이만저만이 아니던데요. 선생님께서 할머니를 모시고 살지 않으신 데 대한 원망이나 노여움이 말예요."

기회를 놓치지 않고 재빨리 그 용순 쪽으로 화제를 돌려 잡고 나서는 품이 지금까지는 차라리 그 용순의 이야기를 꺼내기 위한 서론 투 여담에 불과했던 것 같았다.

준섭은 한동안 다시 할 말을 잃고 말았다. 그것은 준섭에 대한 용순의 추궁이었고, 그 용순을 대신한 장혜림 자신의 은근한 추궁이었다. 그런 만큼 장혜림의 그 몇 마디 귀띔 투 속에는 그에 대한 수많은 질책의 화살들도 함께 담고 있었다. 당신은 그 시절 어째서 그토록 간절했던 용순의 소망을 들어줄 수가 없었느냐. 그 용순의 소망이 얼마나 크고 깊은 것인 줄을 몰랐느냐. 그리고 끝내 그 성 영감의 술회처럼 노인을 그토록 혹심한 맘고생 속에 살다 가게 하였느냐. 당신의 사정이 그토록 절핍했느냐…… 그의 부끄러운 이기심에 대한 뼈아픈 추궁이었다. 용순에게서든 누구에게서든 준섭은 이미 막연하게나마 그런 추궁과 질책을 예감하고 있었고, 거기에 대해 나름대로 할 말이 없는 것은 아니었다. 하지만 그는 정작 그 혜림이 용순의 일을 들추고 나서자 갑자기 가슴부터 막혀왔다. 뭐니 뭐니 해도 그 용순이야말로 오랜 세월 그의 부끄러움이자 노인의 가장 쓰라린 부끄러움의 표상이었던 것은 자신도 부인할 수가 없기 때문이었다.

그는 답답해진 가슴속을 달래기 위해 새 담배를 한 개비 꺼내 피워 물었다. 그리고 눈 아래로 끝없이 멀어져가고 있는 그 바닷물 비늘빛만 묵묵히 내려다보고 있었다.

"저는 정말 선생님이 용순 언니가 생각한 것처럼 큰 허물을 졌으리라곤 생각지 않아요. 하지만 그렇게 짐작을 하고 넘어가려 해도 잘 납득이 안 가는 데가 있어요."

장혜림은 그런 준섭을 기다리지 않고 혼자서 차근차근 다시 말을 계속해나갔다.

"선생님한테 용순 언니 같은 조카가 있었다는 사실 말예요. 저도 이번에 그런 사실을 처음 알고는 무척 놀랐어요. 그간 이 선생님이 소설이나 다른 글들 속에 용순 언니가 등장하거나 언급된 일이 한 번도 없었지 않아요. 전 그게 놀랍고 이상했어요. 다 알고 있는 일이지만, 선생님의 소설 속엔 가족분들이 어떤 식으로든 모두 모습을 드러내왔거든요. 그런데 용순 언닌 지금까지 어째서 한 번도 이야기된 일이 없었을까. 그 이유가 무엇일까. 전 그게 아무래도 우연한 일로만 생각되지가 않았어요…… 저도 물론 언니가 다른 조카들과 태를 달리해 태어난 조카라는 건 알고 있어요. 저를 알고부터 언니가 금세 자기 입으로 털어놓은 사실이니까요. 하지만 선생님이 그런 사실 때문에 언니를 멀리하고 도외시해왔을 분은 아니시지 않아요."

이미 짐작한 대로 장혜림의 이날 발걸음은 과연 그 용순이나 용순의 일에 대한 준섭의 처사가 목표였던 게 분명했다. 장혜림은 바야흐로 그 본론을 엮어나가고 있는 셈이었다. 이번에야말로 기어코 준섭의 부끄러운 곳을 속속들이 다 까 뒤집어놓고 말 작정인 듯 정보가 풍부했고 말투까지 한결 더 여유가 만만했다. 그녀가 혼자서 말을 계속해나갔다.

"선생님의 눈치가 보이기는 했지만 그래 전 아무래도 궁금해 견딜 수가 있어야지요. 선생님이 아시는 대로 전 무작정 언니에게로 접근해갔지요. 그런데 과연 제 예상이 빗나가지 않았더군요. 언니의 출생 이야기를 하고 있는 게 아니에요. 그보다 언니를 접해보니, 용순 언니도 그동안 삼촌의 글을 모두 읽고, 삼촌의 글 속에 자기가 한 번도 등장하지 않은 걸 다 알고 있더라구요. 그리고 그걸 삼촌이 자신을 한식구로 여기지 않은 증거가 아니겠냐고 분개하면서 삼촌네가 한번도 할머니를 모시지 않은 일까지 참을 수 없어 했어요……"

"……"

"그러니 그 언니의 선생님에 대한 원망은 애당초 선생님이 소설 속에서 언니를 한가족으로 취급해주지 않은 데서부터 뿌리가 자라나서 할머니 일에까지 뻗쳐나간 듯싶지만, 저는 여태도 선생님의 진짜 이유를 알 수가 없어요. 선생님의 글 속에 언니의 존재가 한 번도 드러나지 않은 이유 말씀이에요. 아까도 말씀드렸지만, 선생님이 실제로 그러시니까 글에서도 그러신 것처럼 생각하는 용순 언니하곤 제 생각이 다르니까요. 거기다 선생님이 끝내 한 번도 할머님을 모시지 않은 이유……"

이미 사실을 다 들어 알고 있으면서도 부러 그러는지 모르지만, 장혜림은 그 용순의 준섭에 대한 원망과 노여움의 근본 원인을 노인이나 용순에 대한 그의 이기적인 처사에서 보다도 그간 그의 글들에서 용순을 한 번도 가족원으로 받아들여 보이지 않고 도외시해온 데에서 찾고 있었다. 그래 준섭에게 그 소이를 추궁하고 있는 셈이었다. 하지만 장혜림의 그런 판단이 옳다면, 그 용순에 관한 한 노인과 시골 일들을 '방치하듯' 해두고 살아온 준섭의 '이기적인 처사'나 '불효'는 거의 이차적인 문제였다.

그러나 그것은 준섭이 용순의 출생 내력 때문에 년의 존재를 도외시해왔을 리 없음을 알고 있는 혜림으로선 썩 현명한 판단이 못 되었다. 그것은 사실이 아닐 뿐 아니라, 모든 일의 사단은 어쩌면 노인도 준섭도 그의 소설도 아닌 용순 자신에게서 비롯한 일이라 할 수 있었기 때문이다. 지금에 와서 그 허물을 모두 년에게 돌리고 싶은 생각은 없었지만, 년의 원망과 노여움, 삼촌에 대한 비난과 저주의 뿌리는 애초에 용순 자신이 제 속에 심어 키워온 것일 수 있었고, 그런 뜻에서 년은 거꾸로 할머니를 대신해 삼촌을 원망한 것이 아니라 제 자신을 위해서 할머니를 내세운 것이었고, 노인에겐 오히려 그 용순이 제 생부에 이은 또 하나 애물스런 피흘림거리가 되어온 것이었다.

장혜림은 그 용순—, 제 아버지의 주검 곁에 혼자 버려져 남은 아이의 진짜 깊은 내력, 그 아이가 오늘의 용순에 이르기까지의 속 깊은 사연은 알 도리가 없었다. 년으로 인한 노인의 오랜 피흘림, 끝내 그 피 흘림의 지혈을 보지 못하고 간 노인의 그 형벌 같은 부끄러움을 알 리 없었다. 용순 자신은 물론 장혜림은 그것을 더욱 알 수가 없었다.

그래 사실도 다 알지 못한 섣부른 추궁으로, 오히려 그것을 알지 못하기 때문에 더욱 함부로 준섭에게 그 피 흘림을 되풀이하게 해온 것이었다. 그런 혜림이 그 부끄러움을 참담스럽게 안으로 걸어 잠그고 그것이 굳어져 마음속에 화석이 될 때까지 당신 혼자 참고 지켜낸 그 비극적 상징물— 작은 비녀의 일 같은 것을 어찌 상상이나 해볼 수 있었을 것인가—

……꿈 곱고 유복하던 처녀 시절의 모든 것을 버리고 훌쩍 자신을 내던지다시피 해온 노인에게 그나마 오랜 세월 퍽 소중하게 간직한 물건이 하나 있었다. 시집을 올 때부터 당신의 친정 어른들에게서 받아 지녀온 낭잣비녀. 산승의 당부대로 다른 혼수는

보잘것이 없었지만, 그 비녀 하나만은 유복한 친정집 가세를 상징하듯 재질이 제법 고급스런 빛 고운 은비녀였다.

노인은 그것을 친정댁 어른들의 유다른 마음의 징표처럼, 혹은 당신의 삶과 마음가짐의 어떤 말없는 표상처럼, 언제나 새것모양 반짝반짝 손질하여 당신의 쪽머리를 정연하게 가꾸고 다녔댔다. 그러니까 그 고운 은비녀 덕분에 노인은 그 초년부터의 어려운 살림살이 행색에도 그 낭자머리 하나만은 늘 가지런히 의연하게 지켜 지녀온 셈이었다.

그런데 오랜 세월 그 마음의 빗장과도 같던 노인의 은비녀에 언제부턴지 서서히 상처가 앉기 시작하고 때가 끼이기 시작했다. 그에 따라 노인의 단정하던 쪽머리도 서서히 결이 풀리기 시작했다. 그 당차고 의연스럽던 당신의 남정 투가 주뼛주뼛 부끄러움을 타면서 힘없이 허물어져 내리기 시작하면서부터였다.

바로 그 오연스런 노인의 손사랫짓— , 그러니까 준섭은 당시 상상도 못한 일이었지만, 돌이켜보면 노인은 그 비정한 손사랫짓 속에 이미 그 당신만의 은밀스런 부끄러움의 씨앗을 숨기고 있었던 모양이었다. 그리고 그것은 왼일 부의 파산 이후 식구들이 모두 뿔뿔이 흩어져 살아야 했던 서글픈 이산 무렵, 이미 남의 손으로 넘어간 집에서 어린 준섭과 하룻밤을 지내고 다시 광주길 찻머리까지 그를 배웅하고 돌아가던 그 새벽 눈길 시절부터 은밀히 싹을 내밀기 시작한 것이었다.

그 새벽녘의 헤어짐에 관한 일은 사실 노인도 준섭도 그 후 오랫동안 말을 꺼낸 적이 없었다. 노인도 준섭도 그때를 다시 돌이

키기가 마음 아팠기 때문이었을 것이다. 노인보다 준섭은 그 일을 다시 돌이키는 것이 두렵기까지 했으니까. 무엇보다 둘이 함께 그 어두운 새벽 눈길을 함께해온 끝에 별안간 훌쩍 아들을 떠나보내고 노인 혼자 굽이굽이 그 길을 되돌아갔을 귀로 이야기—, 어둠 속에 갑자기 혼자 남아 서 있다가 뒤미처 멀어져가는 차 속의 아들을 향해 황급히 손사랫짓을 보내다 말고 그대로 어둠 속으로 녹아 사라져간 노인이 어떻게 혼자서 그 산길을 되돌아갔는지, 그는 그 뒷사연을 듣는 것조차 두려워 노인 앞에 말을 꺼내 물을 엄두를 못 내온 것이다. 그런데 10여 년 뒤 그 준섭이 결혼을 하고 아내와 함께 시골 오두막으로 당신을 보러 갔을 때 노인은 비로소 어린 며느리 앞에 마지못해 옛 이야기라도 하듯 한 담담한 어조로 그날의 뒷사연까지 털어놓은 것이었다. 준섭은 나중 그것으로 「눈길」이란 단편을 꾸며냈을 만큼 두고두고 잊을 수 없었지만, 그날 밤 노인의 이야기는 대개 이런 식이었다.

아들만 그렇게 훌쩍 떠나보내고 나서 어머님은 그 뒤 혼자서 어떻게 하셨어요? — 위로를 겸한 어린 며느리의 연이은 물음에 대해.

— 어떻게 하기는야. 잘 가거라. 한두 번 손이나 흔들어주었던가 어쨌던가…… 그러다 그냥 어둠 속에 넋이 나간 사람모양 찻길만 바라보고 서 있었제. ……한참을 그리 서 있다 보니 찬바람에 정신이 좀 되돌아오더구나. 정신이 들고 보니 갈 길이 새삼 허망스럽지 않았겠냐. 지금까진 그래도 저하고 나하고 둘이서 함께 헤쳐온 길인디, 이참에는 그 길을 늙은것 혼자서 되돌아서려

니…… 거기다 아직도 날은 어둡제. 그대로는 암만 해도 걸음을 되돌아설 수가 없어 우선 차부를 찾아 들어갔더니라. 한 식경이나 차부 안 나무 걸상에 웅크리고 앉아 있으려니 그제야 동녘 하늘이 훤해져오더구나. 그래서 또 혼자 서두를 것도 없는 길을 서둘러 나섰는디……

아득한 한숨과 함께 잠시 말을 쉬었다가.

— 신작로를 지나고 산길을 들어서서도 굽이굽이 돌아온 그 몹쓸 발자국들에 아직도 저 아그의 말소리나 따뜻한 온기가 남아 있는 듯싶었제. 나는 굽이굽이 외진 산길을 저 아그 발자국만 따라 밟고 왔더니라. 내 자석아, 내 자석아, 너하고 둘이 온 이 길을 이제는 이 몹쓸 늙은 에미 혼자서 너를 보내고 이리 돌아가고 있구나.

어머니 그때 많이 우셨겠어요?

— 울다뿐이겠냐. 오목오목 디뎌논 그 아그 발자국마다 한도 없이 눈물을 뿌리며 돌아왔제. 내 자석아, 내 자석아, 부디 너라도 좋은 운을 타서 복있게 잘살거라. 눈앞이 시리도록 눈물을 떨구면서, 눈물로 저 아그 앞길만 빌고 왔제……

어린 며느리가 더 입을 열지 못하고 있는 것을 보고 다시 망연스런 침묵에 잠겼다가, 이윽고 남은 이야기를 마무리하려는 듯.

— 그런디 그 서두를 것도 없는 길이라 그렁저렁 시름없이 걸어온 발걸음이 그래도 어느 참에 동네 뒷산까지 당도해 있더구나. 한디도 나는 차마 그 길로는 동네를 바로 들어갈 수가 없어 잿등 위에 눈을 쓸고 한참이나 넋 없이 기다리고 있었더니라……

어머님도 이제는 돌아가실 거처가 없으셨던 거지요— 혼잣소리처럼 낮게 목소리가 젖고 있는 며느리를 달래듯.

— 아니, 그것은 네가 잘못 안 것 같구나. 동네로 바로 들어가지 못하고 있었던 것은 꼭 찾아들 데가 없어서만 그랬던 건 아니란다. 산 사람 목숨인디 설마 하니 그때라고 누구네 문간방이라도 산목숨 하나 깃들일 데가 없었겠냐. 갈 데가 없어서가 아니라, 아침 햇살이 온 동네에 활짝 퍼져들어 있었는디, 밤새 눈에 덮인 그 우리 집 지붕까지도 햇살 때문에 볼 수가 없더구나. 동네에선 골목마다 아침 짓는 연기가 한창인디, 그렇게 시린 눈을 해갖고는 그 햇살이 부끄러워 차마 어떻게 동네로 들어설 수가 있더냐. 그놈의 말간 햇살이 부끄러워서 그럴 엄두가 안 생기더구나. 시린 눈이라도 좀 가라앉히자고…… 그래 그러고 앉아 있었더니라……

노인도 물론 그 새벽녘의 일들을 잊지 않고 있었다. 그리고 그날 그 당신의 손사랫짓에 대해서도 아직 어슴푸레 기억을 간직하고 있었다. 그보다 노인에게선 그때 이미 그 매정스런 손사랫짓 속에 당신의 부끄러움이 싹을 트고 잎을 피우기 시작하고 있었음이 분명했다. 그 햇살에 대한 부끄러움, 그것은 다름 아닌 어버이로서의 준섭에 대한 부끄러움뿐만 아니라, 당신 자신의 막막한 처지와 무력한 삶에 대한 부끄러움이 아니고 무엇이었을 것인가.

하지만 준섭은 당시 그것을 깨달을 수가 없었다. 그 새벽 눈길 당시뿐만 아니라 아내와 한자리에서 노인의 이야기를 들었을 때까지도 그걸 잘 알지 못했다. 그저 한사코 그 손사랫짓의 기억만을 당신 앞에 내세우고 싶어 했을 뿐이었다.

그러다 비로소 그것을 눈치채기 시작한 것은 그로부터 다시 두어 해 뒤 그 새집 마련 일을 의논하러 노인을 보러 갔다가 당신의 옷보퉁이 속에서 집을 나간 용순의 헌옷 꾸러미를 하나 더 발견한 데서부터였다.

실인즉 그때 준섭의 아내는 그 용순의 옷가지들 밑에서 또 다른 헌옷가지 한 벌을 찾아냈던 것이다. 그로부터 10여 년 전 준섭이 새학기 등록이 어려워 재학 중 입영을 지원해가면서 논산훈련소에서 부쳐 보낸 흰색 와이셔츠와 헌 염색 바지들이었다. 그해 봄 누구에게도 소식을 알리지 않은 채 도망치듯 졸지에 입영을 하고 나서, 훈련소 막사에서 군대 피복을 갈아입고 바깥에서 입고 온 옷들을 각자가 소포뭉치를 만들어 고향집으로 부쳐 보내도록 했을 때, 준섭은 그 소포의 겉포장지에 적어 넣을 주소가 없었다. 노인에게도 물론 소식을 알리지 않고 입대를 해온 데다, 당신이 당시엔 어느 동네 누구 집에다 거처를 얻어 지내고 있는지를 알 수 없었기 때문이었다. 그래 그 옷가지들을 버릴 곳마저 마땅찮아 뒤늦게나마 소식도 알릴 겸해 전에 살던 참나무골 옛집 주소를 적어서 본인입납으로 부쳐 보내버린 것이었는데, 그것이 어떻게 용케 노인에게로 전해져 그때까지 당신 혼자 간직해오고 있었던 모양이었다.

준섭들은 이번에도 그 용순의 옷에 대해서처럼(용순의 옷가지는 오히려 그 나중부터였겠지만) 노인이 그 세월 지난 헌옷가지를 숨겨 간직해온 까닭을 굳이 물을 필요가 없었다. 오히려 무엇인가 보여서는 안 될 것을 들키고 만 것처럼 그것을 슬그머니 다시 빼앗아다 감추고 만 노인, 그러면서 띄엄띄엄 변명기 섞어 흘려대는 당신의 담담한 술회 앞에 멍청히 말을 잃고 있었을 뿐이었다.

─그 임시엔 내가 한두어 해 동네 빈방을 얻어 돌아다니다가, 종당엔 그러기도 더 어려워져 할 수 없이 느그 구평 큰누님네게로 들어가 지낼 때였제…… 그런디 하루는 그 옷보퉁이가 주인 잃은 물건마냥 참나무골에서 이손저손 몇 달을 헤매다가 어찌어찌 그 구평 마을 나한테까지 찾아 당도하질 않았겄냐…… 그때까장도 나는 저 아가 군대살이를 들어간 중은 감감 모르고 있다가 엉덩이에 이곳저곳 맨흙자국 주름이 진 저 후진 입성가지들을 지련 듯 쓸고 앉았다 보니, 늙은것이 아무리 마음을 모질게 먹을래도 자꾸 눈물이 앞을 가려오는구나. 그런다고 그 처지에 이웃 눈도 부끄럽고 청천한 대명천지 하늘도 부끄럽고, 누구보다 딸자식 사위자식부터 부끄러워 어디 한번 마음 놓고 울어볼 수나 있었겄냐…… 그래 언제 한번 이거나마 부둥켜안고 속 시원하게 울어볼 때라도 올까 싶어 나 혼자 간직해온 것이 오늘에까지 이르렀구나……

형편이 훨씬 나아진 그때까지 노인이 그 옷꾸러미를 부여안고 정말 한번 속이 시원하게 울어본 일이 있었는지, 그리고 이후로 그것을 언제까지 간수해오고 있었는지는 확인해본 일이 없었다. 하지만 그 옷보퉁이는 이를테면 노인의 마음속에 깊이 숨겨진 해

묵은 부끄러움의 멍덩어리에 다름 아닌 것이었다. 그 새벽 눈길 시절부터 이미 움이 터 자라기 시작한 부끄러움의 씨앗이 거기 그 헌옷 꾸러미 속에 깊이 숨겨진 채 그렇듯 멍덩어리를 이루어 온 것이었다. 그리고 거기에 나중엔 제 발로 집을 떠나간 용순의 것까지 보태져 그 무게와 크기를 몇 배로 더해온 것이었다. 아니 이제는 아들의 몫에 그냥 용순의 몫을 더해온 것이 아니었다. 노인에게 마음의 짐을 덜하게 하고 있다는 뜻에서 준섭은 이제 그럭저럭 꽤 당신의 곁으로 돌아간 것 한가진 셈이었다. 그런데도 노인이 아직 그의 옷가지들을 그대로 간직해온 것은 용순의 것 때문이었다. 그의 것은 이제 용순을 위해 무게를 더하고 있을 뿐이었다. 그 무게는 모두 용순의 몫이었다. 그리고 노인이 그 부끄러움 속에 혼자 견디며 지워가야 할 멍 자국도 이제는 용순 쪽 몫뿐이었다.

……하지만 이후로도 노인에겐 그 부끄러움의 멍 자국을 지울 길이 없었다. 참나무골 쪽으로 가서 새집을 지어 이사를 하고 나서도 용순은 여전히 돌아올 기미가 없었고, 노인의 기다림도 끝날 수가 없었던 때문이었다. 노인의 부끄러운 멍덩어리는 그즈음 조금씩 형편이 나아져간 처지에도 불구하고 지워져 없어지기는커녕 오히려 자꾸 더 무게를 더해간 것이다. 그리고 그 무게를 감당해나가기가 버거운 듯 매사에 주뼛주뼛 자신이 없어 하며 그 무기력한 체념기와 자탄의 푸념기가 늘어가기 시작한 것이다.

―인제 이 손발은 무엇에다 쓸거나. 사대육신은 멀쩡한디 씨를 넣고 거둬들일 땅이 한 뙈기도 없으니, 할 일 없이 놀고 지내

는 이 손발이 부끄럽다.

　―조상님들 혼백을 남의 산에다 묻어둔 채 이대로 죽어 가면 저승에서 당신들을 무슨 낯으로 볼 것이며 무슨 말을 할꺼나.

　젊은 시절 준섭 부와 함께 고생 끝에 장만한 몇 마지기 논밭과 선산붙이를 잃은 것을 그렇듯 새삼 그리 아쉬워하는가 하면,

　―죽은 느그 원일이 애비를 너무 안 좋게만 생각 마라. 그 사람도 지 마음을 지가 어찌할 수 없어 그랬겄제 온전한 정신 지니고 그랬겄냐. 그것이 다 지 팔자고 큰자식 곁에 못하고 살 지 에미 박복한 팔자 탓이제.

　집안을 그 꼴로 만들고 혼자서 일찌감치 저세상으로 앞장서간 원일 부의 제사 때면 지난날의 냉엄한 정 거두기 질책 투 대신 당신의 그런 팔자를 더 어쩔 수 없어 하곤 하였다.

　그러다 더욱 뒷날엔 집안 내력으로 머리가 일찍 세기 시작한 준섭이 노인을 찾아뵐 때마다,

　―아서라, 그냥 앉거라. 에미라고 여태 이리 소금밭 같은 머리를 하고 앉아서 자식까지 그리 하얗게 머리가 함께 세어가는 것 보기 민망스럽다.

　아들의 문안절까지 한사코 사양해버리며 그 머리칼처럼 기력이 하얗게 쇠잔해가는 세월을 자신 없어 하기도 하였다.

　그 주뼛주뼛 자신 없어 하는 망설임, 노인은 어느덧 그 젊은 시절의 당찬 힘과 오연스런 모습이 허물어져 내리면서 그 민망스럽고 무기력한 부끄러움기만 나날이 늘어간 것이다. 노인이 이젠 더 당신의 힘으로는 아무것도 감당하거나 지켜나갈 일이 없고,

그럴 만한 자기 믿음마저 사라져간 것이다. 정신력도 그만큼 떨어져간 것은 물론이었다.

……노인의 비녀에 때가 끼고 상처가 앉기 시작한 것은 당신의 나이가 어언 팔십대로 접어들던 그 무렵 떨어져가는 정신력에 비례해 기억력까지 어릿어릿 흐려져가면서부터였다. 그때까진 그런대로 서로 고부간의 서운한 일들을 모른 척 감싸주고 의지해오던 노인과 외동댁 간에 자주 괴로운 갈등과 불화가 빚어지기 시작한 것도 같은 무렵이었다. 그 갈등과 불화의 씨앗으로 노인과 며느리 사이엔 언제까지 지울 수 없는 용순의 그림자가 늘 짙게 드리워 있었다.

용순의 어릴 적 옷보퉁이를 몰래 숨겨온 노인, 년의 출생 내력이나 처지가 별나 그랬는지, 노인은 처음부터 그 용순에 대해서만은 누구한테보다 유난히 마음이 너그럽고 곁에서 늘 함께하며 품고 지내고 싶어 하였다. 년을 향해선 그런 속마음을 혼자 숨겨 거두려는 그 야속한 손사랫짓 한번 엄두를 못 내봤을 노인이었다. 하지만 이제 늙고 무력한 시어머니를 그다지 조심스러워하지 않는 외동댁 앞에 노인이 그 용순을 위해 할 수 있는 일은 거의 아무것도 없었다. 년의 일로는 말도 함부로 할 수가 없었고 기다리는 흔적조차 섣불리 해 보일 수가 없었다. 하지만 노인은 기다렸다. 말없이 마음속으로 끈질기게 기다렸다. 며느리와의 사이가 편안할 리 없었다.

그 고부간의 감정을 더 노골적으로 부추겨 일그러지게 한 것이 바로 노인의 비녀와 뒷낭자머리였다. 비녀에 자주 때가 끼고 상

처가 앉기 시작하면서부터는 노인의 정신이 깜박깜박 비녀가 어
디론지 사라지고 뒷머리가 풀어져 얼크러지는 일까지 빈번했다.
그럴 때마다 노인은 그걸 참지 못하고 또 무슨 큰 변이라도 생긴
듯 그 비녀만은 더 깐깐히 찾아 챙기려 하였고 흐트러진 뒷머리
를 단속하느라 애를 썼다.

　노인에겐 이를테면 그 비녀가 당신의 흐트러진 모습을 추슬러
그 부끄러움을 다시 안으로 걸어 잠그려는, 하여 그 마지막 여자
로서의 품위와 자존심을 되찾아 지키려는 마음의 빗장인 셈이
었다.

　하지만 외동댁은 그런 노인을 이해하지 못했고 이해하려고 하
지도 않았다. 단손에 일이 바쁘고 피곤한 까닭이기도 했겠지만,
그걸 그저 귀찮아하고 짜증스러워할 뿐이었다. 인자는 자기 머
리에 꽂고 다니는 물건 하나도 간엽을 못하겠소. 그리 된 마당에
차라리 머리를 틀어 묶고 비녀 같은 건 잊어불고 사시오. 팔십 쪼
그랑 할망구가 비녀를 안 질렀다고 누가 흉을 보겠소— 저런 정
신에 어쩨 해필 용순이 년은 안 잊어묵고…… 그놈의 비녀도 용
순이년도 인자는 다 잊어불고 사시오— 한바탕 소동 속에 이곳
저곳 집안을 뒤져내어 비녀를 찾아주면서도 고까운 소리들을 서
슴지 않았다. 그리고 짐짓 용순의 일까지 끌어들여 노인을 함부
로 윽박질러대곤 하였다. 비녀의 일은 빌미가 되었을 뿐 채근의
핵심은 결국 그 용순이 되곤 한 것이었다. 그런 일은 노인의 심심
찮은 담배질 버릇으로 해서도 마찬가지였고, 결국 그 며느리에
게 담뱃대를 빼앗기고 오랜 담배 버릇을 마감해야 했을 때도 그

랬다.

노인은 물론 그럴 때마다 할 말이 없었다. 할 말이 없는 것이 아니라 말을 할 수가 없었다. 노인은 원래부터 소소한 주변사나 마음속 일에는 말이 없는 편이었지만, 외동댁과는 그나마 마음이나 미더움을 나누기가 어려워져간 때문이었다.

노인은 그저 혼잣속으로 참아나가는 수밖에 없었다. 그리고 자신과 주위에 대한 믿음을 잃은 채 그 체념기 어린 무력감 속에서 점점 더 말을 잃어갔다. 그러니 그 노인의 비녀가 당신을 지키려는 마지막 마음의 빗장이라면, 그 서서한 침묵 역시 그 무기력한 무너짐과 그럴수록 더 안으로 쌓여가는 당신의 부끄러움을 혼자 꼭꼭 마음속에 가둬 지키려는 또 하나 가슴 아픈 자기 빗장이라 할 수 있었다. 다름 아니라 노인에겐 이후로도 그 비녀가 빠져나가고 뒷머리가 흐트러져 얽혀 내리는 일이 더욱 빈번해져갔는데, 당신은 그때마다 그 외동댁과 한 번씩 소동을 치르면서도 그럴수록 그 비녀를 찾아 손질하고 낭자를 다스리는 일에 더욱 정성을 들이고 집착이 심해져간 것이다. 며느리와의 갈등과 불화로 해서든 당신 자신의 무력감으로 해서든 혹은 용순으로 해서든 노인의 속에 그 용순의 헌옷 보퉁이 같은 부끄러움의 덩어리가 쌓이고 커져가는 반증이 아닐 수 없었다.

하지만 노인이 그런다고 그런 일이 줄어들 수는 없는 노릇이었다. 세월이 흐르면서 그런 일은 더욱 잦아지게 마련이었다. 해가 바뀌어가면서 노인은 차츰 비녀를 지르지도 않은 채 뒷머리를 며칠씩 풀어놓듯 하고 지내는 일이 많아졌고, 그에 비례하여 그 비녀는 점점 더 모양이 흉해져갔다. 노인이 거기에 마음을 쓰는 일도 줄어갔다. 그런 중에도 오직 그 뒷머리를 가다듬으려는 손빗질만을 끈질기게 계속해가고 있을 뿐이었다. 그러니까 그 무렵 노인은 당신의 속옷을 고집스럽게 손수 빨아 입는 일 외에 다른 부끄러움들은 더 가둬 지킬 힘이 다 떨어지고, 오직 그 끈질긴 손빗질버릇과 비녀에 대한 오랜 마음속 집념만을 간신히 지켜가고 있었던 셈이었다.

그런데 드디어는 노인의 그 마지막 집념마저 부질없게 되고 만 무참스런 일이 생겼다. 노인의 나이 아마 여든셋쯤을 헤아리던 해의 여름이었을 것이다. 준섭 내외가 몇 달 만에 노인을 보러 가니 당신의 머리가 늙은 영감모양 짧게 깎여 있었다.

— 인자 엄니 손수 머리를 잘 감지도 못하시는디, 음식이야 어디야 그 머리카락 섞여들면 찾아내기도 힘들고, 거그다 요새는 끈적끈적 달라붙는 사탕물거리들까지 흔해서 그런 것이 한번씩 머릿속으로 엉켜붙으면 둘이서 죽자사자 그 머리를 손보고 다시 감겨드리고 하는 일이 어찌나 속상한지…… 한번은 저쪽 골목 성순이네 할매가 손자 애기를 등에 업고 엄니를 보러 왔다가 옆에서 내려 놀던 그 애기 목구멍에까지 엄니 흰 머리카락 몇 가닥이 뜯겨 넘어간 바람에 소동이 안 났더라요. 그래저래 엄니를 달래서 저렇게 시원하고 강뚱하게 깎아드렸지라……

그 무렵 노인이 기억력을 잃어가는 것과 비례하여 옆에서 함께 참을성을 잃어가던 외동댁의 설명이었다. 외동댁은 그리고 진담인지 농담인지 노인의 비녀는 아예 엿을 바꾸어 노인과 둘이서 함께 먹어 없애버렸다는 것이었다. 그것이 다 사실인지, 외동댁이 어떻게 노인을 달랬으며 노인이 정말 그것을 시원해했는지 어떤지는 알 수가 없었지만, 준섭 내외는 그 외동댁이나 노인 앞에 더 무슨 할 말이 있을 수가 없었다.

그런데 문제는 그 노인네의 부실한 기억력이었다. 노인은 이후로도 눈에 보이지 않는 일이라 그런 사실을 깜박깜박 자주 잊어먹곤 하였다. 옛날 버릇 그대로 자신도 모르게 두 손을 이따금 뒤로 가져가곤 하였다. 그리고 이미 사라져 없어진 옛 낭자 자국과 빈 비녀 자리를 더듬다간 민망스런 웃음기 속에 혼자 중얼거리곤 하였다. 쯧쯧, 내 정신 좀 봐라. 아직도 그것이 뒤꼭지에 달려 있을 거라고…… 하지만 그러고 또 얼마도 지나지 않아서 다시 그걸 잊어버리고 그 허망스런 빈 헛손질을 되풀이하는 것이었다. 그러면서 또 번번이 그 허전한 웃음기 속에 스스로 주뼛주뼛 무안해하고 어색해하고……

그러나 노인은 결국 그 노릇마저 차츰 망각해갔다. 당신이 머리 뒤로 손을 가져가거나 없어진 비녀를 더듬어 찾는 일까지 서서히 사라져갔다. 그리고 부쩍 더 기억력과 정신이 급속히 허물어져가면서 많지 않던 그 말수까지 돌부처처럼 까마득해져갔다. 노인은 그것으로 이제 그 오랜 부끄러움과 마음의 빗장을 풀고 그 깜깜한 망각과 침묵의 깊은 치매기로 빠져 들어간 것이었다. 몇 달 뒤 준섭네가 다시 당신을 보러 갔을 때, 노인은 이제 그 아들이나 며느리를 알아보지 못한 것이다.

……비녀는 노인에게 한마디로 자존심의 표상물이었다. 다른

사람에게는 여자다운 쪽머리를 가꾸는 치장물인 그것이 노인에게는 자신의 부끄러움을 가두고 그것을 참아 넘기려는 강파른 자기 빗장, 혹은 자기 금도의 굴레, 나아가 당신의 삶을 큰 흔들림 없이 지탱해온 숨은 자존심의 상징이라 할 수 있었다. 그러니 그 비녀가 뒤쪽머리와 함께 잘려나간 것은 바로 노인의 자존심이 잘려나간 것일 뿐만 아니라, 그 부끄러움을 가두고 견디려는 마음의 빗장까지 통째로 뽑혀 나가버린 격이었다. 노인의 부끄러움은 이제 안으로 담아 가둘 빗장을 잃어버린 채 더 이상 당신이 감당할 수 없는 것이 되어 종내는 당신이 그토록 두려워했던 깜깜한 망각과 침묵, 그 자기 해제의 허망스런 치매증까지 부르고 만 것이다.

　하고 보면 그 풀 길 없는 노인의 필생의 삶의 화두, 그 부끄러움의 멍 자국을 끝내 지워주지 못하고 당신의 저승길까지 화석을 지어가게 한 책임은 대체 누구의 몫이어야 할 것인가—— 그것은 물론 누구 한 사람만의 책임이 될 수 없는 것이 분명했다. 노인의 비녀에 때가 끼고 생채기가 앉게 하고 끝내는 그것을 빼앗아버리기까지 한 자식들 모두에게 골고루 그 책임이 있었다. 더욱이 노인에게 용순의 옷보퉁이가 언제까지 간직되어 있었는진 모르지만, 당신 생전에 제 소식을 듣지 못하고 가게 한 용순은 그 책임이 누구에 못지않을 터였다.

　하지만 이제 와서 그것을 말한들 무슨 소용이 있을 것인가. 용순이 알든 모르든 준섭이 년의 일을 잊고 지낸 일은 한 시절도 없었다.

년의 가출과 부재의 사실은 그에게 언제나 틀어막을 수조차 없는 시린 찬바람 구멍 같은 것이었다. 그것은 어떤 기다림보다도 더 애틋한 마음자리로, 때로는 가슴속에 보이지 않는 오랜 체증의 위험처럼 계속 년의 존재를 거꾸로 확인시켜주곤 하였다. 하지만 용순이 그런 사실을 어떻게 믿을 수 있으며, 그것을 장혜림이 어떻게 이해할 수가 있을 것인가. 준섭과 용순 사이의 일에 관해 장혜림이 굳이 무엇을 알고 싶다면 그것은 오히려 준섭에게서가 아니라 용순 자신에게서 듣는 편이 더 나을 것이었다. 용순이 뭐라고 말을 했든, 그리고 년이 알고 있는 일이 많지는 않더라도, 노인이나 두 사람 간의 일에 관한 한 년으로서도 알 만한 것은 알고 있을 터이기 때문이었다. 그것은 물론 용순이 노인이나 주위 사람들, 무엇보다 제 삼촌과 자신을 위해서 거기까지 자신을 용납하고 용서할 수가 있을 때뿐이었다. 하지만 년이 과연 그럴 수가 있을 것인가—

그 용순보다 노인의 비녀를 다시 돌려준 외동댁에 대해서라면 오히려 말이 더 쉬울 수도 있었다. 이미 엿을 바꿔 먹어버렸다던 외동댁이 실상은 노인과 아들을 함께 단념시키기 위해서였던 듯 뒤늦게나마 그것을 되찾아와 당신에게 돌려준 것이 더없이 다행스런 일이 아닐 수 없었다. 얼마간 정신이 되돌아와서였든 어쨌든, 노인은 그것으로 그 마지막 순간의 소망을 이루어 그동안 잃어버렸던 자신을 되찾아 지니고 가게 된 셈이었고, 오랫동안 티격태격 사이가 껄끄러웠던 외동댁과도 그것으로 마음을 풀고 간 데가 있었을 것이기 때문이었다.

하지만 그도 다 부질없는 일이었다. 외동댁이 망자에게 찾아 지니고 가게 해준 것은 뒷사람의 자기 위안의 마음에서였을 뿐 노인에겐 이미 아무 소용도 없는 때늦은 일이기 쉬웠다. 두고두 고 마음의 칼날을 갈아 온 용순과의 일은 물론 외동댁이나 그 비 녀에 관한 일도 긴 말을 늘어놓고 싶지 않았다. 무엇보다 그 장혜 림 앞에 어쭙잖은 이야기들로 용순의 묵은 상처의 아픔을 더치게 하고 싶지가 않았다.

준섭은 연이어 담배를 꺼내 문 채 눈 아래로 묵연히 바다만 내 려다보고 있었다. 장혜림도 그런 준섭을 아랑곳하지 않은 채 철 늦은 쑥부쟁이의 연보랏빛 꽃잎들만 한 장 한 장 한가롭게 뜯어 던지고 있었다. 이제는 굳이 준섭의 대답을 기다리고 있지도 않 은 것 같았다. 준섭의 구구한 설명을 듣지 않아도 그 삼촌의 속사 연을 다 짐작하고 있노란 듯한 표정이었다.

하긴 그럴는지도 몰랐다. 그간의 사연들은 알 수가 없더라도 용순에 대한 준섭의 심중만은 장혜림도 충분이 짚어낼 만한 사실 이 있었다. 말을 꺼내지 않은 걸로 보아 혜림은 그것을 아직 깨닫 지 못하고 있었는지 모르지만, 마음속에선 이미 느끼고 있었을 일이었다. 준섭은 혜림에게 그것이나마 분명하게 떠올려주고 싶 었다. 그래서 그 용순에 대한 삼촌의 심회를 혜림 스스로 똑똑히 확인하게 해주고 싶었다. 그것이 어쩌면 용순에게 그 삼촌에 대 한 이해나 용서보다는 용순 자신에 대한 이해나 용서의 길을 위 해 어떤 실낱같은 통로라도 마련하게 될지 모르기 때문이었다. 스스로 그 희망을 버려서는 안 되기 때문이었다.

"「빗새 이야기」라고, 원고지 여남은 장짜리 콩트가 한 편 있는데 그거 본 적 있어요?"

준섭은 이윽고 긴 침묵을 깨고 돌아보며 혜림에게 물었다.

"그래요. 읽은 적 있어요. 제가 선생님 소설 안 읽은 거 있는 줄 아세요?"

예상치 않았던 준섭의 물음에 장혜림은 처음 좀 어리둥절한 표정으로 방심스런 대꾸였다. 그녀를 깨우치듯 준섭이 계속 그 「빗새 이야기」의 줄거리를 상기시켜나갔다.

"그 줄거리가 어떤 것이었는지도 기억하고 있어요?"

"기억하지요. 비가 오는 저녁이면 비비이 어둠 속을 울고 다니는 빗새라는 새를 한 노인네가 제 둥지도 하나 없는 몹쓸 팔자를 지닌 새라고 딱해하는 이야기였지요?"

"그러면서 노인네는 집 옆 텃밭에 나무 한 그루를 심어놓고 아침 저녁 새들에게 모이를 뿌려주었지요."

"그건 그 노인네가 어렸을 적 집을 나가 낯선 객지를 떠돌고 있을 아들을 생각해서였지요, 아마."

"그렇다면 혜림 씨는…… 그렇게 둥지 없는 빗새를 저주하고 모이를 뿌려주면서 집 떠나간 아들을 기다리는 노인이 누구였다고 생각하세요. 그리고 그 아들은 누구고……"

장혜림이 비로소 꽃장난질에 몰두하던 손길을 멈추며 준섭을 쳐다보았다.

"그래요. 이제 보니 그게 바로 할머니와 용순 언니 이야기였군요. 할머님이 용순 언닐 애타게 기다리시는…… 할머님은 물론 그렇게 언니를 기다리셨을 게 당연한 일이지만요."

"그래요. 할머닌 그렇게 용순일 기다리셨어요. 년은 끝끝내 그 할머니에게로 돌아오지 않았지만 말예요…… 그런데 장 기자는 그 「빗새 이야기」에서 아들을 기다린 것이 노인네뿐이라고 생각하세요? 눈에 보이지 않는 또 한 사람이 없어요?"

준섭은 이제 그 이야기를 꺼낸 본심을 드러냈다. 그는 묻고 나서 혜림의 대답을 기다리지 않고 자신이 계속 말을 이어갔다.

"장 기자도 물론 짐작하고 있겠지만, 그 이야기를 쓴 사람, 그에게 그런 기다림이 없었다면 노인네의 기다림을 알 수가 있었겠어요? 그리고 그것을 대신해 쓸 수가 있었겠어요?"

"……"

"용순이 제 삼촌을 어떻게 말했든, 그리고 내가 년의 일을 어떻게 생각했든, 내가 년을 애써 찾으려 하거나 돌보지 않았던 건 어쨌든 사실일 거요. 하지만 나 역시 할머니처럼 기다린 것도 사실일 거요. 년이 무서워 그 삼촌이 제 이야기를 한 번도 쓰지 않았던 것도 아니구요…… 이야기가 너무 짧고 우회적이어서 년은 아마도 그런 사실을 모르고 있을 테지만."

준섭은 마지막으로 마음속 당부를 그렇게 혼잣소리처럼 흘리고 나서 천천히 자리를 털고 일어섰다. 하지만 그동안 말없이 그 손꽃장난질을 다시 시작하고 있던 혜림은 그 준섭의 말뜻이 무엇인지를 잠시 더 음미해보려는 듯 그냥 자리를 지키고 앉아 있었다. 그러다간 뒤늦게 꽃송이를 내던지고 몸을 일으켜 뒤따라오며 엉뚱한 소리를 지껄였다.

"이건 좀 다른 이야기지만, 여기가 그러니까 선생님의 「해변 아리랑」에 나오는 산비탈이겠네요? 「해변 아리랑」의 어머니가 돌아가셔서 먼저 간 세상 식구들의 고혼을 한데 만나 모으러 이사를 가시듯 집을 옮겨 가신 그 저승 동네 터 말예요."

준섭의 말에 대한 자신의 속생각을 혼자서 수긍한 징표였다.

감독님께—

일전에 말씀하신 '부적'들의 이야기는 제외하고 은비녀의 사연만으로 이번 이야기를 끝냈습니다. 노인의 생애 가운데에서 그 강건한 젊은 시절에 이은 참담스런 부끄러움의 금도와 인고의 세월을 적는 데는 부적보다도 그 은비녀와 삭발의 사연이 제게 더 절실하고 손쉬울 뿐 아니라, 그것으로 충분하다고 여겨진 때문입니다. 노인이 절을 다니지 않은 것은 아니고, 감독님께서 말씀하신 부적뭉치 이야기도 감동적인 건 사실입니다만, 비녀의 사연과 겹치면 이야기가 너무 장황해져 효과가 감소될 염려도 있었어요. 하지만 물론 부적 이야기까지 화면에 취해 쓰시고 안 쓰시고는 감독님의 평가와 결정에 달린 일이겠지요. 그 부적 이야기는 감독님께서 저보다 더 자세하게 들으셨을 터인 데다, 노인의 입관 때에 길지 않은 화면 처리로 큰 호소력을 자아낼 수도 있으실 테니까요.

「빗새 이야기」는 분량이 길지 않아 참고삼아 전문을 찾아 보내드릴까 했습니다만, 마침 여기선 그것을 쉽게 구할 수 없어서 다른 수필 한 편을 첨부해 보내드립니다. 제가 굳이 직접 노인의 염을 해 보내드린 데는 전에 어느 잡지에 그런 생각을 먹게 된 곡절을 적었던 일이 있어 글의 일부를 함께 부쳐드리는 것이 더 좋을 듯싶어섭니다.

지금 형수님은 제가 무슨 일을 하고 있는지 알 수가 없다 보니 공연히 신경만 쓰이시는가 봅니다. 이런 글을 쓰면서 꼭 그 양반을 속이고 있는 기분이군요. 괘념하진 마십시오.

1995년 5월 ×일

단 한 번의 마지막 보은

─어젯밤 부산의 형님 댁에서 아버님이 돌아가셨네. 지금 버스 터미널인데, 그냥 혼자 다녀와서 말씀드리려다 나중에 꾸중을 들을까 싶어 알리기만 하는걸세.

아침 일찍 걸려온 전화 속에서 고우(故友) 백야(白夜)는 부러 그 부친의 부음(訃音)을 간단히 전했다. 엉겁결에 우선 몇 마디 위로 말로 전화를 끊고 나서 나는 서둘러 아침을 끝내고 곧바로 그 백야를 뒤쫓아 부산으로 내려갔다. 상사(喪事)에는 이쪽의 사정이나 거리를 불문하고 부음을 접하는 즉시 문상을 나서야 한다. 결혼식이나 회갑연 같은 경사에서의 결례는 뒷날 양해라도 구할 기회가 있지만, 상사에는 당자가 마지막 가는 길이므로 그럴 기회조차 남지 않기 때문이다— 선인(先人)들의 예훈(禮訓)을 쉬 등질 수도 없었지만, 그간 백야와 지내온 정의가 거리나 사정을 핑계멜 처지가 아니었다.

그런데 그 남행길이 내게는 참으로 망외(望外)의 보상이 마련된 뜻깊은 여정이 되었다. 다름 아니라 그 예정이 없던 여정에서 백야가 무엇보다 값진 것을 내게 보여준 때문이었다.

상가엘 들어서니 백야는 그보다 두어 시간 먼저 당도하여 정해진 상례를 치러나가고 있었다. 한데 단시간의 문상례가 끝난 뒤 나와 함께 모처럼 요깃상을 마주해 앉은 그가 나로선 매우 듣기 흔찮은 소리를 건네왔다.

— 실은 방금 전에 막 염습을 받들고 난 참이었네. 형님하고 나하고 둘이서 말일세.

— 형님하고, 자네 형제끼리 손수 염습을?

다소 뜻밖이란 듯한 나의 반문에 백야는 다시 몇 마디 설명을 덧붙였다.

— 교회 목사님이 그 일로 오셨더구만. 그런데 형님이 뭐 그럴 거 있는가. 아버님 마지막 가시는 길인데, 남의 손 빌릴 것 없이 자식들이 한번 몸소 씻겨드리고 새 옷도 입혀서 보내드리세…… 그러시며 내 의향은 어떠냐시더구만. 마다할 까닭이 있던가. 그래 우리끼리서 일을 끝냈지.

말을 끝낸 백야는 의당히 자신들이 해야 할 일을 하고 난 듯 얼굴에 흡족스런 웃음기까지 띠었다.

하지만 나는 그것이 그토록 당연스런 일로만은 보이지가 않았다. 형제의 일이 내게는 차라리 한 울림 깊은 충격과 감동을 주고 있었다. 육친끼리의 염습 절차는 어렸을 적 향리에서 가끔 본 적이 있었지만, 근자엔 거의가 그 저승사자 같은 장의사 사람들이 전담을 하다시피 해온 터였다. 그 삯꾼들의 거칠고 기계적인 사역에 비해, 혈육의 손길엔 얼마나 살뜰한 정성과 사랑이 깃들었을 것인가. 뿐이랴. 나는 한 문필인의 글에서 어느 때 노모를 업어 냇물을 건네드리다가 그 육신의 가벼움에 혼자 눈물을 흘렸노라는 고백을 읽은 일이 있었다. 이분은 내게 당신의 모든 것을 다 쏟아주시고 이제 이렇듯 빈 육신으로 남으셨구나…… 장성한 그 아들의 뒤늦은 탄식이었다.

과연 그러하다. 어릴 적의 씻기움의 뒷거둠은 물론이려니와 당신들은 그 생애를 통하여 사랑으로 우리를 씻기고 입히시다 빈 육신으로 떠나가시는 것이 아니던가. 그래 우리는 그 사랑과 은혜의 보답으로 마지막 길이라도 한번 제 손으로 당신들을 씻기고 입혀드려 고운 길을 떠나게 해드림이 옳은 일이 아닐는지.

그 마지막을 씻겨드림. 그것은 당신들의 온 생애를 통한 수많은 씻김의 손길, 그 사랑과 은혜의 손길에 대한 단 한 번의 뒤에 남은 이들의 마지막 보답이자 감사의 의식이었던 것이다……

나는 여느 상가들에서의 그 음습한 분위기나 기분과는 달리 방금 돌아가신 분의 육신을 매만지고 왔을 친구의 손길이 그토록 정갈하고 귀해 보일 수가 없었다. 그리고 크고 아름다워 보일 수가 없었다.

선인들께 대한 사랑과 감사를 바침이 없이는 그 유덕(遺德)을 구할 길은 물론 그럴 자격조차 없을 게 당연하다.

　사자(死者)들에 대한 사랑과 감사와 경의, 그것이 어찌 다만 사자들만을 위한 것일 것인가. 그것은 결국 우리들 살아 있는 자들의 삶을 위한 사랑과 이해의 시작에 다름 아닐 것이다. 그런 뜻에서 나의 친구 백야는 돌아가신 그의 어른께 대한 것 못지않게 자신을 포함한 모든 이웃들과 그들의 삶에 대해서도 더없는 감사와 사랑을 바치며 살아갈 것이리라 믿게 되는 것이다.

제6장

사랑과 믿음의 문을 잃은 세월

"할아버지, 저 밥그릇 뭐예요? 어째서 어저께부터 대문간에다 밥그릇을 갖다 놨어요?"

"그건 사잣밥이라는 거다."

"와 무섭다! 어디서 사자가 와서 저 밥을 먹어요?"

"그런 사자가 아니라 돌아가신 할머니의 혼백을 데리러 온 저승 심부름꾼 사자 말이다. 너희들 할머니 땜시 저승에서 먼 길을 왔으니 배부르게 대접을 해 보내드려야지 않겄냐. 그런 귀신 몫 밥이라 그 밥은 배가 고픈 개도 입을 대지 않는단다."

"그럼 저 고무신들도 그 귀신 사자한테 신으라고 준 거예요?"

"그렇단다. 사자님도 신고 할머니도 신고. 멀고 먼 저승길에 발이나 아프지 말라고. 전에는 짚신을 세 켤레씩 놓았다만 이제는 고무신이구나. 너들 할머니는 생전에 일을 하도 많이 해서 발이나 다리가 아프신 것은 잘 모르실 거다만, 고무신이 짚신보다

228

훨씬 더 질길 테니 오래 신고 갈 수 있어서 좋지 않겠냐."

준섭이 집으로 내려오다 보니 성 영감이 아직도 문간 앞에 쭈그리고 앉아 은지 따위 꼬맹이들의 말동무 노릇을 해주고 있었다. 준섭은 잠시 그 옆에 걸음을 머물고 서 있다가 장혜림을 혼자 남겨두고 집 안으로 들어섰다.

"아부지, 그만 집으로 돌아가시라니께 아직도 여기 그냥 이러고 계신 거예요? 이 사람 저 사람 지나가는 사람들 눈치나 보고 앉아서 쓸데없는 소리나 하고……"

노인이 눈에 띌 때마다 매번 핀잔 투 소리를 일삼던 동팔이 이번에도 얼핏 문간께를 지나쳐 가다 말고 볼멘소리를 해온 것이 듣기 민망했기 때문이었다.

그런데 위인의 소리를 모른 척하고 문간을 들어서보니 마당 안은 그사이 분위기가 많이 변해 있었다. 대문 밖 길가께 세워둔 승용차들로 대개 짐작한 일이었지만, 차일로 가려진 멍석자리와 노인의 빈소 앞이 찾아온 조문객들로 분주하기 그지없었다. 노인의 빈소 앞에선 눈에 익은 지면 몇몇이 지금 막 조문을 치르고 있거나 차례를 기다리는 중이었고, 차례를 이미 끝내고 나온 사람들은 군데군데 차일 밑 멍석자리를 차지하고 앉아 낮 부조술에 끼리끼리 얼굴이 붉어져가고 있었다.

"아니 상제가 빈소를 지키지 않고 어디를 그리 오래 갔다 와. 이제 어른께서 돌아가셨다고 아들놈이 그렇게 막 놀아먹어도 되는 거여. 이 판국에 더구나 묘령의 아가씨까지 거느리고!"

낯이 익은 사람 선 사람이 뒤섞인 그 손님들 가운데서 누군가 그를 향해 눙을 치고 드는 사람이 있었다. 소리 나는 쪽을 돌아다보니 자신도 노모의 치매증으로 걱정이 많던 회진 쪽 초등학교 동창생 녀석이었다. 하지만 준섭은 지금 막 날라져 온 새 부조상을 받고 앉아 있는 위인 쪽엔 간단히 알은체 눈인사만 건넨 채 곧바로 빈소 쪽부터 쫓아갔다.

그러나 준섭은 그 빈소 앞에서도 한 번 더 비슷한 추궁의 소리를 들어야 했다. 빈소에선 방금 광주 쪽 중학교 때 동창 친구 몇 사람이 조문을 끝내고 나오던 참이었다. 그중의 한 친구가 조금 전에 영전 분향재배나 원일, 청일들과의 상제보기 인사 때처럼 엄숙한 표정으로 다시 준섭을 은근히 나무랐다.

"우리는 자네가 자리를 비운 것 같아서 그냥 고인을 뵈었네. 그런데 이제사 진짜 상주가 나타나셨으니 절을 다시 해야 하는 거 아닌가?"

한 해 전부터 이 고을 군수로 재임해온 관료직 친구였다. 부임을 해오자마자 부러 쇠고기를 몇 근 사들고 이곳까지 찾아와 누워 있는 노인에게 넙죽 큰절을 하고 갔다는 그로서는 당연한 힐책일 수 있었다. 여느 때의 호방하고 선선한 성품에 비해 어딘지 좀 별스럽다는 느낌이 들면서도 준섭은 한순간 민망스러워지지 않을 수 없었다.

"절은 또 무슨 절. 진짜 상주는 여기 내 장조카 쪽인걸. 그리고 어쨌든 고맙네들. 바쁜 일 놔두고 여기까지 일부러 먼 길을 찾아와 주어서들……"

준섭도 일단은 상을 입은 상제답게 점잖고 정중하게 위인을 응대했다. 하지만 그게 또 놀림거리가 된 것 같았다.

"쯧쯧, 거 무슨 섭섭한 말씀…… 자네는 이 고을 백성이고 나는 명색이 원이 되는 사람 아닌가. 더욱이 내가 여기 와서 첫 부임인사를 찾아 올린 어른의 상산데 그런 자리를 안 와보면 쓰는가. 당최 그런 서운한 연설 말씀은 접어두시고 이제 그 어정쩡한 얼굴 표정이나 좀 펴시라구."

그도 농으로 한번 해본 소리였을 뿐이었던 듯 위인이 이내 본색을 드러내고 나섰다.

"그래, 고을 원님까지 찾아온 상가니 그 덕에 어머니 장례나 규모 있게 치러드리라구. 그러라구 저기 부러 우리 김 원님 이름으로 화환도 하나 크게 만들어 왔으니까."

장흥 쪽에서 중학교 시절을 함께 보낸 동년배의 다른 친구들까지 곁에서 그를 거들고 나섰다. 그러면 그럴 테지. 네놈들이ᅳ처음부터도 짐작이 전혀 없었던 건 아니지만, 준섭은 한순간 움츠러들었던 기분이 금세 다시 풀렸다.

"조화는 고맙지만, 군수 정도 벼슬에 너무 잘난 척 나서진 말아라. 이 동네에 군수가 온 줄 알면 나한테도 이런저런 민원이 여간 괴로운 게 아니니까."

그도 이제는 제 손해를 벌충하듯 몇 마디 허물없는 응대 속에 위인을 되몰아쳤다. 그리고 때마침 빈소 앞에 차례를 기다리는 손님이 없는 것을 확인하고 위인들을 멍석자리 술상 앞으로 안내해갔다.

"아직도 또 민원? 전번에 말했던 동구 앞 길 포장은 시공이 다

끝났을 텐데?"

준섭의 소리가 마음에 걸린 듯 군수는 술상 앞으로 자리를 잡아 앉고 나서 뒤늦게 다시 물어왔다. 관리의 앉은 자리가 늘 그런가 보다 싶으면서도 준섭은 기왕 말이 나온 김에 동네 숙원사업 겸 민원거리들을 떠올렸다. 그는 군수 영감을 시작으로 술잔을 채우고 돌아가며 남의 말하듯 어영부영 자신의 입장부터 털어놨다.

"내 이곳 민원이 어째서 길 포장하는 일뿐이겠어. 풍수해를 입은 농작물 피해 보상이야 추곡 수매량 증량이야, 한도 끝도 없는 형편일세. 자네가 여기로 온 뒤부터 이곳 사람들, 군수가 무슨 대통령이나 농수산부 장관쯤 되는 자린 줄 알고, 내가 오가는 길에 군청으로 자넬 한번 찾아봐주기를 바라는 백성이 한두 사람이어야 말이지……"

하지만 군수는 준섭의 민원을 쉽게 받아들일 기미가 아니었다. 그는 진짜 민원은 꺼내보기도 전에 얼굴색이 달라지며 준섭을 막아버렸다.

"이 사람, 자기 큰일을 눈앞에 두고 무슨 딴소리여? 나도 이제 곧 자리를 옮겨 나갈 시기가 됐단 말여. 그래 별 도움을 줄 것은 없지만, 내 이곳 재임 중에 자네 자당 어르신 이런 일을 치러드리게 된 것이라도 다행으로 여기고 온 참이란 말여. 그러니 자네도 이제 그런 일 상관 말고……"

그 역시 관리들의 처신일 수밖에 없는 것이 분명했다. 준섭은 그 어쭙잖은 민원을 어물어물 다시 거둬들이는 수밖에 없었다.

"자네 여기 온 지가 벌써 그렇게 되었나? 그렇다면 이거 더 야 단인걸. 저 조화를 다시 치우든지, 군수님이 얼른 자리를 피해주 시든지 하셔야지……"

"거 야단은 무슨 야단! 아무 걱정 말라고. 그렇다고 이 김가 원 님께서 친구 상사에 왔다가 술도 취하지 않고 대문을 나가시겠 어? 그러다 백성들한테 상투를 붙들리게 되면, 기왕지사 자리를 바꿔 가는 길에 제일 큰일거리 가져온 놈 얼굴에다 김 원님 도장 을 하나 꽝 찍어주고 가면 되는 거지. 자 그런 뜻에서 상주 자네 도 한잔!"

곁에서 다른 친구들이 걸쭉하게 웃어넘기며 건네주는 술을 한 잔 받아 마시고는 곧 자리를 일어섰다. 아깟번 그가 사립을 들어 설 때 실없이 큰소리 농담을 보내온 친구들도 늦기 전에 자리를 찾아가 봐야 했기 때문이었다.

하지만 그는 그 회진 마을의 옛 초등학교 적 친구들과도 별로 긴 시간을 함께하지 못하고 서둘러 다시 자리를 일어서야 했다. 오래잖아 이번엔 읍내 문화원 사람들 서너 명이 함께 대문을 들 어선 것이다. 그리고 이들과 함께 노인의 빈소를 다녀 나온 뒤에 는 잠시나마 또 이들의 새 술상머리를 지키고 앉아 있어야 했기 때문이었다.

그러니까 준섭은 이후부터 내내 그런 식으로 노인의 빈소 앞 과 새 술상들 사이를 끊임없이 들락날락하였다. 그러면서 때로 는 기회를 흘리고 만 묵은 술자리까지 기어코 새로 불려가 앉아 서 술잔마다 각별한 정의를 담아 나눠야 하였다. 지면이 오랜 사람은 깊은 지면만큼 각별한 위로의 말이 따로 있었고, 지면이 그다지 익지 못한 사람도 나름대로 거기 대한 아쉬움과 새로운 우의의 다짐이 뒤따르곤 했기 때문이었다.

그래저래 준섭은 차츰 취기가 다시 촉촉이 젖어 번져 오르기 시작했다. 하지만 그는 원래 원일 부서부터의 내림처럼 술이 제법 받는 체질인 데다 노인의 보이지 않는 보살핌을 입어선지, 그렇듯 줄기찬 술세례 속에서도 정신만은 갈수록 더 말짱해지고 있었다. 하나뿐인 몸뚱이를 이리저리 옮겨 다니느라 그 친소 간의 여러 문상객 중에 누가 언제 오고 가는지를 제대로 다 챙겨 살필 수가 없을 뿐이었다. 문화원 사람들은 술자리가 좀 길어질 듯싶더니 어느새 자리가 비어 있었고, 군수들 자리엔 금방 다른 사람들이 바꿔 앉아 있어 일찍들 돌아갔는가 했더니, 결국엔 마루방 노장들에게 상투가 붙잡혀 이런저런 새 민원거리로 장시간 애를 먹고 앉아 있었다. 그런 경황없는 준섭의 헛갈림은 외지 문상객에 대해서나 동네 사람들에 대해서나 별 차이가 없었다.

하지만 그런 어수선한 분위기 속에서도 오정 무렵까지는 그런대로 일이 잘 넘어가준 셈이었다.

그런데 시간이 오후로 접어들면서부터는 사정이 훨씬 달라져 갔다. 오정을 넘기면서 바로 원일의 처가와 외갓댁 사람들이 연이어 대문을 들어선 데다(특히 그 외가 사람들을 맞은 외동댁의 서러운 넋두리는 온 집안에 한바탕 소동을 이루었다), 전날 아침 훌쩍 회진 쪽으로 사라졌던 윤 사장 일행이 이날은 웬일로 다른 서울 친구들 일고여덟 명과 함께 일찌감치 모습을 나타낸 때문이었다.

외동댁에게 한바탕 소동을 빚게 한 원일의 외갓댁 사람들이나, 딸 사돈집 상사에 부질없는 걱정이 많은 처갓집 손님들이나 준섭은 대하기가 신경이 많이 쓰였지만, 그보다도 새 일행과 함께 다시 회진에서 돌아온 윤 사장패들은 모든 일이 도대체 제멋대로들이었다. 전날 아침 먼저 얼굴을 내밀고 간 윤 사장이나 강 원장들 외에, 위인들과 동행해온 새 일행 가운데는 ㄷ의대 항문 전문 박사님 민두식이며 ㄴ은행의 서울 변두리 지점장 권승진, 그리고 최 변호사와 ㅂ증권의 반용한 부장들의 얼굴이 섞여 있었다. 이미 전날부터 회진까지 함께 왔다가 윤 사장들에게 먼저 낌새를 살피고 오게 한 뒤 자신들은 계속 바다 근처를 떠돌다 온 것인지 어쨌든지, 준섭과는 대개 다 먼 길을 마다 않고 찾아와줄 만한 처지의 위인들이었다. 그중에도 특히 사랑방 열쇠지기 송규식은 오히려 때가 너무 늦었달까. 굳이 예상을 안 했달 것까진 없었지만, 서울에서부터 대개 낯이 익어온 일행 속에 어딘지 분위기가 좀 안 맞아 보인 위인이라면 송규식이 부러 연락을 넣어 먼 길을 동행해왔음 직한 ㅁ대학 영문과 재직 비평가 구정무 정도였다. 준섭의 눈에는 이것저것 별 전망이 없어 보이는 시 작업과 시집 탐독에만 열중하며 애를 먹어온 송규식에게 그만한 열정과 공부의 양이면 비평 쪽 일에도 좀 관심을 가져보는 게 어떠냐며 그간의 스승 격인 오명철 시인을 제치고 비평계의 실력자 격인 구정무를 소개해준 뒤로, 위인은 그를 어느새 바다낚시꾼으로 만들어 그 뒤치다꺼리를 도맡다시피 해온 처지랬던가. 그렇다면 이번에도 그 구정무와 송규식 두 사람은 여정을 뒤늦게 달리해 왔다가 그 회진이나 집앞 거리 어디쯤에서 비로소 윤 사장 일행과 만나서 골목길을 함께 섞여 들어왔기가 쉬웠다. 이를테면 이미 낚시질을 끝내고 오는 패거리와 아직 그 기회를 엿보고 온 무리가 함께 밀려 닥쳐든 셈이었다.

하지만 물론 누구도 그런 내색을 해 보인 사람은 없었다. 길을 직행해온 구정무들은 물론 뱃놀이를 갔다 온 패들도 차 속에서 미리 다 옷을 갈아입은 듯 차림새가 말끔했고, 조문 인사를 건네는 안색이나 말투들도 그 차림새만큼이나 정중하고 엄숙했다. ── 졸지에 얼마나 놀라셨는가. ── 너무 애통해하실 일이라 위로드릴 말이 없구만…… 하지만 점잖고 정중하기는 거기까지뿐이었다. 일행이 빈소 앞 조상 절차를 끝내고 아래채 마루청으로 다 함께 안내되고 난 뒤였다.

"그래, 수고들 많았다. 낚싯배 끄느라 이틀씩이나 고생들 많았을 테니 우선 한잔씩들 하시지. 그런데 오늘은 이리 일찍들 돌아온 걸 보니 재미가 그리 안 좋았던 모양이지?"

술상을 따라 들어간 준섭이 아직 좀 데면데면해 있는 위인들의 정곡을 찌르고 들자, 기다렸다는 듯 금세 분위기가 달라졌다.

"거 눈치 하나 빠르구만. 누가 미리서 고자질을 한 거 아냐."

"아, 여든일곱까지 수를 누리고 가신 어른의 호상을 치르러 와서, 물때 좋겠다, 그런 어른 덕분에 낚시질 좀 했으면 어때. 그걸 준섭이 알았으면 어떻구. 우린 내일 아침 상여만 잘 메드리면 할 일 다 하는 거 아냐."

"에라 이 친구야, 그렇다고 상제 앞에서 호상이라니 거 무슨 망발을!"

"어쨌거나 이만하면 호상 영상인 건 사실이고, 준섭이 이 친구 이제 한 짐을 덜게 된 것도 사실 아니야. 내 지금까지 분위기가 좀 썰렁한 것 같아서 준섭이 이 친구 한번 웃겨주자고 한 소리다만."

준섭의 처지는 이미 괘념을 않은 채 저희끼리 시야비야 허물없이 객담기들이 어우러져나가기 시작한 것이다.

"그래, 고맙다 고마워. 그래 봐야 나는 웃고 돌아다닐 처지는 못 되고, 자네들이 그러는 거나 못 본 척해줘야겠지만."

목소리와 웃음소리들이 너무 커지고 있는 듯싶어 준섭이 은근히 한마디 눈치를 주어보려 했지만 그것도 이젠 이미 소용이 없었다. 술잔을 들어 올리며 한 친구가 껄껄 거침없이 받아냈다.

"허허, 그래 이 친구야. 자넨 그렇게 계속 일이 끝날 때까지 울상을 짓고 다녀야 효잔 게야. 그 작대기 위론 허리도 펴지 말고 하늘도 보지 말고…… 우리도 대개 다 한 번씩은 겪어낸 일이라고. 그러니 우리 일은 우리가 다 알아서 할 테니 이쪽 일에는 쬐끔도 염려를 놓으시고."

준섭에게 마음을 놓으라는 말이 아니라, 걱정을 해봐야 소용이 없을 거라는 소리였다. 저희끼리 멋대로 돌아가겠다는 선언이었다.

그리고 그로부터 위인들은 과연 그 아래채 사랑방과 마루청을 독차지하고 앉아서 어지러운 행작과 소란을 그치지 않았다. 당연히 순서대로 위인들은 한쪽에 계속 술상을 벌여놓은 채 방 안과 마루청 두 쪽으로 나눠 앉아 화투짝 노름판을 벌이기 시작한 것인데, 그 행투들이 여간만 가파르지가 않았다. 윤 사장과 송규식 편에 미리 부조금 일부를 풀어서 초판 밑돈들을 깔아줬는데도 그 송규식에게 오래잖아 다시 빈손 돈심부름을 보내오는 위인이 있는가 하면, 승부욕이 만만찮은 먹물장사 구정무는 권승진이나 반용환 같은 돈장사패를 상대로 주머니를 많이 털렸던지 제 손으로 빈소 앞 남의 조위금 봉투에까지 손을 댔다가, 끝내는 판을 더 키우자느니 마느니 한동안 거북스런 감정 대립을 빚기도 하였다. 구정무와 오명철 시인이 함께한 자리라서, 그 바람에 들락날락 손발이 바쁜 것은 만만한 송규식이었지만, 준섭도 물론 그 송규식보다 속마음이 그리 한가했을 리가 없었다.

거기다 안채 아랫방에서는 그곳대로 또 김 군수와 동행해 왔던 광주 쪽 위인들이 몇 사람 뒤에 처져 주저앉아 아래채 쪽보다도 더 끈들답게 조용조용 판을 일구고 있었고, 용순과 장혜림까지 여기저기 그 술 취한 사내들 사이를 멋대로 기웃거리고 다녔다. 서울 출판사나 문학 동네 친구들, 광주나 읍내 쪽 친구들, 외동댁이나 원일이 청일이 들이 맡아줄 원근의 지면이나 인척들 말고도, 예정에도 없이 불쑥 문을 들어서 오곤 하는 조문객들까지 더하여 준섭은 이제 갈수록 마음의 갈피를 잡을 수 없었다. 이를테면 이제는 준섭의 당초 예정이나 요량의 틀을 벗어나 모든 일이 제멋대로 흘러가기 시작한 것이다. 노인의 조용하고 편안한 저승길만을 한사코 고집할 수가 없는 형편이 되어간 것이다.

그런 가운데에도 새말과 원일이 그때그때 필요한 일들을 잘 요

량해나가준 것이 큰 다행이랄 수 있었다. 이날 밤에 있을 경(更)
놀이와 상여꾼들의 일을 미리 단속해두는 일만 해도 그랬다.

"작은아버지, 동네 계꾼들은 언제쯤 들어오게 할까요."

저녁나절 해가 차츰 기울어 들기 시작할 무렵, 원일이 슬그머
니 준섭 곁으로 다가와 물었다. 준섭은 처음 그것이 무엇을 묻고
있는지조차 쉽게 알아들을 수가 없어 몇 번씩 되묻고서야 비로소
그 뜻을 알 수 있었다.

"동네 계꾼들? 태영이랑 동팔이들은 벌써들 다 와 있지 않으
냐. 그런데 또 무슨 계꾼?"

"그 양반들 말고 엄니가 들어놓은 제 계꾼들이 한 열댓 명 되는
데요. 인제는 상여도 짜야 하고 오경 치를 준비를 해야 할 사람들
이라서……"

"상여는 그 사람들이 짜는 거냐. 그럼 들어오도록 해라. 들어
와서 상여도 짜고 요기들을 시켜서 밤 새울 준비도 하게 하고. 그
런 건 네가 그냥 새말 아재하고 의논해서 할 일이지……"

그런 것까지 일일이 물을 것 없지 않으냐는 준섭의 물정 없는
대꾸에 원일이 그제야 진짜 의논거리를 내놓은 것이었다.

"그 사람들, 내일 자기들이 상여를 메지 못한다면 오늘도 밤
을 새우러 들지 않겠다고 해서요. 지금 와 계신 작은아버지 친구
분들에다 할머님의 손주, 사위들까지 합하면 상여는 우리끼리도
메고 남을 것 같아서 말씀입니다."

노인의 상여는 될수록 당신과 가까운 복인들이나 아들의 친구
들로 메어 모시겠다고 한 숙부의 생각을 바꿀 수 없겠느냐는 물

음이었다. 일을 그렇게 예정한 것이 노인을 좀더 뜻깊게 모시려는 생각 외에 행여라도 사람이 모자랄 때를 대비해서였음을 알지 못한 원일로서는 그걸 다시 묻는 것이 썩 조심스러웠을 터였다. 그러나 준섭은 사정이 그리되어 있는 마당에 굳이 자기 생각을 고집할 이유가 없었다. 상여를 메고 못 메는 일이 문제가 된 것은 노인을 위해서보다 저승길 노잣돈 때문이겠지만, 그렇다고 그것을 허물할 일도 아니었다.

"상갓집에 상여 멜 사람 많은 거야 좋은 일 아니냐. 모두 들어오시게 해라. 들어와서 오늘 밤 경놀이에 수고들을 부탁하고 내일도 같이들 상여를 메어주시라고……"

준섭은 눈치만 살피고 있는 원일에게 이르고 나서 몇 마디 더 덧붙였다.

"그리고 내일은 친외손간 남매들을 주로 해서 내 친구들이랑 그 사람들하고 함께 상여를 모시도록 해라. 사람들이 많을 것 같으니 우리 집 복인들을 중심으로 바깥사람들은 앞장서 끼어드는 사람만 적당히 몇 사람 섞어서…… 상여를 메주려는 생각들은 고맙지만 그것이 복을 입은 자손들 정성만큼 편하시겠냐."

그래 원일은 비로소 동네 계꾼들을 집 안으로 불러들여 그 상여와 상두꾼 일에 모두 차질 없게 가닥을 지어놓은 것이었다.

거기다 이날 저녁에 당장 밤을 새울 절차는 새말이 다 미리 예정을 세워두고 있었다. 그 원일과의 상여꾼 일이 마무리 지어지고 나자, 이번에는 새말이 자신의 생각과 함께 준섭의 의향을 물어왔다.

"경을 지내는 일은…… 원래는 초경서부터 오경까지 밤을 꼬박 새워야 망인의 저승길이 편하다고들 하지만, 요새는 많이들 줄여서들 하드만. 밤 날씨도 차고 하니, 9시쯤에 초경 이경 합해서 한 바퀴 소리를 맞춰보고, 자정 넘어 1시쯤 삼경 이후를 한 번으로 합해 넘어갔으면 싶은디, 자네 생각은 어쩐가? 계꾼들이 곧 들어설 테니 인제는 그것도 동생 생각으로 매듭을 지어주어야겠네. 그런다고 무슨 큰 잘못은 없겠지만, 워낙에 전부터 정해진 절차를 줄여가는 일이라……"

자신이 이미 작정해둔 절차를 준섭에게 한 번 더 확인하는 식으로 그를 미리 단속하고 안심시켜두려는 것이었다.

그 새말과 원일들 덕분에 이날 일은 그렇듯 별 대과 없이 상여를 짜고 밤을 새울 준비까지 큰 절차들엔 대충 다 채비가 갖춰지게 된 셈이었다.

하지만 이번에도 일이 다 예정대로만 되어갈 수는 없었다. 술 많고 말 많고 질퍽거리는 분위기 속에 정해진 일의 진행도 흐느적댈 수밖에 없었다.

이윽고 날이 어두워지고 초경이 치러질 9시가 가까워올 무렵이었다. 결국엔 한 가지 엉뚱한 말썽이 터졌다. 절차를 제대로 시작해보기도 전에 생각지도 않았던 차질이 불거져 나온 것이다. 복인들을 비롯하여 동네 계꾼들과 아래채의 서울패들까지 모두 마당으로 모여 나와 초경 치를 채비를 갖추고 있는 참인데, 정작에 앞에서 상여 소리를 이끌어갈 길아재비 최 영감이 모습을 나타내지 않고 있었다. 게다가 뒤늦게 영감을 데리러 갔던 준섭의 생질아이 하나가 헐레벌떡 저 혼자 돌아와 하는 소리가 이랬다.

"그 영감님 술을 너무 먹어서 못 오겠다는디요."

"그래서 너는 그냥 예 알았소 하고 너 혼자 덜렁 이렇게 돌아오고 말었단 말여. 이런 판국에 영감이 못 오겠다면 멱살이라도 잡아 끌고 왔어야제."

새말이 벌컥 화를 내며 녀석의 발길을 당장 되돌려 세우려 들었지만, 영감은 이미 가망이 없더라는 것이었다.

"저도 왜 그냥 그대로 돌아오려고 했겠어요. 하지만 영감 꼴이 영 안 되겠더라니까요. 누가 이렇게 인사불성이 되도록 술을 먹였느냐고, 소리커녕 오늘 밤 자기 아버지 초상부터 치르게 생겼다고, 아들이란 사람은 거꾸로 화를 내고……"

알고 보니 그것은 용순의 탓이었다.

"용순이가 아까 할머니 잘 모셔주시라고 술을 계속 권해쌓더니 일이 이렇게 됐구만요……"

준섭의 곁에서 청일이 혼잣소리처럼 귀띔을 해왔다.

"그럼 네가 좀 못하게 했어야지 그냥 보고만 있었단 말이냐. 한핏줄 간에 너희들이 그런 식이니까 용순이도 늘 그렇게 따로 노는 것 아니냐."

자신의 실수에다 준섭은 그러는 청일마저도 그냥 참고 넘어갈 수가 없어 나지막이 나무랐지만, 준섭 자신은 물론, 청일이도 그 용순은 어쩔 수가 없었던 모양이었다.

"저도 그냥 보고만 넘어가려 했겠어요. 말려보려 했지만 제 말을 들은 척이나 해야지요."

제 잘못으로 일이 그렇게 된 듯 말소리가 움츠러드는 청일에겐 준섭도 물론 더 할 말이 없었다.

"자네는 어디서 해필 그런 주정뱅이 영감태기를 소리꾼으로 불러서 일을 이리 망쳐놓는가."

성미가 조용한 함평네까지 모처럼 새말을 질책하고 들었지만, 그도 새말에게 허물을 물으려서가 아니라 사정이 당장 급하고 답답해서 나온 소리일 뿐이었다.

어쨌거나 일이 그만큼 딱하게 된 것이었다. 그런데 다른 땐 워낙에 말이 없던 사람이라서 마음을 아프게 했던지, 그 함평네의 한마디가 새말에게서 뜻밖에 임시변통의 해결책을 끌어낸 턱이었다.

"아따, 매씨도 나라고 그 영감이 설마 그리 실없게 될 줄을 어떻게 알았겠소. 허지만 큰 걱정은 마시오. 그 영감 꼴이 그리 되어 소리를 정 못할 마당이라면, 그까짓 것 나라도 대신해드리면 될 일 아니요."

궁즉통 격으로 다행히 목을 익혀둔 일이 있었던지 새말이 엉겁결에 그 소리꾼 노릇을 자청하고 나선 것이다.

"뭣이라고, 자네가? 자네가 어떻게 우리 엄니 상여길 소리를. 상여 소리가 좋아야 돌아가신 양반 저승길이 편하시다는 것인디."

이번에는 광주 쪽 수남 모가 새말을 못 미더워하고 나섰지만, 새말은 이미 다 작정이 내려진 어조였다.

"그 영감 소리라믄 나도 전부터 여러 번 귀동냥을 해왔소. 그

라고 내가 누구보다 숙모님을 이웃에서 많이 겪어온 처지 아니
요. 그런 내가 설마 숙모님 저승길을 소홀히 모시겠소."

"초경 아뢰오……!"
"예예—"
밤 9시. 이경까지 겸해 치르기로 한 초경놀이는 그 새말 덕분에
더 큰 낭패 없이 때를 놓치지 않고 예정 시각에 맞춰 시작됐다.
그런데 원래 노래하기 좋아하고 놀기 좋아하는 활양한 성격의 새
말이라 그 소리를 이끌어나가는 솜씨나 목청도 그런대로 별 흠잡
을 데 없이 능란하고 구성졌다.
"예에 예에 에으이 아아—"
"예에 예에 에으이 아아—"
"아이그 아이그. 거 어째 피죽 한 사발도 못 얻어 잡쉈소들. 목
청들을 좀 높이셔야지. 자, 다시들. 예에 예에 예으이 아아—"
그 새말의 사설에 장난기가 좀 끼인 것이 귀에 거슬리기는 했
지만, 행사의 성격상 그쯤은 오히려 사람들의 목청을 트게 하고
분위기를 일궈나가는 데에 요긴한 양념 노릇을 하고 있었다. 한
데다, 준섭은 무엇보다 노인을 오랫동안 곁에 해온 새말이 그 가
까운 복인들을 중심으로 한 상여꾼들과 함께 그렇듯 당신의 저승
길을 인도하게 된 일이 오히려 뜻깊고 다행스럽기까지 하였다.
준섭은 이제 노인의 영좌 앞에 조용히 눈을 감고 앉아 그 새말
의 소리에 자신의 기원을 함께해나가는 데에만 마음을 모으기 시
작했다.

"아, 거 거기 서울서 오신 양반들, 여기 지금 노래방 아니여. 마이크 잡고 콧구멍만 벌름거리는 것이 상여 소리가 아니란 말이시. 자, 입을 좀 **쫙쫙** 벌리고 다시…… 예에 예에 예에으이 아아—"

"거기 거 머리에 까치집 지어진 양반! 당신은 어디서 왔소. 소리가 그래 가지고 어뜨케 고인의 혼백을 극락천도 하시겄소. 똥심들을 좀 쓰고 발도 맞춰가면서…… 예에 으이이 과아남 보오살……"

소리는 한동안 쉽게 어우러져나가지 못하고 그 새말의 익살 섞인 질책 속에 몇 차례나 끊어져 가라앉곤 하였다. 하지만 새말은 기어코 분위기를 돋워 올려 마침내는 서서히 흥을 띠기 시작했고, 사람들도 소리와 발을 맞춰가며 둥글게 마당을 돌아가기 시작했다.

— 관암보오살, 관암보오살, 앞산도 첩첩하고, 관암보오살, 뒷산도 첩첩헌디, 관암보오살, 세상길 뒤로하고, 관암보오살, 어디로 가시랴오, 관암보오살, 오늘 한번 떠나시면, 관암보살, 다시 못 올 명부길손, 관암보살, 대문 밖이 저승이라, 관암보살, 소식이나 있으리까, 관암보살……

— 어허어이 어이 어이 가리 넘차 너와 너…… 친구 벗님 많다 헌들 어느 친구가 대신 가며, 관암보살, 일가친척 많다 헌들 어느 일가 동행을 할까, 관암보살……

새말은 한 반시간 남짓 그렇게 계속 흥을 돋아 올라갔다. 그러다 앞뒷소리가 한창 무르익어간 듯싶자 그쯤에서 일찌감치 초경

행사를 마감했다.

"자, 그럼 초경은 소리가 이만큼 맞춰졌으니 다음 경에 대비해 목소리를 아껴두고 마치기로 하고…… 수고들 하셨으니 삼경 아릴 때까지 술이나 한잔씩들 해두시겨."

말은 그리 했지만 신명이 지나쳐 고비를 넘는 것을 미리 막기 위해서였을 터였다.

사람들은 다시 뿔뿔이 흩어졌다. 새말의 말이 아니더라도 삼경을 치르기로 한 새벽 1시쯤까지 몇 시간 동안은 어차피 술이나 화투판 윷놀이 따위로 여가를 보내야 하였다. 마당에선 다시 야식과 술판이 벌어졌고, 이어 곳곳에서 왁자지껄 노름판들이 어우러졌다. 서울패들은 다시 아래채로 들어가 화투판을 계속했고, 마당 한쪽에서는 태영과 동팔을 중심으로 한 윷놀이판이 벌어졌다. 어어 우김질과 우격다짐질도 뒤따랐다.

시간이 얼마쯤 흐르고 난 뒤였다.

"형님, 인자 그만둡시다. 초상집서 그냥 날새기 겸해 놀자는 것이제 형님네 살림까지 털자는 것 아니니께."

"씨팔, 내가 살림 밑천을 털든 말든 좆같은 소리 그만하고 어서 윷이나 놀란 말여! 오늘 밤 내 돈 따묵고 그냥 온전히 대문을 나갈 수 없을 것인께."

윷판 쪽에서 나이 지긋한 태영과 동팔 사이에 험상궂은 소리들이 오가기 시작했다. 태영이 이날 오전 회진엘 나가서 추곡 매상 대금 얼마를 찾아가지고 왔는데, 위인이 아까 저녁참부터 그 돈을 동팔이에게 계속 털려가고 있었기 때문이었다. 동팔은 웬만 큰 따고 그만 자리를 피해 나가고 싶어 했지만, 태영이 기어코 끝장을 보고 싶어 한 것이었다. 두 사람의 다툼은 결국 태영만을 일방적으로 훈수하던 동네 홀아비 추 씨에게로 불똥이 튀어 세 사람이 함께 주먹질과 드잡이질까지 벌인 끝에 제풀에 그러저럭 끝이 나게 되었지만, 취흥이 낭자한 상갓집 일이 되어 그런지 누구 하나 그것을 말리려 드는 사람도 없었다.

그런데 그 태영과 동팔이들이 미처 옷을 털고 일어서기도 전에 이번에는 또 외동댁이 느닷없이 집 뒤꼍 쪽에서 큰일을 만난 듯이 악을 쓰고 돌아 나왔다.

"원일아, 청일아! 그 술주정뱅이 노름꾼들 쌈구경만 하지 말고 느그들도 눈구녁 있으면 이것 좀 보거라. 내일 아침 발인 제사 때 쓸라고 뒤꼍 창고에다 따로 간수해둔 돼지머리를 어뜬 염병할 놈덜이 그새 이 모양으로 만들어놓았겄냐이?"

분에 못 이겨 하는 악담과 함께 마당 한가운데에다 패대기를 쳐놓은 돼지머리에는 살이 하나도 붙어 있질 않았다. 묻지 않아도 누구들 소행인지가 뻔했다. 담 너머 텃밭에다 화톳불을 지펴놓고 아까부터 생돼지고기를 굽고 있는 노인의 손주사위 패들이 있었다. 녀석들이 장난 삼아 부드러운 목살 부분을 몽땅 다 도려내간 게 분명했다.

"그래도 누가 경우는 알아서 귀하고 코는 무사히 남겨둔 걸 보니 그럭저럭 모양새는 아직 상에 올릴 수가 있을 것 같구만, 귀한 제수거리를 그리 험하게 내팽개쳐버리시오. 그것도 노인 양반 관대하신 성품을 믿고 가져갈 만한 놈들이 그런 것 같구만."

눈치를 짐작한 함평이 짐짓 우스개 식으로 그 외동을 얼러 넘어가려 했지만, 자신도 뻔히 사정을 짐작하고 있을 외동댁은 그러니 그것이 더 괘씸하다는 듯 모른 척하고 함평을 대신 몰아붙였다.

"가져갈 만한 놈들이 누군디요! 그러고 봉께 아재도 그놈들 한통속으로 옆에서 고깃점이나 얻어 잡순 것 아니요? 그랬으먼 아재가 그 자슥들한테 가서 새 돼지머리를 만들어 오라고 하시오. 이런 일 생길지 몰라서 텃밭에 중톹 한 마릴 더 끌어다 매놨은께요. 얼굴 가죽만 백짓장모냥 남은 이걸로는 어떻게 제상을 꾸미겠소. 그놈들이 못 잡겄다면 아재가 대신 칼을 잡든지!"

새말의 조심스런 속요량에도 불구하고 그의 한바탕 소리가 취흥을 더욱 질펀하게 부추겨놓은 탓이었다. 분위기가 이미 한 고비를 넘고 있는 징조였다.

하지만 준섭은 이제 그런 건 별로 괘념을 하거나 알은척하려질 않았다. 노인을 조용히 정성스럽게 모시려던 생각은 단념한 지 오래였다. 그럴 바엔 차라리 분위기라도 시끌벅적 질펀하게 어우러져나가는 것이 더 좋을 듯싶기도 하였다.

그는 모든 것을 오히려 당연하고 흡족하고 고맙게 받아들이려 하였다. 하지만 한 가지 그러기가 아직도 쉽지 않은 일이 있었다.

큰일이 차츰 고비를 넘겨가다 보니, 노인의 딸들도 이젠 다시 긴장이 한결 풀리고 당신에 대한 정회도 많이 얇아져간 모양이었다.

"나 참말로 인제사 말이제만 우리 숙모님 땜시 한동안은 통 맘을 못 놓고 살았었제. 낮이고 밤이고 그 무렵엔 어찌나 자주 집을 나가싸시는지, 번쩍하면 전에 버시던 밭뙈기에 올라가 앉아 계시고, 번쩍하면 옛날 친정 동네 가신다고 저쪽 산모퉁이 길을 돌아가고 계시고…… 그런 땐 발걸음까지 어찌나 날래시던지 그 숙모님 찾아 모시러 다니느라 우선엔 우리 형수님이 애를 많이 태웠겠지만, 그때는 우리들도 이웃에서 품을 많이 베렸은께……"

초경 치레를 끝내고 나서도 계속 빈소 앞에 자리를 지키고 앉아 있는 준섭과 여상제들 곁으로 잠시 한숨을 돌리려 온 새말이 그렇게 노인의 치매 시절을 회상하고 난 뒤였다.

"그래, 자네나 원일이네가 노인 땜시 치른 고생을 누구라서 대신할 수 있었겠는가. 나는 바로 말해 친딸자식 처진디도 그 시절엔 한 사나흘을 더 못 모시겠데. 우선은 어떻게 그리 옆엣사람 밤잠을 못 자게 하시는지. 밤새도록 덮어드린 이불자락을 뒤적뒤적 빨래거리 손질 시늉을 일삼고 계시기도 하고, 그러시다 한번은 뒷간을 가신다길래 어찌시는가 봤더니, 일을 보고 돌아오시는 길에 안방 쪽을 잊으시고 마루방 문고리를 붙잡고 애를 먹고 안 계시겠는가. ……자네들이 애 많이 쓰고 고생 많이 했겠제. 듣지 않고 보지 않아도 다 알 수 있는 일이제."

광주 쪽 수남 모가 말공을 갚으려는 듯 그 새말의 말을 받아 짐짓 맞장구를 치고 나섰다. 그리고 그에 이어 말수가 적은 함평네까지 서슴없이 말을 거들고 들었다.

"그런께 엄니는 늙어서까지 그 바깥 변소길만 고집하고 다니신 것하고 전에 해오던 일손 버릇을 못 버리신 것이 제일 큰일이었제. 나도 한번은 목욕을 깨끗이 시켜드리고 새물로 몽땅 옷을 갈아입혀드렸더니, 당신은 어느 참에 또 소마구청으로 들어가서 진 두엄을 끌어내시느라 그 옷에다 쇠똥 칠갑을 해갖고 나오시더란께. 엄니도 인자는 돌아가실 때가 되셨어. 자식들보다도 당신 고생 덜 하시게……"

이젠 어느새 그 자식들 사이에서까지 이것저것 노인의 일이 함부로 짓씹혀대기 시작한 것이었다. 분위기에 휩쓸려 그저 시간을 보내려는 푸념이나 정회풀이가 아니었다. 노인의 젊었을 적 모진 성품에 대한 전날 밤의 성토에 이어 이번에는 말년의 치매기에 대한 원정이자 거리낌 없는 허물이었다.

게다가 나중에는 지나가던 외동댁까지 끼어들어 자기 푸념을 한참이나 털어놓고 갔음에랴.

"워메메 워메…… 그런 일들을 갖고 다 그러요. 그런 일뿐이라면 나는 차라리 말도 안 하겠소. 담배를 피우시다 집까지 태울 뻔한 것이 몇 번이고, 갯일을 가신다고 뻘밭까지 들어갔다 물귀신이 되실 뻔한 것은 또 몇 번이더라요. 내가 어디 들에라도 잠시 나갔다 들어오믄 며느리 일손 덜어준다고 두 식구에 아침 식은 밥 있는 것 놔두고 따로 새 밥을 한솥 가득 해놓고, 감나무에 감만 보면 가을 다 넘어가겠다고 이 나무 저 나무 풋감 타작을 해놓고…… 말년에 들어선 기력이 부쳐서 가만히 누워만 계시길래 그쪽이 차라리 무방하시겠다 싶었더니, 종당엔 여기저기 욕창까지 생기셔서 집안에 헌옷가지들은 다 물수건으로 동이 나고…… 나도 인자는 낼모레가 환갑인디, 나 혼자 그런 세상이 없었제. 돌

아가신 양반 두고 입을 열면 흉이 되고 차라리 말을 않고 말어야
제. 하기사 인자는 이도저도 다 당신이 눈을 감고 돌아가신 마당
인께…… 그라고 자식들 처지나 된께 허물없이 이런 소리도 할
수 있는 것이제마는……"

허물털이, 아니면 허물 묻어 보내기— 아섭고 허망스럽고 서
러운 대목이 없을 수는 없겠지만, 그리고 외동댁이나 누구의 말
마따나 자식 된 처지에 허물이 덜해 그럴 수도 있겠지만, 그 실은
모두가 그동안 마음속에 묻어온 노인의 허물들을 털어내어 그것
을 당신의 저승길에 함께 묻어 보내려는 절차를 치르고 있음이었
다. 알고 그러든 모르고 그러든 그것이 노인에 대한 뒷사람의 허
물을 벗는 일이기도 한 때문이었다.

하지만 준섭은 그럴 수가 없었다. 노인의 치매기가 안타깝고,
뒷사람들의 허물이 마음 아파서만은 아니었다. 그는 도대체 그
노인의 괴로운 치매증과 긴 침묵의 치매기를 허물할 수가 없었
다. 허물하고 싶은 생각은 엄두를 내볼 수도 없었다.

……그 비녀와 낭자머리를 잃고부터 노인은 더 이상 당신의
부끄러움을 감당할 힘을 잃고 말았다. 그때부터 노인은 부쩍 더
말을 잃어가기 시작했고, 그러면서 서서히 그 어두운 삶의 침묵
기, — 말소리와 몸의 움직임은 깨어 있으되 의식은 이미 잠이
든 괴로운 백일몽 속의 삶이 시작됐다. 오관의 기능과 기억력이
급속히 떨어져가고 말과 거동새가 혼란스럽기 그지없었다.

그것을 더욱 부추긴 것이 옆의 수하나 실없는 이웃들이었다.
제가 누군지 아시겠어요? 여기 이 사람이 아들이요 손주요? 지

금 연세가 한 서른 살밖에 안 되시지요? 이웃이나 수하들은 오랜 만에 당신을 뵈러 간 아들 앞에서까지 노인을 함부로 놀리고 재미있어들 하였다. 노인의 옳은 대답이 쉽지도 않았지만, 기억이 옳을 때도 당신 아들을 기어코 손주로 우겨대어 아리송한 혼란과 실수를 유발해내곤 하였다. ──그래, 니가 참말로 원일이냐? 노인이 긴가민가 곧이를 듣고 나면 이번엔 다시 거꾸로 아니라 놀려대고.

하다 보니 노인은 자꾸 주위 사람들에게 주눅이 들어갔다. 진지상을 차려드려도 눈앞에 가까운 찬 그릇 한두 가지로 묵묵히 끼니를 치르고 말 때가 많았다. 엉뚱한 말실수나 허튼 숟가락질로 주위의 웃음거리가 될까 봐 미리 조심을 하려는 것이었다. 노인의 끼니상엔 자꾸 그릇 수가 줄어가고, 나중엔 아예 건건이 사발 하나가 달랑 따라 놓여 나올 때가 많았다.

그런데도 노인은 예기찮은 대목에서 다시 실수를 저질렀고, 그럴수록 더 꽁꽁 안으로 움츠러들면서 말을 잃어갔다. 그리고 끝내는 모든 사람을 한결같이 이웃 아재 아니면 낯 모르는 손님쯤으로 대하기 시작했고, '서울 아들'은 물론 당신과 반생을 함께 해온 며느리까지도 어느 한시절의 '이웃 사람'이 아니면 어려운 '사돈댁' 정도로 늘 존댓말 대접이었다.

노인의 침묵과 그에 비례해 깊어진 치매증은 그러니까 그렇 듯 당신을 혼란시키고 주눅 들게 한 주위의 놀림질에서, 그 주위 에 대한 불신감과 서운함에서 정도가 더 깊어지고, 그로 하여 마음과 믿음의 통로가 막힌 데에 더 큰 허물이 있었다. 기회가 닿을 때 당신 곁에서 가까이 지내보면 그것을 알 수 있었다.

노인의 기억력이 가까운 데서부터 먼 옛날로 거꾸로 거슬러 사라져가는 것을 알고 나서 준섭은 때로 역으로 그것을 이용하여 노인의 정신을 되찾아준 때가 있었다. 옛날 시집 오실 때 이 집 살림 형편이 어떻습니까. 시어머니 성품은 어떠시던가요. 첫아이를 얻으셨을 때 아버지는 얼마나 좋아하시던가요. 아버지는 무슨 병환으로 어떻게 돌아가셨는데요? 그 유택은 어디에다 모셨지요…… 끼니때면 진지상에서 하나하나 이름을 대어가며 찬을 집어 얹어드리고, 잠자리나 여가 때면 옛날 피우시던 담뱃불도 붙여드리고 하면서, 당신의 얼크러지고 끊어진 옛 기억의 끈들을 오랜 일부터 차례차례 끈질기게 추려 내려오다 보면 이때까지도 긴가민가 아들을 알아보지 못한 듯싶던 노인이 문득 말씀해 오시는 것이었다. ── 이참에는 며칠이나 지내다 갈라냐?

노인이 마침내 아들을 알아보게 되신 것이었다. 당신이 곁엣사람을 믿고 안심을 하시게 된 결과였다. 짧은 한순간이나마 그 믿음과 기억의 통로가 밝게 열리게 된 결과였다.

노인에게 항상 그 마음의 통로를 밝게 열어놓게 했으면 그 침묵이나 치매증도 훨씬 덜했을지 모른다. 하지만 누구도 노인을 그래 드릴 수가 없었다. 주위에선 오히려 그것을 부추기기만 한 셈이었다. 노인보다 주위에서 먼저 그 통로를 틀어막아버린 것이었다. 그것은 준섭 역시 마찬가지였다. 며느리에 대해서나 용순에 대해서나 옛날 누구보다 당신의 말을 빼앗는 데에 앞장서 나섰던 준섭은 이번에도 수많은 속앓이를 견뎌왔을 힘든 외동댁을 위하여, 행여 그 며느리의 심기라도 건드릴까 눈치를 보느라고 그런 노릇조차 그리 기회를 자주 하지 못한 것이었다.

노인은 그래 결국 이도저도 모든 삶의 통로를 닫아 건 채 그 깜깜한 침묵의 늪 속으로 가라앉아 들어갔고, 그 막막하고 하염없는 가수 상태를 견딘 끝에 드디어 그 침묵의 완성을 보게 된 것이었다. 그리고 그 격절스런 침묵의 완성과 함께 주위에서들은 이제 그 당신 생전의 노인이나 자신들의 허물을 모두 당신의 무덤 속으로 함께 묻어 보내려는 것이었다.

그것은 물론 누구도 허물할 일이 아니었다. 그 노인의 침묵이 시작되면서부터 말을 잃은 것은 당신만이 아니었다. 노인의 침묵과 함께 당신의 주위 사람들도 차츰 서로 말을 잃어갔다. 노인과 다른 사람들 간에는 물론이고, 외동댁과 친자식들 간, 친자식과 친자식 간에서까지 할 말을 못하고 서로 눈치들을 살폈다. 노인을 중심으로 서로 간에 마음의 골이 깊어지고 그 갈등의 골은 끝내 서로 간의 인륜 관계에까지 적지 않은 손상을 입혔다.

이제 노인의 침묵이 마지막 절정을 맞아 명부의 땅으로 떠나가려는 마당에 남은 사람들은 서로 그간의 허물을 털어 함께 묻어보내고 그 갈등 속에 잃어버린 생자의 말을 다시 찾아 끊어진 관계들을 회복하려 하고 있는 것이었다.

그것은 누구도 허물을 해서는 안 되었다.

한데도 준섭은 그럴 수가 없었다. 허망스럽고 아픈 느낌을 지울 길이 없었다. 지난날의 어려움이 오히려 아쉽고 뿌듯하게 느껴졌고, 무엇인가 크고 소중한 것을 잃고 있는 것 같았다. 자신의 허물은 털어 묻을 수가 없었고, 잃어버린 말이나 사람들과의 관계도 그렇게 간단히는 회복될 수가 없을 것 같았다. 무엇보다 그 노인의 오랜 침묵의 짐을 그대로 벗어놓을 수가 없었다. 준섭은 그것이 안타까울 뿐이었다. 그리고 자꾸만 허망스러워지고 있을 뿐이었다……

그런데 그런 준섭의 무거운 심사를 달래주듯 노인에게 뜻밖의 선물 한 가지가 도착했다. 몇 달 전에 출판사로 원고를 넘겼던 동화 『할미꽃은 봄을 세는 술래란다』가 이날 밤 다행히 책으로 만들어져 온 것이다.

"책을 좀 좋게 만들어보자고 그간 일이 많이 늦어졌습니다. 유고가 계셨다는 소식 듣고 장례 전에라도 할머니께 책을 올려드리는 것이 허물을 좀 더는 길일 듯싶어 직원들 몇 사람하고 밤을 새웠습니다. 마음에나 드실는지……"

노인의 죽음이 그 동화책의 완성을 재촉해준 격이랄까, 서둘러 책을 만들어 직접 차를 달려 온 출판사 정 사장은 비로소 가쁜 한숨을 삼켰다. 노인의 일이 소재가 된 내용에다, 표지에 당신의 얼굴 모습까지 곁들인 고운 책이었다.

"뭐 이렇게까지 수골 하실 건 없는데…… 하지만 저한테는 오늘 밤 가장 뜻깊은 선물을 가져오셨습니다. 돌아가신 어머께서도 기뻐하실 거고요."

준섭은 우선 그 정 사장을 치하하고 나서, 책을 제단 위 노인의 영정 앞에 정중하게 올려놓았다. 그리고 노인에게 혼잣속으로 고했다.

— 어머니, 생전에 제대로 모시지 못한 송구스런 마음을 작은 책 속에 담으려 했습니다. 이것으로 조금이나마 제 허물을 덜어 주십시오. 어머님도 아시지만 저는 결코 어머님께 대한 제 마음의 짐을 벗어놓을 수가 없습니다……

그러나 준섭의 그 창연하고 망연스런 심회를 아랑곳하려는 사람은 아무도 없었다. 안팎의 분위기는 계속 질펀한 취흥 속에 어지럽기만 하였고, 사람들은 비틀비틀 눈빛까지 흐느적거렸다. 게다가 끝내는 새말까지 어디서 술기가 잔뜩 취해 올라 시간의 분별력을 놓치고 만 것 같았다.

"삼경이오. 삼경! 삼경 아룁니다아."

그럭저럭 자정이 가까워질 무렵, 삼경을 치르기로 한 시각까지는 아직 한 시간 너머나 남겨둔 시각에 새말이 취중에 무슨 생각을 했던지 일찌감치 삼경 채비를 서두르고 나섰다. 하지만 시간을 귀띔해주거나 절차 따위를 따질 틈도 없었다.

예에—

예에— 예에—

여기저기서 곧 술에 취한 사람들이 후창을 외쳐대며 마당으로 몰려나왔고, 이어 새말과 놀이꾼이 한데 얼려 마당을 휩쓸고 돌아가기 시작했다.

예에 예에 예에으어 아아—

예에 예에 예에으어 아아—

관암보살, 관암보살

가네 가네 나는 가네, 관암보살

이승을 두고 나는 가네, 관암보살

못 잊어도 잊고 가네, 관암보살

기약없이 아주 가네, 관암보살—

처음에는 그 매김 소리라도 제법 사리를 따르고 있는 것 같았
다. 하지만 차츰 시간이 흐름에 따라 그 새말의 앞소리나 상여꾼
들의 뒷소리까지 모두 궤도를 벗어나가고 있었다.

에헤 에헤야, 에헤 에헤야—

새말이 몇 차례 소리의 분위기를 바꿔나가더니, 나중엔 빈소
앞에 모여 앉은 외동댁 앞을 지나다가 그 자리에 한동안 발을 머
물고 선 채로 장난 소리를 먹여댔다.

이 집 며느리 큰방 차지 기다리고 기다렸네—

에헤 에헤야 에헤 에헤야—

외동댁이 졸지에 어쩔 줄을 몰라 하는 것도 아랑곳이 없었다.
새말은 기어코 그 외동댁의 마음속 자복이라도 받아내고 말 것처
럼 놀림 소리를 계속했다.

큰며느리 조심조심 작은며느리 두근두근

에헤 에헤야 에헤 에헤야

살아나실까 조심조심 또 깨어나실까 두근두근

에헤 에헤야 에헤 에헤야—

소리판이 드디어 난장판이 되어가고 있었다.

준섭은 이제 차마 더 그걸 보고 있을 수가 없었다. 그가 노인을

보내드리려던 모양새는 뭐래도 그런 것은 아니었다. 그는 차라리 이제 그 소리판을 외면한 채 노인의 영정 앞에 혼자 머리를 숙이고 돌아앉아 그 앞에 놓인 동화 속의 노인을 마음에 되새기기 시작했다.

— 할머니께서 은지에게 나이를 다 나눠주시고 더 나눠주실 나이나 지혜가 떨어지고 나면 할머니는 갓난쟁이처럼 몸집이 조그맣게 되셔서 이 세상에서 모습을 거두어 우리 곁을 떠나가게 되신단다……

그것은 바로 준섭이 노인을 보내드리고 싶은 모습이자 깊은 소망이었다.

— 하지만 우리가 너무 그것을 걱정하거나 슬퍼하기만 해서는 안 된다. 할머니께서는 우리 곁을 떠나시더라도 할머니의 모든 것이 사라져 없어지는 것은 아니니까. 사라져 없어지는 것은 자꾸만 작아져가시는 할머니의 모습뿐, 그 속에 간직되어 있는 할머니의 혼령은 옛 육신의 집을 빠져나가 어디선가 다시 새 아기의 모습을 얻어 예쁜 갓난아기로 태어나게 되신단다. 마치 나비의 애벌레가 고치 속에서 고운 나비로 변하여 헌 고치를 벗고 날아가는 것처럼, 할머니의 혼령이 그 나비에게 실려서 어디론가 이사를 가듯이……

하지만 준섭은 그 마음속 기원조차 오래 계속해갈 수가 없었다.

"거 무슨 꼴같잖은 것들이다냐. 살아생전엔 구경도 못한 것들을 인제 제삿상에나 올려놓는다고 누가 좋아하신다냐. 어른 제삿상에 올릴 것 못 올릴 것도 모르고."

"넌 그렇게 취한 꼴로 해가지고 무슨 낯으로 할머니 혼백 앞을 얼씬거리냐. 명색이 손주딸이 돼가지고 지 할머니 욕을 못 뵈어 드려서. 저리 비켜나거라."

광주 수남 모에 이어 사람 좋은 함평까지 갑자기 목청을 높이는 바람에 눈을 떠보니, 용순이 어디서 제간엔 할머니를 위한 제수랍시고 양주 한 병을 구해와 제 손수 제상 위에 다 올려놓고 있었다. 그런데 그런 중에서도 용순은 그 어른들의 질책을 들은 시늉도 않은 채 그 할머니 영정 앞에 놓인 동화책을 구실 삼아 다시 준섭을 물고 늘어졌다.

"흥, 이건 또 뭐예요? 삼촌은 할머니가 돌아가실 때를 생각해서 이런 책까지 미리 써놓은 거예요? 하긴 삼촌은 역시 삼촌이신데 어련하셨으려구요. 이것도 다 머리를 잘 굴리는 삼촌 식 아니겠어요. 내가 내 식으로 할머니를 위해서 제상에 양주병을 올려드린 것처럼 말예요."

아침 녘 이후로 장혜림과는 이미 무슨 말이 좀 오간 듯싶기도 했지만, 용순은 그 할머니의 얼굴 모습까지 새겨진 동화책의 표지를 함부로 들춰대며 심통기가 여전했다.

"하지만 삼촌, 이젠 제발 좀 적당히 해두세요. 나 삼촌한테 정말 질리고 말았어요. 나도 눈이 있고 귀가 있어 삼촌을 좀 이해하고 가까이도 해보고 싶어요. 하지만 이런 삼촌 때문에 그게 안 돼요. 그러니 삼촌이 좀 빈 데를 보여주세요. 허술하고 모자란 데를 보여주시란 말예요. 어떻게 하면 제가 삼촌을 이해하고 삼촌 가까이로 다가가볼 수가 있지요? 삼촌이 그걸 좀 가르쳐줄 수 없어요?"

용순의 그런 원정은 물론 준섭에 대한 불만 때문만이 아니었다. 방금 전에 저를 질책한 어른들이나 집안사람들 전부에 대한 포원 때문이었다. 그것을 모를 리 없는 은지네가 보다 못해 멍청히 앉아 있기만 한 준섭을 대신하여 모처럼 매섭게 년을 꾸짖고 나섰다.

"용순이 너, 보다보다 이젠 정말 더 못 보겠구나. 큰일 치를 동안은 참아 넘기려 했지만 정말 더는 못 보겠어. 그래, 삼촌이 지금 무얼 잘못해서 그래. 삼촌이 이 마당에 할머니 이야기를 곱게 써 바친 것이 무엇이 그리 못마땅해. 용순이 너 혼자서 할머닐 생각했어? 우린 그저 할머니 고생하고 앓다 가신 거 구경만 하고 있었는 줄 알아? 용순이 너야말로 할머니를 위해서 무엇을 해드렸어. 인제사 말이지만 할머니 치매증은 할머니 혼자서만 앓으신 병환이 아니셨어. 우리 집 온 식구가 할머니 곁에서 그걸 함께 앓아왔어. 그런데 너는 그동안 어디서 무얼 했어. 할머님이 가장 어렵고 힘드실 때 너는 그 할머니께 무엇을 해드렸지……? 너는 할머니한테 그냥 받기만 해온 거야. 제가 드리지는 않고 받기만 하면서, 더 받질 못해서 혼자 아쉬워하고 주위 사람들을 원망하며 이런 패악질이나 일삼는 것이—, 그것이 네 식으로 할머니를 위해드리는 길이야? 그건 철부지들이나 좋아할 유치한 투정일 뿐이야."

누구보다 말이 없고 만만해 보이던 사람이 갑자기 숨도 쉴 틈 없이 몰아붙이는 바람에 용순은 처음 한동안 기가 질린 듯 표정이 굳어져 있다가 나중엔 차라리 어이가 없다는 듯 비실비실 웃음기 속에 무시하는 태도를 짓고 있었다.

은지네가 다시 그 용순에게 준섭을 대신해 일렀다.

"그 책은 삼촌이 쓰셨지만, 우리가 할머니의 병환을 함께 앓아온 이야기야. 그러니 너도 이젠 심통만 부리지 말고 그 책을 한번 읽어봐. 그래서 우리 집 식구들이 할머니의 치매증을 어떻게 함께 앓았고 그것을 어떻게 서로 곱게 앓고 싶어 했는지를, 그래서 어떻게 할머니를 곱게 보내드리려 소원해왔는지를 이해하도록 노력해봐. 생각처럼 할머니를 잘 모시지는 못했더라도, 그래서 그것을 더 마음 아파하고 죄스러워해온 삼촌의 속마음도…… 나는 그동안 할머님에 대한 우리 집안 식구들의 아픈 소망을 이렇게 글에 담아 써주신 삼촌이 고맙고, 할머니께서도 그걸 기뻐하시리라 믿어. 그걸 읽어보고 더 투정을 부리든지 행패를 부리든지 네 알아서 해. 그때는 나도 더 아무 말 않을 테니까."

"자네가 대신 매를 들어주니 나는 입을 두고도 할 말이 없네만, 자네도 그렇게 큰소리를 칠 만큼 괴롬이 많았던 줄은 몰랐네이!"

아랫동서가 너무 자신의 뒷감당 노릇을 내세우려 드는 것쯤으로 알았던가. 이번에는 외동댁이 그런 은지네 쪽을 고까워하는 어조로 비양대고 드는 바람에 용순도 은지네도 더 입을 열지 못하고 시비는 서로 표적이 물고 물린 꼴이 되어 끝이 나게 되었다.

— 노다 가세. 노다 가세. 오늘 안 놀면 언제 노나……

상여꾼들은 이제 그 집안사람들의 불화를 모른 척 싸덮어 넘어가주려는 듯 흥겨운 노랫가락까지 떠지르며 난장판을 이루고 있었다.

준섭은 그 귀가 멍멍해오는 소란통 속에 노인의 혼령을 지키듯 당신의 영좌를 향해 다시 묵상을 계속해나갔다.

—사람은 누구나 나이를 먹으면 그 나이와 함께 지혜가 쌓이게 되고, 지혜가 마음속 가득 찬 어른이 되고 나면 그 지혜가 삭아서 다른 사람에게로 흘러넘치고 싶은 사랑이 된단다. 할머니께서 은지를 위해 나이를 나눠주시고 지혜를 나눠주시는 것은 모두 그 할머니의 사랑 때문이란다. 그러니 그 사랑 때문에 할머니는 키가 작아지고 몸집이 작아져서 점점 더 어린애가 되어가시는 것도 아랑곳 않으시고 기쁜 마음으로 그렇게 하실 수가 있으신 거란다.

그 역시 동화 속의 아빠가 딸아이에게 해준 설명이요 준섭이 실제로 딸아이에게 일러준 말이었다. 하지만 그 말은 노인이 그 한 생애로 준섭에게 가르쳐준 것이었고, 지금은 침묵 속에 보이지 않는 모습으로 그것을 가르쳐주고 있었다. 하지만 이제 누가 당신의 그런 사랑을 기리고 명념하려 하는가. 묻어 보내지 않고 지니고 싶어 하는가.

—청청하늘엔 잔별도 많고 우리네 가슴엔 수심도 많다. 아리 아리랑 스리스리랑 아라리가……

상여꾼들의 취흥과 노랫소리는 이제 그 질탕한 아리랑 가락으로 절정을 이뤄가고 있었다.

그런 가운데에 준섭은 다시 그 동화 속의 딸아이에게 의탁해

보였던 할머니의 마지막 모습으로 노인에 대한 그의 소망과 기구를 마음 깊이 혼자 되새겨나가기 시작했다.

……어느 따스한 봄날 오후였습니다.

'나 새 옷 입혀줘.'

할머니는 이날도 몸을 조그맣게 오므리고 어린 아기처럼 쌔근쌔근 깊은 낮잠을 주무시다 일어나셨습니다. 그리고 모처럼 맑은 정신이 드신 목소리로 엄마에게 갑자기 새 옷을 졸라대셨습니다.

그런 다음 할머니는 엄마가 정성껏 다려 입혀드린 새 치마저고리 차림으로 옛날처럼 가지런히 몸을 개고 앉아, 이날따라 그 할머니를 위해 찾아온 듯싶은 한 쌍의 흰색배추꽃나비를 창밖으로 오래오래 바라보고 계셨습니다.

그런데 얼마 뒤, 바깥일에서 돌아오신 아빠가 그 할머니의 방엘 들어갔다 나오시며 조용히 말씀하셨습니다.

'할머니께서는 오늘 마지막 남은 나이를 다 나눠주신 모양이다. 할머니의 영혼이 옛 모습의 옷을 벗고 우리 곁을 떠나가셨구나……'

은지는 그 할머니의 영혼이 조용한 숨결을 타고 슬며시 은지네를 떠나시며, 옷을 벗어 개켜놓듯 곱게 벗어놓고 가신 하얗고 조그만 옛날 모습 앞에 혼자 다짐하였습니다.

'할머니 안심하고 떠나세요. 그리고 이 세상에서 제일 예쁘고 착한 새 아기로 태어나세요. 할머니께서 저한테 나눠주신 나이는 제가 잘 맡아서 간직하고 있을게요……'

준섭의 감은 눈 속에서도 그날 은지가 보았다는 하얀 배추꽃나비들이 팔랑팔랑 끝없이 푸른 하늘로 날아오르고 있었다.

감독님께──
먼저 이 시를 읽어주십시오.

눈물

소설가 이준섭이 내게 들려준 이야기인데, 나긋나긋하고 맛있게 들려준 이야기인데, 듣기에 따라서는 아주 슬픈 이야기인데, 그의 입술에는 끝까지 미소가 떠나지 않았는데, 그래서 더 깊이 내 가슴을 적셨던 아흔 살 어머니 그의 어머니의 기억력에 대한 것이었는데, 요즈음 말로 하자면 알츠하이머에 대한 것이었는데, 지난 설날 고향으로 찾아뵈었더니 아들인 자신의 이름도 까맣게 잊은 채, 손님 오셨구만, 우리 집엔 빈방도 많으니께 편히 쉬었다 가시요잉 하시더라는 것이었는데, 눈물이 나더라는 것이었는데, 가만히 살펴보니 책을 나무라 하고 이불을 멍석이라 하는가 하면, 강아지를 송아지라고, 큰며느님더러는 아주머니 아주머니,라고 부르시더라는 것이었는데, 아, 주로 사물들의 이름에서 그만 한없이 자유로워져 있으셨다는 것이었는데, 그래도 사물들의 이름과 이름 사이에서는 아직 빈틈 같은 것이 행간에 남아 있는 느낌이 들더라는 것이었는데, 다시 살펴보니 이를테면 배가 고프다든지 춥

264

다든지 졸립다든지 목이 마르다는지 가렵다든지 뜨겁다든지 쓰다든지 그런 몸의 말들은 아주 정확하게 쓰시더라는 것이었는데, 아 몸이 필요로 하는 말들에 이르러서는 아직도 정확하게 갇혀 있으시더라는 것이었는데, 몸에는 몸으로 갇혀 있으시더라는 것이었는데, 거기에는 어떤 빈틈도 행간도 없는 완벽한 감옥이 있더라는 것이었는데, 그건 우리의 몸이 빚어내는 눈물처럼 완벽한 것이어서 눈물이 나더라는 것이었는데, 그리곤 꼬박꼬박 조으시다가 아랫목에 조그맣게 웅크려 잠드신 모습을 보니 영락없는 자궁 속 태아의 모습이셨더라는 것이었는데

정진규 씨라고, 노인이 돌아가시기 전 어느 자리에선가 제가 당신의 이야기를 들려준 일이 있는 선배 되시는 시인의 시입니다. 그것을 어느 잡지에 시로 써 발표한 것을 은지네가 어디선가 구해 보내왔길래 감독님께 제가 다시 소개해드린 것입니다.

이 시를 왜 감독님께 보여드리는지, 그 내용이나 제 의도에 대해선 긴 설명을 줄이겠습니다. 제가 굳이 그러지 않더라도 시 자체가 모든 걸 말하고 있으니까요. 저는 그 방법을 알 수가 없습니다만, 영화에서 혹시 소용될 데가 있다면 감독님께서 방법을 찾아 활용하셔도 무방할 것 같습니다. 앞서 보여드렸듯 문상을 온 사람 가운데에 오가 성을 가진 친구가 있으니 그 위인이 전에 노인을 위해 써둔 작품쯤으로 해도 좋겠구요.

그것은 감독님께서 알아서 하실 일이고, 사실은 이 시를 감독님께 보여드린 다른 이유가 한 가지 있습니다. 이 시가 제게 왠

지 자꾸 감독님께서 생각하고 계신 영화의 제목 '축제'의 의미를 생각하게 했거든요. 물론 확연한 의미가 떠오르진 않았습니다. 몸이 필요로 하는 말들에는 아직도 정확하게 갇혀 있으시더라, 몸에는 몸으로 갇혀 있으시더라, 거기에는 완벽한 감옥이 있더라— 같은 대목에서, 죽음이란 걸 그 말과 육신의 힘든 자기 속박으로부터의 해방 같은 것으로 생각해본 때문인지도 모릅니다. 아니면 보다 깊은 무엇, 삶의 궁극이나 그 완성 같은 것…… 그건 물론 제가 치른 장례 절차 중에도 자주 느꼈던 것입니다만, 물론 그런 것 때문만도 아니었을 것입니다. 어쩌면 장례의 '축제'적 의미가 제게도 그만큼 심각했던 때문인지 모릅니다. 솔직히 말씀드리면, 며칠 전에 제가 이런 일을 하고 있는 눈치(아마 형수님의 귀띔이 있었던가 봅니다)를 알고 장터 거리 그 이 교장 형님이 찾아와 이런저런 말이 오간 끝에 그 '축제성'과 관련한 장례식의 의미를 함께 새겨본 일까지 있었으니까요.

참고삼아 여기 대충 그때의 이야기들을 간추려드리면 이런 것이었습니다—

우리 전통의 유교적 세계관에서는 제사를 지낼 때 보듯이 우리 조상들이 신으로 숭앙 받고 대접을 받는다. 우리 조상들은 죽어서 가족신이 되는 것이다. 그처럼 우리가 말하는 유교적 개념이 효라는 것은 조상이 살아 있을 때는 생활의 계율을 이루고, 조상이 죽어서는 종교적 차원의 의식 규범을 이룬다. 제사라는 것은 그러니까 죽어 신이 되어간 조상들에 대한 종교적 효의 형식인 셈이고, 장례식은 그 현세적 공경의 대상이었던 조상을 종교

적 신앙의 대상으로 섬기는 유교적 방식의 이전의식, 즉 등신의 식인 셈이다. 그러니 그것이 얼마나 뜻깊고 엄숙한 일이냐. 죽어 신이 되어가는 망자에게나 뒷사람들에게나 가히 큰 기쁨이 될 수도 있을 만한 일이다……

물론 이처럼 메마른 논지로 '축제'의 의미를 제대로 풀어낼 수는 없겠지요. 불교적 윤회와 환생의 뜻을 함축해 매김한 동화 쪽하고도 좀 엇갈리는 대목이 있겠고요. 하지만 유불선이 함께 혼융된 우리식 정서에서 본지를 크게 해칠 소리가 아니라면 이도 어디에 적당히 깔아 넣어볼 만하지 않겠습니까. 그 서울 패들 중에 먹물들이 몇 있었으니까, 위인들이 그 낚싯배 위에서 저희끼리 심심풀이로 허튼소리를 늘어놓는 식으로 말씀입니다.

끝으로, '준섭'의 심사를 어지럽게 한 문상객들 가운데에 사돈가 사람들의 이야기를 간단히 줄이고 넘어간 데가 있어 여기서 몇 마디 덧붙이겠습니다. 상가 일이란 분위기가 그렇고 그런 것이어서 더 길게 늘어놓고 싶지가 않았던 데다, 저로선 앞으로도 이따금 얼굴을 마주하게 될 사람들의 일이라서 짧게 줄이고 넘어간 일이었는데, 그 대사들을 버리기가 좀 아까운 생각이 들어서요. 대사의 내용과 정황만 간단히 적어두겠습니다.

웃어른 없이 딸아이가 외동댁만을 홀시어머니로 모시게 된 원일 장인의 지레 걱정: 듣자 하니 저 아이가 지 시어머니 모르게 돌아가신 노사돈어른의 뜻을 많이 받들어드리고, 노사돈어른께서도 그것을 그만큼 고맙게 여기시다 가신 모양인디, 이젠 어른이 가셨으니 젊은 사장님께서 저걸 대신 좀 아끼고 돌봐주셔야……

친자식들 대신 병고의 노인을 도맡아 시중해온 외동댁의 뒷날 일을 당부해온 원일의 외종 숙모: 사장님은 글을 쓰시는 양반이 시라니께 막바로 말씀드리자면, 알다시피 그동안 우리 원일이 에미 고생이 말도 못할 정도였지라. 그런디 인자부턴 노사돈어른이 안 계시다고 우리 원일 에미 살아갈 일을 모른 척하는 일이야 없으시겠지라이? 사장님께도 다 생각이 계실 줄 알지만, 그간에 사장님이 노사돈어른을 모셔온 정성을 인자부턴 혼자 남은 형수한테 그대로 이어가셔야 안 쓰겠소이?

1995년 4월 ×일

제7장

바람 되고 구름 되고 눈비 되어 가시다

발인 날의 상제들은 그 절차 하나 하나에마다 매번 가슴 저미는 정한과 아쉬움에 젖어들게 마련이다. 상제들에게 그것은 망자의 향년이 길고 짧음과는 별 상관이 없는 일일 것이다. 망자가 마지막으로 생자의 집을 떠나가는 영별의 슬픔이나 아쉬움은 망자의 생애를 함께해온 뒤 생자들의 세월만큼 무게나 깊이가 오히려 더해질 수도 있기 때문이다. 그 세월 동안 인생살이의 온갖 아픔과 즐거움을 함께해왔다. 이젠 그 뒤 생자들의 영별의 슬픔조차 무심히 뒤로하고 떠나가는 망자의 마지막 길 앞에서랴. 그 애달프고 허망스러운 심회는 어느 때 누구에게나 결코 가벼울 수가 없을 것이다.

"엄니, 인자는 이 세상 근심 걱정 훌훌 다 털어불고, 마지막 가시는 먼 길 많이많이 잡숫고 편히 떠나가시요이? 여기 엄니 좋아하시던 도라지나물도 있고 고사리나물도 있고……"

긴 세월 노인과 남모를 고초를 함께해온 외동댁은 그 노인을 떠나보내는 정회가 누구보다 애달프고 허망스러웠을 터였다. 하지만 노인을 마지막 떠나보내는 발인 제사를 올리면서 외동댁은 처음 그 슬픔을 한사코 안으로 참아 삼키려 애썼다. 생시의 노인을 앞에 모신 것처럼 당신 대신 골고루 젓가락을 옮기면서 나직나직 먼 길채비를 단속해드리고 있었다. 그 외동댁의 절절한 심정 앞에 다른 사람들은 섣불리 입을 열 수도 없었다.

아침 9시부터 시작된 발인 제사는 그렇게 원일의 헌작서부터 차례차례 조용하게 치러져나갔다. 어린 시절 노인 곁에서 함께 지낸 형자나 홀시어머니 시집살이의 어려움을 노인에게 의지했던 원일 처만이 한동안 제단 앞에 깊이 엎드려 어깨를 들먹이다 나왔을 뿐, 그 숙연하고 긴장된 분위기 속에 절차를 보살피는 새 말이나 용순이년도 이날은 별 허튼짓거리가 없었다.

준섭은 이제 한결 마음이 놓이는 기분이었다.

이날의 발인제도 축이 시작되기 전까지는 일이 썩 가지런하지 못한 데가 없지 않았다. 지나간 일은 다 그만두고 노인을 마지막 보내드리는 이날의 일만은 숙연한 마음으로 정성스럽게 치르고 싶은 것이 준섭의 소망이었다. 그러자면 무엇보다 이런저런 일 채비가 여일하게 미리 다 갖춰져 있어야 하였다. 그런데 이날따라 제사 시간이 다 되어가도록 축문을 읽어줄 마루방 노장들이 한 사람도 모습을 나타내지 않고 있었다. 거기다 동네 계꾼이나 노인의 외손들과 함께 상여를 메기로 하고 회진 여관으로 나간 서울 패들은 제사가 시작될 때까지도 아직 사립을 들어서는 기척이 없었다.

뿐인가, 제사가 시작될 무렵엔 술에 취해 떨어져 운신을 못한다던 윗동네 소리꾼 최 영감이 행장을 차리고 나타나, 노인의 상여 길은 기어코 자기가 인도해야 한다고 고집을 피우는 바람에 아직도 걸음걸이를 비척대는 위인을 달래 보내느라 준섭과 새말이 한동안 애를 먹고 난 터였다. 일이 풀리게 된 것은 축을 해줄 장터 이 교장이 제사 시작 직전에 사립을 들어서준 덕이었다. 그래 그럭저럭 때를 놓치지 않고 제사를 시작한 다음이기는 했지만, 윤 사장을 비롯한 서울 쪽 상여꾼 몇 사람이 뒤늦게 헐레벌떡 차를 달려 쫓아와 구색을 채우게 된 것도 일을 한결 순조롭게 하였다. 무엇보다 날씨가 따뜻하고 화창한 것이 망외의 부조였다.

그래저래 제사는 큰 차질 없이 그런대로 차분하고 숙연한 분위기 속에 조용히 끝이 나가고 있었다. 내외 자손들이 모두 자기 술잔을 올리고 격식대로 재배와 사배를 다 올려야 했기 때문에 시간이 좀 걸렸지만, 그래도 축을 읽은 지 반시간이 채 안 되는 짧은 영별이었다.

하지만 차분하고 숙연한 것은 거기까지뿐이었다. 이윽고 제상이 거둬지고 병풍이 치워지고, 그 뒤에 모셔졌던 노인의 영구가 상여꾼들에게 천천히 들려 움직이기 시작하면서부터 갑자기 분위기가 급변했다.

"아이고, 우리 엄니가 인자는 참말로 영영 가실랑가부네……!"

주방 쪽으로 제수들을 치워 옮기고 돌아오던 외동댁이 느닷없이 그 노인의 관을 부여잡으며 먼저 곡소리를 터뜨리고 나섰고,

이어 큰딸자식 수남 모까지 갑자기 회한 어린 오열을 터뜨리기
시작한 것이다.

"엄니 엄니 우리 엄니, 불쌍한 우리 엄니, 어찌 이렇게도 허망
하게 가실라 하요. 참고 참아 돌이 되고 바위가 된 당신 한을 어
찌 그냥 가슴에다 묻고 혼자 가신다요. 하고 싶은 말이나 한번
털어놔보고 가시요…… 당신 생전 한번이나 그랬어야 하는 것
을……"

— 관암보살, 관암보살……

새말이 몇 차례 소리를 일궈가다 이윽고 수남이 앞에 모신 노
인의 영정을 뒤따라 천천히 영구 행렬을 움직이기 시작했지만,
요령 소리에 맞춰나간 그 운구 소리는 오히려 두 사람의 곡소리
에 껴묻혀 수미를 가릴 수가 없었다. 그중에도 수남 모의 곡성은
그 상여 소리가 제대로 어우러져 오르기 시작하면서부터 차츰 기
세가 꺾이다 잦아들어가고 말았지만, 외동댁의 구성진 곡소리는
노인의 영구가 한 바퀴 집안을 돌고 나서 사립을 나설 때까지 끈
질기게 이어져나갔다.

"엄니 엄니, 우리 엄니, 엄니하고 우리 둘이 참고 살자 잊고 살
자, 고생살이 서로 쓸어주고 의지해온 세월이 얼마길래, 내가 네
속 모르겠냐 네가 내 속 모르겠냐 좋은 시절 돌아오면 그 말 이르
고 살아보자. 그 다짐 어디 두고 혼자 이리 떠나시오. 말도 없이
떠나시오. 무정하고 허망하요, 원통하고 절통하요……"

노인의 영구가 안방 앞을 지나고 건넛방 앞을 지나고 정제간
우물가 외양간 곡간까지, 노인의 발길이 잦고 손길이 스민 곳마

다 굽이굽이 애달프고 구슬픈 사연을 엮어나갔다.

"엄니, 엄니, 인자는 우리 집 사립을 마지막 가시면서 어찌 그리 한마디 말도 없이 나가시오. 한번 가면 다시 못 올 먼 길을 가시면서 그 길이 그리도 바쁘고 좋드라요……"

영구가 마지막 사립을 나갈 때는 그 설움이 더욱 정한에 사무쳤다.

지난 일이 다 그렇듯 절잘했든 어쨌든, 외동댁은 그렇게 온통 다른 사람들의 설움까지 부추기고 대신해간 셈이었다. 외동댁의 그 구슬픈 곡소리엔 영구를 뒤따르는 다른 상제들도 심한 흐느낌 소리를 억누르지 못했고, 운구를 지켜보던 원근의 문상객들까지 이따금 눈시울을 붉히지 않을 수 없게 한 것이다. 그리고 거기에 이날은 마음을 될수록 겸허하고 숙연하게 지내려던 준섭 역시 심정을 달리할 수가 없었다. 영구가 움직이면서부터는 그도 어쩔 수 없이 속이 자주 뜨거워지고 있었지만, 그 외동댁의 곡소리에 마음이 실리기 시작하면서부터는 심회가 더욱 참담하고 창연해져간 것이었다.

그 낭자한 외동댁의 곡소리가 그친 것은 운구가 사립 밖 텃밭에 마련된 노제 마당에 이르러서였다. 거기서부터는 영구가 상여로 옮겨지고, 상여꾼과 동네 사람들에게 새 음식 대접이 있어야 했기 때문에 외동댁은 호곡보다 다시 일손이 바빠지게 된 것이다.

하지만 이미 한번 깊은 정회가 뜨겁게 끓어오르기 시작한 준섭은 그 노제가 다 끝날 때까지도 가슴이 식을 줄을 몰랐다.

"이것은 할머님께서 생전에 이웃들에게 마지막 정표로 음식을 대접하고 떠나시는 작별의 자리니 너희가 그 할머님을 대신한다는 마음으로 정성껏 어른들을 대접해 올려라."

원일이들에게 음식 시중을 당부하다가도 그는 느닷없이 목이 메었고,

"이것이 그런께 이 세상에서 우리가 노인 양반한테서 얻어먹는 마지막 이별 턱인 셈인께 감사히 잘 받아 먹어드려야지, 이? 우리 노인 양반 가실 길도 바쁘실 텐디."

술잔을 받아든 동네 노인들의 농기 섞인 덕담에도 공연히 심사가 망연해지곤 하였다.

"그래 저 양반, 이승에 남은 자식들 못 미더워 어떻게 저리 혼자 홀홀 떠나가시는가 몰라……"

그중에도 누구보다 그 이웃 성 영감이 준섭이 건네준 술잔을 받아든 채 노인의 생전 성품과 내세사까지 미리 일러왔을 때 그는 더욱 가슴이 미어지는 아픔을 참을 길이 없었다.

"허기사 저승에서도 그냥 쉬고만 앉아 계실 어른은 아니신께. 인자 이승 식구들의 일은 준섭이 자네로 해서 이만큼 단속이 되었으니, 저승엘 가시면 저승 식구들 모아 돌보시느라 영일이 없으실 게여……"

그런데 이날 준섭의 망극한 심중은 누구보다 새말이 깊이 잘 헤아려준 셈이었다. 이윽고 그 마지막 노제 행사도 끝나고 노인의 영구가 다시 움직이기 시작했다. 그런데 거기서부터는 스무 명 가까운 상두꾼이 호방산 높이 두른 정식 상여로 행렬을 맞춰

나가기 시작하면서 새말의 소리가 큰 공력을 발휘하기 시작한 것이다.

— 관암보살 관암보살,

가네 가네 나는 가네 백운청산으로 아주 가네.

— 잘 있거라 자석들아 잘 있거라 이웃들아.

인제 가면 언제 볼꼬 화목하고 잘살거라.

그 새말의 앞메김소리는 경박스럽던 간밤이나 아깟번과는 딴판으로 사설이 훨씬 유현하고 목청도 구성졌다. 그리고 준섭에겐 그것이 그의 가슴 깊은 회환과 뜨거운 간구들을 함께 실어가 주고 있는 것 같았다.

— 저승길이 멀다더니 대문 밖이 저승일세.

적막강산 이 길에도 다시 올 날 있을랑가.

관암보살······

"쯧쯧, 우리 아짐이 인자 아주 가시네요 이. 부디 인제부턴 이 세상 근심 걱정 다 털어 잊어불고 편히 가셔서 쉬시오이······"

공포(功布)와 영정 명정들을 앞세운 상여 행렬은 그렇게 구슬픈 상여 소리와 이웃들의 애틋한 배웅 속에 동네 길을 한 바퀴 주춤주춤 돌아 나왔다. 그러다 이윽고 마을 길을 벗어져 나면서부터는 외동댁을 비롯한 안상제들의 곡소리마저 무심히 뒤로한 채 상여 행렬만 가지런히 뒷산 밭둑길을 오르기 시작했다.

— 이팔청춘 소년들아 백발 보고 웃지 마라

부귀영화 일장춘몽 흐른 물에 부평초라

바람 되고 구름 되고 눈비 되어 나는 간다

어허이 어이 어이가리 넘차 너와 너……

새말의 소리는 갈수록 유장하고, 늦가을 푸른 하늘은 끝없이 높고 청명했다.

— 일락서산 해는 지고 월출동녘 달오르니

팔십 평생 꽃 세월이 바람같이 흘러간다

달이 되고 별이 되고 해가 되고 꽃이 되소

어허이 어이 어이가리 넘차 너와 너……

엷은 바람결에 하늘빛 호방산이 높이 부풀어 올라 펄럭이는 상여 곁을 따라가며 태영이 연신 흰 지전을 뜯어서 이곳저곳 노인의 저승길 노자를 뿌려주고 있었다. 상여는 그를 아랑곳하지 않은 채 그 드높은 가을 하늘로 날아오를 듯 연푸른 호방산을 더욱더 높이 펄럭이며 훨훨 산을 향해 올라갔다.

— 바람 되고 구름 되고 눈비 되어 나는 간다……

어허이 어이 어이가리 넘차 너화 너……

— 달이 되고 별이 되고 해가 되고 꽃이 되소……

묘소 일을 끝내고 내려온 산역꾼과 문상객들이 어지간히 집을 빠져나가고, 상청 마련에 이어 일찍 초우제까지 지내고 난 늦저녁 나절 무렵, 준섭 혼자 차분히 묘지를 살펴보려 사립을 나서려던 참이었다. 서울 패들과 어울려 이미 길을 떠난 줄 여기고 있던 장혜림이 사립 밖 텃밭 가에 아직 용순과 앉아 있다 또 알은척 소리를 건네왔다.

"선생님, 저도 인젠 돌아가야겠어요."

준섭은 물론 그 장혜림이 아직 길을 떠나지 않은 것이나 새삼스런 인사 소리가 크게 고마울 것이 없었다. 비로소 혼자서 노인의 묘를 보러 가는 발길이 그만큼 바빴고, 그걸 누구에게도 방해받고 싶지가 않았기 때문이었다.

　평토제를 지낸 뒤엔 상인들이 먼저 망인의 혼령을 모시고 산을 내려오게 되어 있어 준섭은 온전한 성분 모습을 볼 수가 없었다. 그는 관 위에 흙을 얹을 때 노인의 이야기를 쓴 동화책까지 함께 한 권을 얹어드리기도 했지만, 그것으로는 어쩐지 당신의 유택 일을 다 마무리 짓지 못하고 중도에 돌아오고 만 듯 미진하고 서운한 심정이었다. 보다도, 이번에는 그쪽에서 노인을 떠나보내게 된 그 마지막 단 한 번의 영별의 아픔마저 다 감당을 하지 못하고 온 듯한 송구스런 심정이었다. 상청에 이미 신주를 모셨는데도 노인이 아직 산에서 그를 기다리고 있는 것만 같았다.

　"삼우제 지내고 가보면 알겠지만, 당신이 세상 살아오신 마음씨맹키로 묏봉산이 참말로 조신하게 써졌단말시. 어떤 사람은 묏봉산을 아무리 곱게 올려 모실라고 해도 그거이 맘같이 잘 안되는 일인디 말이여."

　일을 끝내고 내려온 새말이 위로 말 겸해 준섭을 안심시켰지만, 그는 삼우제까지도 기다리고 있을 수가 없었다. 자신의 눈으로 당장 노인의 유택 모습을 보고 싶었다. 그리고 평생 노인의 몫이 되어온 그 떠남과 떠나보냄의 아픔을 이번에는 그쪽에서 혼자 감당해보고 싶었다.

　장혜림은 이를테면 그런 절박스런 준섭의 발길을 가로막고 나선 셈이었다. 그렇다고 먼 길을 왔다 가는 사람을 그냥 먼발치로 무심히 떠나보낼 수가 없어 잠시 발길을 머물고 서 있으려니, 그녀가 팔짝팔짝 곁에까지 뛰어와 새삼 달갑잖은 소리를 하였다.

"그러잖아도 떠나기 전에 선생님을 한번 뵙고 가려고 기다리고 있던 참이에요. 어머님을 떠나보내시고 난 선생님의 감상을 좀 들어보고 싶어서요."

"어머니를 떠나보낸 감상? 그거야 대답이 뻔한 것일 텐데 뭐. 나이 먹은 사람들이 흔히 하는 소리처럼, 나도 인제는 진짜 고아가 된 것 같다, 장 기자가 내게 듣고 싶은 게 그런 소리 아니오? 하지만 그런 말도 시일이 좀 지난 다음에나 입에 담을 소리지 집안에 곡소리도 가시지 않은 오늘 당장에야 어디……"

때에 어울리지 않은 그녀의 주문에 준섭은 그냥 좀 어이없어 하는 농조로 웃어넘기려 하였다. 그런데도 장혜림은 제법 진지하기까지 한 얼굴로 그의 발길을 계속 붙잡아두고 싶은 어조였다.

"실례인 줄은 알아요. 하지만 전 농담이 아니에요. 선생님의 글에 늘 나타나 있듯이 평소 어머님께 대한 선생님의 생각이 누구보다 각별했기 때문에 그 어머님을 떠나보내신 선생님의 감회도 남다를 데가 있을 것 같아, 전 선생님의 그런 진짜 심경을 듣고 싶은 거예요."

하고 보니 준섭도 그의 농담 투를 잠시 진담으로 바꿀 수밖에 없었다.

"나도 지금 꼭 농담을 하고 있는 건 아니오. 고아가 된 것 같은 느낌이 사실이니까 그렇게 말할 수밖에요."

준섭은 얼마간 정색을 한 어조로 그 혜림의 주문을 비켜서보려 하였다.

"고아가 된 것 같은 느낌이라는 소리, 나이 먹은 사람들이라고 그걸 그냥 농으로만 한 소리들이겠어요. 누구나 한동안은 그런 뼈아픈 느낌이 절실하고, 그걸 그렇게밖에는 말할 수가 없어서 겠지요."

하지만 혜림은 그것으로 만족할 여자가 아니었다. 그녀는 계속 고개를 갸웃거리며 물음을 이어댔다.

"87세라면 호상이니 영상이니 해서 다른 사람들 같으면 그렇게 서운하지 않을 만큼 한 수를 누리고 가셨는데도 어머님을 떠나보내신 마음이 그렇게 아프세요. 이 선생님 같은 연세가 되셔서두요? 선생님은 역시 효자시라 그러신가 봐요?"

준섭의 효성에 감탄을 하거나 칭찬하는 소리가 아니었다. 뭔가 끝까지 속을 뒤집어보지 않고는 못 배기는 그녀의 일 병이 다시 도진 것이었다. 준섭은 그 혜림의 말속에 그녀가 지금 그에게 무엇을 알고 싶어 하는지를 이미 짐작하고 있었다.

"그렇게 비양거릴 건 없어요. 고아가 된 것 같다는 내 기분이 꼭 돌아가신 분 때문만은 아닐 수도 있으니까요."

준섭은 이제 차라리 그 혜림의 심상찮은 궁금증 앞에 자신의 심중을 일찍 드러내주고 싶은 말투가 되었다.

"돌아가신 분 때문이 아니라면 그럼 무엇 때문이죠? 저도 사실은 그걸 알고 싶었어요. 선생님 효성의 뿌리 말이에요. 그게 효심이든 아니든 이 세상 다른 사람들이 다 선생님 같지는 않지 않아요. 다른 사람들도 어머니가 계시고, 사별의 경험을 지니고 사는 사람들도 많을 텐데 말예요. 그게 꼭 돌아가신 분 때문이 아니라면 그럼……"

혜림도 이내 그 준섭의 기미를 알아채고 그 궁금증의 핵심을 솔직하게 털어놨다. 준섭은 잠시 더 말이 길어질 수밖에 없었다. 설명이 그다지 어려운 일도 아니었다.

"그건 장 기자도 생각해보면 알 수 있는 일이에요. 그 해답 역시 바로 고아라는 말속에 있으니까요. 장 기자도 아마 아까 우리 형수님이 노인의 관을 붙들고 통곡하는 소리를 들었지요? …… 내가 네 속 모르겠냐, 네가 내 속 모르겠냐, 좋은 시절 돌아오면…… 그 소리대로 보면, 형수님이 그토록 노인이 가신 것을 허망하고 원통해하신 것이 무엇 때문이라고 생각돼요? 나 혼자 두고 가면 뉘게 그 말 이르겠냐……"

"……"

"그야 형수님은 노인이 가신 일에 대한 슬픔도 컸겠지만, 노인이 가심으로 해서 이후로는 당신과 함께 해온 지난날의 일들을 누구와도 다시 이를 수가 없게 된 것이 더 허망스러웠던 건지도 몰라요. 형수님이 꼭 그런 걸 따지고 나눠서 슬퍼한 건 아니었겠지만, 누구와 지내온 일을 함께 돌이킬 사람을 잃은 것은 그 사람뿐만 아니라, 그 일이나 세월에 대한 증인을 잃는 것 한가지지요. 그 증인을 못 가진 세월은 그에게 그 세월만큼 한 자기 삶의 역사를 잃는 것이 되겠구요. 그런 뜻에서 고인과 함께한 세월은 고왔거나 궂었거나 뒤에 남은 사람에겐 항상 귀하고 아쉬운 것일 수밖에요. 그걸 잃게 된 허망스러움이나 아픔도 노인처럼 함께해 주고 간 세월이 길면 길수록 뒤에 남은 사람에겐 더 깊어질 수밖 에 없겠구요."

"……"

"노인과 함께한 세월이 형수님도 길었지만, 나는 물론 그 형수 보다도 더 길었던 셈이지요. 그러니 나는 이제 첫 출생서부터 나 를 가장 오래고 깊이 알고 있던 내 생의 증인을 통째로 잃고 만 셈이지요. 내 지난날과 함께 앞날에 대한 가장 소중스런 삶의 근 거까지 말이오. 고아가 된 것 같은 느낌은 아마 그런 상실감이나 외로움 때문일 게요. 말이 좀 비약했는지 모르지만, 고아라는 말 은 애초부터 부모를 잃은 사실 위에 자기 삶의 근거를 잃은 것을 가리키는 말 아니겠어요…… 죽어 떠나간 사람과 함께해온 세 월, 거기서 잃어버린 자기 근거…… 결국은 모든 게 자신 때문인 지 몰라요. 모든 일엔 나름대로 동기가 있게 마련이고, 고아의 상 실감 역시 나쁜 것은 아닐 테지만……"

준섭은 다소간 과장스런 느낌이 들기도 했지만, 말을 하다 보 니 자신도 모르게 설명이 진지해지고 있었다. 그리고 장혜림도 이제 웬만큼 그의 심중을 헤아릴 수 있으리라 생각했다.

그런데 그때, 한동안 조용히 귀를 기울이고 있던 혜림이 무슨 생각을 했던지 느닷없이 또 한 가지 엉뚱스런 주문을 들고 나 왔다.

"선생님, 죄송하지만 그런 뜻에서 그 고아들의 사진을 한 장 찍어가게 해주시겠어요?"

"사진? 사진은 무슨 사진?"

준섭은 다시 어이가 없어지고 말았다. 무언가 계속 그녀의 덫에 걸려 들어가고 있는 것 같은 느낌—, 게다가 그녀에겐 끝내안 보였어야 할 데를 보였거나 배신을 당한 것 같은 느낌이 들었다. 하지만 혜림은 이번에도 쉽게 물러설 기색이 아니었다.

"선생님이 물론 안 내켜 하실 일이라는 것은 저도 알아요. 하지만 저도 여기까지 와서 뭔가를 좀 얻어가고 싶어서예요……"

준섭 혼자만의 사진도 아니었다. 고아 같은 상실감은 남은 집안 식구들 누구나 마찬가질 테니 온 가족들 전체의 모습을 카메라에다 담아가고 싶다는 것이었다. 준섭도 어느 정도 혜림의 생각을 짐작할 수는 있었다. 그렇다고 그 노릇을 받아들일 수는 없었다.

"얻어가긴 뭘 얻어가! 그래, 상가엘 온 사람이 그렇게 꼭 무엇을 얻어가고 싶어서 이제 막 제 어머니 할머니를 묻고 온 상인들의 상복 기념사진이라도 찍어가겠다는 거요?"

그는 퉁명스럽게 혜림을 나무라고 나서 그쯤에서 그만 발길을 돌려세워버리려 하였다.

하지만 한번 작심을 하고 나선 혜림은 그러는 준섭을 더욱 노골적으로 붙들고 늘어지며 막무가내 식으로 사정을 했다.

"잠깐만요. 그런 제 말을 오해하신 거예요. 제 말씀을 조금만 더 들어보세요. 부탁이에요."

"오해? 내가 지금 장 기자에게 무얼! 나 지금 그럴 마음도 없어요."

냉담스럽게 뿌리치려 드는 준섭을 붙들고 서서 장혜림이 허겁지겁 계속 말을 이었다.

　"전 이번에 여기 와서 느낀 게 참 많았어요. 이 며칠 동안 이 사람 저 사람 동네 이웃 분들 이야기도 많이 들어봤지만, 선생님 어머님께서 실제로 살아내신 삶이 그간 선생님이 써오신 작품들이나 제가 상상해온 것보다 훨씬 더 힘이 드셨다는 것을 알았거든요. 역설처럼 들리실지 모르지만, 할머님의 삶은 그런 고초와 인고의 세월을 통해서 선생님의 소설보다도 더 아름다워질 수가 있었다는 것도요."

　이번에는 준섭 쪽이 좀 어정쩡한 표정으로 입을 다물고 있었고, 그사이에 장혜림은 그를 다시 한 번 설득하려 들었다.

　"선생님의 어머니는 당신의 삶으로 선생님께 누구보다 아름답고 귀한 유산을 남기고 가신 분 같아요. 그래서 저도 여기까지 온 선물로 그분의 모습이라도 좀 담아가고 싶은 거예요."

　"그 양반 생애가 어떻게 아름다운 것인지는 알 수 없지만, 노인의 모습이라면 이미 땅속에 묻히신 분 아니오. 그걸 남은 가족들로 대신하겠다는 소리요?"

　준섭이 떨떠름한 표정으로 고개를 내저었다. 장혜림이 다시 기다렸다는 듯 재빨리 설명을 덧붙이고 나섰다.

　"이제 제 말뜻 이해가 되셨군요. 저도 첨엔 미처 그런 생각을 못했지요. 선생님의 심정이나 좀 들어보고 갈까 했어요. 그런데 선생님이 방법을 가르쳐주신 거예요. 그 고아라는 말…… 고아들의 모습으로 남게 된 할머님의 모습…… 어느 글에선가 선생님이 말씀하셨지 않아요. 세상을 떠나간 사자의 모습은 뒤에 남은 자손들과 그 자손들의 삶의 모습으로 남게 되는 거라고요…… 그 고아들의 모습 속에 할머니의 모습이 남아 있지 않겠어요. 그 할머니의 지난날의 삶의 모습은 할머님 자신이나 선생님을 위해서 그렇게라도 오래 남아 있어야 하는 것이구요.”

“……”

“사람들은 흔히들 사진에 찍혀서 나오는 것만 보지만, 선생님은 그 사진을 찍는 사람의 마음도 소중히 읽어줘야 한다는 걸 아시는 분 아녜요. 선생님이 「빗새 이야기」를 쓰신 마음 말씀예요…… 그럼 이젠 저하고 집으로 들어가요.”

장혜림은 마침내 투정을 부리듯 일방적으로 준섭을 끌기 시작했다.

준섭도 더 이상 버티고 있을 수가 없었다. 그녀의 고집이나 끈질긴 설득을 더 뿌리칠 수도 없으려니와, 그도 이제는 그것이 그리 해괴하거나 경박스러워 보일 짓거리만은 아닌 듯싶은 생각이 들었기 때문이었다.

하여 준섭은 결국 노인의 새 묘소를 보러 나섰던 발길을 꺾어 다시 장혜림과 함께 집 안으로 들어갔다.

집 안은 이제 아깟번 준섭이 사립을 나설 때까지도 간간이 상청을 새어 나오던 곡소리가 적막스럽도록 잠잠히 잦아들어 있었다.

노인의 혼백이 육신을 산에 두고 사진과 신주만으로 사립을 들어설 때 누구보다 애가 끓던 외동댁은 이제 원일이 청일이 들과 마당가에 늘어선 화환들을 치우기에 바빴고, 초우제가 끝나고도 상청을 나올 줄 모르던 그의 두 누님 들도 이제는 오순도순 안방으로 모여 앉아 이야기판이 한창이었다. 우록이나 계산 들은 물론 마루방 쪽 노장들까지 차례차례 자리를 뜨고 난 집 안에선 뒤에 남은 새말과 태영이 들 몇 사람이 차일을 거두고 있었고, 새말댁을 비롯한 이웃 여자들은 광방과 우물께에 빈 그릇을 산같이 쌓아놓고 마무리 설거지질에 여념이 없었다.

모두들 음울하고 무거운 분위기를 걷어내고 전날과 같은 일상으로 돌아가고 있는 모습이었다. 그러니 준섭이 원일에게 긴 말 접어둔 채 그냥,

"여기 상청 앞으로 식구들 좀 모이시래라. 우리 여기자님이 가족사진을 한 장 찍어주고 가시겠단다."

간단히 몇 마디로 사진 촬영 채비를 일렀을 때도 그것을 새삼 멋쩍어하거나 별스러워하는 빛을 보인 사람이 아무도 없었다.

하고 보면 장혜림은 어쩌면 자신이 지녀갈 선물보다 준섭을 포함하여 노인의 뒤에 남은 이 집 사람들의 뒷날을 위해서, 그녀가 거꾸로 남기고 가고 싶은 선물로 그 이상한 사진을 생각해낸 것인지도 몰랐다. 그것은 누구보다 용순에 대한 그녀의 각별한 관심과 배려에서도 역력히 드러났다.

"용순 언니 뭐 하세요. 빨리 이리 와서 끼어 서지 않구요. 삼촌이랑 식구들이 기다리고 있지 않아요."

장혜림이 마당 한가운데에 카메라를 치켜 든 채 앞에 모여 선 가족들을 하나하나 확인해나가다가 이날따라 어딘지 풀이 죽은

모습으로 그 상청 주위를 주뼛주뼛 맴돌고 있는 용순을 보고 전에 없이 더 큰 소리로 불러대고 있었다. 그리고 용순이 비로소 못이긴 척 스적스적 식구들 한쪽 가로 자리를 붙여 서는 것을 보고 아까부터 옆에서 팔짱을 지르고 구경하던 새말까지 그 용순을 핑계 삼아 한바탕 허물없는 농담 소리를 보냈다.

"그래라. 그렇게 한쪽 가상이로 빼꼼히 붙어 서지 말고 그 한가운데, 니 자애롭고 인정 많은 큰엄니 곁으로. 너는 속이 어쩔랑가 모르겠다만, 너를 빼놓고 이런 사진을 찍었다간 돌아가신 할머님이 다시 벌떡 일어나 쫓아 내려오실지도 모른께……!"

감독님께—

마지막 원고를 보내드립니다.

일전 전화에서 말씀하신 감독님의 의향대로 이야기를 마무리 지었습니다. 실재했던 일은 아니지만, 써놓고 보니 감독님 생각처럼 영화의 끝장면으로 그럴듯할 것 같구요.

그래 여기까지로 일단 이야기를 끝내고, 여기 그 장외의 뒷이야기를 참고삼아 몇 장 덧붙여 보냅니다. 혹시 소설에서는 거기까지 소용이 될지도 몰라 내친김에 뒷일(준섭이 다시 묘소까지 올라갔다 돌아온 일)을 좀더 적어놓은 것이 있어서요.

그러고 보니 차제에 결국 소설을 한 편 만들어볼까 싶던 그간의 제 욕심이 더 노골적으로 드러나고 만 셈입니다만, 일이 실제로 그렇게 된다면, 지금까지의 이야기들에는 영화하고는 별개의 새 소설적 질서가 부여되고, 다른 이야기들도 더 필요해질 수 있는 일 아니겠습니까. 영화와는 매체의 성질이 다른 만큼 이야기의 구조나 흐름(종말)도 상당 부분 달라질 수 있겠구요. 아직 어떤 식으로 다 작정이 내려진 일은 아닙니다마는, 이를테면 이 종말도 뒤에 덧붙여드린 데까지 더 계속되어나가거나, 아니면 아예 장혜림과의 이야기나 사진 촬영 과정을 생략하고 준섭이 바로 산으로 올라가는 진행으로 바뀌어버릴 수도 있겠지요. 경우에 따라서는 소설 역시 영화처럼 이쯤에서 마무리가 지어지고 말거나.

곁들여 한 가지 부탁 말씀드릴 점은, 감독님께 대한 저의 이 뒷글들이 소설에선 좀 별스런 구실을 할 수 있을 듯싶어 함께 끼워넣고 싶으니, 그냥 버리지 마시고 모아두셨으면 합니다. 그럴 땐 물론 감독님과 저의 개인적인 이야기나 소용에 안 닿는 대목들은 첨삭과 손질이 많이 필요하겠지만요.

어쨌거나 이제 일을 이쯤이나마 끝맺게 되니 시원섭섭합니다. 일의 어려움은 둘째치고 저는 이 몇 달 동안 날마다 어머니의 장례를 계속 다시 치러내고 있는 기분이었거든요.

감독님께서도 지루한 글 읽고 바로잡아나가시느라 힘이 많이 드셨을 줄 압니다. 무엇인지 좀 새로운 것을 말씀드리고 싶고, 거기다 형식까지 제약이 없는 글이 되다 보니 이런 요령부득의 기괴한 장광설 꼴이 불가피해진 듯싶습니다. 아무쪼록 감독님께서 이런 걸로 해서나마 부디 좋은 작품 구상하시고 완성해내시기 바랍니다.

제 형수님 외동댁도 오늘부턴 눈치 그만 보고 마음이 편해지실 것 같군요. 그럼 일후 서울에 가서 뵙겠습니다. 안녕히 계십시오.

1995년 5월 ×일
이준섭 올림

― 계자정행(界磁正行)이라지만 해와 산보다 더 좋은 쇠는 없지요. 저 물 건너 큰 산에서 비스듬히 뻗어 내려온 작은 봉우리가 안산이지요.

아깟번 하관시에 집안의 노장들이 쇠도 없이 어떻게 유택의 향을 잡았느냐는 소리에 우록이 비로소 쇠판을 꺼내어 향을 맞춰 보이며 응수한 말이었다.

우록의 말대로 노인은 이제 그 해와 산이 정해준 자리에 눈 아래로 멀리 짙푸른 바다와 산봉우리를 건너다보며 새 유택을 마련해 누워 쉬고 있었다. 어제까지도 이름 모를 잡초와 쑥부쟁이들이 무성했던 밭이랑 한가운데에 새말이 미리 일러준 대로 봉분이 제법 단정하고 곱게 조성된 저승집 새 거소였다.

하지만 노인은 이제 말이 없었다.

꽃이 핀들 아는가, 새가 운들 아는가―

당신이 언젠가 모처럼 원일 부의 무덤을 찾아가 푸념 투를 읊조리던 그대로 이제는 당신이 그 막막한 침묵 속에 말을 잃고 누워 있었다.

당신이 떠나간 자리에서 뒷사람들끼리 사진을 찍고 준섭이 혼자 다시 산을 찾아 올라온 지도 한 식경이나 되어가는 황혼 녘—
그러나 노인은 그새 선대들 혼령이라도 찾아 부르러 허공 길을
서둘러 나선 듯 감감 기척을 느낄 수가 없었다. 묘역의 주위는 차
츰 지상의 모든 것을 지우고 거둬가는 적막스런 황혼 속에 아까
부터 어디선지 이름 모를 산새 한 마리가 유난스레 끈질긴 울음
소리를 이어가고 있을 뿐이었다.

준섭은 이제 그 새소리만 그치고 나면 산을 내려갈 참이었다.

그런데 미처 그 새소리가 사라지기 전에 그를 찾아 산을 쫓아
올라온 아이들이 있었다. 은지가 제 아래조카뻘 꼬맹이들을 한
데 이끌고 왁자지껄 불시에 밭둑길을 달려 올라온 것이다. 이 집
안의 장손 격인 원일의 어린 아들아이까지 울음보를 터뜨리며 헐
레벌떡 제 윗것들을 뒤쫓아오고 있었다.

아이들은 그를 데리러 온 것이 아니었다.

"아빠, 할머니 나비 보셨어요?"

준섭 앞에 당도하자마자 황급히 물어놓고 긴가민가하고 있는
초등학교 4학년짜리 은지에 이어 학교도 아직 안 들어간 원일의
큰딸아이까지 흥분한 목소리로 덩달아 물었다.

"작은할아버지, 정말 나비를 보셨어요? 노할머니가 나비로 변
해서 하늘로 날아가시는 거 말예요. 용순이 고모가 아까 동화 이
야기를 해주면서 그랬거든요."

준섭은 이내 그 아이들의 말뜻을 알아들을 수 있었다. 그리고
용순이 그 동화를 읽었다는 사실에 새삼 마음이 놓여왔다. 더욱
이 실제 할머니의 일을 두고 아이들에게 그런 소리를 일러준 데

에는 년이 제법 고맙고 미더워지기까지 하였다.

하지만 그 아이들에겐 마땅히 해줄 말이 없었다. 보았다고 할 수도 없었고 못 보았다고 할 수도 없었다. 주위를 둘러싸고 서서 그의 입술만 지켜보고 있는 아이들을 그냥 무시하고 넘어갈 수는 더욱 없었다.

"나는 못 보았다만⋯⋯"

그는 망설임 끝에 정직하게 대답했다. 그리고 아이들이 실망하지 않도록 조심스럽게 달래는 소리를 덧붙였다.

"하지만 할머니의 혼령이 나비로 변하시는 데는 시간이 걸리실지도 모르지. 이제는 곧 추운 겨울이 될 테니까. 겨울 동안 조용히 나비가 되실 준비를 했다가 내년에 따뜻한 봄이 되면 그땐 틀림없이 고운 나비가 되실 거야. 그러니 그때 가서 우리 다시 한번 보러 오자. 오늘은 이만 날도 어두워지기 시작했으니 집으로 내려가고⋯⋯"

아이들은 다행히 그 소리에 간단히 나비를 단념했다. 대신 그 할머니의 산소 터를 새 놀이터 삼아 서로 쫓고 쫓기는 술래놀이를 몇 바퀴 맴돌고 나서야 일제히 산을 달려 내려갔다. 동화와 현실에 큰 구분이 없듯이 아이들에겐 그 할머니의 죽음과 삶에도 별 구분이 없는 듯—

준섭도 이젠 그 저녁녘 새 떼처럼 순식간에 밭둑길을 뛰어 내려가버린 아이들을 뒤따라 천천히 산을 내려가기 시작했다.

하지만 그는 어쩐지 그 아이들처럼 곧바로 그 밭둑길을 단걸음에 다 내려가버릴 수가 없었다. 길을 중간쯤 내려갔을 때 가는 저

녘 바람결을 타고 자꾸 노인의 익은 목소리가 귀에 들려오는 것 같았다. 그는 이윽고 잠시 그 자리에 발길을 멈추고 서서 당신의 무덤이 자리하고 있는 산비탈 쪽을 올려다보았다. 어슴어슴 짙어가는 저녁 땅거미 속으로 노인의 무덤이 희부옇게 그를 내려다보고 있었다. 어스름 속을 한동안 망연히 응시하고 있으려니 그 무덤 곁 밭이랑에 아물아물 노인이 옛날처럼 밭을 매고 있는 모습이 떠올랐다. 그러다 이따금 아픈 허리를 펴고 일어서며, 들밭길을 따라 나와 하염없이 햇볕에 타고 있는 밭둑 가의 그를 향해서 집으로 돌아가라, 매정스런 손짓을 보내오던 모습까지 선하게 살아났다. 이번에야말로 단 한 번 마지막으로 당신이 아들을 떠나가야 하고, 그 아들이 손을 저어 당신을 떠나보내야 할 차례였다. 그 떠나보내는 손짓의 아픔도 이번에는 아들이 뒤에 안고 남아야 할 차례였다. 그런데 당신은 아직도 당신 쪽에서 나를 쫓아 보내고 싶은 것인가—

준섭은 가만가만 고개를 저었다. 그리고 이젠 더 그것을 보지 않으려 눈을 감아보았다.

하지만 그것은 눈을 감아 지울 수 있는 것이 아니었다. 눈을 감으니 감은 눈 속에 그것은 더욱 선명하게 나부꼈다.

준섭은 힘없이 다시 눈을 떴다. 그리고 결국 노인에게 순종하듯 그 산비탈 쪽에서 등을 돌려 천천히 길을 내려오기 시작했다. 이번에는 한 번도 발길을 멈춰 서거나 뒤를 돌아다보는 일이 없이.

길을 내려오다 보니 그의 늦은 하산 길이 걱정된 듯 집 옆 텃밭

가에 광주와 함평 두 누님들과 아내가 함께 나와 그를 기다리고
서 있었다.

"우리 엄니, 새로 마련해가신 집 마음에 들어 하세요?"

그가 세 사람에게 가까이 다가가자 그의 아내가 짐짓 궁금스런
표정으로 먼저 그에게 물었다.

"당신은 걱정 말고 이제 어서들 집으로 들어가래요. 저녁 날씨
가 차지니까……"

준섭도 그 아내에게 노인의 일을 빌려 진짜인 듯 대답했다. 그
리고 그새 씻은 듯 인적이 사라진 집을 향해 아내와 두 누님 들을
서둘러 앞장서 가기 시작했다. 그를 나와 기다리고 있는 그 아내
와 누님 들의 모습을 보자 그는 새삼스레 그 장혜림이 아깟번 선
물 사진을 찍어줄 때 그의 등 뒤로 가득 늘어섰을 다른 여러 얼굴
들이 하나하나 다시 떠올라왔기 때문이었다. 형수 외동댁, 원일
이와 청일이, 원일이 처, 형자, 함평 매형, 수남이…… 어린 총생
들, 들개 같은 용순이……

만개한 죽음, 무성한 삶

양윤의
(문학평론가)

1. 개화

우선 하나의 이미지에서 출발해보자. 활짝 핀 꽃의 이미지. 이 것은 왜 죽음이 삶의 끝이 아니라 새로운 삶의 시작인지를, 왜 장 례가 비극이 아니라 한바탕 축제가 될 수 있는지를 설명해줄 것 이다. 장례 절차가 모두 끝난 후에 가족들은 마당에 모여 기념사 진을 찍는다. 그동안 가족으로 받아들여지지 않았던 인물(용순) 을 중심에 두고. 이 사진이야말로 어머니의 죽음이 건네준 마지 막 선물이다. 가족들을 한자리에 모으고 불화와 미움과 설움을 치유하는 것. 그건 토막 난 인정을 하나로 이어붙이는 죽음의 힘 이다.

개화는 식물에게는 가장 화려한 시기지만 언제나 낙화(落花) 가 잇따르는 순간이기도 하다. 화양연화(花樣年華), 즉 죽음을 자기 속에 포함하고 있는 삶이다. 저 사진을 찍은 후에 가족들은 각자가 살고 있는 곳으로 뿔뿔이 흩어질 테지만(그것은 삶이 죽음을 모방하는 과정이기도 하다), 다른 죽음을 계기로 다시 한곳에 모일 것이다(죽음이 삶을 초대하는 절차가 바로 장례이기 때문이다). 따라서 이러한 이합집산은 죽음과 삶이 교대하는 현장이다. 또한 죽음은 이산(離散)이 아니라 집합(集合)이라는 점에서 축제의 성격을 지닌다.

2. 양식들의 축제

『축제』는 어머니의 장례식을 다룬 작품이다. 서울에 사는 소설가 이준섭(그는 작가 이청준 자신이기도 하다)이 어머니의 부음을 듣고 고향으로 돌아가 장례를 치르는 과정을 소상히 기록한 작품이다. 이 과정에서 서로 다른 성격을 가진 다양한 인물들이 등장한다. 그들의 대화를 통해 어머니의 생애가 회고되며 그동안의 갈등과 설움이 폭발하고 전개되고 치유된다. 더구나 이 이야기는 처음부터 영화화를 염두에 두고 씌어졌다. 그래서 한 편의 소설 안에서 다양한 양식들이 혼종된 독특한 텍스트가 완성된다. 그 양식들을 간추려보자.

(1) 소설: 먼저 '죽음-임종-장례'를 시간순으로 따라가는 소설의 층위가 있다. 『축제』의 몸체가 되는 부분이다. 이 층위에서

는 허구적인 요소가 가능한 한 억제되고 작가 자신의 자전적인 요소를 중심으로 서술된다. 더 정확히 말하자면 그렇게 '사실적으로 서술되고 있다'고 간주된다. 실제의 소설을 분석해보면 여러 인물들과 사건들이 정교하게 배치되고 전개되고 있음을 확인할 수 있기 때문이다. 뒤에서 밝히겠지만 기자 장혜림의 기이한 등장과 행적, 또 그녀에 대한 작가의 까닭 모를 불친절이야말로 소설적으로 고안된 장치다.

(2) 영화: 소설 『축제』는 영화 「축제」(감독 임권택)와 한 짝이다. 영화에서는 소설에서 다룬 수많은 요소들이 이미지로, 서사로, 대화로, 상징으로, 재등장한다. 이 번역, 전사, 재생의 과정을 추적하는 일도 흥미로운 작업이 될 것이다.

(3) 편지: 소설은 전체 7개의 장으로 구성된다. 소설의 중간중간, 하나의 장을 매듭지을 때마다 작가(이청준)가 감독에게 보내는 편지글이 제시된다. 이것은 소설을 하나의 텍스트로 보는 것을 끊임없이 방해한다. "이런 글에서 굳이 제3자 시점의 화자를 내세운 것은 1인칭 시점이 당시의 제 감정과 실제 정황에 더 충실할 수는 있겠지만, 그보다 자식으로서 제 어머니의 일을 직접 말하기가 매우 어색하고 송구스러울 뿐 아니라, 심정적으로 훨씬 노인의 일을 미화하고 과장할 가능성이 클 것 같아섭니다"(p. 29)와 같은 언급을 대할 때마다, 독자들은 일종의 소격효과를 맛보게 된다. 이것은 소설화 과정에서 실패한 부산물에 불과한 것

일까? 소설이 영화에서 최종적인 완성을 보게 될 진정한 '축제'를 위한 준비물에 지나지 않는다는 토로일까? 그렇지 않다. 이 편지들이야말로 소설『축제』가 양식들 자체의 축제라는 점을 가장 극적으로 보여주는 장치다. 인물들과 사건들만이 축제를 구현하는 것이 아니다. 저 각각의 양식들도 서로 부대끼고 길항한다. 그리하여 축제의 자리에 참여하는 것이다. 다음과 같은 언급은 이 소격효과가 계산된 것임을 암시한다. "한 가지 부탁 말씀드릴 점은, 감독님께 대한 저의 이 뒷글들이 소설에선 좀 별스런 구실을 할 수 있을 듯싶어 함께 끼워 넣고 싶으니, 그냥 버리지 마시고 모아두셨으면 합니다"(p. 287).

   (4) (다른) 소설, 동화, 잡문, 콩트, 지은이의 말, 시:『축제』에는 몇몇 이질적인 텍스트들도 있다. 작가 이준섭이 어머니를 그리워하며 쓴 글들로 소개되는데 실제로도 이청준의 작품이다. 순서대로 소개하면 다음과 같다. 어머니의 부고를 받기 전에, 소설가 이준섭이 쓰고 있었던 짤막한 수상문이자 이청준이 발표한 이전의 산문(「기억 여행」), 콩트(「빗새 이야기」), 동화(『할미꽃은 봄을 세는 술래란다』), 지은이의 말(『할미꽃은 봄을 세는 술래란다』에 실린 작가의 말), 소설(「눈길」), 다른 문인이 쓴 시(정진규의 「눈물」) 등이 그것이다. 이 글들 대부분은 작가 자신에 의해 이전에 완성되었던 원고들이다. 그 짧은 형식 속에서 어머니에 대한 아들의 마음을 때로는 연민 어린 시선으로 때로는 회한 어린 감정으로 전달한다. 소설이나 영화가 감당할 수 없는 비현실

적인 세계를 다른 양식이 감당하고 있는 셈이다. 저 잡문들은 소설이나 영화양식으로 담을 수 없는 복합적인 감정과 사연을 효과적으로 전달하는 장치로 기능하고 있는 것이다.[1]

이것은 여러 양식이 중층적으로 참여하여 『축제』를 완성하고 있음을 보여주는 것이다. 이러한 중층성은 이 작품의 다른 차원에서도 관찰된다. 서술 주체부터가 그렇다.

3. 두번째 작가: 장혜림

소설은 작가 이준섭이 어머니에 대한 글을 쓰는 장면에서 시작한다. 『문학시대』의 장혜림 기자의 독촉을 받고 있는 글이기도 하다. 장혜림은 준섭에게 어머니에 대한 동화가 아닌 "실제 어머니의 노년살이 모습"(p. 10)을 써달라고 졸라왔다. 그 수상문을 적다가 준섭은 어머니의 부음을 듣는다. (이유가 명시되지 않지만) 장혜림은 소설 속에서 끊임없이 등장하면서 준섭을 채근하고 달래기도 하고, 대변하기도 하고 독촉하기도 한다. 장혜림의 가장 큰 역할은 준섭의 가족 가운데 누구도 해내지 못한 일들을 도맡아 수행한다는 것이다. 그것은 이 소설의 가장 큰 갈등 요소

---

1) 김동식은 장혜림과의 대화가 일종의 인터뷰이며 영화에서의 세세한 장례 절차는 다큐멘터리에 해당한다는 점을 열림원판 『축제』「해설」에서 추가로 설명하였다. 김동식, 해설 「삶과 죽음을 가로지르며, 소설과 영화를 넘나드는 축제의 발생학」, 이청준, 『축제』, 열림원, 2003, pp. 264~65. 이 인터뷰 형식에 관해서는 3절을 참조.

인 용순을 만나고 용순과의 화해를 주선하는 일이다. 준섭이 장혜림에게 유독 차갑게 대하는 것은, 그녀를 고깝게 여겨서가 아니다. 그러한 거리 두기만이 장혜림의 자리를 확보해줄 수 있어서가 아닐까. 장혜림은 결국 준섭이 하지 못한, 그러나 마음으로는 하고 싶어 했던 일들을 대신 발설하거나 행동에 옮기던 인물이다. 그리하여 준섭에게 마음속의 진심을 토로할 수 있도록 계기를 제공해주는 핵심 인물이다. 이들의 대화는 소설의 핵심적인 의미를 전달하고 있어서 길게 인용할 가치가 있다.

(가) 준섭은 한동안 다시 할 말을 잃고 말았다. 그것은 준섭에 대한 용순의 추궁이었고, 그 용순을 대신한 장혜림 자신의 은근한 추궁이었다. 그런 만큼 장혜림의 그 몇 마디 귀띔 투 속에는 그에 대한 수많은 질책의 화살들도 함께 담고 있었다. 당신은 그 시절 어째서 그토록 간절했던 용순의 소망을 들어줄 수가 없었느냐. 그 용순의 소망이 얼마나 크고 깊은 것인 줄을 몰랐느냐. 그리고 끝내 그 성 영감의 술회처럼 노인을 그토록 혹심한 맘고생 속에 살다 가게 하였느냐. 당신의 사전이 그토록 절핍했느냐…… 그의 부끄러운 이기심에 대한 뼈아픈 추궁이었다. (pp. 200~01)

(나) "「빗새 이야기」라고, 원고지 여남은 장짜리 콩트가 한 편 있는데 그거 본 적 있어요?"
준섭은 이윽고 긴 침묵을 깨고 돌아보며 혜림에게 물었다.
"그래요. 읽은 적 있어요. 제가 선생님 소설 안 읽은 거 있는 줄 아세요?"

예상치 않았던 준섭의 물음에 장혜림은 처음 좀 어리둥절한 표정으로 방심스런 대꾸였다. 그녀를 깨우치듯 준섭이 계속 그「빗새 이야기」의 줄거리를 상기시켜나갔다.

"줄거리가 어떤 것이었는지도 기억하고 있어요?"

"기억하지요. 비가 오는 저녁이면 비비이 어둠 속을 울고 다니는 빗새라는 새를 한 노인네가 제 둥지도 하나 없는 몹쓸 팔자를 지닌 새라고 딱해하는 이야기였지요?"

"그러면서 노인네는 집 옆 텃밭에 나무 한 그루를 심어놓고 아침 저녁 새들에게 모이를 뿌려주었지요."

"그건 그 노인네가 어렸을 적 집을 나가 낯선 객지를 떠돌고 있을 아들을 생각해서였지요, 아마."

"그렇다면 혜림 씨는…… 그렇게 둥지 없는 빗새를 저주하고 모이를 뿌려주면서 집 떠나간 아들을 기다리는 노인이 누구였다고 생각하세요. 그리고 그 아들은 누구고……"

장혜림이 비로소 꽃장난질에 몰두하던 손길을 멈추며 준섭을 쳐다보았다.

"그래요. 이제 보니 그게 바로 할머니와 용순 언니 이야기였군요. 할머님이 용순 언닐 애타게 기다리시는…… 할머님은 물론 그렇게 언니를 기다리셨을 게 당연한 일이지만요."

"그래요. 할머닌 그렇게 용순일 기다리셨어요. 넌은 끝끝내 그 할머니에게로 돌아오지 않았지만 말예요…… 그런데 장 기자는 그「빗새 이야기」에서 아들을 기다린 것이 노인네뿐이라고 생각하세요? 눈에 보이지 않는 또 한 사람이 없어요?"

준섭은 이제 그 이야기를 꺼낸 본심을 드러냈다. 그는 묻고 나서 혜림의 대답을 기다리지도 않고 자신이 계속 말을 이어갔다.

"장 기자도 물론 짐작하고 있겠지만, 그 이야기를 쓴 사람, 그에게 그런 기다림이 없었다면 노인네의 기다림을 알 수가 있었겠어요? 그리고 그것을 대신해 쓸 수가 있었겠어요?"(pp. 221~22)

(다) "그러잖아도 떠나기 전에 선생님을 한번 뵙고 가려고 기다리고 있던 참이에요. 어머님을 떠나보내시고 난 선생님의 감상을 좀 들어보고 싶어서요."

"〔……〕 나도 인제는 진짜 고아가 된 것 같다. 장 기자가 내게 듣고 싶은 게 그런 소리 아니오? 하지만 그런 말도 시일이 좀 지난 다음에나 입에 담을 소리지 집 안에 곡소리도 가시지 않은 오늘 당장에야 어디……"〔……〕

"노인과 함께한 세월이 형수님도 길었지만, 나는 물론 그 형수보다도 더 길었던 셈이지요. 그러니 나는 이제 첫 출생서부터 나를 가장 오래고 깊이 알고 있던 내 생의 증인을 통째로 잃고 만 셈이지요. 내 지난날과 함께 앞날에 대한 가장 소중스런 삶의 근거까지 말이오. 고아가 된 것 같은 느낌은 아마 그런 상실감이나 외로움 때문일 게요."(pp. 278~81)

(가)는 준섭이 차마 설명하지 못했던 용순의 존재에 대해서 추궁하는 장혜림의 직설적인 질문이다. 이 질문과 더불어 용순이

목에 걸린 가시처럼 준섭의 양심에 걸려 있는 아픈 존재라는 것이 드러난다. (나)는 이 추궁에 대한 준섭의 답변이다. 더불어 「빗새 이야기」라는 콩트의 진정한 의미를 설명하는 부분이다. 답변은 두 가지다. 하나는 준섭의 소설에 어째서 용순이 등장하지 않았는가라는 질문. 용순은 「빗새 이야기」에서 노인의 기다림의 대상으로 이미 등장했다. 다른 하나는 용순이 등장하지 않은 것은 작가의 의도적인 혹은 무의식적인 망각이 아니냐는 질문. 여기에 대해서 준섭은 그 글을 쓴 작가가 용순을 기다리지 않았다면 어떻게 노인의 기다림을 이해할 수 있었겠느냐는 반문으로 답변한다. (다)는 모든 장례 절차를 마친 준섭에게 장혜림이 던진 질문이다. 이 질문 덕에 장례의 모든 절차를 대과(大過) 없이 주관한 준섭의 내면이 토로될 기회가 부여된다.

소설의 결론에서 용순이 준섭을 이해하게 되는 것도 장혜림의 공이다. 용순과 준섭을 연결하는 유일한 메신저로 자처한 것이다. 요컨대 장혜림은 준섭의 또 다른 자아인 셈이다. 준섭이 냉담하게 굴 수밖에 없는 이유는, 그 자아가 가장 긍정적인 자아이기 때문이다. 이것은 가책의 표현인 셈이다. 준섭은 혜림에게 어머니가 돌아가셨는데 지금 글을 쓰라고 하느냐며 힐난하지만, 그 힐난까지를 포함해서 글을 쓰고 있다. 따라서 작가는 준섭이자 혜림이다.

4. 지연

장혜림의 독촉으로 시작된 어머니에 대한 글은 실제 어머니의 죽음으로 중단된다. 그런데 이것은 어머니에 대한 회상이 중단되고 어머니에 대한 체험이 시작된다는 뜻이기도 하다. 소설은 다른 글의 삽입으로, 편지로 무수히 중단되는데, 이러한 지연이야말로 이 소설이 진행되는 유일한 방식이기도 하다. 중단됨으로써 소설은 자꾸 지연되지만 바로 그렇게 지연됨으로써만 소설은 완성된다. 그리고 끝내 소설은 완성된 그 자리에서 최종적인 완성을 영화에게로 넘김으로써 그 자신은 미완이 된다.

이러한 동시성의 방식으로 죽음이 축제가 된다. 실제로 죽음이 그러한 것이 아닌가? 어머니가 돌아가시는 것은 애통한 일이지만 누구나 그 사건이 당도할 것이라는 것을 안다. 삶이 도착하면 죽음이 출발한다. 이 이중성이 죽음이 애통이 아니라 축제가 되어야 하는 이유다. 우리는 누구나 우리 자신이 죽는다는 사실을 안다. 그러나 지금 당장은 아니다. 요컨대 죽음은 타인의 경우를 빌려 우리에게 이미 도착했지만, 내 자신에게는 아직 도착하지 않은 방식으로 임재해 있다. '이미already'와 '아직 아닌not yet'의 사이. 지연은 바로 이 사이의 운동이다. 지연 가운데 가장 눈에 띄는 것이 두 번의 죽음이다.

5. 두 번의 죽음

소설에서 어머니는 두 번 죽는다. 준섭과 가족은 어머니의 부음을 듣고 귀향하는 도중에 어머니가 다시 회생했다는 기별을 받는다. 그러나 어머니는 그날 밤 끝내 운명한다. 소설에서 가장 중요한 사건인 어머니의 죽음에서도 지연과 도착('아직 죽지 않았음'과 '이미 죽었음')이라는 단락이 도입되어 있는 셈이다.

어머니는 실제로는 세 번 죽었다. 어머니가 5, 6년 전에 치매에 걸렸기 때문이다. "기억이 자꾸 옛날로 거슬러 올라가고 있는 노인에겐 현재라는 것이 없었다. 오직 기억 속의 과거사뿐이었다. 노인은 늘상 그 기억 속의 과거만을 살고 있었다. 노인이 찾는 사람이나 찾아가는 곳들도 물론 옛 기억 속의 일들일 뿐 실재하는 것들이 아니었다"(p. 8). 치매는 현재의 삶을 구부려 과거 쪽으로 역행된 삶을 살게 하는 죽음이다. 치매에 걸린 어머니에게 현재는 죽었다. 그녀는 기억의 삶만을 살아간다. 기억 속으로 퇴행하는 어머니의 이야기와 그녀가 죽은 후 가족들의 회상 속에서 등장하는 어머니의 이야기 사이에는 무슨 차이가 있는가? 실제로는 어떤 차이도 없다. 따라서 그녀에게는 세 번의 죽음이 있었던 셈이다. 첫번째 죽음(치매)은 그녀의 현재를 절단하여 공백으로 만든다. 두번째 죽음(가사)은 가족들의 이산(흩어져 삶)을 중단시켜 모이게 만든다. 세번째 죽음은 모든 이들을 모아 축제의 장을 꾸린다. 치매에 걸린 어머니가 자꾸 실종되고 사라지는 것은 죽음의 예행연습이었던 셈이다. 아직 도착하지 않았으나 이미 도착해 있는 죽음 말이다. 첫번째 죽음을 통해서 그녀는 이미 젊었던 시절로 돌아갔다면, 세번째 죽음을 통해서 가족들이 그 시절의 어머니에게로 돌아갔던 것이다. 결국 여러 번의 죽음은 산 자와 죽은 자를 만나게 한다. 삶과 죽음을 교통하게 해주는 것은 글 자체이기도 하다.

6. 망자에 속한 사람들

그 전에 작가가 끊임없이 이전의 인물임을 강조하는 장면부터 살펴보자. "감독님이 오해를 하신 듯싶어 바로잡아드리고 싶은 일로, '회진 구면장'과 '장터거리 이 교장 어른'은 두 분 다 이미 현직을 은퇴한 전직 호칭들입니다"(p. 33). 죽음의 공간에 초대된 사람들은 삶 쪽("현직")이 아니라 죽음 쪽(전직)에 속해 있기 때문이다.

계산과 우록 역시 마찬가지다. "광주의 무등산곡 서화가 계산(谿山)에게는 노인의 명정(銘旌)과 제축문들을 부탁하고, 해남의 덕인 우록(友鹿) 선생에게는 노인의 묏자리를 정하는 일에서부터 하관, 성분(成墳)까지 산일의 일체를 살펴주십사 청탁했다"(p. 118). 명정과 제축문은 망자를 이승에서 표현하는 글이므로 부적의 일종이다. 묏자리를 살피는 것은 자연이라는 큰 책에서 망자의 터를 표시하는 일일 것이니, 상형문자로 쓴 부적이라 말할 수 있다. 참견하기 좋아하는 어르신들도 마찬가지다.

— 관이 문지방을 넘으면서 바가지를 깨고 나가야 당신 혼령이 집을 편히 떠나신다는 게다. 절차마다 그럴 만한 이유가 있을 터인즉 정해진 일은 될수록 치르고 넘어가야 한다.

— 안어른이 돌아가셨는디 대지팽이는 무슨 대지팽이! 상제 지팽이가 편한 몸 의지 삼으라고 들리는 것인 줄 아느냐. 부모 보낸 죄인 하늘 부끄러운 줄 알고 허리 구부리고 얼굴 숙이고 다니라는 형구의 일종인 게여. 매디가 굵직한 오동나무 지팽이로 짤막하게 준비해라. (pp. 188~89)

"마루방 노장들"은 끊임없이 장례의 절차에 참견을 한다. 어머니 다음으로 저승길을 떠날 사람들이다. 저 꼼꼼한 참견 역시 죽은 자와 산 자를 잇는 장례 절차의 하나다. 이런 훈수로 인해 축제는 산 자들이 죽은 자를 전송하는 축제가 아니라, 산 자와 죽은 자가 함께 참여하는 축제로 전환된다. 구면장과 이 교장, 계산과 우록, 노장들의 비현실성(이들은 축제에 참여하고는 있으나 삶의 흥성거림과 실감을 보여주고 있지는 않다)은 여기에 기인한다.

7. 글쓰기 혹은 부적

글은 유일하게 죽음과 삶을 연결해주는 영통(靈通)이다. 계산과 우록의 사례에서 볼 수 있듯, 글은 부적으로서 직접적인 기능을 하기도 하지만, 넓게 보면 모든 글이 부적이다. 저승의 효험이 이승에서 발휘될 수 있게끔 작성된 글이 부적이라면, 소설 『축제』야말로 이 점에서 삶과 죽음을 한자리에 모으는 부적인 셈이다. 이 소설이 이토록 다양한 양식의 글쓰기를 선보이고 있는 것도 어쩌면 이 때문이 아닐까? 망자와 교통하는 글이란 이해 가능한, 합리적인, 장르적인, 단일한 글이 아니다. 그것은 (방언과도 같은) 수많은 다른 형식의 말들 가운데서 파편적으로 뜻을 보존한다.[2]

8. 모계도

어머니는 4남매를 혼자 힘으로 키웠다. 광주에 사는 큰딸, 함평의 둘째 딸, 준섭의 형(원일의 아버지) 그리고 준섭이 그들이다. 준섭 형의 사업 실패, 주색 잡기와 노름 빚, 자살로 인한 일련의 비극으로 가산이 기울자, 어머니는 딸네 집을 떠돌다가 말년에 준섭의 도움으로 외동댁과 함께 새 집을 꾸린다. '외동댁'으로 불리

---

2) 실제 부적은 이 소설에서는 본격적으로 다루어지지 않지만, 영화에서 인상적인 장면으로 다루어진다. 산사(山寺)에서 얻어온 부적을 모으면 자손이 잘될 것이라는 말을 듣고 어머니가 수십 년 동안 (치매에 걸린 이후에도!) 절을 다니며 부적을 얻어왔다. 그 부적뭉치가 어머니의 관에 비녀와 함께 넣어졌다는 사연이다. 준섭은 편지글에서 "감독님께서 말씀하신 부적뭉치 이야기도 감동적인 건 사실입니다만, 비녀의 사연과 겹치면 이야기가 너무 장황해져 효과가 감소될 염려"(p. 223)가 있어서 뺐다고 말한다. 이 소설 전체가 그런 부적의 기능을 하고 있어서이기도 했을 것이다.

는 준섭의 형수가 치매 어머니를 모시고 살았다. 외동댁은 슬하에 원일, 청일, 형자, 세 아이를 두고 있으며, 강인한 생활력을 지닌 여인이다. 그리고 용순이 있다. 용순은 자살한 형의 오두막에서 발견된 사생아였다. "노인의 뒷날 표현 그대로 '제 애비의 주검 곁에 혼자 버려져 남은 겁먹은 짐승 새끼 같은 아이'였다"(p. 152). 용순은 준섭의 형이 밖에서 낳아온 서녀다. 천덕꾸러기 신세로 불우한 유년 시절을 보내다가 (형자의 중학교 입학금으로 마련해둔 3만 원을 들고) 끝내 집을 나간 준섭의 서질녀다. 그녀는 몇 년 후 준섭을 찾아와 사업자금을 빌려달라고 떼를 쓰기도 하고, 그 제안이 거절당하자 할머니(준섭의 어머니)나 자기 얘기를 팔아서 소설을 쓰지 말라며 준섭을 향해 저주를 퍼붓기도 했다.

모계도는 둘로 나뉜다. 외동댁과 용순으로 이어지는 계보가 어머니의 첫번째 계보다. 외동댁은 어머니와 함께 이 소설에서 가장 생생하게 그려지는 여인이다. 가정을 돌보지 않고 떠돌다 끝내 자살하고야 마는 남편과 그로 인한 가난을 억척스런 노력으로 이겨내는 이 땅의 여성— "40대의 드센 여인"(p. 165)— 이다. 일제와 동란을 거치며 풍비박산 났던 이 땅의 가족사가 어머니에게서 외동댁으로 이어진다고도 할 수 있을 것이다. 그런 점에서 외동댁은 어머니의 지연이자 분신이라고 할 수도 있겠다.

외동댁의 구성진 곡소리는 노인의 영구가 한 바퀴 집안을 돌고 나서 사립을 나설 때까지 끈질기게 이어져나갔다.

"엄니 엄니, 우리 엄니, 엄니하고 우리 둘이 참고 살자 잊고 살자, 고생살이 서로 쓸어주고 의지해온 세월이 얼마길래, 내가 네 속 모르겠냐 네가 내 속 모르겠냐 좋은 시절 돌아오면 그 말 이르고 살아보자. 그 다짐 어디 두고 혼자 이리 떠나시오. 말도 없이 떠나시오. 무정하고 허망하요, 원통하고 절통하요……" [……]

그 낭자한 외동댁의 곡소리가 그친 것은 운구가 사립 밖 텃밭에 마련된 노제 마당에 이르러서였다. 거기서부터는 영구가 상여로 옮겨지고, 상여꾼과 동네 사람들에게 새 음식 대접이 있어야 했기 때문에 외동댁은 호곡보다 다시 일손이 바빠지게 된 것이다. (pp. 272~73)

외동댁은 어머니를 위해 가장 애통하게 곡을 하는 한편으로는 상여꾼과 동네 사람들을 위해 가장 열심히 음식을 준비했다. 한편으로는 망자와의 친분을 보이고 다른 한편으로는 망자가 살아생전에 보였던 부지런을 보였던 것이다. 젊어서 과부가 된 사연도, 혼자서 자식들을 억척으로 키워냈던 내력도 같다.

용순의 삶 역시 순탄치 못하기는 마찬가지였다. 돈을 훔쳐 집을 나갔던 용순은 신문에서 부고를 보고 장례식장에 나타나서 이런저런 말썽을 피운다. 준섭의 서울 친구들과 어울려 노래방까지 가서 취해 돌아오고, 제사상 예법에 안 맞는 양주를 올리겠다고 고집을 피우고, 혼자서 화사한 외출복을 닮은 상복을 입어서 가족들과 말싸움을 벌이기도 했다. 상여 나가는 날 곡하기로 되어 있던 노인에게 술을 지나치게 권해서 차질을 빚게도 했다. 무엇보다 외동댁의 입장에서, 용순은 남편이 바람을 피워서 얻은 자식이니 둘 사이가 평화롭지 못할 것은 당연한 일이다. 그러나 시어머니(할머니)가 떠나는 마지막 날, 둘은 극적으로 화해한다. 가족사진에 끼어들면서 용순이 가족의 일원으로 받아들여지게 된 것이다.

"그래라. 그렇게 한쪽 가상이로 빼꼼히 붙어 서지 말고 그 한가운데, 니 자애롭고 인정 많은 큰엄니 곁으로. 너는 속이 어쩔랑가 모르겠다만, 너를 빼놓고 이런 사진을 찍었다간 돌아가신 할머님이 다시 벌떡 일어나 쫓아 내려오실지도 모른께……!"(p. 286)

어머니에게서 외동댁에게로, 다시 외동댁에게서 용순에게로 가족의 중심이 옮겨왔음을 보여주는 상징적인 장면이다.

두번째는 어머니(할머니)에게서 준섭의 딸 은지(손녀)로 이어지는 계보다. 첫번째 계보가 생생한 실제의 삶이라면 두번째 계보는 어린 시절로 돌아가는 상징적인 삶이다. 이것은 동화담의 형식을 빌려서 나타나는 데서 알 수 있듯이 환상적이고 이상적인 삶이다. 어머니가 치매로 인해 어린아이가 되어갔다는 것을 상기하자. 비록 할머니의 육신은 텅 비어 지상을 떠돌아 다닐지라도 할머니의 정신만은 어린 시절을 노닌다. 어린 은지처럼. 할머니의 영전에 바친 동화『할미꽃은 봄을 세는 술래란다』는 일종의 진혼곡이다.

(가) 할머니가 자꾸만 키가 작아지시는 것은 할머니가 그 나이

를 은지에게 나눠주고 계시기 때문이란다. 그리고 은지는 할머니에게서 그 나이와 함께 지혜와 사랑을 나눠 받고 어른으로 자라가는 대신, 할머니는 그 줄어든 나이만큼 키와 몸집이 자꾸 작아져서, 끝내 더 나눠주실 나이나 작아질 몸집이 다하게 되시면, 마지막으로 그 눈에 보이는 육신의 옷을 벗고 보태지 않는 영혼만 저 세상으로 떠나가시게 된단다— 사람의 태어남과 성장, 죽음들에 대한 비의를 담을 그 동화의 내용은 준섭이 그것을 쓰기 전부터도 딸아이에게 여러 번 되풀이해준 이야기였다. (p. 54)

(나) 할머니는 이날도 몸을 조그맣게 오므리고 어린 아기처럼 쌔근쌔근 깊은 낮잠을 주무시다 일어나셨습니다. 그리고 모처럼 맑은 정신이 드신 목소리로 엄마에게 갑자기 새 옷을 졸라 대셨습니다. 〔……〕 은지는 그 할머니의 영혼이 조용한 숨결을 타고 슬머시 은지네를 떠나시며, 옷을 벗어 개켜놓듯 곱게 벗어놓고 가신 하얗고 조그만 옛날 모습 앞에 혼자 다짐하였습니다.
'할머니 안심하고 떠나세요. 그리고 이 세상에서 제일 예쁘고 착한 새 아기로 태어나세요. 할머니께서 저한테 나눠주신 나이는 제가 잘 맡아서 간직하고 있을게요……'
준섭의 감은 눈 속에서도 그날 은지가 보았다는 하얀배추꽃나비들이 팔랑팔랑 끝없이 푸른 하늘로 날아오르고 있었다. (pp. 263~64)

9. 부계도

반면 부계에 관해서는 희미하게 언급되었을 뿐이다. 준섭의 아버지는 어머니가 젊어서 죽었다. 그는 이름도 직업도 언급되지 않는다— "참나무골 마을에서 ×주 이씨 〔……〕 고단한 처지의 늙은 총각—"(p. 195). 준섭의 형 역시 "원일 부"(원일의 아버지)로만 지칭될 뿐 이름이 밝혀져 있지 않다. 원일 부는 이 집안을 무너뜨린 책임이 있는 사람이다. 그는 제대 후에 트럭을 사서 일을 시작했으나 실패했고, 친구와 어선을 사서 사업을 시작했으나 동업자의 배신으로 또다시 좌절을 맛보았다. 그 후에 그는 술과 노름, 여자 문제로 가산을 탕진했으며 늙어서 "불편스런 핏줄"(p. 178) 용순을 데리고 돌아와 역시 술로 세월을 보내다 결국 자살을 하고 말았다.

따라서 이 가족의 부계는 모두 망자들이고 이 때문에 이름이 부여되지 않았을 것이라 짐작할 수 있다. 이름은 이승에서만 소용되는 것이기 때문이다. 준섭만이 실존하고 있지만 실은 이 이름 역시 실제 작가의 이름이 아니다. 모든 글이 부적이라고 말할 수 있다면, 모든 작가는 유령작가라고 말해도 좋을 것이다. 자신이 아니면서도 자신의 이야기를 전하고, 글이 지어낸 환상이면서도 실제의 인물을 대신하기 때문이다. 작가 역시 이승과 저승을 영통하는 자다.

10. 살아서 행하는 제의 (1): 어머니의 손 빗질과 손 사랫짓

소설에서는 죽은 어머니가 자손들의 회상 속에서 생생하게 되살아난다. 당신의 삶, 당신의 성격, 당신의 고통이 형체를 얻는 장면들을 꼽아보자. 먼저 머리카락이 잘려나간 후에도 뒷머리를 가다듬으려는 어머니의 빈 헛손질이 있다.

> 비녀는 노인에게 한마디로 자존심의 표상물이었다. 다른 사람에게는 여자다운 쪽머리를 가꾸는 치장물인 그것이 노인에게는 자신의 부끄러움을 가두고 그것을 참아 넘기려는 강파른 자기 빗장, 혹은 자기 금도의 굴레, 나아가 당신의 삶을 큰 흔들림 없이 지탱해 온 숨은 자존심의 상징이라 할 수 있었다. 그러니 그 비녀가 뒤쪽 머리와 함께 잘려나간 것을 바로 노인의 자존심이 잘려나간 것일 뿐만 아니라, 그 부끄러움을 가두고 견디려는 마음의 빗장까지 통째로 뽑혀 나가버린 격이었다. 노인의 부끄러움은 이제 안으로 담아 가둘 빗장을 잃어버린 채 더 이상 당신이 감당할 수 없는 것이 되어 종내는 당신이 그토록 두려워했던 깜깜한 망각과 침묵, 그 자기 해제의 허망스런 치매증까지 부르고 만 것이다. (pp. 217~18)

머리카락을 손질하기 어렵게 되자 며느리가 쪽머리를 짧게 잘라주었다. 더 이상 쪽을 찔 뒷머리가 남지 않았음에도 불구하고 어머니는 비녀를 소중하게 간직했다. 비녀는 어머니의 화사했던 한때를 대표하는 상징이다. 그 시절이 사라졌음(죽었음)을 확인하게 하면서, 동시에 그 시절에 대한 증거가 되는 그러한 상징이다. 어머니의 손 빗질은 그 잘려나가고 없는 머리를 가다듬으려는 무의미한 노력이다. 그러나 그것이 그저 무의미한 노력에 불과했던 것일까? 어쩌면 그 손짓을 이미 가고 없는 시절을 여전히 임재한 것으로 간주하는 생전의 제의가 아니었을까? 이미 도착한 죽음을 아직 오지 않은 것으로 간주하는 그런 제의, 이를테면 "손사랫짓" 같은 것.

노인은 일테면 그 허약한 아들 앞에 당신의 비정한 손사랫짓을 한 번 더 의연스레 내저어 보인 것이었다. [……] 모든 일을 당신의 팔자소관으로 돌리며 그것을 의연히 감수해온 결연스런 자기 몸짓, 그 모질고 비정한 손사래짓—, 그 책임과 허물의 일부는 당신의 그런 손사래짓이 당신의 아들에게 큰 구실을 마련해주었던 셈이니까. (pp. 43~44)

눈길을 걸어 아들과 어머니가 버스 정류장으로 갔다. 지금 이별하면 한동안 둘은 만나지 못할 것이었다. "어두운 찻길가의 당신의 매정스런 손사랫짓"(p. 42). 어서 가라는 뜻의 저 손사랫짓은 아들과의 이별을 고정시키는(죽음이 이미 도래한 것으로 선언하는) 제의의 일종이다. 하지만 동일한 동작이 이별을 부정하고 아들과의 동행을 잠시라도 연장하려는 노력이 될 수도 있다. 가지 말라고 부르는 손짓도 그와 같기 때문이다. 이렇게 본다면 이 동작은 이별을 부정하는(죽음이 아직 오지 않은 것으로 유예되는) 제의의 일종이다.

헛 손 빗질. 치매가 온 뒤에 지키려고 했던 것. 여성성이라기보다는 「눈길」의 손사랫짓과 같은 것. 이미 아들은 눈길을 지나 떠날 수밖에 없고 떠나야만 한다. 이때 '어여 가라'는 말은 '어서 오라'는 말과 같다. 요컨대 손사랫짓은 이미 이별을 의미한다. 상실과 이별과 헤어짐을 안타까워하는 것이다. 이미 잘려져나간, 상실해버린 대상을 상실하지 않으로써, 다시 말해, 이별하는 것을 이별하지 않게 함(이별을 완성함)의 동작들인 셈이다. 그런 점에서 손사랫짓은 이별의 동작이며 동시에 이별을 저지하는 동작이기도 하다. 이 상징성이 집약되어 있는 장면이다. 삶이란, 무언가를 잃어버리고 놓쳐가는 과정일 것이므로.

11. 살아서 행하는 제의 (2): 옷 보퉁이

준섭이 새 집을 지어주겠노라고 어머니에게 제안하였으나, 어머니는 한사코 옛집을 고쳐서 살겠다고 우겼다. 준섭의 설득이 통하여 아내가 옛집을 정리하러 갔다가 어머니의 옷 보퉁이를 발견하게 된다.

숨겨놓듯 노인이 꽁꽁 묶어 따로 간직해온 보자기에서 나온 것이 다른 아닌 옛 용순의 집을 나갈 적 옷가지들이었다.

"그 옷가지들은 거기 그냥 놔두거라. 인자 이 집을 버리고 이사를 가고 말믄 그것이 찾아올 곳도 없어지고 말 것인디, 그것으로 내가 지 흔적이라도 지니고 가 있어야 안 쓰겄냐……" (p. 168)

어머니가 옛집을 고집했던 이유는 집을 나간 용순이 다시 찾아올 수 있게 하기 위해서였다. 그런데 저 옷가지들은 어린 용순의 것이므로, 용순이 돌아온다고 해도 입을 수 없는 것이다. 따라서 이 옷가지 역시 어린 용순의 집 나감을 확인하는 것(죽음이 이미 도래했음)이면서 그 용순이 다른 방식으로 재래할 것(두번째 죽음은 아직 오지 않았음)임을 희망하는 일종의 부적이었던 셈이다.

이 옷가지가 준섭의 군대 시절 옷에서도 반복된다. "훈련소 막사에서 군대 피복을 갈아입고 바깥에서 입고 온 옷들을 각자가 소포뭉치를 만들어"(p. 209) 고향으로 보냈던 옷 보퉁이. 어머니는 준섭의 헌옷가지를 긴 세월 간직했다. 그 옷 보퉁이 역시 아들의 귀향을 고대하는 일종의 부적이다.

12. 살아서 행하는 제의 (3): 지하실

가족들이 어머니의 강인한 정신을 이야기하면서 든 예화가 있다. 동란 때 반동지주로 몰린 "준섭의 숙항(叔行)"(p. 96)이 처형될 위기에 처하자, 노인이 어머니의 집으로 피신을 왔다. 어머니는 그를 부엌 나무청 밑에 위치한 지하실에 숨겨주었다. 사람들

이 그를 찾으러 오자, 어머니는 태연히 맷돌질을 하며, 마음대로
집을 뒤져보라고 큰소리를 쳤다.

"아부지 생전시부터 늘 우리 집하고 가까이 지내온 처지라 동네
이웃 간에서도 꼭 혼자 동팔이네 아배 성 영감 그 어른이 그 부엌
및 지하실을 알고 있었는디, 저 노인은 그날 밤 그 양반까지 뒤따
라와 두 눈 멀거니 뜨고 지켜보고 있는 앞에서 그러고 나섰으니, 그
배짱에 놀란 것은 외레 그 동팔이네 아배 쪽이었제⋯⋯"(p. 98)

찾아온 이들 가운데 지하실이 있음을 알고도 태연하게 대처한
어머니의 의연함이 돋보이는 장면이다. 이 지하실은 상징적으로
는 묘실(墓室)이다. 어머니는 숙항을 죽은 자의 자리에 둠으로써
(이미 죽었다고 선언함으로써) 그를 죽음에서 구해내었던 것(실
제의 죽음이 아직 도착하지 않았음을 확인한 것)이다. 이 역시 '축
제'의 일종이었음은 두말할 나위가 없다.

13. 살아서 행하는 제의 (4): 게자루

어머니는 중학교에 입학하게 된 어린 준섭을 광주의 친척 집으
로 유학 보냈다. 가난했던 어머니는 게를 모아 선물로 보내기로
마음을 먹었다. "게자루를 짊어지고 왼종일 3백 리 버스 길"(p.
36)을 찾아간 어린 준섭의 앞에서 게자루는 내팽개쳐졌다.

게자루 따위가 무슨 변변한 선물거리가 될 수도 없는 터에, 덜컹거리는 찻길에 종일 시달리다 보니, 자루 속의 게들은 몽땅 다 부스러지고 깨어져 고약스레 상한 냄새를 풍기고 있었다. 그것이 내 남루한 몰골이나 처지를 대신하고 있기라도 하듯이 그 외사촌네 사람들 앞에서 자신이 그토록 누추하고 무참하게 느껴질 수가 없었다. (p. 37)

게자루는 가난한 어머니가 해줄 수 있었던 유일한 정성이다. 그러나 준섭에게는 이미 사용가치가 없는 것, 썩어서 버려야 할 것이었다. 그것은 어린 용순의 옷이나 젊은 준섭의 옷처럼 시대착오가 된 것, 이미 사용 불가능한 것, 그러니 이미 죽은 것이다. 이 문턱들이 어머니에게 도래했을 때 어머니는 치매에 걸린다. 상한 게자루는 어머니와 함께했던 한 시절이 이미 부패했음을 (죽음이 임재해 있음을) 상징적으로 보여주는 사물이다. 그것은 어린 준섭에게 깊은 상흔으로 남았다. 이후로 그는 다시는 어머니와 함께 살던 그 시절로 돌아갈 수 없었다.

14. 살아서 행하는 제의 (5): 빈집

원일 부의 탕진으로 모든 가산을 잃은 어머니가 고등학생이 된 준섭과의 마지막 밤을 위해 빈집을 지킨다. 다음 날이면 집을 비워주어야 할 처지이지만, 어머니는 집을 정성껏 가꾼다. 이 빈집은 치매에 걸린 후에 정신이 떠나갈 어머니의 육신을 은유한 것이기도 하다.

　—일찍 자자. 일찍 자고 일찍 일어나 아침 날 새는 길로 너는 다시 광주로 올라가거라.
　모자는 별말 주고받지 않은 채 노인이 지어 들여온 더운 저녁밥을 함께 먹고 나서 일찍 잠자리부터 서둘렀다. 저녁 상 설거지를 끝내고 들어온 노인이 하릴없이 한참 방을 꼼꼼히 훔치고 나서 이윽고 잠자리를 펴기 시작한 것이다. (p. 69)

내일이면 완전히 떠나갈 육신을 두고 여러 해를 추억 속에서 떠돌던 어머니. 마지막 임종의 자리에서 아들을 대면하기 위해서 죽음을 다시 연기했던 어머니가 아닌가. 이 어머니의 육체가 빈집이 아니었다고 어찌 말할 수 있을 것인가? 마침내 숨을 놓고 떠나갔을 때, 어머니가 혼자 걸어야 했던 저승의 그 막막한 길이 아들을 버스에 태워 보내고 혼자 걸어야 했던 저 막막한 눈길이 아니라고 어떻게 말할 수 있을 것인가?

15. 축제

처음으로 돌아가서 끝을 맺도록 하자. 활짝 핀 꽃의 이미지를 떠올려보자. 이것은 왜 이 소설이 죽음을 다루면서도 그토록 삶에 대한 욕망으로 환한지를 말해준다. 우리 신화에서는 사람을 살리고 죽이는 여러 꽃들이 등장한다. 죽은 사람 뼈를 살리는 뼈살이꽃, 죽은 사람 살을 살리는 살살이꽃, 죽은 사람의 피가 돌게 하는 피살이꽃, 죽은 사람의 숨이 돌아오게 하는 숨살이꽃, 죽은 사람 혼을 살리는 혼살이꽃이 있다.[3] 그런가 하면 원한과 복수의 꽃들도 있다. 땅을 치고 통곡하게 만드는 울음꽃, 눈에 살기가 돌면서 서로 죽고 죽이게 만드는 수레멸망악심꽃도 있다.[4] 『축제』에서의 꽃은 죽음의 꽃이지만 그 죽음을 경유해서 모든 이들을 살게(살아나게) 만드는 생명의 꽃이기도 하다. 가족사진 속 가족들은 저 삶(/죽음)의 꽃을 피워낸 한 장 한 장의 꽃잎이다. 그런 점에서 "고아들의 사진"(p. 281)은 어머니가 남긴 유산이자 선물이다. 한 죽음이 저토록 많은 삶을, 그 삶들이 모여 만들어내는 삶의 축제를 가능하게 했다. 이를 우리는 작가에게도 되돌려줄 수 있을 것이다. 작가는 갔지만, 우리에게 이 꽃을 선물했다. 소설을 덮으며 독자는 카메라 앞에 선 각자를 발견하게 될 것이다. 가족사진 속에서 낱낱의 꽃잎이 될 각자를.

[2016]

---

3) 서정오, 『우리가 정말 알아야 할 우리 신화』, 현암사, 2003, p. 101.
4) 신동흔, 『살아 있는 우리 신화』, 한겨레신문사, 2004, p.34.

텍스트의 변모와 상호 관계

이윤옥
(문학평론가)

『축제』

| 발표 『축제』, 열림원, 1996년.

1. 실증적 정보

1) 초고: 공책에 씌어진 육필 초고 전체와 타자기로 친 초고 일부분— 앞뒤 32장— 이 남아 있다. 육필 초고에서는 '나'가 '준섭'으로 수정되었다. 또 〈축제의미-치매, 축복?〉 〈3인칭, 사실상 1인칭 제한시점〉 등의 메모가 있다. 이청준은 발표작의 3장 「노인이 비녀를 찾으시다」를 놓고 고민한 것 같다. 초고에는 '비녀를'과 '용순을'이 나란히 씌어져 있는데, 그는 결국 '비녀를'을 택했다. 비녀는 『축제』에서 어머니와 관련해 중요한 의미를 갖는다. 노인이 비녀를 찾는 것이 곧 용순을 찾는 것이라면, 용순은 그런 '비녀'와 같다고 할 수 있다.

---

* 텍스트의 변모 과정을 밝히면서는 원전의 띄어쓰기 및 맞춤법을 그대로 살렸다.

2) 전기와 연관성: 이청준의 어머니는 작가의 고향인 전남 장흥에서 1994년 사망했다. 『축제』는 그가 어머니의 장례 과정을 바탕으로 쓴 소설이다. 글의 진행이 사실과 거의 일치하며, 등장인물들은 장혜림, 용순 같은 허구의 인물도 있지만 대부분 실재한다. 그들의 이름은 실명도 있고 다소 변형되기도 한다. 예를 들어 이청준은 이준섭이고 딸은 실명 그대로 은지다. 작가는 1996년 『축제』를 발표할 때 「머리말」을 붙였다. 이 「머리말」이 2003년판에서 「어머니 이야기」가 된다. 『축제』는 「눈길」 「기억 여행」 「빗새 이야기」 『할미꽃은 봄을 세는 술래란다』로 이어지는 '어머니 이야기'의 결산 편이며, 어머니를 씻기는 씻김굿이다. 이청준이 이 소설에 '축제'라는 표제를 붙인 이유 중의 하나가 바로, 남은 사람들이 망자를 보내는 한바탕의 씻김굿으로 어머니의 장례를 치르고 싶었기 때문일 것이다.

－「어머니 이야기」: i) 글장이가 되고 나서 나는 그런 아버지 같은 어머니, 당차고 비정스럽고 모진 어머니의 이야기를 여러 번 글로 썼다. 이번 소설 속에도 그런 이야기들이 몇 부분 다시 인용되거나 되새김질되었다. 〈눈길〉이나 〈기억 여행〉 〈빗새 이야기〉 '게자루' 이야기 같은 것이 그렇다. 비밀 지하실이나 노년의 치매 증세에 관한 것도 동화 《할미꽃은 봄을 세는 술래란다》나 다른 수필 따위에 한번씩 쓰어진 이야기이다. 이미 그것들을 접한 독자들에겐 염치없는 노릇인지 모른다. 이런 말은 그런 독자들에게 미리 그것을 밝혀두기 위해서지만, 그러나 내가 그 '어머니'의 사연을 다시 취해 쓴 것은 이것으로 내 '어머니 이야기'의 결산 편을 삼고 싶어서였다. ii) 한마디로 지난 일 년 반 동안은 글을 썼다기보다 '노인'을 씻겨드리는 굿판 삼아 그것을 되세워 일으켜서 가다듬고 기구하고⋯⋯//기왕에 한바탕 굿판을 치렀을 바에야 돌아가신 노인을 위한 뜻깊은 굿이 되어드렸으면 좋겠다.

3) 『할미꽃은 봄을 세는 술래란다』: 이청준은 동화나 동시를 매우 좋

아했다. 그에게 동화는 유년으로 돌아가는 일종의 기억 여행으로, 모든 사람들이 가진 정서를 바탕으로 하는 문학 장르이다. 그가 1995년 발표한 『할미꽃은 봄을 세는 술래란다』는 치매에 걸린 은지 할머니, 작가의 어머니에 관한 동화다. 이 동화 속 일화들은 대부분 사실이다. 수필 「꽃처녀 시절로 돌아가신 어머니」도 기억이 퇴행을 거듭해 처녀 시절로 돌아가는 어머니 이야기다. 『축제』에는 『할미꽃은 봄을 세는 술래란다』가 여러 곳에 언급되고 있다(10쪽, 32쪽, 53~54쪽, 115~16쪽, 255쪽).

　　- 수필 「동화 문장의 눈높이」: 동화 쓰기는 옛 유년 시절로 돌아가는 일종의 기억 여행이랄 수 있으니 쉽고 즐거운 일일 수 있을뿐더러, 동화는 만인 공유의 정서 세계에 바탕한 문학 장르라는 점에서 각자의 경험이나 성장 경로가 다른 독자를 좇는 소설보다 보편적 공감력을 지닌다고 할 수 있을 터이다.

　　4) 「기억 여행」: 이청준이 생각하는 치매는 기억 여행이다. 동화가 유년으로 돌아가는 기억 여행이라면 『할미꽃은 봄을 세는 술래란다』는 어머니의 안타까운 기억 여행을 소재로 한 이중의 기억 여행이다. '기억 여행'은 그가 초고에 '노망 2대(代)'로 표제를 붙인, 치매를 소재로 한 다른 소설의 제목이기도 하다(10쪽 13행, 12쪽 22행, 32쪽 20행).

　　5) 「꽃 지고 강물 흘러」: 앞에서 보았듯 『축제』는 이청준이 쓴 어머니 이야기의 결산 편이다. 그런데 그는 『축제』의 후일담이라고 할 만한 소설 「꽃 지고 강물 흘러」를 2004년에 발표한다. 「꽃 지고 강물 흘러」는 어머니 사후 무덤을 찾아가는 이청준과 형수의 이야기가 주축을 이룬다. 그 이야기의 끝에 작가는 형수에게서 어머니의 모습을 본다.

　　6) 「키 작은 자유인」과 수필 「꽃처녀 시절로 돌아가신 어머니」: 『축제』에는 소설 「키 작은 자유인」과 수필 「꽃처녀 시절로 돌아가신 어머니」가 일부 그대로 인용되었다(33~37쪽).

　　7) 수필 「사회 병리와 인간학의 은유」: 수필 「사회 병리와 인간학의 은

유」에 따르면, 『축제』는 어머니 이야기의 결산 편일 뿐 아니라 등단작 「퇴원」 이후 이어진 의료 관련 작품의 결산 편이기도 하다. 그래서 『축제』는 인간의 삶과 죽음의 사회학 혹은 윤리학을 다룬 소설이기도 하다.
—「사회 병리와 인간학의 은유」: i) 그리고 거짓 위궤양 증세를 칭병하여 어릴 적 함께 지냈던 친구의 병원에서 한 간호사의 도움으로 지리멸렬해진 심신을 회복해 나오는 젊은이의 이야기인 〈퇴원〉 이후 1996년 노모의 치매 증세와 죽음을 다룬 《축제》에 이르기까지 나는 이런저런 병증에 의지하여 〈소문의 벽〉《당신들의 천국》《낮은 데로 임하소서》 등 중·단편, 장편 합해 10편 가까운 의료 관련의 작품을 써온 셈이다. ii) 근래 들어 병리학적 진상이 규명되어 가는 노인성 치매 현상이 다뤄지는 《축제》와 〈기억 여행〉들의 화두는 인간의 삶과 죽음의 사회학 혹은 윤리학 쪽에 닿아 있으며[……]

8) 「눈길」과 「새가 운들」: 어머니 이야기 편인 『축제』에는 다른 어머니 이야기인 「눈길」이 직접 인용되고 또 자주 언급된다. 「새가 운들」은 「눈길」과 같은 소재를 다루고 있어서, 이청준은 두 작품을 비교해서 읽을 것을 권한다(50쪽, 67~71쪽, 205~08쪽).

9) 수필 「백정시대」: 이청준의 외가는 한국전쟁 때 멸문에 가까운 참화를 겪었다. 그의 어머니가 한미한 가문으로 시집을 오게 된 사연과 외가의 비극은 여러 작품에서 다뤄졌다. 수필 「백정시대」에는 외가 이야기와 함께 끔찍한 전짓불 체험도 들어 있다. 전짓불 체험은 자유의지에 따른 선택과 자기진술을 불가능하게 하는 폭력의 원초적 경험이다(194쪽).

10) 「빗새 이야기」: 빗새는 비가 와도 깃들 둥지가 없어 떠도는 새다. 빗새는 고향을 떠나 정처를 찾지 못하는 사람을 나타낸다. 본모습을 잃고 사는 빗새의 세상살이는 고달프고 외로울 수밖에 없다. 「빗새 이야기」는 「새와 어머니를 위한 세 변주」의 두번째 글이다. 「새와 어머니를 위한 세 변주」——「연」 「빗새 이야기」 「학」(221~23쪽).

11)「해변 아리랑」: 이 소설은 이청준이 쓴 또 다른 어머니 이야기다. 그의 소설에서 묘는 집, 묘터는 집터로 종종 나오는데,「해변 아리랑」에서도 묘터는 집터로 불린다(223쪽).

12) 수필「단 한 번의 마지막 보은」: 산문집『사라진 밀실을 찾아서』(1994)에 실린 수필이다. 이청준은 친구 백야 김연식의 체험에 깊이 공감해서 자신의 어머니에게도 '마지막 보은'을 해드린다. 백야는 이청준에게 아직 머리가 세지 않았다는 뜻의 '미백'이라는 호를 지어준 사람이기도 하다(224~27쪽).

2. 텍스트의 변모

– 『축제』(열림원, 1996)에서『축제』(열림원, 2003)로

* 「머리말」이「어머니 이야기」로 바뀐다.

– 68쪽 16행: 궂은 소식을 → 소식을

– 200쪽 21행: 그것은 준섭에 대한 혜림의 단순한 귀띔의 소리가 아니었다. → 〔삭제〕

– 210쪽 13행: 지 본 듯 앉았다 보니 → 지런 듯 쓸고 앉았다 보니

3. 인물형

1) 이준섭: 이청준의 소설에서 '준'이 들어간 이름은 어느 정도 작가를 나타낸다.『씌어지지 않은 자서전』의 이준,「소문의 벽」의 박준 등.

2) 외동댁:『축제』에서 형수의 택호인 '외동댁'은, 이청준의 유작인『신화의 시대』에서는 형수가 아니라 어머니의 택호다.

4. 소재 및 주제

1) 시간의 실종:『축제』의 어머니처럼 과거로 떠나는 기억 여행인 치매에 걸린 사람에게는 현재가 없고 당연히 미래도 없다. 이청준의 인물

들 중에는 이처럼 특정 시간대가 사라지고 없는 사람들이 있다. 「나무 위에서 잠자기」의 '나'는 과거를 잃어버린 사람이다. 그런가 하면 「시간의 문」의 유종열은 과거 시간대를 모조리 현재화한다.

2) 소설과 영화: 이청준은 소설 『축제』와 영화 「축제」의 작업을 동시에 진행했다고 한다. 그런 면에서 이 소설은 일종의 영화 – 소설cine-roman이라 할 수 있다.

3) 지하실: 지하실은 쫓기는 사람들이 몸을 숨길 수 있는 마지막 장소이다. 그들은 지하 밀실에서 새 삶에 대한 희망을 품는다. 쫓는 자와 쫓기는 자의 처지는 상황에 따라 언제든 변할 수 있다. 이청준의 소설에 나오는 지하실은 쫓기는 사람이면 누구나 편을 가르지 않고 품는 넉넉한 장소다. 지하실 중 가장 인상적인 곳이 『인간인』의 소영각 지하 밀실이다. 지하실에 대한 작가의 이런 생각은 어린 시절 체험에서 비롯된다. 만년의 소설 「지하실」에는 문중 어른 이야기 등, 한국전쟁 때 작가의 집 지하실을 중심으로 벌어진 다양한 일화가 들어 있다(95~100쪽).

4) 부끄러움: 이청준은 부끄러움에 관한 여러 소설과 수필을 썼다. 그에게 부끄러움은 사는 것 자체와 관련된 삶의 원죄성을 가리킨다. 부끄러움은 무엇보다 반성을 전제로 하기 때문에 자기회의를 거쳐 겸양의 미덕을 낳는다. 그래서 부끄러움의 결핍은 뻔뻔스러움으로 이어진다 (199~201쪽, 211쪽).

5) 굴레: 살면서 지고 가야 할 숙명의 짐인 굴레의 의미는 「굴레」 「가학성 훈련」 「날개의 집」을 보면 더 잘 알 수 있다(218쪽 3행).

6) 증인: 사람의 삶에는 그 삶의 역사에 대한 증인이 필요하다. 증인은 사실을 사실대로 보고 증언할 수 있는 사람인데, 증인이 없는 삶은 실체가 없는 유령의 삶에 그치게 된다. 우리 삶의 가장 뿌리 깊은 근거인 부모는 그만큼 오래된 증인이다. 이청준은 『흰옷』 등 여러 작품에서 생의 증인에 대해 말한다(280~81쪽).